KB081897

Edgar A. Poe

5

Adventure

에드거 앨런 포 소설 전집 5
모험 편 _아서 고든 핌 이야기 외

1판 1쇄 펴냄 2015년 6월 25일
1판 2쇄 펴냄 2017년 9월 20일

지은이   에드거 앨런 포
옮긴이   바른번역
감수   김성곤
펴낸이   하진석
펴낸곳   코너스톤
주소   서울시 마포구 독막로3길 51
전화   02-518-3919
ISBN   979-11-85546-61-2 04840

에드거 앨런 포
소설 전집

5

E d g a r   A . P o e

모험 편
아서 고든 핌 이야기 외

에드거 앨런 포 지음
바른번역 옮김   김성곤 감수

코너스톤
Cornerstone

차례

아서 고든 핌 이야기

Edgar
A. Poe

아서 고든 핌 이야기

서문

나는 남반구 해양 등지에서 보기 드문 이상한 사건들을 연이어 겪었다. 다음 장에서 털어놓을 이야기도 그때 겪은 일이다. 그 후 몇 달 전에야 미국으로 돌아와 우연한 기회에 버지니아 주 리치먼드에 사는 신사 몇 사람과 어울리게 되었다. 이들은 내가 다녀온 지역에 관한 모든 것에 유독 관심을 보이며, 이 이야기를 세상에 알리는 게 내 의무라고 계속 주장했다. 하지만 그런 제안을 거절한 데는 몇 가지 이유가 있다. 그 누구도 아닌 나 자신과 관련된 아주 개인적인 이유도 있었고, 또 다른 이유도 있었다.

내가 주저한 이유 중 하나는 미국을 떠난 동안 일기를 거의 쓰지 않아서 기억에만 의존해서는 글을 상세하고 일관성 있게 쓸 수 없을 거라 걱정했기 때문이다. 상상력을 자극하는 데 큰 역할을 하는 사건들을 자세히 묘사할 때, 사람들 대부분이 자연스럽고 불가피하게 저지르는 과장을 피하면서 내 이야기가 진실임을 알 수 있도록 해야 하지만 난 그렇게 할 자신이 없었다. 또 믿기 어려운 사건임이 분명하고 원주민 혼혈인 증인이 단 한 명 있지만, 부득이하게 내 주장에는 근거가 없어서 가족이나 평생을 두고 내가 정직하다고 생각하는 친구들이나 믿어주기를 바랄 뿐이니 망설이기도 했다. 세상 사람들은 내 글을 뻔뻔스럽고 기발하게 꾸며낸 이야기로 치부할 것이다. 아무래도 작가로서의 내 능력에 자신이 없는 것도 버지니아 신사들의 권유를 따르지 않는 큰 이유였다.

버지니아 신사들은 내 이야기에 지대한 관심을 보였고 그중에서도 남극해에서 겪은 일을 무척 흥미로워했다. 포 씨도 그 신사들 가운데 하나였는데, 포 씨는 리치먼드에서 토마스 W. 화이트 씨가 발행하는 월간 〈서던 리터러리 메신저〉 편집인이었다. 포 씨는 내가 보고 겪은 일 전부를 당장 기록한 다음 대중이 가지고 있는 통찰력과 분별력을 믿어보라고 강력히 권했다. 글 쓰는 일만 보자면 책이 아무리 세련미 없이 쓰여도, 정말 좀 그렇더라도 그런 투박함 덕분에 되레 사실로 인정받을 가능성이 커진다고 그럴듯한 말로 나를 설득하려고 했다.

이런 말을 들은 후에도 나는 포 씨의 제안에 따를지 마음을 정하지 못했다. 그 뒤 포 씨는 내가 꿈쩍도 하지 않을 걸 알고 내 모험담에서 초반부를 자신이 글로 옮기고 소설 형식을 빌려 〈서던 리터러리 메신저〉에 실으면 어떻겠냐고 물었다. 반대할 이유가 없어 내 실명을 그대로 쓴다는 조건만 내걸고 찬성했다. 결국 소설로 가장한 내 경험담 두 편이 〈서던 리터러리 메신저〉 1837년 1, 2월호에 실렸고, 소설로 보이도록 잡지 '차례'

에 저자명으로 포 씨의 이름을 써넣었다.

　이런 꾀가 통하자 그제야 내 모험담을 모아서 제대로 출판하기로 했다. 〈서던 리터러리 메신저〉에 실린 내 모험담은 조금도 사실을 바꾸거나 왜곡하지는 않았어도 교묘하게 허구라는 느낌을 풍기지만, 대중은 전혀 지어낸 이야기라 받아들이고 싶어 하지 않았으며 실화라고 확신한다고 쓴 편지를 포 씨 주소로 보내는 사람들도 있었다. 그래서 내 이야기에 담은 진상 자체가 그 진실성에 증거가 충분함을 입증할 것이고 따라서 세상의 불신 때문에 걱정할 필요가 없다는 결론을 내렸다.

　이렇게 밝혔으니 뒤에 이어지는 이야기 중 내가 직접 쓴 글이 어느 정도라고 말할지는 바로 눈치챌 수 있을 것이다. 더불어 포 씨가 쓴 초반부 몇 페이지에서 잘못 전한 사실이 없다는 점도 파악할 수 있을 것이다. 〈서던 리터러리 메신저〉를 읽지 않은 독자들이라도 포 씨의 글이 어디서 끝나고 어디서 내 글이 시작되는지 주목하지 않아도 된다. 문체가 다르다는 사실을 쉽게 눈치챌 테니까 말이다.

1838년 7월 뉴욕에서

아서 고든 핌

1

내 이름은 아서 고든 핌이다. 우리 아버지는 낸터킷에서 항해 물품을 취급하는 명망 있는 상인이었고 나도 그 섬에서 태어났다. 외할아버지는 유능한 개업 변호사로 무슨 일에나 운이 좋아서 예전에 에드거턴 뉴 뱅크라는 주식에 투자해 큰돈을 벌었고 또 여러 수단을 동원해 상당한 재산을 모았다. 내 생각에 외할아버지가 그 누구보다도 이 세상에서 가장 사랑한 사람은 바로 나이므로 돌아가시면 재산 대부분을 내가 상속받을 거라고 기대하였다.

내가 여섯 살 때 외할아버지는 나를 리케츠 선생님이 운영하는 학교에 보냈다. 리케츠 선생님은 외팔에 습관도 별나서 뉴베드퍼드에 머무는 사람들 대부분이 잘 알 정도로 유명했다. 열여섯 살 때까지 리케츠 선생님의 학교에 다니다가 산 위에 있는 E. 로널드 선생님이 운영하는 사립학교로 옮겼고 그 학교에서 로이드 앤드 브레덴버그 회사 소속으로 배를 타는 바너드 선장의 아들과 친해졌다.

바너드 선장도 뉴베드퍼드에서는 유명 인사였고, 확신하건대 에드거턴에 지인도 많았다. 바너드 선장의 아들은 어거스터스였고 나보다 두 살 정도 위였다. 어거스터스는 자기 아버지와 존 도널드슨호를 타고 고래잡이 항해를 나간 적이 있어서 언제나 남태평양에서 겪은 모험담을 들려주곤 했다.

어거스터스 집에 같이 가서 온종일 놀다가 오는 일도 잦았고 가끔은 밤을 보내기도 했다. 둘이서 한 침대에 누우면 어거스터스는 동이 틀 때까지 나를 잠들지 못하게 하고서는 티니언 섬 원주민들이나, 여행하면서 들렀던 지역에 관해 이야기해주었다.

나는 어거스터스가 들려주는 이야기에 구미가 당기지 않을 수 없었고 바다로 나가고 싶은 마음이 점점 커졌다. 내게는 에어리얼이라는 작은 범선이 있었는데 이 배는 시가 75달러쯤 했다. 에어리얼호는 좁은 갑판과 선실에, 돛대를 하나 단 범선이었다. 몇 톤급이었는지는 잊었지만 열 사람이 타도 그리 붐비지 않는 크기였다. 어거스터스와 난 에어리얼호를 타고 정말 말도 안 되는 장난을 벌이기도 했다. 이제 와 생각해보니 아직 살아 있다는 사실이 놀라울 따름이다.

이보다 더 길고 심상치 않은 이야기를 시작하기 전에 우리 둘이 저지른 위험한 장난을 하나 털어놓을까 한다. 어느 날 밤 바너드 선장 댁에서 파티가 열렸고 우리 둘 다 파티가 끝날 무렵 거나하게 취해 있었다. 이럴 때마다 늘 그랬듯이 난 집에 바로 돌아가지 않고 어거스터스의 침대 한편을 차지하고 누웠다. 파티는 새벽 1시쯤 끝났다. 어거스터스는 평온하게 잠든 모양인지 자기 장기인 모험담은 한마디도 꺼내지 않았다.

침대에 누운 지 30분이나 지났을까. 까무룩 잠이 들려던 참에 어거스터스가 갑자기 벌떡 일어나 남서쪽에서 잔잔한 바람이 기분 좋게 불어오는 이때 기독교도 아서 핌이 누구라고 자기가 잠들겠느냐고 어이없는 독설을 퍼부었다. 그렇게 놀라기도 생전 처음이었고 이 친구가 무슨 생각으로 한 말인지 도통 알 수가 없어서 술 때문에 결코 제정신이 아니라는 생각이 들었다. 그런데도 어거스터스는 태연하게 말을 이어가면서 자기가 취한 듯 보이겠지만 어느 때보다도 맑은 정신이라고 말했다. 그러면서 덧붙여 말하기를 이렇게 날씨가 좋은 밤에 침대에서 뒹굴거리기가 지겨우니 일어나 옷을 챙겨 입은 다음 배를 타고 놀러 나갈 거라고도 했다.

나는 무엇에 홀렸었는지 어거스터스의 말이 끝나기가 무섭게 흥분되고 즐거워서 가슴이 두근거렸다. 어거스터스의 정신 나간 계획이 정말 마음에 들었고 그럴싸하다고 생각했다. 강풍이라 할 법한 세찬 바람이 불고 있었고 10월 말이라 기온도 제법 낮았다. 그렇지만 그 계획에 온전히 마음을 빼앗겨 침대에서 뛰쳐나왔다. 나도 어거스터스만큼 용감하고 침대에서 뒹굴거리는 게 지겨우며 낸터킷의 어느 어거스터스 바너드처럼 당장에라도 신나게 놀 수 있다고 말했다.

우리 둘은 곧장 옷을 챙겨 입고 서둘러 에어리얼호가 정박한 곳으로 갔다. 배는 팽키 회사의 목재 저장소 옆에 있는 오래되고 낡은 부두에 묘박한 상태였고, 울퉁불퉁한 통나무가 배 옆면에 쿵쿵 부딪칠 것 같았다. 어거스터스는 배에 올라탔고 배 절반 정도가 물에 잠겨 있어 들어찬 물을 퍼냈다. 다 퍼내고 나서 삼각돛과 큰 돛을 올리고 대담하게 바다로 나갔다.

앞서 말한 대로 남서풍이 강하게 불고 있었다. 아주 맑고 쌀쌀한 밤이었다. 어거스터스는 배의 조타 장치를 잡았고 나는 선실 위 갑판에 있는 돛대 옆에 자리를 잡았다. 배는 엄청난 속도로 달렸고 부두를 떠난 뒤 우리 둘은 한마디 말도 하지 않았다. 그제야 어느 방향으로 갈 생각인지, 언제쯤 돌아갈 수 있을 것 같은지 친구에게 물었다. 그러자 어거스터스는 잠깐 휘파람을 불다가 퉁명스럽게 대꾸했다.

"난 바다로 나갈 거야. 돌아가고 싶으면 넌 가도 돼."

어거스터스를 쳐다보니 태연한 척하지만 대단히 불안해한다는 걸 바로 알 수 있었다. 달빛이 비쳐 친구의 모습이 또렷하게 보였다. 얼굴은 대리석보다 창백했고 손은 바들바들 떨려 조타 장치 손잡이를 잡고 있을 수 없을 지경이었다. 난 뭔가 잘못되었다는 사실을 깨닫고 심장이 철렁 내려앉는 것 같았다.

당시 난 배를 운전할 줄 몰라 친구의 항해 기술에 전적으로 의존하는 처지였다. 거기다 바람도 갑자기 거세져 배는 육지에서 빠르게 멀어지는 중이었다. 그런데도 전전긍긍하는 마음을 티 내고 싶지 않아서 30분 가까이 잠자코 있었다. 그렇다고 언제까지나 가만히 있을 수 없어 친구에게 돌아가는 편이 낫겠다고 말을 걸었다. 조금 전과 마찬가지로 뜸을 들이다 대답했다. 아니 답을 했다기보다 내가 의견을 내놓았다는 사실을 뒤늦게 알아차렸다.

"좀 있다가."

어거스터스는 마침내 말을 꺼냈다.

"시간은 많아. 머지않아 집에 갈 거야."

바라던 대답에 가까웠지만 어거스터스의 말투에서 낌새가 이상해 말로 다 할 수 없는 두려움에 휩싸였다. 다시 한 번 친구를 유심히 살펴봤다. 입술은 검푸르고 무릎은 와들와들 떨려 제대로 서 있지도 못하는 것 같았다.

"어거스터스, 제발 부탁이야."

바로 그때 내가 겁을 집어먹고 소리쳤다.

"왜 그래, 무슨 일이야? 어쩌려고 그래?"

"무슨 일이냐고?"

어거스터스는 깜짝 놀란 듯 조타 장치 손잡이를 놓고 배 바닥에 고꾸라지면서 말을 더듬었다.

"무슨 일이냐니, 집에 돌아가는 건…. 큰일도 아니야. 아직 모르겠어?"

그제야 모든 상황을 알아차렸다. 나는 바로 달려들어 어거스터스를 일으켰다. 어거스터스는 취해서 인사불성이 되어버렸다. 더는 일어설 수도, 말을 할 수도, 앞을 볼 수도 없었고 눈은 흐리멍덩했다. 내가 절망감에 빠져 손에서 놓아버리자 친구는 한낱 통나무처럼 데굴데굴 굴렀고 좀 전에 고꾸라졌던 더러운 물웅덩이에 다시 나자빠졌다.

그날 저녁, 이 친구는 생각보다 훨씬 더 많은 술을 마셨고 술기운이 절정에 닿아 침대에서 그런 행동을 했던 게 분명했다. 정신이상과 마찬가지로 술독에 빠진 사람이 겉보기에는 제정신인 사람인 체할 수 있는 상태였던 것이다. 다행히 차가운 밤공기가 제 역할을 해주어 정신을 차리게 했다. 그러다 위험한 상황을 인지하고 어찌할 바를 몰랐던 상태도 화를 부르는 데 일조했다. 그때 어거스터스가 완전히 의식을 잃었고 오랫동안 깨어날 것 같지 않았으니 말이다.

상상도 할 수 없을 정도로 너무나 무서웠다. 저녁에 마신 술기운이 싹 가시자 갑절로 자신감이 없어지고 망설이게 되었다. 내가 배를 전혀 몰 수 없다는 사실도 인지했고 사나운 바람과 큰 썰물이 우리를 파멸로 몰아가는 상황도 받아들였다. 뱃고물에서는 확실히 폭풍이 심해지는 상황이었다.

나침반도 식량도 없었고 현재 방향으로 간다면 날이 밝기 전에 육지에서 우리가 안 보일 정도로 멀어질 것이다. 순식간에 이런 생각들이 뇌리를 스쳐 지나갔고 그만큼 끔찍한 상상들도 수없이 떠올랐다. 그래서 애를 써보는 것도 무리라서 잠시 꼼짝도 못했다.

배는 엄청난 속도로 물살을 가르며 나아갔다. 돛에 바람을 가득 품고 바람이 불어가는 쪽을 향하였으며 삼각돛도 큰 돛도 감아 내릴 수 없었다. 뱃머리를 거품이 이는 바다 아래 깊이 처박은 채 달렸다. 배가 기울지 않은 건 기적이었다. 앞에서 말한 것처럼 어거스터스는 조타 장치 손잡이를 놔버렸고 난 너무 불안해서 손잡이를 잡을 생각도 하지 못했다.

천만다행으로 배는 안정적으로 나아갔고 나도 서서히 조금씩 침착해졌다. 계속해서 바람은 무서울 정도로 거세졌고, 배가 요동쳐 아래로 쑥 내려갔다가 다시 쑥 올라올 때마다 뒤쪽에서 바다가 뱃고물 돌출부 위로 넘실거려 바닷물이 배 안으로 쏟아져 들어왔다. 게다가 내 팔다리는 얼어버려 거의 감각이 없었다.

한참 있다가 절망감을 떨쳐내고 달려가 큰 돛을 쉬지 않고 내렸다. 예상했던 대로 돛은 뱃머리 위로 날아가 바닷물에 흠뻑 젖어버렸고 그로 인해 돛대가 휩쓸려 부러진 채 바다에 빠졌다. 이 사건 하나만으로 눈앞에 닥친 죽음을 면했다. 이제는 삼각돛으로만 바람이 불어가는 방향으로 달리면서 뱃고물 돌

출부 위로 거세게 몰아치는 바닷물을 뒤집어쓸 때도 가끔 있었
지만 곧 죽을 수도 있다는 공포에서 벗어난 것이다. 조타 장치
손잡이를 잡고 숨을 여유 있게 내쉬면서 살아날 기회가 아직
남아 있다는 사실을 깨달았다.

어거스터스는 아직도 의식을 잃은 채 갑판에 쓰러져 있었고,
거기에는 30센티미터 정도 물이 들어차 있어 당장에라도 익사
할 위험이 컸기에, 갖은 수단을 동원해 이 친구를 조금 일으켜
서 앉혀놓고 허리에 밧줄을 칭칭 감아 선실 쪽 갑판에 있는 고
리 달린 나사못에 단단히 묶어두었다. 무섭고 불안한 심정이었
지만 할 수 있는 일은 이렇게 전부 해놓고 어떤 일이 있더라도
신께 의지해 이를 악물고 견뎌내기로 마음먹었다.

결심을 굳히기가 무섭게 마치 무수히 많은 악마가 내지르는
듯한 요란한 고함이 별안간 한참 들려와 배 전체를 둘러싸는
것 같았다. 그 순간 두려움에 떨며 맛본 혹독한 고통은 죽기 전
에는 절대 잊지 못할 것이다. 머리카락이 쭈뼛 섰고 혈관에서
피가 얼어붙는 것 같았으며 심장은 멎은 듯했다. 어디서 나는
소리인지 살펴볼 겨를도 없이 곤두박질쳐 쓰러진 친구 위로 의
식을 잃고 나자빠졌다.

정신을 차려보니 낸터킷으로 가는 커다란 고래잡이 어선 펭
귄호에 있는 선장실 안이었다. 몇 사람이 옆에서 나를 지켜보
는 중이었고 어거스터스는 얼굴이 새파랗게 질린 채 내 두 손
을 문질러 따뜻하게 녹이느라 여념이 없었다. 내가 눈을 뜬 걸
보더니 감사하고 기뻐서 소리를 질러대는 통에 그 자리에 있던
험상궂게 생긴 사람들이 웃기도 하고 울기도 했다. 어떻게 살

아남았는지에 대한 수수께끼는 얼마 안 가서 풀렸다. 펭귄호가 우리 배를 들이받은 것이었다.

펭귄호는 비스듬하게 바람을 거스르도록 돛을 활짝 펼친 채 전력을 다해 낸터킷으로 항해하는 길이었는데 우리 배가 가던 방향과 거의 직각으로 달리고 있었다. 선원 몇몇이 앞쪽 돛대 위에서 경계를 섰지만 우리 배를 미처 보지 못해 충돌을 피할 수 없었다. 우리 배를 발견하고 나서야 외친 경고 소리에 내가 무서워 떨었던 것이었다. 듣기로는 거대한 펭귄호에 비하면 깃털과도 같은 우리 배를, 순식간에 여유 있게 짓밟고 지나갔고 배가 나아가는 중에 장애물은 전혀 느끼지 못했다고 했다. 피해를 입은 배의 갑판에서는 비명도 들리지 않았다. 완벽하게 가려진 연약한 작은 범선이 가해 선박의 선체 중앙에 잠깐 닿으면서 바람과 바닷물이 내는 거친 소리가 뒤섞여 약간 삐걱대는 소리가 들렸지만 그것 말고는 아무런 소리도 들리지 않았고 그게 전부였다.

기억하겠지만 우리 배는 돛대가 부러졌다. 그러니 뉴런던 소속의 E.T.V. 블록 선장은 우리 배를 무용지물로 떠돌아다니는 선체 조각이라고만 생각해 이런 일에 더는 상관하지 않고 항해를 계속하려고 했다. 다행히 경계를 서던 선원 둘이 조타 장치 앞에 서 있는 사람을 본 게 확실하다고 말하면서 아직 구조할 수 있다고 우겼다. 논의가 시작되자 블록 선장은 화를 냈고 잠시 후 말을 꺼냈다.

"내 일은 달걀 껍데기 같은 배 따위를 끝도 없이 기다리는 게 아니야. 그런 말도 안 되는 소리 집어치워. 이젠 뱃머리를 돌릴 수 없어. 부딪혀 쓰러진 사람이 있다고 해도 그건 다른 누구도 아닌 자기 잘못인 거지. 분명 물에 빠져 죽었을 거야. 천벌을 받은 거겠지."

선장은 대충 이런 요지로 말을 했다. 그러자 일등항해사 헨더슨이 나섰다. 헨더슨뿐만 아니라 모든 선원이 비정하고 잔혹한 말을 듣자 화가 치밀었다. 헨더슨은 선원들이 자기 의견을 지지하는 걸 확인하고 선장에게 분명하게 이야기했다.

"당신은 교수대에나 어울리는 인간일 거야. 내가 육지에 내려서자마자 교수형에 당한다고 해도 당신이 내리는 명령은 따르지 않겠어."

하얗게 질려 아무 대답도 못 하는 블록 선장을 한쪽으로 밀치고 헨더슨은 배 뒤편으로 성큼성큼 걸어갔다. 조타 장치를 잡고 단호한 목소리로 명령을 내렸다.

"바람 방향으로 바짝!"

선원들은 각자 맡은 자리로 재빨리 뛰어갔고, 배는 확 방향을 돌렸다. 이 모든 일에 5분 가까이 걸렸기에 배 안에 누군가 있었다고 해도 구조될 가능성은 희박했다. 그렇지만 여러분이 알다시피 우리는 구조되었다. 지혜롭고 신앙심이 깊은 사람들이 신의 특별한 간섭 덕분이라고 생각할 만한, 믿기 어려울 정도의 행운이 두 번이나 찾아와 우리가 살아난 것 같았다.

펭귄호가 방향을 돌리는 사이, 일등항해사 헨더슨은 소형 보트를 내렸고 선원 둘과 함께 뛰어내렸다. 이 선원 둘이 조타 장치 앞에 서 있는 나를 발견하자마자 큰 소리로 외친 사람들이었던 것 같다. 달이 여전히 환하게 비춰주었다. 소형 보트가 멀어지는 그때 펭귄호가 순풍을 타고 서서히 좌우로 심하게 흔들렸다. 그 순간 헨더슨은 벌떡 일어나 선원들에게 배를 후진시키라고 고함쳤다. 다른 말 없이 안절부절못하며 계속 외쳤다.

"후진해! 후진!"

선원들은 최대한 서둘러 후진했지만 배는 이미 회전해버린 뒤였고 배 안에 있는 모든 일손이 달려들어 돛을 줄이기 위해 고군분투했지만 배는 전진 상태에 들어갔다. 위험한 시도였지만 일등항해사 헨더슨은 중앙 사슬이 손에 닿자마자 붙잡았다. 다시 한 번 배가 크게 기울어 선체 밑바닥까지 다 보일 정도로 우측면이 바다 위로 드러나자 헨더슨이 걱정했던 이유가 분명하게 드러났다. 구리로 선체를 입혀서 매끄럽고 반짝이는 펭귄호 바닥에 사람의 몸이 희한한 자세로 붙어 있는 게 보였고 선체가 움직일 때마다 바닥에 세차게 부딪쳤다. 배가 흔들리는 사이 끌어올리려는 시도가 몇 차례 헛수고로 끝나고 나서 금방이라도 배가 가라앉을 수도 있는 위험을 무릅쓴 끝에 마침내 그 사람을 위험한 상황에서 배로 끌어올렸다. 바로 나였다.

아무래도 선체 목재에 박혀 있던 나사못 하나가 헐거워져서 구리 사이로 튀어나왔고 내가 배 아래를 지날 때 거기에 걸려 배 바닥에 별난 모양새로 붙어 있었던 것 같았다. 나사못 머리가 내가 입고 있던 녹색 모직 재킷의 옷깃을 지나고 목덜미를 지나쳐 두 힘줄과 오른쪽 귀 바로 밑 사이를 뚫고 나왔다. 나는 즉시 자리에 눕혀졌다. 생명의 기운은 사그라진 듯했다. 배 안에는 외과 의사가 없었지만 블록 선장이 나를 열심히 돌봐 주었다. 앞서 자신이 저지른 인정머리 없는 행동을 선원들이 보는 앞에서 만회하려는 것 같았다.

그러는 사이 허리케인이다 싶을 정도로 바람이 강하게 불었지만 헨더슨은 다시 배에서 내려 보트를 탔다. 얼마 가지 않아 에어리얼호에서 잘려나간 파편을 발견했고 곧바로 같이 있던 선원 중 하나가 요란한 폭풍 소리 사이사이에 살려달라고 외치는 소리가 들린다고 말했다. 그래서 대담한 선원들은 30분 넘도록 끈질기게 수색을 계속했다. 블록 선장이 돌아오라는 신호를 줄기차게 보냈고 부서지기 쉬운 보트를 탄 지금은 언제라도 금세 생명을 잃을 위험이 도사린 상황이었다. 사실 구조 작전을 벌이는 사람들이 탄 작은 보트가 어떻게 부서지지 않을 수 있었는지 이해하기 어려울 정도다. 하지만 그 보트는 고래잡이용으로 만들었고, 나중에 보니 웨일즈 해안에서 사용되기도 하는 구명보트 방식으로 공기실을 설치한 것 같았다.

좀 전에 언급했던 대로 30분쯤 성과도 없이 수색을 계속한 끝에 배로 돌아가기로 결정했다. 이렇게 마음을 정하자마자 빠르게 떠내려가는 검은 물체에서 가냘픈 소리가 들려왔다. 선원들은 검은 물체를 뒤쫓아갔고 얼마 지나지 않아 따라잡을 수 있었다. 에어리얼호 선실 갑판 전체가 통째로 표류하는 중이었다. 어거스터스가 갑판 가까이에서 허우적거렸고, 언뜻 보기에도 괴로움에 몸부림치는 것 같았다. 붙잡아 보니 떠다니던 선실 갑판에 있던 목재에 밧줄로 묶인 모습이었다.

내가 이 친구의 허리를 묶어 고리 달린 나사못에 단단히 붙들어 매어둔 밧줄이 떠오를 것이다. 그저 똑바로 앉혀두기 위해서 한 일이었으나 결과적으로는 친구의 목숨을 구한 셈이었다. 에

어리얼호는 약하게 만들어져서 침몰하면서 선체가 쉽게 산산이 조각나버렸다. 아니나 다를까 밀려드는 바닷물에 떠밀려 중앙부 목재에서 선실 갑판이 분리되어 떨어져나가 바다 위로 떠올랐다. 분명히 같이 둥둥 떠다니는 선체 파편들도 있었을 것이다. 우리 조난자는 떠다니던 선실 갑판을 겨우 붙잡고 목숨을 건졌다.

펭귄호에 구조되고 한 시간을 훌쩍 넘긴 뒤에야 어거스터스는 본인 이야기를 할 수 있었다. 정확히 말하면 그제야 우리 배에 어떤 사고가 일어났는지 인지한 것이었다. 마침내 우리 친구는 정신을 차리고 바닷물 속에 있을 때 들었던 기분을 떠들어댔다. 처음에 어느 정도 정신을 차리고 보니 해수면 아래에서 상상도 할 수 없는 엄청난 속도로 빙글빙글 돌았고 목에 밧줄이 서너 겹 단단히 감겨버린 것이다. 그러다 빠르게 위쪽으로 끌려 올라가는 것을 느낀 순간 머리를 단단한 물체에 세게 부딪쳐 다시 의식을 잃었다. 다시 의식이 돌아왔을 때에는 제정신을 차렸지만 아직도 굉장히 몽롱하고 혼란스러운 상태였다. 어거스터스는 그제야 알았다. 입이 물 위에 나와 있어 어느 정도 편안하게 숨을 쉴 수는 있었지만 사고가 일어났으며 몸은 바닷물 속에 있었던 것이다.

어쩌면 이때 선실 갑판 파편이 바람 부는 방향으로 빠르게 떠내려가면서 반듯이 누운 채 떠 있던 어거스터스도 끌려갔을 것이다. 물론 계속 그 자세라면 물에 빠져 죽을 리는 없었다. 이윽고 거센 파도가 덮쳐 곧바로 갑판 위로 가로질러 친구의 몸을 내동댕이쳤고 어거스터스는 제자리에 있으려고 애를 쓰면서 간간이 살려달라고 소리를 질렀다. 헨더슨이 자신을 발견하기 바로 전에는 기진맥진해서 하는 수 없이 갑판을 꽉 붙들던 손을 놓고 바닷속으로 가라앉으며 죽은 목숨이라고 체념했다. 사투를 벌이는 동안 에어리얼호라던가, 왜 이런 참사가 일어났는지에 관해서는 어렴풋하게도 기억이 나지 않았다. 막연하게 두렵고 절망스러워서 기력이 사라져버렸다.

구조되었을 때 정신력은 전부 쓸모가 없어졌다. 앞서 말했듯이 어거스터스는 펭귄호에 올라오고 나서 거의 한 시간이 지나서야 자기가 처한 상황을 충분히 알아차렸다. 내 경우는 죽음의 문턱까지 갔다가 살아 돌아왔다. 세 시간 반 동안 온갖 방법을 동원해도 소용이 없었지만 내 친구가 제안해 뜨거운 기름에 적신 수건으로 힘껏 문질러서 살려낸 것이다. 목에 난 상처는 보기 흉했지만 그리 심각하지는 않아서 곧바로 회복할 수 있었다.

펭귄호는 이제까지 낸터킷 앞바다에서 겪은 바람 중 꽤 심한 편에 속하는 강풍을 만난 후 아침 9시경 항구에 도착했다. 우리는 아침 식사 시간에 맞춰 간신히 바너드 선장 댁에 도착했다. 운 좋게도 새벽까지 파티가 이어지는 바람에 식사가 약간 늦게 시작되었다. 식탁에 둘러앉은 사람들 모두 너무 피곤한 나머지 우리의 지친 모습을 알아채지 못했던 것 같다. 물론 까다롭게 유심히 바라보았다면 어쩔 수 없이 드러났을 것이다. 하지만 남자아이들은 으레 남들을 속여 놀라운 일을 해낼 수 있다.

몇몇 선원들은 자신들이 바다에서 배를 들이받아 불쌍한 사람들 서른 명이나 마흔 명쯤이 물에 빠져 죽었다고 떠들고 다녔다. 그 끔찍한 이야기가 에어리얼호나 내 친구, 혹은 나와 관런 있다고 조금이라도 의심하는 사람은 낸터킷에 있는 친구 중에는 아무도 없었다고 확신한다. 그 후에도 우리는 이 사건을 자주 입에 올렸고 그때마다 몸서리를 쳤다. 언젠가 한번 어거스터스는 우리가 탄 작은 배 위에서 자신이 얼마나 취했는지 처음 깨닫고 술기운에 주저앉았을 때만큼 두려움에 고통스러웠던 일은 평생 겪어보지 못했다고 솔직히 고백했다.

2

편견에 휩싸였거나 찬반을 가르는 문제가 아니라면 아무리 이해하기 쉬운 근거 자료가 있다고 해도 확실한 결론을 내릴 수는 없다. 앞서 이야기한 그런 재난이 바다를 향해 이제 막 불붙은 내 열정에 찬물을 끼얹었다고 생각할지도 모른다. 정반대로 기적처럼 구조된 지 일주일도 안 되는 시간, 그동안만큼이나 탐험가의 삶에 흔히 일어나는 거친 모험을 간절히 원했던 적도 없었다. 일주일이라는 짧은 시간은 위험했던 사고에 대한 암울한 기억을 지우고도 즐겁고 흥미진진한 분위기와 멋진 광경 전부를 생생하게 떠올리기에는 충분히 긴 시간이었다. 어거스터스와 나누는 대화는 나날이 잦아졌고 흥미로워졌다. 내 열정적인 기질과 생생하기는 하나 약간 비관적인 상상력을 자극할 수 있게 어거스터스는 바다에서 겪은 일을 솜씨 있게 각색하여 이야기해주었다.

이제 와 생각해보니 그 이야기 중 절반 이상은 순전히 지어

낸 것이 아닌가 싶다. 어거스터스가 고통스럽고 절망적이었던 가장 끔찍한 순간을 이야기할 때 뱃사람의 삶에 대한 감동이 몰려든다는 것도 이상한 일이었다. 밝은 면에 대해서는 다 공감할 수 없었다. 눈앞에 비치는 광경은 조난 사고, 굶주림, 야만인 무리에 둘러싸여 죽거나 사로잡히는 모습, 미지의 먼바다로 나가 황량한 잿빛 바위 위에서 고통과 슬픔에 젖어 일생을 보내는 모습이었다. 이런 상상, 정확히 말하면 욕구와 다를 바 없는 마음은 그 후에 확인하기로는 우울증이 있는 사람들에게 흔히 일어나는 증상이었다. 당시에는 그런 증상에 대해서 내가 앞으로 성취하게 될 운명을 예언하는 광경이 언뜻 비친 것이라고만 생각했다. 어거스터스는 내 생각에 기쁘게 동조했다. 뿐만 아니라 우리 사이가 워낙 가까워서 서로의 성격을 어느 정도 뒤바꿔놓았을 수도 있다.

에어리얼호 사건이 일어나고 1년 반쯤 지난 뒤에, 내 생각에 리버풀의 메서즈 엔더비사와 연관이 있을 것 같은 로이드 앤 브레덴버그 상사는 브리그선(돛대가 둘 달린 가로돛식 선박 – 옮긴이) 그램퍼스호를 고래잡이 항해에 내보내기 위해 수리하고 필요한 물품을 싣느라 분주했다. 그램퍼스호는 선체가 오래되어 아무리 손을 대도 파도를 견딜 수 있는 상태가 아니었다. 회사에 있는 좋은 선박들을 놔두고 왜 그램퍼스호를 골랐는지는 모르겠지만 결국 이 배로 출항하게 되었다. 바너드 선장이 그램퍼스호를 맡았고 어거스터스도 자기 아버지와 함께 항해를 나가게 되었다.

그램퍼스호가 항해를 준비하는 사이 어거스터스는 이번 항해는 여행을 하고 싶어 하는 내 욕구를 충족시켜줄 좋은 기회라고 몇 번이나 강조했다. 어거스터스는 내가 그냥 흘려듣지 않는다는 사실을 알았다. 그렇다고 그리 술술 풀릴 수 있는 성질의 일이 아니었다. 아버지는 대놓고 반대하지는 않았지만 어머니는 말만 꺼내도 경기를 일으켰다. 특히나 할아버지, 그러니까 내가 유산을 바라던 외할아버지는 자기 앞에서 그 이야기를 다시 꺼낸다면 땡랑 한 푼 쥐어서 내쫓아 버리겠다고 으름장을 놓았다. 그렇지만 이런 반대에 부딪혀 욕구가 사그라지기는커녕 불에 기름을 끼얹는 격이 되었다. 어떤 난관이라도 극복하여 떠나기로 마음먹고 친구에게 내 결심을 알린 다음, 일을 성사시킬 계획에 돌입했다.

그러는 동안 집안사람 누구에게도 항해에 대해서는 입도 벙긋 하지 않았고 겉으로는 늘 하던 공부로 동분서주해 주변에서는 내가 여행 계획을 단념했다고 생각했다. 그 이후에 당시 내 행동을 돌이켜보는 일이 잦았는데 그때마다 화가 나기도 하고 놀라기도 한다. 계획을 추진하기 위해 내 말과 행동 하나하나에 배어 있던 지독한 위선은 오랜 시간 품었던 여행에 대한 환상을 실현시키고자 불타올랐던 소망 덕분에 견딜 수가 있었을 것이다.

계획대로 가족들을 속이기 위해 어쩔 수 없이 여러 일을 어거스터스의 수완에 맡길 수밖에 없었다. 우리 친구는 날마다 하루 중 대부분을 그램퍼스호에서 일하면서 자기 아버지를 위해 선장실과 선장실 화물칸에서 항해 준비를 하는 데 전념했다. 그러나 반드시 밤에는 둘이서 만나 우리의 소망에 관해 이야기를 나눴다. 좋은 계획이 떠오르지 않은 채로 한 달 정도가 지난 뒤에야 어거스터스는 필요한 것들을 빠짐없이 결정했다고 말했다. 내게는 로스 아저씨라는 친척이 뉴베드퍼드에 살고 있어 한 번 가면 아저씨 댁에서 2, 3주 동안 지내다 오는 일이 가끔 있었다. 그램퍼스호는 1827년 6월, 대략 중순쯤 떠날 예정이었다. 출항 하루나 이틀 전 로스 아저씨가 평소처럼 우리 아버지에게 편지를 보내 내게 자기 집에 와서 보름 동안 아들 녀석들인 로버트, 에멧과 같이 지내달라고 하는 게 우리가 세운 계획이었다. 어거스터스가 편지를 지어 쓰고 전달하는 일을 맡았다.

생각대로 내가 뉴베드퍼드에 가게 되면 내 친구에게 알리고 그리 되면 어거스터스가 그램퍼스호에 내가 숨을 곳을 마련해 두는 것이었다. 어거스터스는 은신처를 여러 날 동안 지내기 편하도록 만들겠다고 장담했다. 숨어 있는 동안 얼굴을 내밀면 안 되니 말이다. 그램퍼스호가 항로를 따라 멀리 나아가 확실히 되돌릴 수 없을 때가 되면 쾌적한 선장실에서 지낼 수 있을 거라고도 했다. 또 자기 아버지는 우리가 친 장난에 배꼽을 잡으며 웃기만 할 거라고 말했다. 바다에서 선박을 많이 만나게 될 테니 그 편에 집으로 편지를 보내 우리 부모님에게 우리가 저지른 일을 설명할 요량이었다.

기다리고 기다리던 6월 중순이 다가왔고 모든 준비를 끝마쳤다. 가짜 편지를 써서 전달했고 생각했던 대로 월요일 아침에 뉴베드퍼드행 정기선을 탄다고 하면서 집을 나섰다. 그러고 나서 곧장, 길모퉁이에서 나를 기다리는 친구에게 갔다. 어두워질 때까지 숨어 있다가 슬그머니 배에 올라타는 게 원래 계획이었지만 다행히 그때 짙은 안개가 끼어 때를 놓치지 않고 숨어들기로 했다. 어거스터스는 앞장서서 부두로 걸어갔고 난 조금 떨어져 뒤따라가면서 내 모습을 들키지 않기 위해 친구가 가져온 선원용 외투로 몸을 감쌌다. 에드먼드 씨네 우물을 지나 두 번째 모퉁이를 돌아선 순간 앞에서 불쑥 나타나 나와 마주 서서 내 얼굴을 똑바로 쳐다보는 사람이 있었다. 다름 아닌 피터슨 씨, 우리 외할아버지였다.

"이런 세상에, 고든!"

할아버지는 말을 꺼냈다가 한참 침묵하더니 말을 이었다.

"아니, 네가 입은 더러운 외투는 누구 거냐?"

"여보시오!"

나는 이렇게 답하면서 긴박한 순간에 최대한으로, 그리고 뜻밖의 일에 불쾌하다는 듯한 태도를 취하며 걸걸한 목소리를 상상해내 말했다.

"여보쇼! 잘못 보신 거요. 애초에 내 이름은 고든도 아니란 말이오. 새 외투를 더럽다고 하다니 눈 똑바로 뜨고 보시오. 무뢰한 같으니라고."

노신사가 보기 좋게 꾸지람을 듣는 뜻밖의 모습을 보고 깔깔깔 웃음이 터져 나오는 걸 참느라 애를 먹었다. 외할아버지는 두세 걸음 뒤로 물러나 처음에는 얼굴이 창백해졌다가 그다음에는 시뻘게 달아오르더니 안경을 벗어던졌고 우산을 높이 쳐들어 내게 달려들었다. 하지만 달려오다가 불현듯 무슨 생각이 떠오른 것처럼 멈춰 섰다. 이윽고 돌아서서 절뚝거리며 길을 따라 내려갔다. 가는 내내 화가 나 부들부들 떨면서 속삭이듯 중얼거렸다.

"다른 사람을 고든이라고 착각하다니 새 안경인데 안 되겠군. 빌어먹을, 소금물에 빠진 대포처럼 아무짝에도 쓸모가 없잖아."

우리는 가까스로 할아버지를 피하고 나서 더 조심스럽게 이동해 무사히 목적지에 도착했다. 배 위에는 선원 한두 명밖에 없었고 그 사람들은 선원실을 정리하느라 뱃머리에서 부지런히 일하는 중이었다. 우리는 바너드 선장이 일이 있어 밤늦게까지 로이드 앤 브레텐버그 사무실에 있으리라는 걸 알았다. 그러니 바너드 선장을 신경 쓰느라 걱정할 일은 없었다.

어거스터스가 먼저 그램퍼스호의 옆면으로 올라갔고 얼마 지나지 않아 내가 뒤따라갔지만 일하던 선원들은 우리를 눈치채지 못했다. 곧장 선장실로 들어가 보니 아무도 없었다. 선장실은 포경선치고는 아주 안락하게 꾸며놓았다. 멋진 전용실이 네 개였고 거기에는 넓고 편한 침대가 놓여 있었다. 자세히 보니 큰 난로도 있었고 선장실과 전용실 바닥에는 두툼하고 값나가는 양탄자가 깔렸다. 천장까지 높이는 적어도 2미터는 족히 넘을 것 같았다. 한마디로 모든 공간이 내 예상보다 훨씬 널찍하고 쾌적한 듯했다. 하지만 어거스터스는 살펴볼 여유를 주지 않은 채 가능한 한 빨리 몸을 숨겨야 한다고 재촉하고는 앞서서 자기 전용실로 갔다.

내 친구 전용실은 그램퍼스호 오른쪽 뱃전에 있었고 바로 옆에는 칸막이벽으로 막혀 있었다. 들어서자마자 친구는 문을 닫더니 빗장을 질러 잠갔다. 아담했지만 그보다 멋진 방은 본 적이 없다는 생각이 들었다. 방 길이는 3미터 정도였고 하나뿐인 침대는 조금 전에 선장실에서 본 대로 널찍하고 편리했다. 칸막이벽에서 가장 가까이 벽장이 놓인 곳에 가로세로 1.2미터 크기의 공간이 있어 탁자, 의자, 주로 항해와 여행에 관한 책들이 잔뜩 꽂힌 벽걸이 선반을 걸기엔 안성맞춤이었다. 자잘한 편의 물품도 많았고 그중에서 금고나 냉장고 같은 것들을 특히 잊을 수 없다. 친구는 그 안에 먹고 마실 맛있는 음식이 넉넉하다고 알려주었다.

그러고 나서 어거스터스는 방금 선반이 걸려 있다고 말한 그 공간의 한쪽 구석에 깔린 양탄자 위 어느 지점을 주먹으로 누르면서 바닥재의 가로세로 40센티미터 정도를 깔끔하게 잘라내 다시 맞춰둔 것을 보여주었다. 그 부분을 누르자 밑으로 손가락을 넣을 수 있을 정도로 바닥재 한쪽이 올라왔다. 이렇게 해서 납작못으로 양탄자가 고정된 뚜껑을 들어 올리자 나는 이곳이 뒤쪽 화물창으로 통한다는 걸 알았다. 그런 다음 어거스터스는 인으로 만든 성냥으로 양초에 불을 붙여 뚜껑을 씌운 랜턴 안에 넣고 구멍으로 내려가면서 내게 따라오라고 말했다. 내가 따라 내려가자 친구는 아래쪽에 박힌 못을 당겨 덮개로 구멍을 막았다. 당연히 양탄자는 전용실 바닥에 있던 원래 자리로 돌아갔고 구멍을 감쪽같이 가렸다.

촛불이 아주 희미해서 주변에 혼잡하게 쌓인 잡동사니를 헤치며 손으로 더듬어 나아가자니 몹시 힘이 들었다. 하지만 서서히 눈이 어둠에 익숙해졌고 친구의 외투 자락을 잡으니 그나마 수월하게 걸어갈 수 있었다. 천천히 움직이고 꾸불꾸불 돌아 셀 수 없이 많은 좁다란 통로를 지난 다음 드디어 어거스터스는 나를 쇠를 대어 만든 상자가 있는 곳으로 데려갔다. 정교한 도자기를 포장하는 데 쓰이기도 하는 상자였다. 높이는 거의 1.2미터였고 길이는 족히 1.8미터는 되었지만 폭이 매우 좁았다. 상자 위에는 비어 있는 큰 기름통 두 개가 놓여 있었고 기름통 위에는 밀짚 거적이 선장실 바닥에 닿을 정도로 산처럼 쌓여 있었다. 주위 어디를 둘러보나 나무 상자, 바구니, 통, 가마니가 잡다하게 뒤섞인 데다 온갖 선박 부속품이 어수선하게 빈틈없이 들어차 있어 천장까지 쌓일 정도였다. 그러니 상자까지 가는 길을 찾은 게 기적같이 느껴졌다.

빈틈없는 은신처를 마련해주려고 어거스터스가 화물창에 있는 짐을 일부러 이렇게 배열했다는 걸 나중에서야 알았다. 그램퍼스호를 타고 나가지 않는 선원 한 사람만 데리고 한 일이었다.

다음으로 내 친구는 상자의 한쪽 끝을 마음대로 움직일 수 있다고 알려주면서 상자 한쪽을 옆으로 밀어 안쪽을 보여주었다. 나는 내부를 들여다보고 무진장 기분이 좋았다. 선장실 침대에서 가져온 매트리스 하나가 바닥을 다 덮었고 이렇게 작은 공간에 채워 넣을 수 있는 거의 모든 편의 시설은 다 들어가 있었다. 그러면서도 앉거나 쭉 뻗어 누워서 편하게 지낼 수 있는 공간도 넉넉히 남았다. 또 책 몇 권, 펜, 잉크, 종이, 담요 세 장, 물이 가득 든 커다란 물통 하나, 항해용 비스킷 한 통, 볼로냐소시지 서너 개, 커다란 햄, 냉장된 구운 양 다리, 과일 음료와 술도 여섯 병 있었다.

나는 바로 들어가 나만의 아담한 집을 차지했다. 장담하건대 새 궁전에 들어간 왕도 나만큼 만족스럽지는 않았을 것이다. 어거스터스는 상자를 닫는 방법을 알려주고서 갑판 가까이 촛불을 들고 가 갑판을 따라 뻗은 검은 줄을 보여주었다. 이 멋진 친구가 말하기를 이 줄은 은신처에서 시작해 잡동사니 사이로 지나가야 할 꼬불꼬불한 길을 빠짐없이 거쳐, 자기 전용실로 통하는 뚜껑 문 바로 아래 화물창 쪽 갑판에 박힌 못까지 뻗어 있다고 했다. 예기치 않은 사고가 생겨 필요한 경우라면 누구의 안내 없이도 이 줄로 쉽게 길을 찾을 수 있을 것이었다. 친구는 랜턴과 함께 양초와 성냥을 넉넉히 남겨두고 나가면서 들키지 않고 올 수 있을 때 틈나는 대로 찾아오겠다고 약속했다. 이날이 6월 17일이었다.

나는 밖으로 전혀 나가지 않은 채 짐작으로는 사흘 밤낮을 보냈다. 통로 맞은편에 있는 나무 상자 둘 사이에 똑바로 서서 팔다리를 쭉 펴려고 두 번 나온 게 전부였다. 그동안 친구 녀석은 코빼기도 내밀지 않았지만 조금도 불안하지 않았다. 그램퍼스호가 금방이라도 출항하려고 하니 그 북새통에 내게 내려올 기회를 쉽사리 찾지 못하리라는 걸 알기 때문이었다. 마침내 뚜껑 문이 열리고 닫히는 소리가 들렸고 얼마 안 있어 친구가 나직한 목소리로 부르면서 잘 지내는지, 필요한 게 있는지 물었다.

"더 필요한 건 없어. 아주 편안해. 배는 언제 출항해?"

"30분 안에 떠날 거야. 알려주려고 왔어. 내가 없어서 네가 불안해할 것 같아서 말이야. 한동안, 아마 사나흘은 다시 내려올 기회가 없을 거야. 모든 일이 순조로워. 내가 올라가서 뚜껑 문을 닫으면 줄을 따라 못이 박힌 곳까지 조심해서 와. 거기 내 시계가 있을 거야. 햇빛이 들지 않아 시간을 알 수 없을 테니 시계가 도움이 될 거야. 네가 얼마 동안이나 숨어 있었는지 모르지? 사흘밖에 안 됐어. 오늘이 20일이거든. 네가 있는 상자까지 시계를 가져다주려고 했지만 누군가 내가 자리를 비운 걸 알아챌까 봐서 말이야."

이렇게 말하더니 우리의 선원 친구는 올라갔다.

친구가 올라가고 나서 한 시간쯤 지나자 배가 움직이는 것을 분명하게 느꼈고 드디어 항해가 본격적으로 시작되니 기뻤다. 기쁨에 마음이 흐뭇해져서 가능한 한 걱정을 내려놓고, 이 상자보다 편하지는 않겠지만 더 널찍한 선장실 숙소로 옮겨도 좋다고 할 때까지 일이 어떻게 흘러가는지 기다려보기로 했다. 암튼 시계를 가져와야 했다. 양초에 불을 붙여 어둠 속을 더듬거리며 줄을 따라 꼬불꼬불한 길을 수도 없이 지났다. 힘들게 멀리까지 갔는데도 원래 있던 자리에서 30센티미터 내지 60센티미터 떨어진 곳으로 다시 돌아오는 일도 있었다. 마침내 못이 박힌 곳에 도착했고 고생해서 여기까지 온 목표물을 손에 넣어 무사히 돌아왔다. 그러고 나서 친구가 사려 깊게 준비한 책들을 대충 훑어보다가 루이스와 클라크가 쓴 《콜롬비아 강 어귀 탐험기》를 읽기로 했다. 책을 읽으며 한동안 시간을 죽이다가 나른해져서 조심히 촛불을 껐고 이내 푹 잠이 들었다.

잠에서 깼을 때 이상하게 머릿속이 혼란스러웠다. 내가 처한 상황을 전부 생각해내기에는 시간이 좀 걸렸지만 서서히 무슨 일이 있었는지 모두 떠올릴 수 있었다. 불을 켜서 시계를 들여다봤지만 멈춰 있어서 얼마나 잤는지 알 방법이 없었다. 팔다리에 쥐가 나 나무 상자들 사이에 서서 몸을 풀어줘야 했다. 이윽고 배가 고파 죽을 지경이 되자 양고기가 생각났다. 잠들기 직전에 먹었을 때 엄청 맛있었다. 아쉽게도 양고기가 완전히 상한 걸 확인하고는 깜짝 놀랐다. 이렇게 되자 몹시 애가 탔다. 일어났을 때 머리가 어지러웠던 것과 연관 지어보니 지나치게 오래 잔 게 분명하다는 생각이 들었기 때문이다. 화물창에 고여 있는 갑갑한 공기와 관련이 있을 수도 있었고 그렇다면은 큰일이 생길 수도 있었다. 머리가 깨질 듯이 아파왔고 숨 쉴 때마다 힘이 들었다.

한마디로 순식간에 수만 가지 비관적인 생각에 사로잡히고 말았던 것이다. 그런데도 뚜껑 문을 열어 소란을 피우거나 하는 생각은 할 수가 없어서 시계태엽을 감으면서 최대한 마음을 가라앉혔다.

이후 스물네 시간이 지루하게 흐르는 동안에도 구하러 오는 사람은 아무도 없었다. 지독히 무관심한 내 친구를 원망하지 않을 수 없었다. 무엇보다 물통에 든 물이 300밀리리터 정도로 줄었다는 사실을 확인하니 불안했다. 양고기를 못 먹게 되어 볼로냐소시지를 맘껏 먹어댔더니 목이 말라 힘겨웠다. 너무 초조해서 책을 읽고 싶은 마음도 사라졌다. 거기다 못 견딜 정도로 잠이 쏟아졌지만 잠든다는 생각만 해도 숯이 타면서 나오는 해로운 물질처럼 화물창에 밀폐된 공기 탓에 치명적인 해를 입을까 조마조마했다. 그러는 사이 그램퍼스호가 좌우로 흔들려 배가 대양으로 멀리 나왔다는 걸 알 수 있었고 먼 곳에서 들리는 것처럼 윙윙거리는 소리가 낮게 들려와 범상치 않은 강풍이 분다고 확신했다.

친구가 오지 않는 이유는 도저히 떠오르지 않았다. 위로 올라가도 좋다고 허락받을 수 있을 만큼 배가 바다 멀리 나온 게 분명했다. 어쩌면 이 녀석에게 사고가 생겼을 수도 있었다. 그러나 왜 이렇게 오랫동안 나를 감옥살이를 시키며 괴롭히는지 납득할 만한 이유가 떠오르지 않았다. 사실 기껏 떠오른 생각은 어거스터스가 갑자기 죽었거나 바다에 빠졌다는 것이었다. 이런 생각이 들자 견딜 수 없었다. 어쩌면 맞바람을 받아 더 나아가지 못하고 아직 낸터킷 근해에 있을 수도 있었다. 그렇지만 이런 생각은 떨쳐버릴 수밖에 없었다. 맞바람을 맞았다면 그램퍼스호는 분명 이리저리 움직였을 것이다. 왼쪽 뱃전 쪽으로 계속해서 기울어지는 것으로 보아 오른쪽 뱃전 뒤편에 방향이 일정한 미풍을 받으며 항해한다고 확신했다. 게다가 아직 낸터킷 섬 인근에 있는 거라면 어거스터스가 내려와 상황을 알려주지 않았을까 싶었다.

고독하고 우울한 처지가 힘들어 이런저런 생각이 들자 이제부터 다시 하루를 꼬박 더 기다려보기로 했다. 그런데도 도와주러 오는 이가 없다면 뚜껑 문으로 가서 친구와 담판을 짓거나 하다못해 구멍으로 들어오는 맑은 공기라도 조금 쐬고 전용실에서 물을 더 얻어오기라도 하리라. 이런 생각에 집중하면서 잠들지 않으려고 애를 썼지만 깊이 잠들어버렸다. 아니 정확히 말하면 혼수상태에 빠진 것에 가까웠다.

소름 끼치게 무서운 꿈을 꾸었다. 온갖 참혹하고 무서운 일을 겪었다. 무시무시하고 잔인한 악마들이 나를 커다란 베개 사이에 끼워놓고 숨 막히게 하는 꿈도 꾸었다. 거대한 구렁이들이 나를 칭칭 감고 무섭게 번득거리는 눈으로 정면에서 노려보기도 했다. 그러다가 황량한 사막이 눈앞에 끝없이 펼쳐져 두려움에 떨기도 했다. 엄청나게 길고 잎이 다 떨어져 앙상한 잿빛 나무줄기들이 눈길이 닿는 데까지 한없이 늘어선 모습도 보였다. 나무뿌리들은 넓게 펼쳐진 늪지에 박혀 있었고 늪 아래 황량한 수면은 시커멓고 적막해서 오싹하기까지 했다. 기기묘묘한 나무들은 인간처럼 생명이 있는 듯 보였다. 앞뒤로 앙상한 나뭇가지를 흔들며 극심한 고통과 절망에 빠져 귀청을 찢을 듯한 날카로운 소리로 늪에 잠잠하게 고인 물을 향해 자비를 구하는 것 같기도 하였다.

다시 장면이 바뀌어 타는 듯한 사하라 사막 한복판에 벌거벗고 혼자 서 있었다. 발치에는 열대지방에 사는 험악한 사자가 웅크리고 누워 있었다. 그 사자가 별안간 사나운 두 눈을 뜨더니 내게 달려들었다. 힘껏 뛰어올라 앞발을 들고 서서 날카로운 이빨을 드러냈다. 그러다 곧 하늘에서 천둥이 치듯 으르렁거리는 소리가 사자의 시뻘건 목구멍에서 흘러나왔고 나는 갑자기 쓰러졌다. 공포에 휩싸여 숨이 막혔고 결국에는 잠이 설핏 깬 것 같았다. 아무래도 꿈속에서 일어난 것만은 아니었다. 의식이 돌아왔는데도 실제로 거대한 괴물이 가슴팍을 세게 짓눌렀고 뜨거운 입김이 내 귓가에 닿았다. 섬뜩한 송곳니들이 어둠 속에서 나를 향해 번들거렸다.

팔다리를 움직이거나 입으로 한마디만 꺼내도 수천 명의 목숨을 살릴 수 있다고 해도 꼼짝도 못 하고 말도 못 했을 것이다. 정체가 무엇이건 그 짐승은 바로 공격하지 않고 그 자세 그대로 있었고 그러는 동안 나는 옴짝달싹 못 하고 이 짐승에 깔린 채 숨이 끊어져간다고 생각했다. 몸에서 기력이 빠져나가고 의식도 희미해지는 기분이었다. 한마디로 죽어가고 있었다. 순전히 공포 때문에 죽는 것이다. 머리가 어지러워 토할 것 같았고 시력을 잃어 위에서 나를 노려보는 눈조차 흐릿해 보였다. 마지막 남은 힘을 끌어모아 결국 끊어질 듯한 소리로 속삭여 신께 기도를 드리고 죽음을 받아들였다.

내 목소리가 짐승 안에 잠재한 야수성을 일깨운 것 같았다. 네발을 쭉 뻗어 내 몸을 덮쳤다. 놀랍게도 길고 낮게 낑낑대는 소리를 내며 내 얼굴과 양손을 열심히 핥아댔다. 기쁘고 좋아죽겠다는 뜻이 역력한 것이다! 깜짝 놀라서 어리둥절했다. 그렇지만 뉴펀들랜드 개인 타이거 특유의 쿵쿵거리는 소리를 잊을 리가 없었고 내게 파고드는 특이한 몸부림을 잘 알았다. 바로 내가 키우는 개 타이거였다. 별안간 양쪽 관자놀이에 피가 확 쏠렸다. 구조받아 살 수 있을 거라는 느낌을 아찔할 정도로 강하게 받았다. 누워 있던 매트리스에서 허둥지둥 일어나 내 충직한 부하이자 친구인 타이거의 목을 와락 끌어안자, 폭포처럼 눈물이 흘러 오랫동안 답답하게 짓눌렀던 가슴이 시원해졌다.

지난번처럼 매트리스에서 일어난 후에도 의식은 또렷하지 않고 혼란스러웠다. 한참 동안은 앞뒤가 맞아 생각을 할 수 없을 정도였지만 아주 조금씩 사고력이 되살아나 내게 일어난 사건 몇 가지를 다시 기억해낼 수 있었다. 타이거가 어떻게 여기 있는지는 알 수가 없었다. 그러면서도 타이거에 관해 온갖 추측을 해보다가 타이거가 함께 있어서 서글픈 외로움을 덜어주는 동시에 나를 안고 위로해준다는 생각이 들어 즐거울 수밖에 없었다.

사람들 대부분이 자기가 기르는 개를 사랑한다. 타이거를 사랑하는 내 마음은 보통보다 한결 더 큰 데다 정말로 타이거만큼 사랑받을 만한 동물도 결단코 없었다. 7년 동안 타이거는 나와 떨어질 수 없는 친구였다. 타이거가 가진 뛰어난 재주를 빠짐없이 보여주는 사건도 수두룩했고, 그런 재주가 있어 타이거를 소중하게 여기게 된 것이었다. 낸터킷에 사는 심술궂은 꼬마 녀석이 애송이 강아지였던 타이거의 목에 줄을 묶어 바다로 끌고 가려는 걸 보고 구해준 일이 있었고 그로부터 3년쯤 뒤 거리에서 몽둥이 든 강도와 맞닥뜨린 나를 다 큰 타이거가 구해서 은혜를 갚아주었다.

시계를 찾아 귀에 대보니 멈춰 있었다. 기분이 이상한 걸 보니 지난번처럼 아주 오래 잔 게 확실했다. 물론 얼마나 잤는지는 알 수 없었다. 열이 나 몸이 펄펄 끓었고 참기 어려울 정도로 목이 말랐다. 초는 다 타서 랜턴 안에는 초꽂이만 남았고 성냥이 든 상자는 손에 잡히지 않아서 조금 남은 물을 마시려면 상자 안을 여기저기 더듬어봐야 했다. 물통을 찾았지만 물은 남아 있지 않았다. 상자 입구 가까이에 깨끗이 뜯어먹은 뼈다귀가 놓인 걸로 보아 아마도 남은 양고기를 먹고 싶었던 타이거가 물도 마시고 싶었던 모양이다. 상한 고기야 당연히 내줄 수 있었지만 물을 생각하니 가슴이 철렁 내려앉았다. 기운이 쭉 빠졌고 약간 움직이거나 힘을 쓰려고 하면 오한이 난 것처럼 온몸이 떨리기까지 했다. 엎친 데 덮친 격으로 배가 아래위로 앞뒤로 심하게 흔들렸고 내가 있는 상자 위에 놓인 기름통이 금방이라도 떨어져 하나뿐인 출입구를 막을 것 같았다. 게다가 심한 뱃멀미에 시달리는 상태였다.

이런 상황에서 아무런 시도도 못 하게 되기 전에 어떤 위험이라도 무릅쓰고 당장 도움을 받아야겠다고 마음먹었다. 결심이 서자 다시 손으로 더듬어 성냥 상자와 양초를 찾았다. 성냥 상자는 그리 어렵지 않게 찾았다. 초는 어디에 놓았는지 대충 기억해놓아서 쉽게 찾을 수 있을 것 같았지만, 생각만큼 빨리 발견하지 못해서 일단 단념했다. 타이거에게 조용히 있으라 말하고 뚜껑 문을 향해 바로 출발했다.

움직이면서 내가 얼마나 약해졌는지 더욱더 분명히 체감할 수 있었다. 무엇보다 기어가는 게 가장 힘들어서 몸을 지탱하는 팔다리가 갑자기 힘이 빠져 주저앉는 일이 많았다. 그럴 때면 앞으로 고꾸라져 잠시간 거의 의식이 없는 상태가 되었다. 그런데도 천천히 앞으로 힘겹게 나아가면서 잡동사니로 만든 비좁고 얽히고설킨 길 가운데서 정신을 잃을까 봐 계속 두려웠다. 그렇게 된다면 예상할 수 있는 결과는 그저 죽음뿐이었다.

있는 힘을 다해 앞으로 밀고 나가다가 결국 쇠를 댄 상자의 날카로운 모서리에 이마를 세게 부딪쳤다. 이 사고로는 잠깐 멍해졌다. 슬프게도 그 상자가 일순간 심하게 요동친 배 때문에 내가 가야 하는 길에 떨어졌고 통로를 막아버렸다는 사실을 알았다. 전력을 다해봐도 그 자리에서 단 1센티미터도 움직일 수 없었다. 주위에 있는 상자들과 선박 부속품 사이에 단단히 끼어버린 것이다. 그래서 쇠약해진 나는 줄을 따라가는 걸 그만두고 다른 길을 찾거나 장애물을 타고 넘어가 반대편에서 다시 시작해야 했다.

줄을 포기하는 건 생각만 해도 와들와들 떨릴 정도로 어렵고 고될 것 같았다. 몸과 마음이 모두 약한 현재 상태에서 시도한다면 영락없이 길을 잃을 것이고 화물창 안의 음침하고 지긋지긋한 미로 한복판에서 비참하게 죽을 수도 있었다. 그래서 망설이지 않고 남은 힘과 용기를 모아 애를 써서 상자 위로 기어 올라갔다.

결정을 내리고 똑바로 서자, 두려움 속에 짐작했던 것보다 훨씬 더 위험한 일이라는 걸 깨달았다. 좁은 통로 양쪽에는 여러 가지 무거운 잡동사니가 벽처럼 쌓여 있어 조금만 실수해도 머리 위로 떨어질 가능성이 높았다. 그런 사고를 피한다고 해도 장애물이 앞을 막은 것처럼, 떨어진 물건들이 내가 돌아갈 때 길을 막아버릴 수도 있었다. 상자만 해도 길고 부피가 커서 발판으로 쓸 수는 없었다. 내 몸을 끌어올릴 수 있으리라고 기대하며 있는 힘껏 기어코 꼭대기에 손을 뻗어봤지만 헛수고였다. 손이 닿는다고 해도 올라타고 넘기에는 내 힘이 모자랐을 게 분명하다. 여러모로 보아 실패한 게 잘된 일이었다. 기를 쓰고 상자를 움직이려고 밀어내다가 옆쪽에서 강한 진동을 느꼈다. 두꺼운 판자들 가장자리에 손을 대보니 아주 큰 판자 하나가 헐거웠다. 다행히도 가지고 있던 주머니칼로 힘겹게 비집어

열 수 있었다. 그 틈으로 나가보니 기쁘게도 반대편에는 판자가 없었다.

　다시 말해서 덮개가 없었고 내가 밀고 나온 곳이 바닥이었던 것이다. 이제 큰 어려움 없이 줄을 따라가다 드디어 못이 박힌 곳에 도착했다. 두근거리는 마음으로 똑바로 서서 뚜껑 문을 살짝 밀었다. 생각했던 것만큼 쉽게 올라가지 않아서 조금 더 과감하게 밀었다. 그러면서 어거스터스만 쓰는 전용실에 다른 사람이 있지나 않을까 하고 계속 걱정이 됐다. 놀랍게도 문은 꿈쩍도 하지 않아서 조금 불안해졌다. 전에는 힘을 거의 들이지 않고 열 수 있었기 때문이다. 세게 밀어봐도 문은 여전히 굳게 닫힌 채였다. 힘껏 해봤지만 그래도 열릴 기미가 보이지 않았다. 화가 나기도 하고 절망스럽기도 했다. 젖 먹던 힘까지 동원해도 소용이 없었다. 움직이지도 않게 고정된 것으로 보아 누군가 구멍을 발견하고 못질을 했거나 아니면 도저히 옮길 수 없는 엄청나게 무거운 것을 올려둔 게 분명했다.

　참을 수 없을 정도로 무섭고 온 세상이 다 무너진 듯 초조해졌다. 이렇게 갇혀버리게 된 그럴듯한 이유를 생각해봤지만 아무 소용이 없었다. 어떤 이유도 더는 떠오르지 않아 바닥에 털썩 주저앉아 절망적인 상상에 빠졌다. 문득 떠오른 상상 속에서 주로 맞닥뜨린 참사는 갈증, 굶주림, 질식으로 끔찍하게 죽어 이른 나이에 묻히는 것이었다. 그러다 마음이 다시금 안정되었고 손가락으로 구멍의 이음매나 갈라진 틈을 꼼꼼하게 만져봤다. 틈을 찾아서 전용실에서 불빛이 새어 나오는지 일일이 살펴봤지만 불빛은 보이지 않았다.

작은 주머니칼에서 칼날을 꺼내 틈 사이로 쑤셔 넣자 딱딱한 물체에 닿았다. 닿은 물체를 긁어보고서야 단단한 쇳덩어리임을 알았다. 칼날을 움직여보니 특이하게 울퉁불퉁해서 사슬 닻줄일 거라는 결론을 내렸다. 이제 할 수 있는 일은 왔던 길을 되짚어가 상자로 돌아가는 것이다. 그러고 나서 서글픈 최후를 기다리거나 마음을 가라앉혀 탈출할 계획을 세우는 것이다. 즉시 발길을 돌려 수없는 난관을 거친 후에야 겨우 출발점으로 돌아갈 수 있었다. 진이 다 빠져 매트리스에 주저앉자 타이거가 내 곁으로 뛰어 들어왔다. 나를 어루만지는 폼이 마치 곤경에 처한 주인을 위로하고 의연하게 견디라고 격려하고 싶은 것 같았다.

그러다 타이거의 움직임이 이상해져서 신경이 쓰였다. 잠깐 내 얼굴과 손을 핥다가 갑자기 그만두더니 나지막하게 낑낑거렸다. 타이거에게 손을 뻗어보니 계속 네발을 위로 쳐들고 벌렁 누워 있는 게 아닌가. 이 행동을 자주 반복해서 이상해 보였지만 그러는 이유를 전혀 짐작할 수 없었다. 괴로워하는 것 같아 어디를 다쳤을까 하고 타이거의 발을 잡고는 하나하나 살펴보았지만 다친 흔적은 어디에도 없었다. 그때 배가 고플지도 모른다는 생각이 들어 큰 햄을 주었더니 무섭게 먹어치웠다. 그 뒤에도 예사롭지 않은 행동은 멈추지 않았다. 그제야 타이거도 나처럼 목이 말라 힘든 거라는 생각이 들었다. 그거다! 그게 맞을 거라고 결론을 내리면서 그때까지 타이거의 발만 살폈을 뿐이다. 몸통이나 머리에 상처가 있을지도 모른다는 생각이 떠올랐다. 주의 깊게 머리를 어루만져봤지만 상처는 없었다. 등을 쓰다듬어보니 등 둘레에 털이 약간 곤두선 게 느껴졌다. 손가락으로 만져보니 끈이 있었고 그 끈을 따라가 보니 몸통에 빙 둘러 매어 있었다. 더 자세히 살펴보자 편지지 같은 조그마한 종잇조각이 손에 닿았다. 종이가 타이거의 왼쪽 어깻죽지 바로 아래에 오도록 끈이 묶여 있었던 것이다.

3

순간 떠오르는 생각은 이 종이쪽지가 어거스터스가 보낸 편지고 이 지하 감옥에서 나를 구해낼 수 없는 말 못 할 사고가 생겨 내게 사건의 진상을 알려주려고 이런 방법을 궁리해냈다는 것이었다. 간절한 마음에 부들부들 떨면서 다시 성냥과 양초를 찾았다. 잠들기 직전 주의해서 치워두었던 걸 어렴풋이 기억했다. 좀 전에 뚜껑 문으로 가기 전에는 어디다 놓아뒀는지 정확히 기억해낼 수 있었다. 어찌하면 좋은가! 이제는 생각해내려고 애를 써도 소용이 없어서 꼬박 한 시간이나 잃어버린 물건을 찾아봤지만 아무것도 발견하지 못하고 애만 탔다. 정말로 이만큼 걱정되고 불안해서 초조했던 때도 없었다. 배 균형을 잡는 바닥짐에 머리를 가까이 대고 상자 입구 가까이와 상자 바깥쪽을 더듬어보다가 드디어 뱃고물 쪽에서 불빛이 희미하게 깜빡이는 것을 보았다. 화들짝 놀라 그쪽으로 가보기로 했다. 내가 있는 위치에서 겨우 몇 십 센티미터 떨어진 것처럼 보였던 것이다.

가까이 가려고 움직이기가 무섭게 흐릿한 불빛이 사라졌다. 그래서 하는 수 없이 상자를 따라 더듬으면서 원래 자리로 돌아오니 다시 불빛이 보였다. 머리를 조심히 앞뒤로 움직이다 보니 처음 출발했던 곳의 반대 방향에서 조심스럽게 천천히 나아가면 계속 빛을 보면서 불빛 가까이 다가갈 수 있다는 것을 알았다. 수없이 많은 좁고 꼬불꼬불한 길을 비집어 얼마 지나지 않아 불빛을 바로 앞에서 볼 수 있었고, 쓰러진 빈 통 안에 성냥 조각이 있어 거기서 빛이 새어 나온다는 사실을 알았다. 어떻게 성냥 조각이 그런 곳에 들어가 있는지 궁금해할 때 양초 조각 두세 개가 손에 닿았다. 아무래도 타이거가 우물우물 씹은 게 분명했다. 내가 받은 양초를 타이거가 전부 먹어치웠다는 생각이 곧장 떠올랐다. 친구가 보낸 편지를 읽을 수 있을 거라는 희망이 사라진 것 같았다. 남은 초 조각들은 통 안에서 잡동사니 사이에 뭉개져 쓸모가 없을 거라는 생각에 그대로 내버려 뒀다. 성냥은 부스러기 한두 개뿐이었지만 할 수 있는 대로 긁어모아 타이거가 줄곧 혼자 남아 있을 상자로 고생해서 돌아왔다.

그러고는 어떻게 해야 할지 알 수가 없었다. 화물창은 캄캄해서 손을 아무리 얼굴 가까이 들이대도 보이지 않을 정도였다. 가까스로 하얀 종이쪽지라는 건 분간되었지만 그마저도 똑바로 보면 알아볼 수 없었다. 망막 외부를 종이 쪽으로 향하게 하면, 다시 말해서 약간 비스듬히 보면 흰 종이라는 걸 어느 정도 알 수 있을 정도였다. 이것으로 내가 갇힌 감옥이 얼마나 어두웠는지 짐작할 수 있을 것이다. 정말 친구가 보낸 게 맞다면 편지가 이미 불안하고 나약해진 내 마음을 쓸데없이 어지럽혀 더 괴롭게 만들 것만 같았다.

어떻게 하면 불빛이 생길까 말도 안 되는 방법도 수없이 생각해봤지만 소용이 없었다. 꼭 아편에 취해 몽롱하게 잠든 사람이나 어둠을 밝힐 방법으로 생각해낼 터무니없는 것들이었다. 하나하나가 다 몽상가에게는 타당하게도 보였다가 어처구니없게도 보이는 계획이었다. 꼭 논리력과 상상력이 끊임없이 번갈아 스치는 것 같았다. 마침내 괜찮다 싶은 생각이 하나 떠올랐다. 진작 떠오르지 않은 게 놀라울 따름이었다.

책 뒷면에 종이쪽지를 올려놓고 통에서 꺼내온 인 성냥 조각을 모아 종이 위에 놓았다. 그런 다음 손바닥으로 빠르게 꾸준히 종이 전체를 문질렀다. 즉시 종이 표면 곳곳에 환한 빛이 퍼져서 글이 적혀 있다면 별로 힘들이지 않고 읽을 수 있을 거라고 확신했다. 그러나 글자는 한 자도 없었다. 그저 마음에 안 드는 서글픈 백지뿐이었다. 몇 초 후 빛은 사라지고 빛과 함께 내 희망도 사그라졌다.

이 일이 있기 전 얼마간 내 사고력은 백치에 가까웠다고 앞서 몇 차례 말한 적이 있다. 분명히 잠깐씩 정신이 멀쩡해지기도 하고 어쩌다 기력이 돌아오기도 했다. 그렇다고 자주 있는 일은 아니었다. 기억해두어야 할 건 여러 날 동안 포경선의 밀폐된 화물창에서 해로운 공기를 들이마셨고 그중 상당 기간은 공급받은 물도 충분하지 않았다는 사실이다. 지난 열네 시간 혹은 열다섯 시간 동안 물 한 방울도 마시지 못하고 한숨도 자지 못했다. 주된 식량은 갈증을 더하는 소금에 절인 음식들이었다. 사실 양고기가 없어지고 난 후 유일한 식량이었다. 항해용 비스킷도 있었지만 아무 쓸모가 없었다. 말라비틀어지고 딱딱해서 부어오르고 바싹 마른 목으로는 삼킬 수가 없었다. 이때는 열도 높아서 여러모로 보아 무척 아팠다. 지난번에 성냥을 가지고 고군분투한 뒤 낙담해서 오랜 시간을 힘들게 보냈다는 사실을 이런 몸 상태로 짐작할 수 있을 것이다. 그러다 종이를 한쪽 면만 살펴봤다는 생각이 문득 들었다. 터무니없는 실수를 저질렀다는 사실을 갑자기 떠올렸을 때 그 어떤 일보다도 화가 치밀어서 얼마나 심하게 성질이 났는지 말로 다 표현할 수 없다. 어리석고 성급해서 문제를 크게 만들지 않았다면 실수 자체는 대수롭지 않았을 것이다. 종이쪽지에 글이 없는 걸 보고 실망해서 어린아이같이 종이를 갈기갈기 찢어버리고 어디다 버렸는지도 몰랐던 것이다.

최악의 상황에서 타이거가 가진 예민한 후각이 나를 살렸다. 한참 뒤진 끝에 작은 글쪽지를 찾아 타이거의 코에 갖다 댔고 나머지 종이를 가져와야 한다는 뜻을 알아듣게 하려고 애썼다. 타이거는 곧바로 이해한 것 같았고 잠깐 샅샅이 뒤지더니 이내 중요한 종잇조각을 찾아냈다.

뉴펀들랜드라면 흔히 부린다는 재주가 있지만 하나도 가르친 적이 없어 놀라울 따름이었다. 타이거는 종잇조각을 가져다주고 잠시 머뭇거리다가 내 손에 코를 대고 비볐다. 아마도 장한 일을 했으니 칭찬을 해달라고 기다리는 것 같았다. 머리를 쓰다듬어주자마자 다시 급하게 달려나갔고 몇 분이 흐르자 되돌아왔다. 그런데 이번에 올 때는 큰 종잇조각을 가지고 왔고 이제 잃어버린 조각을 모두 찾았다.

편지는 세 조각으로만 찢어진 것 같았다. 성냥 부스러기 한두 개가 아직도 발하는 희미한 빛을 따라가서 운 좋게 얼마 남지 않은 성냥 파편들을 어렵지 않게 찾았다. 고생했던 기억을 통해 신중할 필요가 있음을 배웠으니 시간을 두고 어떻게 해야 할지 고민했다. 십중팔구 살펴보지 않은 면에 글자가 적혀 있을 거라는 생각이 들었다. 그렇다면 어느 쪽에 있는 걸까? 글이 적혀 있다면 전부 한쪽 면에 있을 테고 쓰어 있는 대로 연결되어 있을 게 확실했지만 조각들을 다 맞춰보아도 어느 면인지 실마리를 얻을 수 없었다. 우선 이 문제를 해결하는 게 다급했다. 이번에 실패해 다시 세 번째 시도를 하기에는 남은 성냥이 턱없이 부족했다.

지난번처럼 책 위에 종이를 올려두고 앉아 잠시 이 문제를 고민해봤다. 그러다 글이 적힌 쪽의 표면이 울퉁불퉁해서 예민한 감각으로 느낄 수도 있겠다는 생각이 들었다. 시험해보기로 하고 위로 올라와 있는 면을 조심스럽게 손가락으로 만져봤다. 아무것도 느껴지지 않았다. 종이를 뒤집어서 책에 올리고 다시 맞췄다. 이제 또 집게손가락을 신중하게 움직이자 손가락을 따라 희미한 빛이 보였다. 미약하기는 했지만 그래도 알아볼 수 있는 불빛이었다. 전에 종이를 덮었던 인 부스러기가 미미하게 남아서 나오는 빛이었다. 만약 종이에 글이 적혀 있다면 반대쪽 그러니까 아랫면에 글이 있는 것이다.

다시 편지를 뒤집어 똑같은 작업을 했다. 성냥을 문지르자 조금 전과 마찬가지로 선명한 빛이 생겼다. 이번에는 손으로 쓴 큰 글씨들이 몇 줄 뚜렷하게 보였다. 아무래도 빨간색 잉크로 쓴 것 같았다. 가물거리는 빛은 글을 읽을 수 있을 정도로 밝았지만 순식간에 사라졌다. 그래도 심하게 흥분하지만 않았다면 앞에 보이는 세 문장을 다 읽고도 시간이 남을 것이다. 문장이 세 개인 걸 확인할 정도였으니까 말이다. 한꺼번에 전부 읽으려고 조바심을 내다가 겨우 마지막 일곱 마디만 읽을 수 있었다. 그렇게 해서 본 내용은 이랬다.

'…피… 숨어 있으면 네 목숨은 건질 거야.'

비록 말로 다할 수 없는 참사 소식을 알렸을지라도 편지의 전체 내용, 그러니까 이렇게 편지를 보내 내 친구가 전하려고 했던 경고의 의미를 알아낼 수 있었다면 확신하건대 조금도 두렵지 않았을 것이다. 단편적인 경고를 받았기에 느낀 공포는 끔찍했고 말로도 표현할 수가 없었다. 그중에서 '피'라는 막연한 단어도 의미를 한정하거나 명료하게 해주는 앞 구절들과 분리되어 어두운 감옥 안에서 오싹하고 가혹하게 내 마음 깊이 와 닿았다. 항상 수수께끼, 고통, 공포로 가득한 단어이기도 했지만 이제는 의미가 세 배는 더 있는 듯 느껴졌다.

어거스터스가 내가 숨어 있기를 바란 데는 분명히 그럴 만한 이유가 있었을 것이다. 어떤 이유가 있을지 억측이 난무하는데 수수께끼를 풀 만한 적절한 해답은 전혀 생각나지 않았다. 지난번 뚜껑 문에 갔다 돌아온 직후 타이거의 이상한 행동 때문에 주의를 빼앗기기 전까지는 어떻게 해서든지 소리를 내서 배에 있는 사람들에게 내가 있다고 알리거나 그것도 안 되면 맨 아래 갑판을 뚫고 나가려고 했었다. 이때까지 위급한 상황에서도 이런 두 가지 방법 중 하나라도 해볼 수 있을 거라는 반쪽짜리 확신이 있어 용기를 얻고 내가 처한 불행을 견뎠다. 그런 확신이 없었다면 용기가 생기지 않았을 것이다. 하지만 내가 읽은 몇 마디 말은 최후의 수단도 시도해볼 수 없게 막아버렸다. 비로소 비참한 죽음만이 남았다는 생각이 들었다. 온 세상이 무너지는 절망감에 다시 매트리스 위로 픽 쓰러졌다. 대략 하루 밤낮을 혼수상태로 누워 있었고 잠깐씩 정신이 들었다가 기억이 돌아왔다가 하면서 마음을 진정시켰다.

마침내 다시 일어나 나를 에워싼 참혹한 상황에 대해 곰곰이 생각해봤다. 물 없이도 앞으로 24시간은 가까스로 살 수도 있겠지만 그 이상은 버틸 수 없었다. 여기 갇힌 뒤 초반에는 어거스터스가 준 과일 음료를 맘껏 마셨다. 여전히 갈증은 조금도 가시지 않고 열만 더 오르게 했다. 그것도 이제는 0.1리터 정도밖에 남지 않았고 거기다 일종의 독한 복숭아 술이어서 마시면 속이 메슥거렸다. 소시지는 다 먹어버렸고 햄은 작은 껍질 조각만 남았으며 비스킷은 부스러기만 좀 남기고 타이거가 다 먹어치워 버렸다. 설상가상으로 시간이 지나면 지날수록 두통이 죄어왔다. 처음 잠들었을 때 이후로 내내 시달렸던 일종의 정신착란 증상도 두통과 함께 심해졌다. 몇 시간 전부터 숨을 쉬기도 괴로워지더니 이제는 숨을 쉬려고만 하면 가슴이 불규칙적으로 짓눌리듯 갑갑했다. 그것 말고도 걱정스러운 일이 더 있었다. 사실 줄곧 나를 불안감에 시달리게 했던 이 문제로 인해 매트리스에서 망연자실해 있다가 일어났다. 갑자기 타이거가 이상한 기운을 풍기며 움직였다.

마지막으로 종이에 성냥을 문지를 때 타이거의 행동이 변했다는 걸 처음 깨달았다. 내가 종이를 비비자 타이거는 가냘프게 으르렁거리면서 코를 내 손에 들이댔다. 그때 난 지나치게 흥분한 상태여서 타이거가 하는 행동에 주의를 기울이지 않았다. 기억해둬야 할 건 잠시 뒤 내가 매트리스에 쓰러졌고 일종의 무기력 상태에 빠졌다는 사실이다. 얼마 안 있어 귓전에서 이상하게 식식거리는 소리가 들렸고 타이거가 내는 소리임을 알았다. 타이거는 보기에도 잔뜩 흥분해서 헐떡거리며 씩씩거렸다. 눈알은 어둠을 뚫고 사납게 번득였다.

내가 말을 건네자 타이거는 낮게 으르렁거리며 답하더니 조용해졌다. 곧바로 또 혼수상태에 빠졌고 이와 유사한 상황에서 다시 깨어났다. 정신을 잃었다 깨어나기를 서너 번 되풀이하다가 결국에는 타이거 때문에 견딜 수 없을 정도로 불안해서 다시 정신을 차렸다. 타이거는 상자 입구 옆에 엎드려서 작은 소리기는 했지만 무섭게 으르렁거렸고 마치 심한 경련을 일으킨 것처럼 이빨을 바득바득 갈았다. 틀림없이 물이 없어서거나 화물창의 공기가 갑갑해서 타이거가 미쳐버렸다고 생각했지만 내가 어떻게 해야 할지는 알 수가 없었다.

타이거를 죽인다는 생각은 견딜 수 없었지만 나 자신의 안전을 위해서 반드시 죽여야 할 것 같았다. 심한 적대감을 드러내면서 나를 뚫어질 듯 보는 타이거의 눈길이 느껴졌고 금방이라도 나를 덮칠 것만 같았다. 마침내 끔찍한 상황을 더는 참을 수 없어서 어떤 위험이라도 무릅쓰고 상자에서 나가기로 했다. 만약 타이거가 방해해서 해치워야 한다면 재빨리 처리하기로 마음먹었다. 나가려면 타이거를 넘어가야 했다. 타이거는 내 계획을 벌써 예상하는 듯했다. 눈 위치가 달라진 것으로 보아 타이거는 앞발로 섰고 애교 부리던 원래 모습은 온데간데없이 새하얀 송곳니를 다 드러냈다는 것을 쉬이 분간할 수 있었다. 나는 남은 햄 껍질과 술이 든 병을 찾아서, 어거스터스가 준 고기를 자르는 대형 칼과 함께 모조리 몸에 묶었다. 그런 다음 외투로 가능한 한 꽁꽁 몸을 감싸고 상자 입구로 움직였다.

발을 떼기가 무섭게 타이거는 시끄럽게 으르렁거리며 내 목으로 뛰어들었다. 타이거의 커다란 몸이 오른쪽 어깨에 부딪혀 나는 왼쪽으로 세게 넘어졌다. 그러면서 성난 짐승이 내 몸을 훌쩍 넘어갔다. 나는 머리를 담요 사이에 처박은 채 무릎을 꿇었다. 두 번째로 공격당했을 때는 담요가 날 보호해주었다. 날카로운 이가 목을 감싼 모직물에 힘차게 박히는 느낌이 들었지만 다행히 두껍게 접혀 있어서 겹친 부분을 다 뚫고 들어올 수는 없었다. 이제 타이거 밑에 깔린 채 잠깐 사이에 타이거의 주둥이에 목숨이 왔다 갔다 할 처지였다. 자포자기하는 심정이 되자 도리어 힘이 생겼다. 대담하게 일어서서 온 힘을 다해 타이거를 흔들어 떼어놓고 매트리스에서 담요를 끌어당겼다. 그러고는 담요를 타이거에게 던졌고 녀석이 빠져나오기 전에 상자에서 나간 다음 쫓아오지 못하도록 문을 굳게 닫았다.

이렇게 고군분투하는 사이 햄 껍질을 떨어뜨린 바람에 남은 식량은 술 0.1리터가 전부였다. 이런 생각이 떠오르자 비슷한 상황에 철부지 아이나 그러듯 나도 모르게 욱하고 비뚤어졌다. 입술에 술병을 대고 단숨에 들이켜버린 뒤 미친 듯이 병을 바닥에 내던져버렸다.

병이 깨지는 소리가 울려 퍼졌다가 잦아들기가 무섭게 부지런히 그러나 소곤대며 내 이름을 부르는 목소리가 저편에서 들렸다. 뱃고물 쪽에서 들려오는 소리였다. 전혀 예상치 못한 일이었다. 소리를 듣고 가슴이 벅차서 대답하려고 애썼지만 소용없었다. 말할 힘이 다 사라졌던 것이다. 친구가 내가 죽었다고 생각해 오지 않고 돌아갈까 봐 미칠 듯이 무서웠다. 그래서 상자 문 근처의 작은 나무 상자들 사이에 섰고 부들부들 떨면서 말을 꺼내보려고 기를 썼다. 천 마디 말이 한마디 말에 좌우된다고 해도 그 한마디조차 할 수 없었을 것이다.

앞쪽 어디선가 잡동사니 사이에서 가볍게 움직이는 소리가 분명히 들려왔다. 소리는 이내 약간 작아지더니 희미해지고 또 더 희미해져갔다. 이 순간에 느낀 감정을 잊어버릴 수 있을까? 당연히 나를 도와주리라 생각했던 친구이자 동료 어거스터스가 떠나가는 길이었다. 나를 버렸다. 가버렸다! 어거스터스는 내가 비참하게 죽어 끔찍하고 몸서리쳐지는 지하 감옥에서 생을 마감하도록 내버려 둘 작정이다. 한마디, 단 한 마디 말이면 살 수 있었다. 그런데 그 한마디 말을 입 밖으로 꺼낼 수 없었다! 확신하건대 죽는 것보다 만 배는 더 고통스러웠다. 머리가 어질어질하고 속이 메스꺼워서 상자 가장자리에 쓰러지고 말았다.

쓰러지면서 허리띠에서 고기용 대형 칼이 빠져나와 바닥에 떨어지며 철커덕 소리를 냈다. 내 귀에 이보다 감미롭게 들리는 다채로운 선율은 없었다. 나는 몹시 불안해하며 이 소리가 어거스터스에게 들렸을지 알아보려고 귀를 쫑긋 세웠다. 어거스터스 말고는 내 이름을 부를 사람은 없어서였다. 잠시 사방이 고요했다. 그러다 나지막하게 주저하며 다시 한 번 부르는 소리가 들렸다.

"아서!"

희망이 되살아나 갑자기 말할 힘이 샘솟았고 이제 목청껏 소리를 질렀다.

"어거스터스! 오, 어거스터스!"

"쉿, 제발 조용히 해!"

친구 녀석이 흥분해서 떨리는 목소리로 대답했다.

"바로 거기로 갈 거야. 화물창을 거쳐서 가능한 한 빨리."

한참 어거스터스가 잡동사니 사이에서 움직이는 소리가 들려왔고 시간이 너무 더디게 가는 것 같았다. 마침내 친구가 내 어깨에 손을 올리는 게 느껴졌다. 동시에 내 입에 물병을 대주었다. 아! 죽음의 문턱에서 별안간 구원받은 사람이나, 혹은 내가 갇힌 감옥과 같은 끔찍한 환경에서 갈증 때문에 겪는 참을 수 없이 괴로운 심정을 이해하는 사람만이 자연이 주는 가장 풍족한 사치품을 한 모금 마셨을 때 느끼는, 말로 표현할 수 없는 황홀감을 조금이라도 짐작할 수 있을 것이다.

내가 어느 정도 목을 축이자 어거스터스는 삶은 감자 서너 개를 주머니에서 꺼내 주었고 나는 감자를 게 눈 감추듯 먹어 치웠다. 내 목숨을 구해준 친구는 시커먼 랜턴에 불을 붙여서 가지고 왔다. 먹고 마실 것 못지않게 고마운 불빛도 큰 위안이 되었다. 왜 어거스터스는 오랫동안 보이지 않았을까? 그 이유를 알고 싶어 조바심이 났고 친구는 내가 갇힌 동안 배에서 무슨 일이 일어났는지 주저리주저리 이야기하였다.

4

내 생각대로 그램퍼스호는 어거스터스가 시계를 놓고 간 뒤 한 시간쯤 지나 출항했다. 출항일은 6월 20일이었다. 내가 사흘 동안 화물창에 있었던 걸 기억할 것이다. 그 사흘 동안 배 위는 계속 북적였고 사람들이 이리저리 뛰어다녔다. 선장실과 전용실이 유난히 부산스러웠다. 그래서 숨겨진 뚜껑 문을 들킬 위험이 있어 나를 만나러 올 수 없었던 거다. 그러다 어거스터스가 찾아오자 나는 잘 지낸다고 친구를 안심시켰다. 그래서 그 뒤 이틀 동안 어거스터스는 내 걱정을 별로 하지 않았다. 여전히 내려올 기회를 엿보면서 말이다.

나흘째 날에야 비로소 내려올 수 있었다. 그 나흘 동안 몇 번이나 자기 아버지에게 우리 계획을 알리고 당장 나를 올라오게 하려고 노력했다. 하지만 그램퍼스호가 아직 낸터킷 코앞에 있어서 바너드 선장이 풍기는 분위기로 보아 내가 배에 있다는 사실을 안다면 즉시 되돌아갈지도 모를 일이었다. 게다가 이런 문제를 곰곰이 생각하느라 내가 당장 도움이 필요하다거나, 필요한 경우에 뚜껑 문으로 와 소리를 내어 알리기를 주저할 거라고는 상상도 하지 못했다고 나중에서야 들었다. 그래서 모든 상황을 고려해 눈에 띄지 않게 나를 만나러 올 기회가 생길 때까지 나를 그대로 두기로 한 것이었다.

앞서 말했듯이 내게 시계를 가져다주고 나서 나흘이 지나고 내가 화물창에 들어온 지 일주일이 지나도 좀처럼 기회가 생기지 않았다. 그때 어거스터스는 물도 식량도 없이 내려왔다. 우선 내 주의를 끌어 상자에서 나오게 할 생각을 했고 내가 나오면 전용실로 올라가 보급품을 내려보내 주려고 했다. 이런 생각으로 내려왔다가 내가 잠든 걸 발견했다. 요란하게 코를 고는 것처럼 보였으니 그리 생각했을 것이다. 이 일에 대해 여러 추정을 해보자면 나는 시계를 가지고 뚜껑 문에서 돌아온 직후에 얕게 잠들어서 아무리 짧아도 사흘 밤낮 이상을 잔 것이었다. 내가 겪은 일과 다른 사람들이 확신하는 이야기로 보아, 밀폐된 공간에서 오래된 생선 기름에서 올라오는 악취에 강한 최면 효과가 있다는 사실을 나중에 알았다. 갇힌 화물창의 상태와 그램 퍼스호가 오랫동안 포경선으로 사용되었다는 사실을 떠올려보니 한 번 잠들고 난 뒤, 위에서 말했던 시간 동안 계속 잤어야 했지만 어쨌든 깨어난 게 오히려 놀랍다는 생각이 든다.

처음에 어거스터스는 뚜껑 문을 닫지 않은 채 나를 나지막하게 불렀지만 아무런 대답도 들리지 않았다. 그래서 뚜껑 문을 닫고 더 큰 소리로 내게 말을 걸었다가 끝내는 소리를 엄청 크게 높여도 봤지만 그래도 난 코만 골았다. 그러자 친구는 무엇을 해야 할지 갈팡질팡했다. 잡동사니를 헤치고 내가 있는 상자로 오려면 시간이 좀 걸릴 거고 그사이에 바너드 선장은 아들의 부재를 눈치챌 것이다. 바너드 선장은 항해와 관련된 서류를 정리하고 옮겨 적는 데 늘 아들의 도움이 절실했다. 그런 생각을 하다가 어거스터스는 일단 올라가서 내려올 기회를 다시 엿보기로 했다. 내가 조용히 자는 듯했고 갇혀 있어 불편한 점이 있다는 생각을 하지 못해 선뜻 그런 결정을 한 것이다. 이렇게 마음을 먹자마자 보기 드물게 소란스러운 소리가 들려 주의를 빼앗겼다. 웅성거리는 소리는 아무래도 선장실에서 나는 듯했다. 최대한 서둘러 뛰어나와 뚜껑 문을 닫고 전용실 문을 활짝 열어젖혔다. 문턱을 넘어 발을 들여놓기가 무섭게 눈앞에서 권총이 번쩍였고 동시에 지렛대에 맞고 쓰러졌다.

우람한 손이 어거스터스의 목을 꽉 잡더니 바닥에 붙들어놓았다. 그래도 주위에서 무슨 일이 벌어지는지는 확인할 수 있었다. 아버지는 손발이 묶인 채 갑판으로 올라가는 승강구 계단 위에 머리를 아래로 하고 누워 있었다. 이마에는 심한 상처를 입었고 피가 멈추지 않아 줄줄 흐르는 상태였다. 아버지는 한마디도 하지 않았다. 아무래도 죽어가는 것 같았다. 일등항해사가 악마같이 비웃는 표정으로 아버지를 내리깔면서 아버지의 주머니를 구석구석 뒤졌고 이윽고 커다란 지갑과 항해용 정밀 시계를 꺼냈다.

흑인 요리사를 포함한 선원 일곱이 무기를 찾아 왼쪽 뱃전에 있는 전용실들을 이 잡듯이 뒤졌고, 잠시 후 소총과 탄약으로 무장했다. 선장실에는 바너드 부자를 제외하고 전부 합쳐 아홉 명이 있었는데 선원 중에서도 잔인무도한 놈들이었다. 이제 이 악당들은 내 친구의 팔을 등 뒤로 묶은 다음 갑판으로 데리고 나가더니 곧장 선원실로 갔다. 선원실은 굳게 닫혀 있었으며 반란자 둘이 도끼를 들고 경계를 섰고 중앙 승강구에도 둘이나 있었다. 일등항해사가 우렁찬 목소리로 말했다.

"거기 아래 들리나? 차례차례 올라와 갑판에 모여. 자, 들었지? 툴툴거리지들 말고!"

조금 지나자 누군가 나타났다. 결국 신참으로 배에 탄 잉글랜드인이 가엾게 울면서 올라오더니 일등항해사에게 목숨만은 살려달라고 비굴하게 애원했다. 그러면 무엇하는가? 도끼로 이마를 내리치는 것으로 답할 뿐이었다. 그 불쌍한 친구는 신음조차 내지 못하며 갑판에 쓰러졌고 흑인 요리사가 어린아이를 들 듯 두 팔로 가뿐히 들어 바다에 던져버렸다. 도끼를 맞고 바다에 빠지는 소리가 들려오니 아래 선원실에 있던 선원들이 밖에서 위협을 하고 설득을 해도 이제는 나오려고 하지 않자 연기를 피워 밖으로 나오게 하자는 제안이 나왔다.

그 뒤로 선원들이 몰려나와 잠깐은 그램퍼스호를 도로 찾을 수 있을 것만 같았다. 그러나 선원실에 있던 선원들이 여섯 명밖에 올라오지 못했을 때 결국 반란자들이 잽싸게 선원실을 닫아버렸다. 이들 여섯은 수적으로도 열세고 무기도 없다는 사실을 깨닫고 잠깐 버티다가 백기를 들었다.

일등항해사는 그럴싸한 말을 늘어놓았다. 아래 있는 선원들이 갑판에서 말하는 소리를 전부 어렵지 않게 들을 수 있었으니 아마도 명령에 복종하게 하려는 의도였을 것이다. 결과는 일등항해사가 사악한 만큼이나 영리하다는 사실을 증명했다. 얼마 지나지 않아 선원실에 있는 선원 모두가 항복하겠다는 뜻을 전했고 한 명씩 올라와 결박당한 뒤 먼저 올라온 여섯 명과 함께 갑판에 팽개쳐졌다. 반란에 가담하지 않은 선원은 모두 합쳐서 스물일곱 명이었다.

뒤이어 소름 끼치는 살육 장면이 펼쳐졌다. 묶인 선원들은 배 출입구로 끌려갔다. 반란자들이 배 한쪽으로 희생자가 될 선원을 밀치면 그곳에 흑인 요리사가 도끼를 들고 서 있다가 머리를 내리치는 것이다. 이렇게 스물두 명이 죽었고 어거스터스는 다음 차례를 기다리며 자기도 죽은 목숨이라고 생각하며 체념했다. 그러나 악당들은 이제 지쳤거나 피비린내 나는 일이 약간 역겨워진 것 같았다. 일등항해사가 아래에서 럼주를 가져오라고 시키는 사이 어거스터스와 함께 남은 포로 넷의 형 집행을 연기했다. 어거스터스도 다른 선원들과 함께 갑판에 내동댕이쳐졌다.

흉악한 무리 전체가 흥청망청 술잔치를 벌였고 잔치는 해가 질 때까지 이어졌다. 그러다 살아남은 선원들의 운명에 대해 말다툼이 일어났다. 생존자들은 네 걸음도 되지 않은 거리에 누워 있어 토씨 하나 빼지 않고 다 들을 수 있었다. 반란에 동참하고 이익을 나눈다는 조건으로 포로들을 모두 풀어주자는 데 찬성하는 소리도 들리는 걸 보니 술기운에 온순해진 반란자들이 있는 모양이었다. 그렇지만 흑인 요리사는 그런 제안에 관심이 없는지 배 출입구에서 마치지 못한 일을 다시 시작할 요량으로 몇 번이나 일어섰다. 이 요리사는 아무리 봐도 철두철미한 악마였고 영향력이 일등항해사보다 크지는 않아도 그에 못지않은 것 같았다. 다행히 이 악마가 취해서 맥을 못 추는 바람에 반란자 일당 중에서 그나마 잔인하지 않은 선원들이 거뜬히 말릴 수 있었다.

그중에 더크 피터스라는 이름으로 통하는 운송 책임자가 있었다. 인디언 업사로카족 여자의 아들이었다. 업사로카족은 미주리 강의 수원지 근처에서 블랙 힐스가 자랑하는 험준한 산악 지대에 둘러싸여 산다. 내 생각에 더크 피터스 아버지는 모피 상인이었거나 하다못해 루이스 강에서 인디언 무역관과 어떤 식으로든 연관되어 있었던 것 같다. 피터스는 내가 만나본 사람 중에 가장 흉악하게 생긴 축이었다. 키는 작아서 145센티미터도 넘지 않았지만 팔다리는 헤라클레스 같은 체격이었다. 특히 손이 어마어마하게 두툼해서 인간의 손이라 할 수 없을 정도였다. 팔은 물론이고 다리도 기이하게 굽어서 유연성이 전혀 없어 보였다. 일그러진 거대한 머리도 보통 흑인들이 그렇듯 정수리가 움푹 들어간 모양이었고 머리카락은 찾아볼 수 없었다. 나이가 들어 벗겨진 건 아니어서 대머리를 감추려고 평소에는 가느다란 소재로 만든 가발을 썼고 가끔은 스페인 개나 아메리카 회색곰 가죽을 쓰기도 했다.

당시에는 곰 가죽을 써서 그런지 업사로카 기질을 나타내는 타고난 사나운 생김새가 더 흉악하게 돋보였다. 입은 양쪽 귀에 닿을 정도로 죽 찢어졌는데, 입술은 얇았고 다른 신체 부위와 마찬가지로 유연성은 원래부터 타고나지 않은 것 같았다. 그래서인지 감정 변화가 있더라도 표정이 달라지지 않았다. 치아가 매우 길고 툭 튀어나왔으며 어떤 경우에도 입술로 다 가릴 수 없고 심지어 부분적으로도 감출 수 없다는 사실을 생각해보면 평소 표정이 떠오를 수도 있다. 무심코 홀낏 보고 지나치면 배꼽 빠져라 웃는 모습이라 생각할지도 모르지만 다시 보면 왁자지껄하게 웃는 표정이라도 악마의 웃음이 틀림없다며 몸서리치며 인정하게 될 것이다.

이토록 기이한 사람에 얽힌 수많은 일화가 낸터킷에 사는 뱃사람들 사이에 널리 퍼진 모양이었다. 이런 일화를 통해 피터스가 흥분하면 불가사의한 힘이 솟아난다는 걸 알게 되었고 정신이 멀쩡한지 의구심이 생긴다는 이야기도 있었다. 하지만 반란이 일어나는 내내 그램퍼스호에서는 피터스를 오히려 비웃음으로 대했다. 이렇게까지 더크 피터스에 대해 자세히 말하는 이유는 이 사람이 잔인하게 보였지만 어거스터스의 목숨을 구하는 데 핵심 역할을 했고 이야기를 풀어가면서 앞으로 언급할 기회가 많기 때문이다.

여기서 말해둘 게 있다. 후반부에 나오는 이야기는 인간이 경험하기 어려운 사건들이니 사람들이 무턱대고 믿을 수 없는 이야기다. 그래서 모든 이야기에 신뢰를 얻을 수 있을 거라고는 전혀 기대하지 않는다. 다만 자신 있게 세월에 맡기며 내 이야기에서 가장 중요하지만 사실일 것 같지 않은 몇 가지 사건을 입증하기 위해 과학을 연구하는 중이다.

반란자들은 뚜렷한 답도 없이 한참 싸우다 격렬한 말다툼도 두세 번 벌였다. 그 뒤 결국 포로 전원을 가장 작은 보트 하나에 태워 바다에 떠내려가게 두기로 결정한 모양이다. 다행히 어거스터스는 제외되었다. 피터스가 어거스터스는 자기 직원으로 남겨둬야 한다고 고집해서였다. 일등항해사는 바너드 선장이 아직 살아 있는지 확인하러 선장실로 내려갔다. 반란자들이 올라왔을 때 바너드 선장은 아래에 남겨졌던 것이다. 곧 두 사람이 나타났다. 선장은 죽은 사람처럼 창백했지만 부상에서 조금 회복된 상태였다. 분명하지 않은 목소리로 반란자들에게 말을 건네며 바다에 떠내려 보내지 말고 각자 맡은 자리로 돌아가라고 애원하면서 어디라도 원하는 곳에 내려줄 것이며, 법으로 처벌하지도 않겠다고 약속했다. 바람에 대고 말하는 거나 다름없었다.

악당 둘이 바너드 선장의 팔을 붙들고 그램퍼스호 옆면 너머로 홱 던져 보트에 태웠다. 보트는 일등항해사가 아래에 가 있는 사이에 바다에 내려놓았다. 그러고 나서 갑판에 누워 있던 네 사람이 풀려났고 보트에 따라 타라는 지시를 받자 저항하지 않은 채 시키는 대로 했다. 어거스터스는 여전히 묶여 있어 고통스러웠으나 발버둥을 치면서 아버지에게 작별 인사를 하게 해달라는 가엾은 기도만 했다. 그때 항해용 비스킷 한 움큼과 물 한 통을 보트에 내려주었다. 물론 돛대와 노, 나침반은 챙겨주지 않았다.

반란자들이 다시 회의를 여는 사이, 보트가 잠깐 그램퍼스호 고물을 따라 끌려갔지만 결국에는 보트를 풀어 띄워 보냈다. 이때쯤 날이 저물었다. 그날따라 달이나 별은 보이지 않았다. 바람이 세지 않은데도 무심하고 험악한 바다는 유유히 흘렀다. 보트는 이내 시야에서 사라졌고 보트에 탄 가엾은 조난자들이 괜찮을 거라는 희망마저도 거의 상상할 수 없었다. 그러나 이 사건은 북위 35도 30분, 서경 61도 20분 지점에서 일어났으니 버뮤다 제도에서 그리 멀지 않은 위치였다. 그래서 어거스터스는 보트가 육지에 닿았거나 해안가에 나온 배와 마주칠 정도로 육지 쪽으로 가까이 갔을 수도 있다고 생각하면서 스스로를 위로하려고 애썼다.

그램퍼스호는 돛을 활짝 펼쳐 원래 항로대로 남서쪽으로 순항하였다. 반란자들은 해적질을 할 작정이었고 들은 대로라면 케이프베르데 제도에서 포르토리코(현재의 푸에르토리코 – 옮긴이)까지 가는 배를 중간에 가로챌 계략이었다. 어거스터스에게는 아무 관심도 기울이지 않아서 결박을 풀어주고 선장실 승강구 계단 앞 어디든 돌아다니도록 내버려 두었다. 더크 피터스는 어거스터스에게 친절히 대해주었고 한번은 무자비한 흑인 요리사로부터 구해주기도 했다. 그래도 어거스터스의 처지는 몹시 위태로웠다. 선원들이 줄곧 술에 취한 상태였고 어거스터스를 기분 좋게 대하거나 무관심하다고 마음을 놓을 수는 없다. 무엇보다 친구가 걱정되어서 무지 괴로웠다. 난 어거스터스의 진실한 우정을 한순간도 의심해본 적이 없었다.

내가 배에 있다는 사실을 반란자들에게 알리려고 몇 번이나 마음먹었지만 앞서 본 이 사람들의 잔혹한 행동도 떠오르고 머지않아 나를 구할 수 있을 거라는 희망이 있었기에 이야기하지 못했던 것이다. 어거스터스는 나를 구해내려 끊임없이 마음을 놓지 않고 살폈다. 계속 기회를 엿보았지만 보트가 떠내려간 지 사흘이나 지나고 나서야 기회가 생겼다. 마침내 사흘째 날 밤에 동쪽에서 강풍이 불어와 돛을 줄이기 위해 모든 선원이 소집되었다. 한바탕 소란스러운 틈을 타 어거스터스는 눈에 띄지 않게 전용실로 갔다. 전용실에 여러 항해 물품과 선박 부속품이 놓여 있었고, 승강구 계단 아래 넣어둔 수 미터짜리 낡은 사슬 닻줄을 상자 놓을 자리를 만들기 위해 뚜껑 문 바로 위에 올려둔 것을 발견하고 어찌나 슬프고 무서웠던지! 들키지 않고 닻줄을 치우기란 불가능해서 가능한 한 재빠르게 갑판으로 되돌아갔다.

올라가자 일등항해사가 어거스터스의 목을 부여잡았고는 왼쪽 뱃전으로 내던질 기세로 선장실에서 무엇을 했는지 다그쳐 물었다. 이번에도 어거스터스는 더크 피터스의 중재로 목숨을 건졌다. 어거스터스에게 배에 있던 수갑을 찾아내 채우더니 양발을 단단히 묶었다. 그런 다음 뱃고물로 끌고 가 선원실 칸막이벽 옆에 있는 아래쪽 침대에 내동댕이치면서 '그램퍼스호가 배 노릇을 하는 한' 다시는 갑판에 발을 들여놓으면 안 된다고 뻔뻔스럽게 말했다. 내 친구를 침대에 내던진 흑인 요리사가 한 말이었다. 그 구절로 말하고자 한 정확한 의미는 도저히 파악할 수 없었다. 앞으로 드러나겠지만 이 모든 일이 나를 구해낼 최고의 기회가 되었다.

5

흑인 요리사가 선원실에서 나가고 난 뒤 한동안 어거스터스는 자포자기한 심정이었고 살아서 침대에서 일어나는 일은 기대도 할 수 없었다. 그때 어거스터스는 처음으로 내려오는 사람에게 내 상황을 알리기로 마음먹었고 화물창에서 목말라 죽는 것보다 반란자들에게 내 운을 맡기는 편이 더 낫다고 생각했다.

내가 갇혀 지낸 지 열흘이 지났고 물통에 남은 물은 나흘도 버티기 어려운 양이었다. 이렇게 생각할 때 불현듯 중앙 화물창을 통해 나와 이야기할 수 있지 않을까 하는 생각이 떠올랐다. 다른 상황에 힘들고 위험한 일을 떠맡았다면 시도할 생각도 못 했을 테지만 이제는 이러나저러나 살아날 가망도 거의 없으니 잃을 것도 없었다. 그래서 이 일에 온 정신을 쏟아부었다.

먼저 해결해야 하는 문제는 수갑이었다. 처음에는 풀 방법을 몰라서 시작도 하기 전에 실패로 끝날까 걱정했었다. 자세히 살펴보니 수갑을 벗을 수 있는 여지가 있었다. 손을 수갑 사이로 잡아 빼면 별로 힘들지도 불편하지도 않게 마음대로 채웠다 풀었다 할 수 있었다. 이런 류의 결박은 나이 어린 사람을 가두는 데는 전혀 쓸모가 없었다. 압력을 가하면 가는 뼈는 쉽게 구부러지니까 말이다. 그러고 나서 묶인 양쪽 발을 풀고 누군가 내려오면 손쉽게 묶을 수 있게 밧줄을 놓아두고는 침대에 연결된 칸막이벽을 살피기 시작했다. 이곳 벽은 두께가 2.5센티미터인 무른 소나무 판자였고 뚫고 나가는 게 그리 어렵지 않겠다고 판단했다. 이때 갑판으로 가는 승강구 계단에서 목소리가 들렸고 그사이 어거스터스는 수갑을 벗었던 오른손을 다시 집어넣고 발목에 쉽게 조여지게 묶은 밧줄만 겨우 당길 수 있었다.

바로 그때 더크 피터스가 내려왔고 타이거가 뒤따라 들어왔다. 타이거는 즉시 침대에 뛰어올라 엎드렸다. 타이거는 어거스터스가 배에 태웠다. 내가 타이거를 남다르게 생각하는 걸 알고 항해하는 동안 같이 지내면 기뻐하리라 생각했기 때문이다. 어거스터스는 나를 화물창에 데려다 놓은 후 바로 타이거를 데리러 우리 집에 갔다. 그런데 시계를 가져다줄 때 그런 사정을 깜빡 잊고 말하지 못했다. 반란이 일어나고 피터스와 같이 나타날 때까지 타이거를 보지 못했다. 일등항해사 일당 중심술궂은 누군가가 타이거를 바다에 내던져 죽였을 거라고 체념하였다. 나중에 보니 타이거는 보트 아래에 있는 틈으로 기어들어 가 몸을 돌릴 공간이 없어 빠져나올 수 없었던 모양이다. 결국 피터스가 꺼내주고 내 친구가 고마워할 만한 좋은 뜻으로 타이거를 친구 삼으라며 어거스터스에게 데려다 주었다. 그런 다음 소금에 절인 고기, 감자, 물 한 통을 놔두고 갑판으로 나가면서 다음 날 음식을 더 가지고 내려오겠다고 약속했다.

피터스가 나가자 어거스터스는 자연스럽게 양손에서 수갑을 벗고 발에 매인 밧줄을 풀었다. 악당들은 어거스터스를 뒤져볼 필요가 없다고 여겨 몸수색을 하지 않았다. 내 친구가 주머니칼을 갖고 있으리라 누가 생각했겠는가. 누워 있던 매트리스 머리 부분을 젖혀서 되도록 침대 바닥에서 바짝 대고 주머니칼로 칸막이 판자 하나를 힘 있게 가로질러 잘랐다. 그 부분을 자른 이유는 별안간 누군가 들어와 방해받으면 매트리스 머리를 원래대로 놔두어 잘라낸 자리를 감출 수 있기 때문이다. 그날 또 들어오는 사람은 없어서 밤까지 판자를 두 조각으로 자를 수 있었다.

여기서 선원실을 침실로 쓰는 선원들이 없다는 점을 알아챘을 것이다. 반란 이후에는 모두 선장실에서 지내며 술을 진탕 마시고 바너드 선장의 항해용 식량을 마음껏 먹었다. 그램퍼스호 항행에도 꼭 필요한 정도만 신경을 썼다. 이런 상황은 나와 어거스터스에게 행운이었다. 그렇지 않았다면 어거스터스는 내게 올 수 없었을 것이다. 사정이 허락해주니 내 친구는 자신 있게 계획을 실행에 옮겼다. 처음 자른 부분에서 30센티미터 정도 위를 다시 자르다가 다 마치기 전에 동이 서서히 터왔다. 이렇게 맨 아래 중앙 갑판에 수월하게 들어갈 수 있을 만한 크기의 구멍을 뚫었다. 맨 밑 갑판으로 가자 상갑판 높이까지 기름통이 겹겹이 쌓여 있어서 타고 넘어가야 했고 몸이 가까스로 들어갈 공간만 남아 있었지만 별 어려움 없이 중앙 승강구 아래로 갈 수 있었다.

승강구에 도착했을 때 아래에 타이거가 졸래졸래 자신을 따라와 양쪽에 늘어선 기름통 사이를 비집고 들어왔음을 알았다. 이때는 너무 늦어서 날이 밝기 전에 내게 올 수는 없었다. 아래 화물창에 빽빽이 쌓인 화물들을 지나가는 일이 무엇보다 어려웠기 때문이다. 그래서 어거스터스는 되돌아가서 다음 날 밤까지 기다리곤 했다. 그러기 위해서 승강구를 헐겁게 해두었다. 그래야 다시 올 때 되도록 시간을 지체하지 않을 수 있었다.

승강구를 손을 써놓자마자 타이거가 입구가 헐거워 생긴 작은 틈으로 힘껏 뛰어올라 잠시 킁킁대며 냄새를 맡았다. 그러더니 한참 낑낑거리면서 마치 열려고 애쓰는 듯 발로 덮개를 긁었다. 타이거의 행동으로 보아 화물창 안에 내가 있다는 사실을 눈치챈 게 확실하다. 어거스터스는 타이거를 내려보내면 나를 찾아갈 수도 있겠다고 생각했다. 그때 쪽지를 보내는 방법이 불현듯 떠올랐다. 적어도 현재 상황에서는 내가 무리해서 나오지 않는 편이 바람직했고 짐작한 대로 다음 날 자신이 갈 수 있을지도 확신할 수가 없었기 때문이다. 어거스터스에게 그런 생각이 떠오른 게 얼마나 큰 행운이었는지 뒤에 일어난 일이 증명해주었다. 쪽지를 받지 않았다면 나는 보나 마나 목숨을 걸고서라도 선원들에게 위급함을 알릴 계획을 세웠을 것이고 그랬다면 아마도 우리는 둘 다 죽었을 것이다.

편지를 쓰려고 하니 재료를 구하기가 어려웠다. 곧 오래된 이쑤시개를 펜으로 만드는 작업을 하자 갑판 사이가 칠흑같이 어두워져 손에 느껴지는 감촉으로만 해야 했다. 종이는 로스 아저씨가 보낸 것처럼 꾸민 편지 사본의 뒷면으로 충분했다. 지금 가지고 있는 게 원본이었지만 필체를 서툴게 흉내 낸 것이라 어거스터스가 다시 썼고 처음에 쓴 편지를 다행히도 자기 외투 주머니에 쑤셔 넣어두었다가 때마침 발견한 것이었다. 잉크 하나만 구하면 되었는데 다행히 금방 대용품을 찾았다. 손가락 안쪽에서 손톱 바로 윗부분을 주머니칼로 살짝 찔렀다. 이 부분에 상처가 나면 보통 피가 꽤 나온다. 이제 편지를 썼다. 어둠 속에서, 어찌 보면 이런 상황에서 쓴 것치고는 괜찮았다. 반란이 일어났고 바너드 선장은 표류하였으며 식량 문제라면 바로 가져다주겠지만 소란을 피우면 안 된다고 간단히 설명했다. 이 말로 끝맺었다.

'이것은 피로 썼어. 숨어 있으면 네 목숨은 건질 거야.'

이 종이쪽지를 타이거에게 묶어 승강구에 내려주었다. 어거스터스는 서둘러서 선원실로 돌아왔다. 자기가 비운 사이 선원실에 반란자 중 누군가가 다녀간 것 같지는 않았다. 칸막이벽에 만든 구멍을 가리기 위해 그 위에 주머니칼을 꽂고 침대에서 찾은 두꺼운 모직 재킷을 걸었다. 그런 다음 수갑을 다시 차고 밧줄도 발목에 원래대로 묶어두었다.

이렇게 준비를 마치자마자 더크 피터스가 내려왔다. 거나하게 취했지만 기분이 무진장 좋은 것 같았고 내 친구의 그날 치식량을 가지고 왔다. 커다랗고 맛있는 구운 감자 열두 개와 물한 통이었다. 피터스는 얼마간 침대 옆 수납함에 걸터앉아 일등항해사 이야기며 그램퍼스호에 대한 잡다한 관심사를 스스럼없이 토로했다. 피터스는 변덕이 죽 끓듯 했고 기괴한 행동을 하기까지 했다. 한번은 피터스의 이상한 행동에 적잖이 놀라기도 했다. 드디어 피터스는 갑판으로 올라가면서 다음 날 맛있는 저녁거리를 가져다주겠다고 중얼거렸다. 낮에는 요리사와 함께 작살을 다루는 선원 둘이 내려왔고 세 사람은 술에 흠뻑 취해 비틀거렸다. 이 사람들도 피터스처럼 거리낌 없이 자기들이 세운 계획을 주절주절 이야기했다. 자주 마주칠 것 같은, 케이프베르데 제도에서 오는 배를 공격하기로 한 계획 말고는 최종적으로 어느 항로로 항해하는지는 선원들 사이에 의견이 갈려서 합의점을 찾지 못한 것 같았다. 알아낸 바로는 반란은 물건을 빼앗기 위한 것만은 아니었다. 바너드 선장에게 개인적인 불만이 있던 일등항해사가 부추긴 탓이 가장 컸다.

선원들 사이에는 크게 두 패거리가 있는 것 같았다. 각각 일등항해사와 흑인 요리사가 우두머리였다. 일등항해사 패거리는 처음 나타나는 적당한 배를 빼앗아 서인도제도 어디쯤에서 배를 정비한 뒤 해적질을 하자고 제안했다. 그러나 세력이 크고 더크 피터스가 끼어 있던 흑인 요리사 패거리는 그램퍼스호의 원래 항로대로 남태평양으로 가자고 고집했다. 남태평양에서 상황에 따라 고래를 잡거나 다른 일도 하자는 것이었다. 아무래도 남태평양을 가본 적이 많은 피터스의 이야기가 반란자들에게 큰 영향을 미친 것 같아서 이 선원들은 돈벌이와 재미를 번갈아 떠올리며 오락가락했다. 피터스는 태평양의 셀 수 없이 많은 섬 가운데서 만난 신기하고 재미있는 세계, 속박에서 벗어나 즐기는 안도감과 자유에 대해 시시콜콜 이야기했다. 특히 쾌적한 기후, 윤택한 생활, 관능미 넘치는 여자들을 강조했다. 그때까지 확실히 정해진 사항은 아무것도 없었다. 그러나 혼혈 운송 책임자가 해준 묘사는 뱃사람들의 열정적인 마음을 단단히 사로잡았고 결국에는 피터스의 의견대로 실행할 가능성이 높았다.

세 사람은 한 시간쯤 있다가 나갔고 종일 선원실에는 아무도 들어오지 않았다. 어거스터스는 어둑어둑해질 때까지 조용히 누워 있었다. 그런 다음 밧줄과 수갑을 풀고 내려갈 채비를 했다. 병 하나를 한쪽 침대에서 찾았는데 그 병에 피터스가 놔두고 간 물통에 있는 물을 가득 채웠다. 그러고 나서 식어버린 감자를 주머니에 몇 알 채워 넣었다. 우연히 양초가 조금 남아 있는 랜턴도 발견해서 기분이 상쾌했다. 성냥도 한 갑 가지고 있으니 언제라도 불을 켤 수 있었다. 제법 어두워지자 사람이 뒤집어쓴 것처럼 보이게 침대에 이부자리를 정리해 대비해놓고 칸막이벽에 낸 구멍으로 들어갔다. 다 통과하고 나서 구멍을 감추기 위해 전처럼 칼에 모직 재킷을 감쪽같이 걸어두었다. 잘라낸 판자 조각을 나중에 다시 끼워두지 않아 여기까지는 수월하게 할 수 있었다. 이제 어거스터스는 맨 밑 중앙 갑판에 들어왔고 지난번처럼 상갑판과 기름통 사이를 지나 중앙 승강구로 향했다. 중앙 승강구에 도착하자 양초 조각에 불을 붙였고 화물창에 빽빽이 쌓인 화물 사이를 어렵사리 손으로 더듬으며 내려갔다.

잠시 후 견디기 어려운 악취와 숨 막힐 듯한 공기에 소스라치게 놀랐다. 그 오랜 시간을 이렇게 답답한 공기를 들이마시며 갇혀 있었으니 내가 살아 있다고는 생각할 수 없었다. 내 이름을 몇 번이나 불렀지만 대답이 없었고 그렇게 우려했던 바가 현실이 된 것 같았다. 그램퍼스호가 세차게 흔들려서 엄청나게 시끄러워졌다. 그래서 내 숨소리나 코 고는 소리같이 희미한 소리를 들어보려 애써도 소용이 없었다. 내가 살아 있다면 불빛을 발견하고 구조하러 가고 있다는 사실을 알아채게 하려고 랜턴을 열어젖히고 틈나는 대로 가능한 한 높이 쳐들었다. 그런데도 아무 반응도 없자 내가 죽었을 거라는 생각이 점점 더 현실에 가까워졌다. 그래도 가능하면 상자까지 가보기로 마음먹었다. 하다못해 그 짐작이 맞는지 확인이라도 하기로 했다.

불안에 떨어 가엾은 꼴이 된 어거스터스는 한동안 앞으로 계속 가다가 통로가 꽉 막혀서 가려던 방향으로 걸어갈 수 없다는 사실에 직면했다. 그때 감정이 북받치자 하늘이 무너지는 것 같아서 잡동사니 사이로 쓰러져 어린아이처럼 울음을 터뜨렸다. 내가 던진 병이 깨지는 요란한 소리를 들은 게 바로 이때였다. 그 일이 일어난 게 오히려 다행이었다. 사소하게 보였지만 이 일에 내 운명이 달려 있었으니 말이다. 하지만 난 아주 오랜 시간이 지나고 나서야 이런 사실을 알았다. 어거스터스는 나약하고 우유부단한 자신이 부끄럽고 후회되어 내게 바로 털어놓지는 못했다. 나중에 서로 솔직하게 마음속 이야기를 나누게 되자 그제야 밝혔던 것이다. 넘을 수 없는 장애물에 막혀 화물창에서 더는 앞으로 갈 수 없다는 사실을 알고 어거스터스는 내게 오려던 계획을 포기하고 곧장 선원실로 돌아가려고 했다.

이 대목만 보고 어거스터스를 비난하기 전에 이 친구가 쩔쩔맬 수밖에 없었던 힘든 주변 상황도 고려해야 한다. 쉼없이 밤이 지나갔으며 선원실에서 사라진 사실이 발각될 수도 있었다. 정말로 날이 샐 때까지 침대로 돌아가지 못한다면 분명히 들키고 말 것이다. 양초는 점점 빛을 잃어갔고 어둠 속에서 승강구까지 되짚어가기란 상당히 어려울 터였다. 게다가 내가 죽었다고 믿을 만한 근거도 충분했다는 사실도 고려해야 한다. 만약 내가 죽었다면 어거스터스가 상자까지 온다고 해도 내게 해줄 수 있는 일은 아무것도 없고 쓸데없이 크나큰 위험에 빠지게 될 것이었다. 어거스터스가 몇 번이고 불러도 아무런 대답도 하지 않았다. 그때 11일 동안 어거스터스가 준 물통에 담긴 물만 마시며 지냈다. 이 정도 물만 가지고 갇혀 지내기 시작했다고는 감히 상상도 못 할 양이었다. 애초에 빨리 나갈 수 있을 거라고 확신했기 때문이다. 그나마 공기가 활짝 트여 있던 뱃고물에서 온 어거스터스에게 화물창의 공기가 해롭게 느껴졌을게 불 보듯 뻔했다. 내가 처음 상자 안에서 지내기 시작했을 때느꼈던 것보다도 훨씬 더 참을 수 없었던 것이다.

내가 상자에 들어갔을 때는 그래도 그전에 수개월 동안 승강구가 계속 열려 있었으니까 말이다. 이런 상황과 더불어 내 친구가 얼마 전 유혈이 낭자하고 소름이 끼치는 광경을 목격한 사실을 염두해야 한다. 감금, 궁핍, 가까스로 모면한 죽음, 여전히 어찌 될지 알 수 없는 목숨. 모든 상황이 친구의 정신력을 쇠진시키기에 충분했다. 독자들도 우정과 믿음을 저버린 듯한 어거스터스에게 화내기보다 내가 그랬던 것처럼 되레 슬퍼하며 바라보게 될 것이다.

병이 깨지는 요란한 소리는 또렷하게 들렸다. 문제는 그 소리가 화물창에서 나는 소리인지 확신할 수 없었다는 것이다. 반대로 그럴 수도 있다는 심증만으로도 끝까지 해보자는 동기로 충분했다. 화물들을 붙잡고 맨 아래 갑판 가까이 기어 올라갔다. 그런 다음 배가 요동치다 잠잠해질 때를 기다려 선원들이 듣든지 말든지 개의치 않고 목청껏 나를 불렀다. 이때 그 목소리가 내게 들렸으나 내가 지나치게 흥분해 대답할 수 없었던 걸 기억할 것이다. 가장 두려웠던 사태가 일어났음을 증명하는 근거가 충분하다고 확신한 어거스터스는 당장 선원실로 돌아가려고 아래로 내려갔다. 급히 서두르는 바람에 작은 상자들을 떨어뜨렸다. 기억나겠지만 그 소리를 내가 들은 것이다.

친구는 한참을 되돌아가다가 칼이 떨어지는 소리가 들려 주춤했다. 곧장 발길을 돌려 화물들 위로 기어 올라가면서 조용한 틈을 기다렸다가 조금 전처럼 크게 내 이름을 불렀다. 이번에는 목소리가 돌아와 대답할 수 있었다. 내가 아직 살아 있다는 사실을 알고 이 친구는 미칠 듯이 기뻐서 어떤 어려움과 위험에도 굴하지 않고 내게 오기로 마음먹었다. 자신을 둘러막은 복잡하게 뒤얽힌 잡동사니에서 되도록 빨리 빠져나와 지나가기 더 쉬울 듯한 통로로 들어갔고 연이어 사투를 벌인 끝에 기진맥진한 상태로 내가 있는 상자에 도착했다.

6

둘이서 상자 가까이에 있을 때 어거스터스가 전해준 소식 전부가 이 모험담에서 고갱이 같은 대목이다. 어거스터스는 나중에 가서야 세세한 부분까지 이야기해주었다. 어거스터스는 사라진 걸 들킬까 노심초사했고 나는 갇혀 있던 끔찍한 장소를 하루라도 빨리 벗어나고 싶어 안달이 나 있었다. 우리는 즉시 칸막이벽에 있는 구멍으로 가기로 결정했고 내가 그 언저리에 잠깐 남아 있는 사이에 어거스터스가 나가서 정황을 살피고 오기로 했다. 우리 둘 다 타이거를 상자에 남겨두는 일은 차마 생각도 할 수 없었지만 어떻게 데려가느냐가 문제였다.

그때 타이거가 조용해진 것 같아서 상자에 귀를 바짝 갖다 대봐도 숨소리조차 들을 수 없었다. 난 타이거가 죽었다고 여기고 상자 입구를 열기로 마음먹었다. 녀석은 축 늘어져 있었다. 아무래도 깊은 혼수상태에 빠진 것 같았지만 다행히 숨줄은 붙어 있었다. 우물쭈물할 겨를은 없었지만 지금까지 두 번씩이나 목숨을 구해준 동물을 살리려는 시도도 해보지 않고 떠날 수는 없었다. 그래서 비록 힘들고 지치기는 했지만 우리가 할 수 있는 모든 것을 총동원해서 녀석을 질질 끌고 갔다. 대부분 어거스터스가 양팔로 커다란 개를 껴안고, 가는 길에 놓인 장애물을 기어 넘어가야 했다. 나는 뼈대가 약한 탓에 그렇게 할 수가 없었다. 드디어 구멍에 도착하자 친구가 먼저 구멍으로 빠져나간 다음 타이거를 끌어올렸다. 모든 게 안전했고 코앞에 닥친 위험에서 우리를 구해준 신께 진심으로 감사드리는 걸 잊지 않았다. 난 당분간 구멍의 입구 언저리에 남기로 했다. 내 친구는 날마다 받은 식량을 입구를 통해 수월하게 나눠 줄 수 있었고 나는 그나마 깨끗한 공기를 들이쉴 수 있는 이점이 있었다.

내가 이야기를 풀어나가면서 그램퍼스호의 화물에 대해 말할 때 올바르고 정상적인 선적 방법을 아는 독자들은 석연치 않다고 여겼을 수도 있다. 이쯤에서 해야 할 말은 부끄럽게도 바너드 선장이 그램퍼스호에서 가장 중요한 선적 작업에 소홀했다는 점이다. 바너드 선장은 그렇게 위험한 업무에 반드시 필요한 조심성이나 경험이 풍부한 뱃사람이 결코 아니었다. 신중하지 않으면 선적을 제대로 할 수 없다. 내가 짧게 경험한 바로도 수많은 사고가 화물 선적을 무시하거나 등한시한 탓에 발생했다. 연안 항해선은 화물을 싣거나 하역할 때 서두르거나 혼잡할 경우가 대다수여서 화물 선적에 제대로 신경을 쓰지 않아 자칫 사고가 일어나기 쉽다. 배가 심하게 흔들릴지라도 화물이나 균형을 잡는 바닥짐이 움직일 가능성을 차단하는 것이 아주 중요하다. 그러기 위해서는 실린 화물의 부피뿐만 아니라 내용물이 무엇인지, 가득 채울 것인지 일부분만 채울 것인지도 신경을 꽤나 써야 한다.

대부분의 화물 운송에서는 화물을 꼭꼭 눌러 넣어 싣는다. 이를테면 담배나 밀가루를 선적할 때는 화물 전체를 화물창 안에 빽빽이 압축해 실어서 작은 통이든 큰 통이든 납작해지고 원래 모양대로 돌아오려면 시간이 한참 걸린다. 이렇게 압축해서 담는 것은 주로 화물창에 공간을 더 넓게 확보하기 위해 취하는 방법이다. 밀가루나 담배 같은 상품을 가득 실을 때는 짐이 조금이라도 움직일 위험이 없기 때문이다. 움직인다 해도 문제를 일으킬 정도로 이동할 위험은 전혀 없다. 오히려 압축해서 선적하는 방식이 처참한 결과를 불러온 사례도 있다. 화물이 움직일 때 생기는 위험과는 전혀 다른 원인으로 일어나는 일이다. 몇몇 경우에 솜을 빽빽하게 압축해서 실으면 화물이 팽창하여 바다에서 배가 산산조각 난다고 알려져 있다. 담배도 큰 통을 원형으로 만들어 생긴 틈새가 없다면 일상적인 발효 과정이 일어나는 동안 의심할 여지 없이 동일한 결과가 일어날 것이다.

특히 화물이 움직여서 위험한 경우와 이런 불행한 사고를 막기 위해 늘 조심해야 하는 경우는 화물을 가득 적재하지 않았을 때다. 센바람을 만나거나 오히려 그 후 돌연 잔잔할 때 배가 좌우로 흔들리는 걸 경험한 사람들만이 무시무시하게 요동치는 힘과 그에 따라 배 안에 헐겁게 쌓인 물건들이 받는 큰 자극을 머릿속에 그릴 수 있을 것이다. 그런 다음 화물이 다 차지 않았을 때 주의 깊게 선적해야 하는 이유가 명확히 드러난다.

정선할 때 특히 작은 뱃머리 돛을 펴고 멈춰 있을 때 뱃머리를 제대로 만들지 않은 배는 옆으로 기우는 경우가 많다. 대체로 15분이나 20분마다 기울어지지만 제대로 선적했다면 심각한 문제는 일어나지 않는다. 꼼꼼하게 신경 쓰지 않았다면 처음 급격히 기울 때 배가 수면으로 기운 쪽으로 화물 전체가 굴러떨어져 배가 다시 균형을 되찾지 못하게 만든다. 불가피하게 균형을 잡지 못해 배는 몇 초 만에 바람을 한껏 받아 침몰하기 마련이다. 배가 바다에서 맹풍을 만나 침몰한 사례 중 적어도 절반은 화물이나 바닥짐이 움직인 탓이라 해도 지나친 말이 아니다.

화물 종류가 무엇이든 간에 배에 가득 채우지 않는다면 처음에 어떻게든 빽빽하게 집어넣은 후 튼튼한 화물 이동 방지판으로 선박을 가로질러 화물 전체를 꼼꼼하게 덮어두어야 한다. 판자들 위에 천장까지 닿는 견고한 지지대를 임시로 세워서 모든 물건을 제자리에 고정한다. 화물이 곡물이나 그와 유사한 내용물일 때에는 필요한 예방 조치가 늘어난다. 항구를 떠날 때 화물창에 곡물을 가득 선적했다면 목적지에 도착했을 때에는 화물창이 4분의 3만 채워져 있을 것이다. 화물 인수인이 곡물을 스무 되씩 퍼내 계량하면, 꽉 들어찼던 곡물 알갱이들 사이의 공간이 성기게 되어 화물은 처음에 실어 보낸 양을 초과할 것이다. 이유는 항해하는 동안 곡물이 빽빽하게 내려앉기 때문이며 날씨가 얼마나 사나운지에 따라 정도가 더 심해진다.

배에 곡물을 성기게 던져놓으면 아무리 화물 이동 방지판과 지지대로 잘 고정해놓아도 긴 항해에는 움직임이 많아 자칫 끔찍한 참사가 일어날 수 있다. 이런 사고를 막으려면 항구를 떠나기 전에 온갖 수단을 동원해 가능한 한 화물을 내려 앉혀야 한다. 그럴 때 사용하는 다양한 장치가 있지만 그중에서 곡물

안에 쐐기를 박는 방법을 들 수 있다. 이런 조치를 빠짐없이 취한 다음 특별히 애를 써 화물 이동 방지판을 고정해놓아도 임무를 아는 선원이라면, 배에 곡물을 싣고도 심풍에 안전하다고 생각하는 사람은 없을 것이다.

화물을 가득 채우지 않았다면 특히나 그럴 것이다. 그런데도 가득 싣지 않은 데다 위험하기까지 한 화물을 싣고 예방책도 없이 날마다 항해하는 연안 항해선이 수백 척이다. 아마 유럽의 항구에서 오는 배는 더 그럴 것이다. 실제로는 사고가 이 정도밖에 일어나지 않는다는 사실이 신기할 따름이다.

이렇게 세심한 주의를 기울이지 않아 일어난 처참한 사건이 기억났다. 1825년 스쿠너선(돛대가 여럿 달린 세로돛식 선박 – 옮긴이)인 파이어플라이호에 옥수수를 싣고 버지니아 주 리치먼드에서 마데이라로 가던 조엘 라이스 선장의 사례다. 라이스 선장은 평범하게 화물을 고정하기만 하고 화물 선적에 주의를 기울이지 않는 사람이었지만 큰 사고 없이 항해를 다녔다. 그전에 곡물을 싣고 항해해본 적이 없어 배에 옥수수를 대충 성기게 던져놓았고 딱 배의 절반을 채웠다. 항해 초반에는 바람이 가볍게 불었다. 그날따라 마데이라까지 하루만 가면 되는 거리에서 북북동쪽에서 경풍이 불어 어쩔 수 없이 배를 멈춰야 했다. 앞 돛대 중에서 2단으로 줄인 세로돛 하나만 올리고 바람이 불어오는 쪽으로 배를 돌리자 예상대로 안정적으로 배가 멈추면서 바닷물은 한 방울도 튀지 않았다.

밤이 되자 바람은 어느 정도 잠잠해졌고 배는 전보다 더 불규칙하게 흔들렸지만 심한 정도는 아니었다. 그러다 한 번 심하게 오른쪽 뱃전 쪽으로 기울어졌다. 그때 옥수수가 통째로 움직이는 소리가 들렸고 그 힘에 중앙 화물 승강구가 벌컥 열렸다. 파이어플라이호는 순식간에 가라앉았다. 마데이라에서 온 작은 슬루프선(돛대가 하나인 세로돛식 선박 – 옮긴이)이 부르면 들릴 거리에 있어 유일하게 목숨을 건진 선원을 끌어올렸고 안전하게 강풍을 헤치고 나아갔다. 제대로만 다루면 오히려 작은 돛단배가 강풍을 잘 헤쳐나갈 수 있을 테니까 말이다.

그램퍼스호의 선적은 엉성하게 진행되었다. 기름통과 선박 부속품을 아무렇게나 쌓아놓은 상태나 다름없는 것을 선적이라고 부를 수 있다면 말이다. 화물창 안에 있는 물건들이 어떤 상태인지는 이미 말한 적이 있다. 앞에서 말한 대로 맨 아래 갑판에는 기름통[1]과 상갑판 사이에 내 몸이 들어갈 만한 넉넉한 공간이 있었다. 중앙 승강구 주위에 빈 공간이 있었고 화물이 쌓인 곳에도 널찍한 자리가 군데군데 보였다. 어거스터스가 칸막이벽을 뚫어서 만든 구멍 가까이에는 통 하나가 거뜬히 들어갈 정도로 큰 공간도 생겼다. 우선은 그 자리에서 편하게 지냈다.

그즈음 내 친구는 무사히 침대로 돌아가 수갑과 밧줄을 다시 매어놓았다. 벌써 대낮이었다. 우리는 정말 가까스로 위기에서 탈출했다. 어거스터스가 정리를 마치기가 무섭게 일등항해사가 더크 피터스와 흑인 요리사를 데리고 내려왔으니 말이다.

---

[1] 일반적으로 포경선에는 철제 기름 탱크를 설치한다. 그램퍼스호가 기름 탱크를 설치하지 않은 이유는 확인할 수 없었다. – 원주

세 사람은 잠시 케이프베르데에서 오는 선박에 관해 이야기를 나누었고 듣자 하니 배가 나타나기를 간절히 바라는 눈치였다. 그러다 요리사가 어거스터스가 누운 침대로 오더니 머리맡에 앉았다. 잘라낸 판자 조각을 제자리에 두지 않은 덕분에 나는 은신처에서 낱낱이 보고 들을 수 있었다.

구멍을 가리려고 걸어놓은 두꺼운 선원용 재킷에 요리사가 기대어 넘어질 거라는 생각이 순간적으로 들었다. 그렇게 된다면 모든 것이 발각될 것이고 틀림없이 우리는 그 자리에서 목이 달아날 것이다. 그러나 행운의 여신은 우리 편이었다. 배가 흔들리면서 요리사가 재킷을 자주 만지기는 했지만 뚫린 것을 발견할 정도로 누르지는 않았다. 재킷 아랫부분을 칸막이벽에 조심스럽게 고정해놓아서 한쪽으로 흔들려도 구멍은 보이지 않았다. 그러는 동안 타이거는 침대 발치에 평화롭게 누워 있었고 간간이 눈을 뜨고 깊게 숨 쉬는 게 보여서 어느 정도 정신을 차린 것 같았다.

몇 분 후 일등항해사와 요리사는 피터스를 남겨두고 위로 올라갔다. 두 사람이 나가자마자 피터스는 일등항해사가 있던 자리로 옮겨 앉았고 어거스터스와 허물없이 이야기를 나눴다. 항해사와 요리사가 있을 때 겉으로는 취한 것처럼 보였던 대부분이 속임수였다는 걸 우리는 그제야 알았다. 내 친구의 질문에 피터스는 거리낌 없이 대답해주었다. 내 친구 아버지가 떠내려간 날 해가 지기 직전에 배를 다섯 척이나 봤으니 꼭 구조되었을 거라고 위로가 되는 말을 해주었다. 나는 피터스의 말에 기쁜 것만큼이나 놀라기도 했다. 그뿐만 아니라 피터스의 도움을 받아 그램퍼스호를 다시 우리 손에 넣을 수도 있을지 모른다는 희망이 생겼다.

기회가 있을 때 이런 생각을 어거스터스에게 털어놓았다. 친구도 가능한 일이라고 생각했지만 이 혼혈인은 변덕이 죽 끓듯해 충동적으로 행동하는 것 같으니 피터스를 끌어들이려면 신중에 또 신중을 기해야 한다고 강조했다. 사실 피터스가 멀쩡한 정신인지 아닌지 모를 순간이 있었다. 피터스는 한 시간쯤 있다가 갑판으로 올라갔고 정오가 되어서야 다시 돌아와 어거스터스에게 소금에 절인 쇠고기와 푸딩을 넉넉히 가져다주었다. 우리 둘만 남자 나는 구멍 안으로 돌아가지 않고 편안하게 음식을 배불리 먹었다. 그날 또 선원실에 내려오는 사람은 아무도 없었고 밤에 나는 친구의 침대에 누워 아주 오랜만에 단잠을 푹 잤다.

새벽녘에 어거스터스가 갑판에서 나는 소란스러운 소리를 듣고 깨우자 재빠르게 구멍 안으로 숨었다. 날이 밝으니 타이거가 기력을 거의 회복했고 광견병 징후도 없다는 걸 확인했다. 물을 조금 주었더니 홀짝홀짝 잘도 마셨다. 그날 타이거는 예전의 활기와 식욕을 되찾았다. 타이거의 이상한 행동은 의심할 것도 없이 화물창의 해로운 공기 탓이었지 광견병하고는 아무 연관이 없었다. 상자에서 타이거를 데리고 가겠다고 고집부린 게 얼마나 다행이었는지 뭐라 말로 표현할 수 없었다. 이날은 6월 30일이었고 그램퍼스호가 낸터킷을 떠난 지 13일째 되는 날이었다.

7월 2일에 일등항해사는 평소처럼 술에 취한 채 내려왔고 기분이 퍽 좋은 듯했다. 일등항해사는 어거스터스의 침대로 와 등을 툭 치더니 풀어주면 얌전히 굴겠느냐, 다시는 선장실에 들어가지 않겠다고 약속하겠느냐고 물었다. 항해사의 질문에 당연히 내 친구는 그러겠다고 했다. 그러자 악당은 자기 코트 주머니에서 럼주병을 꺼내 어거스터스에게 마시게 하고 풀어주었다. 그러고서 둘은 갑판으로 갔고 나는 세 시간여 동안 친구를 보지 못했다. 그런 다음 친구가 내려와서 반가운 소식을 전했다. 중앙 돛대 앞 어디라도 마음대로 돌아다녀도 좋다는 허락을 받았고 하던 대로 선원실에서 자라는 명령을 들었다고 했다. 그러면서 내게 맛있는 음식과 충분한 물을 가져다주었다.

그램퍼스호는 케이프베르데에서 출항한 배를 향해 계속 순항 중이었고 그때 배 한 척이 시야에 들어왔다. 이야기했던 그 선박인 것 같았다. 그다음 8일 동안 일어난 사건들은 그다지 중요하지 않고, 이야기할 중요한 사건들에 직접 영향을 미치지 않았지만 생략하고 싶지는 않아서 여기에 일지 형식으로 고쳐 적었다.

7월 3일. 어거스터스가 담요 세 장을 가져다주어서 은신처에 편안한 침대를 마련했다. 이날은 내 친구 말고 아무도 내려오지 않았다. 타이거는 구멍 바로 옆 침대에 자리를 잡았고 아직 아픈 게 깨끗하게 낫지 않은 듯 깊이 잠들었다. 밤이 되자 돛을 내릴 새도 없이 돌풍이 그램퍼스호를 덮쳐 거의 뒤집힐 뻔했다. 하지만 볼록하게 부풀었던 돛은 즉시 평평해졌고 가장 앞에 있는 돛대의 중간 돛이 찢어진 것 말고는 피해가 크지 않왔다. 더크 피터스는 이날 종일 어거스터스를 친절하게 대했고 태평양과 직접 가본 그 지역 섬들에 대해서 둘이서 오랫동안 도란도란 이야기를 나눴다. 피터스가 어거스터스에게 반란자들과 배를 타고 탐험을 떠나 항해를 즐기고 싶지 않은지 묻더니 선원들이 점차 일등항해사 편으로 넘어간다고 말했다. 피터스의 말에 어거스터스는 이보다 나빠질 일도 없으니 기꺼이 모험에 동참하겠고, 무엇이든 해적 생활보다는 차라리 낫다고 대답하는 게 최선이라고 생각했다.

7월 4일. 시야에 들어온 배는 리버풀에서 온 작은 브리그선(쌍돛대가 있는 횡범선 – 옮긴이)이어서 아무 일 없이 지나가게 내버려 두었다. 어거스터스는 반란자들의 계획에 대해서 하나도 빠트리지 않고 정보를 얻으려고 개인 시간 대부분을 갑판에서 보냈다. 반란자들은 자기들끼리 심하게 말다툼하는 일이 잦았다. 그러다 한번은 작살잡이 짐 보너가 배 밖으로 내동댕이쳐졌다. 일등항해사 쪽 패거리는 세력이 더 커졌다. 짐 보너는 흑인 요리사 패거리였고 피터스도 요리사를 지지하는 편이다.

7월 5일. 동이 틀 무렵 서쪽에서 바람이 강하게 불어오기 시작했고, 정오에는 상당히 거세져서 그램퍼스호는 보조 세로돛과 앞 돛대의 맨 아래 세로돛만 올렸다. 말단 선원이면서 요리사와 한 패인 심슨이 고주망태가 되어 앞 돛대의 세로돛 줄을 줄이다가 바닷물에 빠져 죽는 황당한 일도 있었다. 물론 심슨을 구하려는 사람은 아무도 없었다. 배에 탄 총인원은 당시 열세 명이었다. 정확히 말하면 더크 피터스, 흑인 요리사 시모어, 존스, 그릴리, 하트먼 로저스, 윌리엄 앨런 등이 요리사 패거리였고 이름을 모르는 일등항해사, 압살롬 힉스, 윌슨, 존 헌티, 리처드 파커 등이 일등항해사 패거리였다. 그 외에 우리가 있었다.

7월 6일. 온종일 강풍이 풀고 비를 동반한 돌풍이 불었다. 그램퍼스호는 이음새로 물이 꽤 들어와서 펌프 한 대를 쉴 새 없이 돌렸고 어거스터스도 교대해 일할 수밖에 없었다. 막 해가 졌을 때 커다란 배가 바로 옆을 지나갔다. 가까이 오기 전에는 알아채지 못한 것이다. 바로 반란자들이 찾던 배였을 것이다. 일등항해사가 큰 소리로 그 배를 불러봤지만 대답은 시끄러운 바람 소리에 묻혔다. 11시에 파도가 배 한가운데에 몰아쳐 배 왼쪽 방파 벽을 휩쓸었고 그것 말고 가벼운 피해도 입었다. 아침 무렵 날씨는 누그러졌고 해가 뜰 무렵에는 바람도 거의 불지 않았다.

7월 7일. 온종일 큰 파도가 넘실거렸다. 그램퍼스호는 가벼워서 심하게 요동쳤고 화물창에서는 많은 화물이 이리저리 돌아다녔다. 은신처에서 분명하게 들려 알 수 있었다. 나는 뱃멀미로 고생했다. 이날 피터스는 어거스터스와 오래 이야기를 나누며 자기 쪽 패거리에서 그릴리와 앨런 두 사람이 일등항해사 쪽으로 넘어가 해적이 되기로 마음을 굳혔다고 말해주었다. 피터스는 어거스터스에게 몇 가지 물었지만 내 친구가 정확히 이해할 수 없는 질문들이었다. 이날 저녁 한때 배에 물이 들어찼다. 녹슨 선박인 데다 이음새로 물이 들어와 생기는 것이라 해결 방법이 거의 없었다. 돛을 꿰매 뱃머리 아래에 넣자 어느 정도 도움이 되어 침수를 막을 수 있었다.

7월 8일. 해가 뜰 무렵 동쪽에서 바람이 가볍게 불어왔다. 그때 일등항해사는 계획했던 해적질을 하기 위해 서인도제도 쪽으로 갈 심산으로 방향타를 남서쪽으로 돌렸다. 피터스나 요리사는 아무런 반대도 하지 않았다. 적어도 어거스터스가 듣는 데서는 그랬다. 케이프베르데에서 오는 선박을 탈취하는 생각은 깨끗이 단념했다. 이제는 펌프 하나를 45분마다 돌리면 쉽사리 물이 차오르지 않게 할 수 있었다. 뱃머리 아래에서 돛을 끌어냈다. 이날 작은 스쿠너선 두 척에 소리쳐 신호를 보냈다.

7월 9일. 날씨는 맑았다. 모든 사람이 방파 벽을 수리하는 데 매달렸다. 피터스는 다시 어거스터스와 긴 이야기를 나눴고 여태까지보다 더 가깝게 말했다. 무슨 일이 있어도 일등항해사의 생각에 동조하지 않을 것이라면서 항해사 수중에서 그램퍼스호를 빼앗을 생각이 있다고 넌지시 비추기까지 했다. 그렇게 된다면 도움을 구할 수 있는지 내 친구에게 물었고 어거스터스는 주저하지 않고 그렇다고 말했다. 그러고 나서 피터스는 자기 패거리에게도 의견을 물어보겠다고 말하고 나갔다. 이날 이후로 어거스터스는 피터스와 단둘이 이야기할 기회가 없었다.

7

7월 10일. 리오에서 출발해 노퍽으로 가는 브리그 선박과 소리쳐 이야기를 나눴다. 안개가 끼었고 방향이 일정하지 않아 직진하기 어려운 바람이 동쪽에서 불어왔다. 이틀 전 독한 럼주를 한 잔 마시고 경련을 일으켰던 하트먼 로저스가 이날 죽었다. 로저스는 흑인 요리사 패거리였고 피터스가 전적으로 신뢰하던 사람이었다. 피터스는 어거스터스에게 일등항해사가 로저스를 독살한 것 같다고 말하며 조심하지 않으면 곧 자기 차례가 올 거라고 내다봤다. 이제 피터스 편에는 존스, 시모어밖에 남지 않았고 반대편에는 다섯 명이 남았다. 피터스는 존스에게 일등항해사의 지휘권을 빼앗는 문제를 꺼냈다. 그러나 냉담한 반응이 돌아오자 피터스는 더는 그 계획을 고집하지도 않고 시모어에게 말해보는 것도 그만두었다. 신중하게 행동했던 건 천만다행이었다. 오후에 흑인 요리사가 일등항해사 편에 서기로 했다고 말하면서 정식으로 일등항해사 패거리로 넘어갔기 때문이다.

존스가 피터스와 말다툼을 하던 차에 흥분한 나머지 피터스의 계획을 일등항해사에게 일러바칠 뜻을 내비쳤다. 이제는 아무래도 꾸물거릴 시간이 없었다. 피터스는 어거스터스가 도와준다면 어떤 위험이라도 무릅쓰고 배를 빼앗을 생각이라고 말했다. 내 친구는 즉시 그런 목적이라면 어떤 계획에라도 동참하고 싶다고 말했고 이때다 싶어 내가 배에 있다는 사실을 알렸다. 이 사실에 피터스는 놀라기보다 오히려 기뻐했다. 존스를 도무지 믿을 수 없었다. 이미 일등항해사 패거리라고 생각했기 때문이다.

두 사람은 즉시 아래로 내려왔고 어거스터스가 내 이름을 불러 잠시 후 피터스와 나는 인사를 나누었다. 기회가 생기는 대로 배를 빼앗기로 의견을 모았고 존스는 우리 계획에서 배제했다. 성공하면 맨 처음 보이는 항구로 그램퍼스호를 몰고 가 배를 돌려줄 것이다. 피터스 편은 다 넘어가서 태평양으로 가려던 계획에 차질이 생겼다. 선원 없이는 떠날 수 없는 모험이니 말이다. 피터스는 자기 정신이 이상해서 반란에 힘을 보태게 된 거라고 침통하게 고백했다. 재판에서 정신이상으로 무죄를 선고받거나 유죄가 된다 해도 우리가 증언해서 사면받기를 기대했다.

"모두 와서 돛을 줄여!"

갑자기 이런 소리가 들려 의논을 중단했고 피터스와 어거스터스는 갑판으로 뛰어 올라갔다.

여느 때와 마찬가지로 선원들은 오늘도 술에 절어 있었다. 돛을 다 감아서 줄이기 전에 세찬 돌풍이 불어 배가 옆으로 기울어졌다. 그대로 놔두니 도로 수평으로 바로 섰고 그러면서 바닷물을 엄청 뒤집어썼다. 모든 것이 안정되자마자 또 급풍이 배를 덮쳤고 곧바로 다시 몰아쳤다. 그래도 피해는 입지 않았다. 아무래도 계속 강풍이 불어닥칠 것 같았다. 정말로 얼마 안 가서 북쪽과 서쪽에서 사나운 기세로 바람이 휘몰아쳤다. 모든 장비를 최대한 정비해놓고 평상시처럼 앞 돛대의 세로돛을 다 접어 정선했다. 밤이 지나면서 바람은 거세졌고 파도는 성질난 것처럼 거칠었다. 그때 피터스가 어거스터스와 함께 선원실로 들어왔고 우리는 다시 의논을 했다.

아무도 예상하지 못하는 이때보다 계획을 실행에 옮기기에 더 좋은 때는 없다는 데 의견이 일치했다. 그램퍼스호는 뱃머리를 바람 불어오는 쪽으로 두고 안정적으로 정선해 있어서 날씨가 좋아질 때까지 움직일 이유가 없었을 것이다. 계획에 성공하면 그램퍼스호를 항구에 들여놓는 일을 돕도록 한 사람, 아니 어쩌면 두 사람 정도 풀어줄 것이다. 물리력에서 차이가 나는 게 가장 큰 문제였다. 우리 쪽은 셋뿐이었고 선장실에는 아홉이 있었다. 아쉽게도 배에 있는 무기도 모두 일등항해사 쪽이 차지하였다. 우리 쪽 무기는 피터스가 몸에 숨긴 작은 권총 한 자루와 항상 허리띠에 끼워두는 선원용 큰 칼뿐이었다. 도끼나 지렛대 같은 물건이 늘 놓던 자리에 없는 점 등 몇몇 조짐으로 보아 일등항해사가 눈치챘을까 봐 걱정되었다. 피터스에 대해 조금이라도 수상쩍게 여긴다면 피터스가 일등항해사를 제거할 기회를 놓칠 것 같아 조마조마했다. 사실 우리가 마음먹은 일을 당장 실행한다고 해도 빠른 게 아니었다. 그래도 상황이 우리에게 불리해서 신중을 기하지 않으면 일을 진척시킬 수 없었다.

피터스는 이렇게 제안했다. 자기가 갑판으로 올라가 당직을 서는 앨런에게 말을 걸고 기회를 봐서 소란을 일으키지 않은 채 손쉽게 앨런을 바다로 던져버릴 수 있을 것이다. 그다음 우리가 갑판으로 올라가 무기 몇 가지를 찾아본다. 그러고 나서 다 함께 달려들어 반대편이 저항하기 전에 선장실로 통하는 갑판 승강구 계단을 장악한다는 것이다. 나는 피터스가 내놓은 제안에 반대했다. 내 생각에 일등항해사는 미신에 사로잡혀 생긴 선입견과 관련된 사안만 빼놓고는 모든 일에 약삭빠른 사람이라 그리 쉽게 함정에 걸릴 것 같지 않았다. 어쨌든 갑판에 당직을 세워두었다는 사실만 보아도 일등항해사가 빈틈없이 경계한다는 증거였다. 규율을 엄격하게 지키는 선박을 제외하면 배가 강풍에 정선해 있을 때 갑판에 당직을 세워두는 일은 흔치 않다. 바다에 나가본 사람도 있겠지만 그렇지 않은 사람들에게도 내 이야기를 들려주니 이런 상황에서 선박이 정확히 어떤 상태인지 설명하는 편이 나을 것이다.

뱃머리를 바람 불어오는 쪽으로 놓고 멈추는 일, 또는 항해 용어로 '정선停船'이라는 조치를 취하는 데는 여러 목적이 있고 정선하는 방식도 여러 가지다. 온화한 날씨에는 그저 선박을 정지시키거나, 다른 선박이라든가 그와 유사한 대상을 기다리려는 목적으로 정선하는 경우가 흔하다. 정선하려는 배가 돛을 전부 펼쳤다면 일반적으로 돛 일부분을 빙 돌리면 된다. 그러면 돛이 역풍을 받아 배가 멈춘다.

이번에는 강풍에 정선하는 방법을 설명해볼까? 이것은 바람이 정면에서 불어오고, 또 너무 강하게 불어 돛을 올리면 배가 뒤집힐 위험이 있을 때 쓰는 방법이다. 또 바람이 잔잔해도 파도가 거칠어 배를 앞으로 나가게 할 수 없는 경우에도 간혹 쓴다. 파도가 거칠 때 배를 바람이 불어가는 방향으로 달리게 내버려 두면 뱃고물에 바닷물이 들어차고 때로는 앞으로 심하게 꼬꾸라지기도 해서 보통 배가 큰 피해를 입는다. 어쩔 수 없을 때가 아니라면 이럴 때에는 배를 그냥 달리게 놔두지 않는다. 배에 물이 새는 경우라면 풍랑이 거세게 일어도 배가 바람 방향으로 달리는 경우가 왕왕 있다. 왜냐하면 정선할 때는 배가 너무 뒤틀려서 선체의 균열이 크게 벌어질 게 분명하지만, 달리고 있다면 그렇게 심하게 벌어지지는 않기 때문이다. 그

것 말고도 배를 멈추지 말고 달리게 해야 하는 경우는 수두룩하다. 뱃머리를 바람 부는 쪽으로 돌리는 데 사용되는 돛이 돌풍이 너무 강해서 갈기갈기 찢어지거나 잘못된 선체 설계나 그밖에 다른 원인으로 정선할 수 없을 때가 그렇다.

강풍을 만난 선박들은 각각 고유한 구조에 따라 여러 방법으로 정선한다. 앞 돛대 중 맨 아래 큰 세로돛을 펼쳐서 정선하는 게 적합한 배도 있다. 이 큰 세로돛이 흔히 사용되는 돛이라 생각한다. 커다란 가로돛을 단 대형 선박들은 일반적으로 악천후용 삼각돛이라 부르는 정선용 돛을 달고 있다. 그러나 뱃머리의 삼각돛 하나만 사용할 때도 종종 있다. 또 앞 돛대의 맨 아래 세로돛을 2단으로 줄여서 사용하거나 큰 세로돛과 삼각돛을 다 쓰기도 한다. 뒤에 다는 돛도 흔하게 쓰인다. 어떤 종류의 돛보다 앞 돛대의 중간 가로돛들이 정선에 도움이 되는 경우가 꽤 많다. 그램퍼스호는 보통 앞 돛대의 큰 세로돛을 다 감아 내려서 정선했다.

배를 정선하려면 돛이 뱃고물로 완벽하게 당겨졌을 때, 즉 대각선으로 배를 가로질렀을 때 뱃머리를 바람이 불어오는 쪽에 가깝게 돌려 돛이 바람을 받게 한다. 이렇게 되면 뱃머리는 바람이 불어오는 방향에서 몇 도 벗어나지 않는 위치를 가리키고 바람 방향을 거스른 뱃머리는 파도에 세게 부딪친다. 이런 상황에서 좋은 선박이라면 바닷물을 한 방울도 뒤집어쓰지 않고 선원들이 신경 쓰지 않아도 강풍을 잘 견뎌낼 것이다. 조타 장치는 단단히 묶어놓는 게 일반적이지만 풀려 있어 요란한 소리가 난다면 모를까 꼭 그럴 필요는 없다. 정선했을 때 방향타는 별 소용이 없으니까 말이다. 실은 방향타는 꽉 묶어놓기보다 느슨하게 묶는 게 훨씬 좋다. 방향타가 움직일 여유 공간이 없다면 거센 파도에 떨어져나가기 십상이니까.

돛이 버티기만 하면 잘 만들어진 배는 현 상태를 유지하며 생명력과 사고력이 스며 있기라도 한 듯 어떤 파도라도 부드럽게 타고 넘을 것이다. 보통 때는 허리케인이 불어야 생기는 일이기는 하지만 맹풍이 돛을 갈기갈기 찢어버린다면 일촉즉발의 상황이 된다. 배는 바람에 멀리 밀려나 물결을 따라가며 정처 없이 떠내려간다. 이 경우 유일한 해결책은 바람이 불어가는 쪽으로 살짝 배를 돌려 배를 달리게 해놓고 다른 돛을 펼치는 것이다. 전혀 돛을 펴지 않고 정선하는 배도 있을 것이다. 그런 배들은 바다에서 안심할 수가 없을 것이다.

본론으로 돌아가자. 맹풍에 정선한 상태에서 갑판에 당직을 세우는 일은 일등항해사가 늘 하던 습관적인 행동은 아니었다. 도끼와 지렛대가 없어진 상황과 아울러 일등항해사가 당직을 세워두어서, 선원들이 경계를 게을리하지 않아 피터스가 제안한 대로 기습 공격을 해도 성공하기 어려울 거라는 생각이 들었다. 그렇지만 무슨 수라도 써야 했고 가능한 한 서둘러야 했다. 일단 피터스를 의심하니 곧 기회를 잡아 제거하려고 할 것이고 강풍이 잦아들면 구실을 찾거나 만들어낼 게 분명했다.

그때 어거스터스가 제안을 했다. 피터스가 평계를 대 전용실의 뚜껑 문 위에 올려진 사슬 닻줄을 치울 수만 있다면 화물창을 통해 불시에 그 패거리를 덮칠 수도 있을 거라는 것이었다. 곰곰이 생각해보니 배가 좌우로 위아래로 세차게 요동쳐서 그 계획을 시도하기는 어려웠다.

　그러다 나는 우연히 일등항해사의 죄책감과 미신에 대한 공포심을 이용해보자는 생각이 들었다. 선원 중 하나인 하트먼 로저스가 이틀 전에 독한 술과 물을 섞어 마신 후 경련을 일으켜 다음 날 아침에 죽은 걸 기억할 것이다. 피터스는 자기 생각을 말해주었다. 하트먼은 항해사에게 독살당했으며 그렇게 생각하는 이유가 있다는 것이다. 명백한 증거지만 우리에게 설명하지는 않을 거라고 했다. 이렇게 제멋대로 거절하는 행동은 피터스의 특이한 성격에 어울렸다. 그렇지만 피터스에게 항해사를 의심할 만한 근거가 더 충분하든 아니든 우리는 선뜻 피터스의 생각을 받아들이게 되었고 행동으로 옮기기로 했다.

　로저스는 심한 경련을 일으켜 오전 11시쯤 죽었고 그 몇 분 후에 나온 시체는 내가 지금껏 기억하는 중에 가장 무시무시하고 역겨운 몰골이었다. 마치 물에 빠져 죽고 수주일 후에 건져 낸 사람처럼 배가 거대하게 부풀어 올랐다. 양손은 배와 마찬가지로 부은 반면에 얼굴은 오그라들고 쭈글쭈글했으며 백지장처럼 창백했다. 세균 감염으로 생기는 것과 비슷하게 시뻘건 반점 두세 개가 도드라져 얼굴에서 눈에 띄는 부분도 있었다. 반점 하나는 얼굴을 가로질러 비스듬히 퍼져 붉은 벨벳 안대처럼 한쪽 눈을 전부 덮었다.

　이런 구역질 나는 시체를 오후에 선장실에서 꺼내 바다에 내던졌다. 이때 일등항해사는 시체를 처음 보아서인지 힐끗 쳐다보며 양심의 가책에 사로잡혔거나, 끔찍한 모습에 두려워 어찌할 바를 몰랐는지 선원들에게 시체를 그물 침대에 넣어 꿰매고 흔히 하는 수장 의식을 치르라고 지시했다. 일등항해사는 피해자를 더 쳐다보지 않으려는 듯 이렇게 지시를 내리고 내려갔다. 항해사의 말에 따라 준비하는 사이에 강풍이 사납게 불어 일을 잠시 중단했다. 그대로 내버려진 시체는 갑판 왼쪽 배수구로 쓸려 내려갔고 내가 지금 이야기하는 당시에도 여전히 그쪽에 널브러져 있어 그램퍼스호가 미친 듯이 휘청거릴 때 이리저리 버둥거렸다.

우리는 계획을 다 세우자 서둘러 실행에 옮겼다. 피터스가 갑판으로 올라가니 예상했던 대로 앨런이 즉각 다가와 말을 걸었다. 앨런은 다름 아닌 선원실을 감시하려고 배치된 것 같았다. 하지만 이 악당의 운명은 신속하고 조용히 결정 났다. 피터스는 앨런에게 말을 걸 것처럼 태평하게 다가가 멱살을 잡고 앨런이 외마디 소리를 지르기도 전에 방파 벽 너머로 휙 집어던졌던 것이다. 그리고 나서 피터스가 부르자 우리는 위로 올라갔다.

맨 먼저 무장할 만한 걸 찾아야 했다. 무기를 찾는 일은 무척 조심스러웠다. 꽉 잡지 않고서는 잠시도 갑판에 서 있을 수 없었고 배가 앞으로 기울 때마다 거센 파도가 배를 덮쳤기 때문이다. 신속하게 작전을 수행해야만 했다. 그램퍼스호에 아주 빠르게 물이 들어오는 게 분명해서 펌프를 돌리려고 일등항해사가 당장이라도 올라올 수 있었다. 한참을 여기저기 뒤진 후에도 무기로 쓸 만한 물건은 펌프 손잡이 두 개밖에는 찾지 못했고 우리 둘이 하나씩 나눠 들었다. 우리는 무기를 확보하고 나서 시체에서 셔츠를 벗긴 다음 바다에 떨어뜨렸다. 그다음 피터스와 나는 아래로 내려갔고 어거스터스는 갑판을 감시하기 위해 남겨져 앨런이 있던 자리에 섰다. 일등항해사 패거리가 올라오더라도 당직이라고 생각하도록 등을 선장실 승강구 계단 쪽으로 돌렸다.

나는 아래로 내려가자마자 로저스의 시체로 보이도록 변장했다. 시체에서 벗겨낸 셔츠가 큰 도움이 되었다. 모양이 특이하고 특징이 뚜렷해서 쉽게 알아볼 수 있는 옷이었으니 말이다. 작업복 종류지만 죽은 로저스는 이 옷을 겉옷으로 입었었나 보다. 하얀색 굵은 가로 줄무늬가 있는 파란 메리야스 천이었다.

나는 이 옷을 입고, 부풀어 올라 끔찍하게 변한 시체를 흉내 내야 했으니 옷 속에 침구를 마구 쑤셔 넣어 가짜 배를 만들었다. 그러고는 하얀 모직 벙어리장갑을 끼어 양손을 똑같은 모양으로 만들었고 그 장갑을 눈에 띄는 누더기로 채웠다. 다음에는 피터스가 내 얼굴을 변장시켜주었다. 하얀 분필을 잘 문질러 바른 다음 자기 손가락에 난 상처에서 흐른 피로 얼굴을 얼룩지게 했다. 눈을 가로지르는 줄무늬도 잊지 않고 그려 넣자 소름 끼치는 모습이 되었다.

8

전투용 랜턴에서 흘러나오는 어둑한 불빛에 비쳐 선장실에 걸린 거울 조각으로 들여다보니 내 몰골도 끔찍하고 내가 흉내 낸 소름 끼쳤던 시체도 떠올라 막연한 두려움에 사로잡혔다. 온몸이 와들와들 떨려 맡은 역할을 제대로 해보자는 각오를 다질 수도 없을 지경이었다. 이내 마음을 다잡고 작전을 수행해야 했고, 우리는 굳은 결심을 한 뒤 갑판으로 올라갔다.

모든 게 안전하다는 사실을 확인하고 나서야 우리 일행은 방파 벽에 바짝 붙어서 선장실로 통하는 승강구 계단까지 살금살금 움직였다. 승강구 계단은 꼭 닫혀 있지 않았다. 닫히지 않게 위쪽 계단에 나무토막들을 놓아 밖에서 승강구 계단의 문이 갑자기 밀리지 않도록 대비해둔 것이다. 나무가 받치는 틈새로 선장실 안을 어렵지 않게 들여다볼 수 있었다. 기습 공격하지 않은 게 천만다행이었다. 일등항해사 패거리는 경계를 늦추지 않은 모습이었다. 한 사람만 잠들어 있었으며 그마저도 옆에 소총을 한 자루 둔 채 승강구 바로 아래에 누워 있었다. 나머지는 침대에서 내려 바닥에 깔아둔 매트 여러 개에 옹기종기 앉아 있었다. 이 패거리는 대화에 열중한 나머지 정신이 없었다. 빈 병 두 개와 여기저기 흩어진 양철 컵을 보아하니 술을 진탕 마셨을 텐데도 평소처럼 거나하게 취해 있지는 않았다. 모두에게 칼이 있었으며 한두 사람은 권총을, 손만 뻗으면 닿을 가까운 침대에는 소총이 여러 정 놓여 있었다.

로저스 유령의 출몰로 일등항해사 일당을 현혹시킬 계획만 세웠을 뿐 결정된 건 아무것도 없어서 어떻게 행동을 개시할지 결정 내릴 때까지 잠시 이야기를 엿들었다. 일등항해사 패거리는 해적질 계획을 의논하느라 바빴다. 똑똑히 알아들을 수 있던 말은 스쿠너선 호넷호의 선원들과 연합한 다음, 대대적으로 해적질하기에 앞서 가능하면 호넷호를 손아귀에 넣을 거라는 이야기였다. 우리 일행 모두 대규모 해적질에 대한 깊은 이야기까지는 알아들을 수 없었다.

한 사람이 피터스 이야기를 꺼냈고 일등항해사는 알아들을 수 없는 나지막한 목소리로 대답하다가 나중에는 들으라는 듯 큰 목소리로 말을 이었다.

"피터스가 왜 선장 아들놈 일에 주제넘게 나서는지 알 수가 없어. 두 녀석을 바다에 내던져 버리는 편이 낫겠어."

항해사의 말에 별다른 반응은 없었지만 패거리 전체가 항해사의 의중을 이해했다는 사실을 우리는 쉽게 알 수 있었다. 누구보다 존스가 제대로 이해했다. 나는 그때부터 미칠 듯이 불안했다. 어거스터스나 피터스가 어찌해야 할지 결정을 내리지 못한 걸 알고 마음이 더 흔들렸다. 그래도 이대로 개죽음당하지도, 두려움에 무너지지도 않기로 굳게 마음먹었다.

바람이 항해 장비에 부딪히고, 바닷물이 갑판을 휩쓰는 요란한 소리 탓에 안에서 뭐라고 하는지 알아들을 수 없었지만 잠깐씩 바다가 잔잔해지면 대화가 들렸다. 그러다 항해사가 한 사람에게 건네는 말을 똑똑히 들었다.

"가봐, 눈 떼지 말고 지켜봐. 이 배에서 몰래 그런 짓을 하는 건 참을 수 없지."

그 순간 배가 거세게 요동쳐서 항해사가 내린 명령을 즉시 수행할 수는 없었다. 우리에게는 마침 잘된 일이었다. 흑인 요리사가 우리를 데리러 오려고 매트리스에서 일어섰다. 그때 돛대가 휩쓸려가지 않을까 싶을 정도로 배가 엄청나게 흔들려 시모어가 왼쪽 뱃전에 있는 전용실 문에 거꾸로 처박혀 문이 홱 열렸고 다시 큰 소동이 일어났다. 다행히 우리 일행은 아무도 넘어지지 않아서 황급히 선원실로 돌아가 심부름꾼인 시모어가 나타나기 전, 그러니까 승강구 덮개를 열고 얼굴을 내밀기 전에 서둘러 계획을 세울 겨를이 있었다. 시모어가 아직 갑판에 나오지 않았기 때문이다. 승강구 앞에서도 시모어는 앨런이 사라졌다는 사실을 알아챌 수 없었으니 앨런에게 말하듯 소리를 질러 항해사의 명령을 그대로 전달했다.

"응, 알겠어."

피터스가 앨런의 목소리를 흉내 내 외쳤고 요리사는 일이 잘못되어간다는 의심은 하지도 못하고 즉시 밑으로 내려갔다.

이제 내 동료들은 대담하게 뱃고물로 가더니 선장실로 바로 내려갔다. 피터스는 들어간 뒤 원래대로 문을 닫아두었다. 항해사는 으레 반가운 척하며 맞이했고 어거스터스에게 요즘 얌전하게 굴었으니 선장실에서 지내도 좋다며 앞으로 자기들 패거리에 끼워줄 수도 있다고 말했다. 그러더니 어거스터스에게 럼주를 반 컵 따라주고 마시게 했다. 나는 이 상황을 낱낱이 주시하고 있었다. 선장실 문이 닫히자마자 선장실로 친구들을 따라가 전에 선장실 안을 들여다보던 곳에서 상황을 지켜보았다. 난 펌프 손잡이 두 개를 가지고 와서 필요할 때 쓸 수 있도록 하나를 승강구 근처에 보관해두는 기지를 발휘했다.

이제 선장실 안에서 일어나는 모든 일을 잘 보기 위해 되도록 마음을 가라앉혔고 약속한 대로 피터스가 신호를 보내면 반란자들 가운데로 내려가려고 애써 용기를 냈다. 이윽고 피터스가 용케 반란 시 일어났던 잔학한 행위로 화제를 돌렸고, 뱃사람들 사이에 떠도는 수많은 미신 이야기가 나오도록 유도했다. 무슨 말인지 다 알아들을 수는 없었지만 모여 있는 사람들의 표정을 보고 그 이야기의 영향력을 분명히 확인할 수 있었다. 항해사는 눈에 띌 정도로 크게 동요했고 이내 누군가가 로저스의 시체가 무시무시했다는 말을 꺼내자마자 항해사는 기절할 지경인 듯 보였다. 그때 피터스가 너무 끔찍한 광경이라 갑판 배수구에서 이리저리 버둥대는 꼴을 보고 있을 수 없으니 당장 시체를 배 밖으로 던져버리는 게 낫지 않겠느냐고 우두머리에게 물었다. 피터스가 꺼낸 말에 악당은 거칠게 숨을 쉬다가 동료들을 향해 고개를 천천히 돌렸다. 마치 누군가 올라가 그 일을 해달라며 애원하는 듯했다. 섣불리 나서는 사람은 아무도 없었다. 모두 잔뜩 겁을 집어먹고 안절부절못하게 된 게 분명했다.

그때 피터스가 신호를 보내왔다. 그 즉시 승강구 문을 열어젖히며 말 한마디 하지 않고 내려가 항해사 패거리 한가운데 우뚝 섰다. 여러 상황을 고려해보면 난데없이 나타난 유령이 그 자리에 있던 사람들에게 큰 영향을 미친 건 전혀 이상한 일이 아니다. 이런 경우에 대개 목격자들은 눈앞에 나타난 것의 진위를 막연히 의심하기 마련이다. 자신이 속임수에 당하는 것이고 앞에 나타난 유령이 사실은 오랜 어둠의 세계에서 온 방문자가 아니라는 한 가닥 희망이 아무리 희미하게라도 생기는 것이다. 유령이 출몰하는 거의 모든 경우에 그 이면에는 이런 의구심이 남는다 해도 지나친 말이 아니다. 때때로 느끼는 끔찍한 공포도, 심지어 유령이 보여 큰 고통을 받은 경우에도, 유령이 실제라는 확고한 믿음보다는 어쩌면 진짜일지도 모른다는 일종의 지레짐작한 공포 탓이 더 크다.

로저스의 유령이 역겨운 시체나 하다못해 영혼이 실제로 되살아난 것임을 의심할 근거가 당시 반란자에게는 티끌만큼도 없었다는 사실을 금방 확인할 수 있을 것이다. 그램퍼스호는 강풍 때문에 고립무원하여 가짜 유령을 만들 방법은 한정적이었고 자신들이 그 모든 방법을 단번에 떠올릴 수 있다고 생각했던 게 틀림없었다. 그때까지 반란자들은 소리를 질러 소통한 것 말고 다른 배와 접촉한 일도 한번 없이 24일 동안 바다에 떠 있었다. 게다가 선원 전체가 선장실에 모여 있었다. 당직인 앨런을 빼고 배에 있다고 생각할 만한 이유가 조금이라도 있는 사람들은 다 모였다. 키가 2미터에 가까운 앨런의 거인 같은 체구를 다들 알았기에 잠시라도 앞에 있는 유령이 앨런이라는 의심은 할 수 없었다.

여기에 사나운 비바람, 피터스가 시작한 이야기가 불러일으킨 두려움, 아침에 진짜 시체가 남긴 몸서리쳐지는 끔찍한 인상, 내가 흉내 낸 감쪽같은 몸차림, 거기에 내 모습을 비추는 가물거리며 깜빡이는 불빛도 더해졌다. 앞뒤로 심하게 흔들리면서 불안정하게 깜박깜박하는 선장실의 랜턴 불빛이 내 모습을 비추어서 그런지 예상했던 것보다 속임수가 훨씬 큰 효과를 주었다.

일등항해사는 매트리스에 누워 있다 벌떡 일어났고 한마디 말도 없이 뒤로 넘어가 선장실 바닥에서 그만 숨통이 끊어졌다. 배가 험하게 요동치자 통나무처럼 바람이 불어가는 쪽으로 나동그라졌다. 처음에는 남은 일곱 명 중 셋만이 간신히 정신을 차린 듯했다. 나머지 넷은 보아하니 잠시간 바닥에 붙어 꼼짝도 못 하는 상태였다. 두려움에 휩싸여 깊이 절망한 나머지 그렇게까지 불쌍해진 꼴은 한번도 본 적이 없었다. 어쨌든 저항한 사람은 시모어, 존 헌티, 리처드 파커밖에 없었지만 우왕좌왕하며 무기력하게 방어할 뿐이었다. 피터스는 곧장 시모어와 존 헌티를 겨냥해서 쐈고 나는 가지고 갔던 펌프 손잡이로 파커의 머리를 내리쳐 쓰러뜨렸다. 그사이 어거스터스는 바닥에 있던 소총 중 한 자루를 집어 윌슨의 가슴을 향해 쐈다. 이제 셋밖에 남지 않았다.

이때쯤 남은 사람들은 정신이 들었고 아마도 속았다는 사실을 깨달았을 것이다. 단호하고 사나운 기세로 달려들었으니까 말이다. 엄청나게 힘이 센 피터스가 없었다면 결국에는 우리가 졌을지도 모른다. 이 세 사람은 존스, 그릴리, 압살롬 힉스였다. 존스는 어거스터스를 바닥에 넘어뜨리고 오른팔을 여러 군데 찔렀다. 때맞춰 친구가 도와주지 않았다면 존스는 어거스터스를 쉽게 해치우고 말았을 것이다. 피터스도 나도 각자의 상대를 금방 처리할 수는 없었기 때문이다. 우리는 그 친구의 도움을 기대하지 않았다. 그 친구란 다름 아닌 타이거였다. 어거스터스가 위태로운 순간에 타이거는 낮게 으르렁거리며 선장실 안으로 뛰어들어 왔고 존스에게 달려들어 순식간에 바닥에서 꼼짝 못 하게 만들었다.

하지만 내 친구 어거스터스는 상처가 심해서 우리를 도울 수 없었고 나는 변장 도구가 거치적거려 제대로 싸울 수가 없었다. 타이거는 존스의 목을 붙들고 놓지 않았다. 그래도 피터스는 남은 둘을 거뜬히 상대하였다. 공간이 좁지 않고 배가 격하게 요동치지 않았다면 더 빨리 해치웠을 것이다. 이윽고 피터스는 바닥에 아무렇게나 놓인 등받이 없는 무거운 의자를 하나 잡을 수 있었다. 소총으로 나를 쏘려는 그릴리의 머리를 의자로 내리쳤다. 그런 다음 배가 요동치는 바람에 떠밀려가서 힉스와 부딪치자 힉스의 멱살을 잡았고 순전히 힘만으로 그 자리에서 목 졸라 죽였다. 이렇게 해서 내가 이야기할 때 걸리는 시간보다 단시간 내에 그램퍼스호를 수중에 넣을 수 있었다.

반대편에서 유일하게 살아남은 사람은 리처드 파커였다. 공격이 시작됐을 때 내가 펌프 손잡이로 때려눕힌 사람이라는 걸 기억할 것이다. 파커는 엉망이 된 선실 문 가까이에서 꼼짝도 않고 누워 있었다. 그러나 피터스가 발로 툭 건드리자 입을 뗐고 자비를 베풀어달라고 애원했다. 맞고 정신을 잃어서 머리에 상처를 조금 입었을 뿐 그 외에 다친 데는 없었다. 파커가 일어나자 당분간은 등 뒤로 손을 묶어두었다. 타이거는 아직도 존스 위에서 으르렁거렸다. 자세히 보니 존스는 숨이 끊어진 지 오래고, 개의 날카로운 이빨에 물려 생긴 상처에서 피가 꿀럭꿀럭 흘러나왔다.

그때가 새벽 1시쯤이었고 바람은 여전히 매섭게 불었다. 그램퍼스호는 여느 때보다 심하게 흔들려 배를 안정시키기 위해 뭔가 조치를 취해야 했다. 바람 불어가는 쪽으로 흔들릴 때마다 거의 매번 파도를 뒤집어썼고 내가 선장실 안으로 혼자 내려갈 때 승강구를 열어두어 우리가 난투극을 벌이는 동안 바닷물이 조금 흘러 들어오는 때도 있었다. 왼쪽 뱃전의 방파 벽 전체가 휩쓸려나갔고, 뱃고물 돌출부에 두었던 소형 보트와 함께 조리실도 쓸려갔다. 더욱이 중앙 돛대는 삐걱거리는 데다 돌아가 버리는 통에 돛대가 휘어질 것 같은 조짐이 보였다. 뒤편 화물창에 화물을 선적할 공간을 만들려고 돛대 하단부를 갑판 사이에 고정해두어서 돛 받침대가 당장 움직일 위험도 도사렸다. 화물 공간을 유념하느라 돛대를 갑판 사이에 끼우는 건 무식한 조선업자가 이따금 저지르는, 비난받아 마땅한 관행이다. 산 넘어 산이라 했던가? 밑바닥에 괸 물의 깊이를 재어보니 2미터가 넘었다.

선원들의 시체는 선장실에 그냥 놔두고 바로 펌프가 있는 곳으로 배수 작업을 하러 달려갔다. 물론 파커도 풀려나 우리를 도와 일했다. 어거스터스의 오른팔은 온 정성을 쏟아 동여매어 할 수 있는 만큼 일을 했지만 큰 힘을 보태지는 못했다. 펌프 하나를 쉴 새 없이 돌려 새어 들어오는 물이 차오르지 않게 가까스로 막을 수 있었다. 선원이 넷뿐이니 아주 힘든 작업이었다. 하지만 기운을 잃지 않도록 애쓰며 날이 새기를 간절히 기다렸다. 날이 밝으면 중앙 돛대를 잘라 배 무게를 줄이기로 했다.

이렇게 불안하고 지친 상태로 하룻밤을 보냈고 이윽고 날이 밝았지만 강풍은 조금도 가라앉지 않았으며 약해질 기미도 보이지 않았다. 그제야 시체들을 갑판으로 끌어내 바다에 던졌다. 다음으로 할 작업은 중앙 돛대를 잘라내는 일이었다. 필요한 준비를 끝내고 피터스가 선장실에서 도끼를 찾아 중앙 돛대를 자르는 동안 나머지 사람들은 돛대를 지지하는 밧줄 곁에 서 있었다. 그램퍼스호가 바람이 불어가는 쪽으로 크게 휘청하자 반대쪽에 묶인 지지 밧줄을 자르라는 지시가 떨어졌다. 그대로 했더니 목재와 항해 장치들이 한꺼번에 바다에 떨어져 사라졌고 다행히 배에 파손이 생기지는 않았다. 이제 배는 그전만큼 흔들리지는 않았지만 우리 처지는 여전히 위태로웠고 아무리 애써도 펌프 두 대를 돌리지 않으면 차오르는 물을 감당할 수 없었다. 어거스터스가 보태는 작은 힘도 실제로는 큰 의미가 없었다.

게다가 풍랑이 거세 바람이 불어오는 쪽으로 그램퍼스호를 밀어내 나침반으로 몇 포인트 정도 바람 방향에서 벗어났다. 배가 제 위치로 돌아오기도 전에 다시 파도가 몰아쳐 배는 옆으로 기울어졌다. 얼마간 화물이 마구잡이로 움직였고 배 균형을 잡는 바닥짐도 동시에 바람 방향으로 이동했다. 어쩔 수 없이 배가 뒤집혀버리고 말 거라는 생각이 잠시 들었다. 얼마 지나지 않아 우리는 어느 정도 균형을 잡았다. 그래도 바닥짐은 아직 왼쪽 뱃전에 있어서 우리가 비스듬히 뻗어서 펌프를 돌리려 해도 소용없었다. 사실 어떤 상황이라도 더는 펌프를 돌릴수 없었을 것이다. 그동안 중노동을 하느라 손바닥이 전부 까져 피가 줄줄 흘렀기 때문이다.

파커는 반대했지만 우리는 앞 돛대도 자르기로 했다. 누워 있는 자세로 작업하기는 제법 힘들었지만 결국 다 잘라냈다. 돛대 잔해가 바다에 빠지면서 뱃머리 돛대까지 쓸어가서 선체만 덩그러니 남게 되었다.

배를 덮친 거대한 파도에도 피해를 입지 않은 대형 보트가 드러난 걸 보고 이때까지는 당연히 기뻐했다. 그 기쁨은 오래 가지 못했다. 배를 안정시키던 앞 돛도 당연히 앞 돛대와 함께 없어져서 이제 파도란 파도는 다 머리 위로 몰아치고 5분 후에는 배 전체를 휩쓸며 대형 보트와 오른쪽 방파 벽까지 뜯어가고 말았다. 거기다 닻 도르래까지 산산조각이 났다. 정말로 이보다 한심한 상황도 없었을 것이다.

정오에 어렴풋이 강풍이 잦아들 듯한 기미가 보였지만 애석하게도 기대에 어긋났다. 바람이 더 세차게 불어오려고 잠깐 잠잠했던 것뿐이다. 오후 4시쯤에는 거센 돌풍을 도저히 견딜 수가 없었다. 밤이 가까워지자 아침까지 배가 버틸 거라는 실낱같은 희망조차 품을 수가 없었다.

자정 무렵이 되자 우리는 맨 아래 갑판까지 올라온 바닷물에 깊이 잠겼다. 잠시 후 방향타가 사라졌다. 방향타를 쓸어간 파도가 뱃고물을 해수면에서 들어 올렸고 배는 확 내려앉으면서 육지에 오를 때처럼 큰 진동을 일으키며 쿵 하고 떨어졌다. 방향타가 튼튼했고, 내가 이전에도 이후에도 본 적이 없을 정도로 단단하게 설치되어 있어 우리는 마지막까지 방향타만은 끄떡없으리라 여겼다. 오산이었다. 중앙 목재 아래에 쇠갈고리들이 이어져 있었고 뱃고물 쪽 기둥 아래에도 쇠갈고리들이 있었다. 쇠갈고리를 통해 굵직한 연철 막대 하나가 뻗어나가 방향타가 뱃고물 쪽 기둥에 고정되고 자유자재로 움직였다. 뱃고물 쪽 기둥을 관통해 안쪽에 고정되었던 쇠갈고리들이 성난 파도 때문에 단단한 목재에서 전부 뽑혀버린 사실로도 방향타를 뜯어낸 파도가 얼마나 거셌는지 알 수 있을 것이다.

강한 충격에서 한숨 돌릴 새도 없이 생전 처음 본, 우리 배를 집어삼킬 듯한 거대한 파도가 곧바로 배에 부딪혀 승강구 계단을 휩쓸어갔고 승강구에 밀려들어 배 구석구석에 물이 차곡차곡 들어찼다.

9

다행히 밤이 되기 직전에 우리 넷은 닻 도르래 파편에 단단히 몸을 묶어 가능한 한 갑판에 납작 엎드렸다. 이러한 대비책하나만으로 우리는 살았다. 엄청난 무게로 내리꽂으며 우리가 기진맥진할 때까지 머리 위를 덮치는 바닷물 때문에 기절할 지경이었지만, 숨을 쉴 수 있게 되자마자 나는 큰 소리로 동료들을 불렀다. 어거스터스만 대답해왔다.

"우린 이제 끝났어. 신이시여, 우리 영혼에 자비를 베푸소서!"

이윽고 피터스와 파커도 말할 수 있게 되자 아직 희망이 있으니 기운을 내라고 서로 타일렀다. 화물의 특성으로 보아 배가 가라앉지는 않을 것이고, 아침까지는 강풍도 잦아들 가능성이 크다는 것이다. 이 말에 기운을 차렸다. 이상하게 보이겠지만 빈 기름통을 실은 배가 가라앉지 않을 거라는 사실이 명백한데도 그때까지 당황해서 그런지 그런 생각을 전부 간과해버리고 한동안 가장 절박한 위험은 침몰이라고 생각하였다. 마음속에 희망이 되살아나자 닻 도르래 잔해에 몸을 묶어둔 밧줄을 기회가 있을 때마다 강하게 조였다. 잠시 후 동료들도 살기 위해 밧줄을 고쳐 매었다.

어찌 이렇게 어두울 수 있을까? 그날 밤은 칠흑같이 캄캄했고 주위를 둘러싼 날카로운 소음과 혼란은 말로 다 표현할 수 없었다. 갑판은 해수면까지 내려갔다. 정확히 말하면 우리는 높이 치솟아 길게 뻗은 바다에 둘러싸였고 파도 일부가 한순간 머리 위로 휘몰아치기도 했다. 우리 머리는 3초 중 1초 정도만 물 밖으로 나왔다고 해도 과언이 아니었다. 우리는 가까이에 있었지만 서로를 볼 수 없었다. 그뿐만 아니라 배 위에서 이리저리 넘어지고 부딪쳐 배조차 제대로 볼 수 없었다. 우리는 이따금 서로를 불러 희망을 잃지 않도록 하면서 가장 절실한 사람을 위로하고 격려하려고 애썼다.

어거스터스가 무지 허약한 상태여서 모두 이 친구를 걱정했다. 오른팔의 찢어진 상태로 보아 밧줄을 몸에 튼튼하게 묶을 수 없었을 테니 우리는 어거스터스가 바다에 빠졌을 거라 생각했다. 그렇다 하더라도 어거스터스를 돕기란 어림도 없는 일이었다. 다행히 우리 중에서 이 친구가 있는 위치가 가장 안전했다. 산산이 부서진 닻 도르래 파편 바로 아래에 상반신이 있어 파도가 몸을 덮칠 때 기세가 격여 들어가는 자리였다. 가려지지 않은 곳에 몸을 묶어두고 나서 뜻하지 않게 닻 도르래 아래로 내동댕이쳐진 상태였다. 그렇지 않았다면 이 부상자는 아침이 되기 전에 죽었을 게 뻔했다.

옆바람을 받아 그램퍼스호가 한쪽으로 꽤 기울어져 있어 우리가 쓸려갈 위험은 똑바로 서 있을 때보다 적을 것 같았다. 앞에서 말했던 것처럼 돛대 하단부가 왼쪽 뱃전으로 기울어 갑판은 절반 정도가 물에 잠겼다. 그래서 우리를 오른쪽 뱃전으로 떠다민 파도는 배의 옆면에서 산산이 부서졌고 우리는 갑판 바닥에 얼굴을 대고 납작 엎드려 있어 물보라만 주야장천으로 맞았다. 이렇게 왼쪽 뱃전 쪽에서 몰아친 파도를 역류 파도라고 부른다. 우리가 취한 자세 때문에 거의 영향을 미치지 못해 묶여 있던 우리를 휩쓸어갈 위력은 없었다.

이렇게 끔찍한 상황에서 우리는 동이 틀 때까지 꼼짝없이 누워 있었고 날이 밝으니 우리를 에워싼 소름 끼치는 광경이 만천하에 드러났다. 이제 그램퍼스호는 단지 통나무에 불과했고 물결치는 대로 이리저리 흔들렸으며 강풍은 거세져서, 정확히 말하면 허리케인이 되어 휘몰아쳤다. 살아날 가망은 실낱같았다. 밧줄이 끊어지고 도르래 잔해가 바다에 떨어지거나 주위 사방에서 야단법석을 떨며 몰아치는 높은 파도가 선체를 바다 아래 깊숙이 끌고 가 다시 해수면으로 나오기 전에 익사하고 말 거라는 생각이 계속 맴돌았지만 우리는 몇 시간 동안 묵묵히 참아냈다. 그런데 신의 은총으로 일촉즉발의 위험에서 벗어나게 되었고 정오쯤 고마운 햇빛을 받아 기운을 차렸다. 그 뒤 곧바로 바람의 세기가 눈에 띄게 약해진 걸 느낄 수 있었다.

그때, 지난 늦은 밤부터 아무 말이 없던 어거스터스가 가장 가까이 있는 피터스에게 우리가 구조될 가능성이 있겠냐고 물었다. 처음에는 아무 대답도 없어 우리는 피터스가 누운 자리에서 익사했다고 짐작했다. 감사하게도 얼마 지나지 않아 피터스가 입을 열었다. 가냘픈 목소리기는 했지만 몹시 아프며 배를 가로지른 밧줄이 꽉 조여서 좀 다쳤다고 말했다. 더는 고통을 견딜 수 없어 밧줄을 풀지 않으면 이대로 죽고 말 거라고 덧붙였다. 피터스의 말에 우리는 괴로웠다. 파도가 연달아 몰아쳐서 어떻게도 도울 엄두를 낼 수 없었다. 꿋꿋하게 이겨내라고 말해주며 기회가 닿으면 구해주겠노라 약속했다. 피터스는 그때는 이미 늦었을 거라고 했다. 우리가 구하러 가기 전에 죽음을 맞이할 거라는 말이었다. 그러다 잠깐 끙끙대더니 조용해져서 우리는 피터스가 숨을 거뒀다고 여겼다.

밤이 다가오자 바다는 좀 차분해지더니 5분 동안 겨우 한 번 정도만 파도가 선체 위로 부서졌고 바람은 여전히 사납게 불기는 했지만 꽤 약해졌다. 오랫동안 동료들이 말하는 소리가 들리지 않자 어거스터스를 소리쳐 불렀다. 곧 대답이 들렸지만 가냘파 뭐라고 하는지 당최 알아들을 수가 없었다. 그런 다음 피터스와 파커에게도 말을 걸었지만 둘 다 대답이 없었다.

그러다 곧 의식불명에 가까운 상태에 빠졌다. 무의식 상태에서 기분 좋은 영상이 머릿속에 떠올랐다. 푸른 나무, 곡식이 무르익어 물결치는 초원, 춤추며 행진하는 소녀들, 기병 부대 등등의 환상이었다. 지금 떠오르는 기억은 눈앞에 스쳐간 모든 사물에서 뚜렷하게 움직임을 느꼈다는 것이다. 집, 산 등과 같이 정지한 사물은 하나도 떠올리지 않았고 대신 풍차, 배, 커다란 새, 풍선, 말에 올라탄 사람들, 거칠게 질주하는 마차처럼 움직이는 물체가 잇따라 나타났다. 정신을 차렸을 때는 내가 느끼기엔 해가 지기 한 시간쯤 전이었다. 내 처지와 연관된 여러 가지 상황을 기억해내기가 너무나 어려웠다. 잠시간은 내가 아직도 은신처 상자 근처에 있으며 파커의 몸을 타이거라고 굳게 믿었다.

드디어 정신을 차렸을 때 바람은 잦아들고 바다는 상당히 잔잔해져서 배 중앙부만 살짝 적실 뿐이었다. 내 왼팔은 밧줄이 풀린 상태였고 팔꿈치 근처에 큰 상처가 났다. 오른팔은 감각이 없었고 어깨 아래쪽에 맨 밧줄이 압박해서 오른손과 손목이 퉁퉁 부어올랐다. 허리에 묶은 밧줄도 참을 수 없을 정도로 팽팽하게 잡아당겨진 상태라 적잖이 고통스러웠다. 고개를 돌려 동료들을 보니 피터스는 허리에 두꺼운 줄이 팽팽히 당겨져 몸이 두 동강 난 것처럼 보였지만 아직 숨이 붙어 있었다. 내가 살짝 움직이자 피터스는 힘없이 손짓하며 밧줄을 겨우 가리켰다. 어거스터스는 살아 있는 기색이 없었다. 도르래 잔해 건너에서 허리를 앞으로 굽힌 채 굳은 듯했다.

내가 움직이는 걸 보자 파커가 말을 걸어 자기를 구해줄 여력이 있는지 묻고는 내가 사력을 다해 풀어준다면 우리는 목숨을 건질 수도 있지만 그럴 수 없다면 우리는 죽을 게 분명하다고 말했다. 나는 파커에게 용기를 내라며 풀어주겠다고 했다. 바지 주머니를 뒤적거려 주머니칼을 찾았고 몇 차례 실패하다가까스로 주머니칼을 펼칠 수 있었다. 그런 다음 왼손으로 오른손을 겨우 밧줄에서 해방시키고 나중에는 몸에 묶인 밧줄도 잘라냈다. 움직이려고 하자 생각처럼 다리가 말을 듣지 않아서 쉽게 일어날 수가 없었다. 오른팔 역시 어느 방향으로도 움직일 수 없었다. 이런 상황을 알리자 파커는 왼손으로 닻 도르래를 잡고 잠시 가만히 피가 돌도록 기다리라고 했다. 시킨 대로 하자 얼마 안 있어 마비가 풀려서 처음에는 한쪽 다리를, 다음에는 다른 한쪽 발을 움직일 수 있었고 잠시 후에는 오른팔도 어렵게나마 움직일 수 있었다. 일어서지는 못한 채로 조심스럽게 파커에게 기어가 밧줄을 말끔히 잘라주었다. 그러고 나서 잠깐 기다리니 피가 돌면서 파커도 팔다리를 조금씩 움직일 수 있게 되었다. 지체하지 않고 피터스에게 가서 밧줄을 풀어주었다. 밧줄은 모직 바지에 맨 허리띠와 셔츠 두 장을 지나 깊은 상처를 내고 사타구니로 파고들었다. 우리가 밧줄을 잘라내자 피가 흥건하게 흘러나왔다. 하지만 밧줄을 자르자마자 피터스는 입을 열었고 곧바로 상태가 좋아지는 것 같아 파커나 나보다 훨씬 수월하게 움직일 수 있었다. 분명 피를 흘려 내보낸 덕분일 것이다.

어거스터스는 숨이 붙어 있는 기색이 없어 우리는 이 친구가 나아질 거라 기대하지 않았다. 곁에 가보니 어거스터스는 출혈이 심해서 의식을 잠깐 잃은 것뿐이었다. 다친 팔에 감아준 붕대가 바닷물에 찢긴 것이다. 친구 녀석을 도르래에 묶어둔 밧줄은 죽을 정도로 당겨져 있지는 않았다. 친구를 풀어주고 도르래의 부러진 나무에서 끌어내 머리를 몸보다 조금 낮게 해주었다. 바람 불어오는 쪽 물기가 마른 장소에 안전하게 데려다 놓았고 우리 셋은 어거스터스의 팔다리를 비벼서 따뜻하게 하는 데 정신을 집중했다. 30분 정도 흐르자 의식이 돌아왔다. 이튿날 아침이 되어서야 우리를 알아본다는 내색을 했다, 아니 그보다는 그제야 말할 기운이 생겼다. 밧줄을 다 풀 때쯤엔 상당히 어두워졌고 구름이 조금씩 끼었다. 우리는 바람이 심하게 불어올까 봐 다시 불안해졌다. 진이 다 빠졌으니 다시 바람이 불면 살아날 길이 없었다.

운 좋게도 밤새 바람은 조용했고 파도도 시시각각 가라앉아 결국에는 살 수 있을 거라는 희망이 보였다. 여전히 미풍이 북서쪽에서 불어왔지만 춥지는 않았다. 어거스터스는 아직 힘이 없어서 매달려 있을 수 없으니 우리는 이 친구를 바람이 불어오는 쪽에 조심스럽게 묶어두고 배가 요동칠 때 미끄러져 바다에 빠지는 걸 미연에 방지했다. 우리 셋은 몸을 묶지 않아도 되었다. 가깝게 붙어 앉아서 도르래에 연결된 끊어진 밧줄을 잡고 서로 떠받치며 이 끔찍한 상황에서 벗어날 방법을 궁리했다. 맨 먼저 옷을 벗어 물을 짜내니 꽤 편안해졌다. 그런 다음 옷을 입자 놀라울 정도로 따뜻하고 기분이 상쾌해져서 기운을 차릴 수 있었다. 우리는 어거스터스도 옷을 벗게 도와주고 물기를 짜주었다. 그러자 이 친구도 마찬가지로 기분이 나아졌다.

무엇보다 괴로운 건 배고픔과 갈증이었다. 이 고통을 해결할 수단이 있을까 고민하다 가슴이 철렁 내려앉았다. 이 상황을 살펴보니 죽지 않은 게 애석할 지경이었다. 곧 다른 배에 구조될 거라는 희망으로 서로 달래려고 애쓰며 앞으로 일어날지도 모를 재난을 의연하게 이겨내려고 용기를 북돋았다.

드디어 14일 아침이 밝았고 날씨는 여전히 맑고 상쾌했으며 북서쪽에서 계속 바람이 불어왔지만 가벼운 세풍이었다. 이제 바다는 잠을 자는 것처럼 잔잔했다. 이유는 알 수 없었지만 배는 이전만큼 기울어지지 않아서 갑판은 어지간히 말랐고 우리는 그 위를 활보할 수 있었다. 나흘 밤낮 먹지도 마시지도 못한 것 말고는 괜찮았다. 그래서 아래에서 무언가 꺼내 오지 않으면 안 되었다. 배에 물이 가득 찬 상태라 뭔가를 얻을 수 있을 거라는 기대도 하지 않으며 힘없이 작업을 하러 갔다. 갑판 승강구 덮개의 잔해에서 못을 몇 개 뽑고 나무토막 두 개에 박은 뒤 갈고리 닻 같은 걸 만들었다. 나무토막을 서로 엇갈리게 묶어 밧줄 끝에 매달았다. 이걸 선장실에 떨어뜨려 앞뒤로 흔들며 음식이 될 만한 것이나 하다못해 음식을 건질 때 도움이 될 만한 물건이라도 걸렸으면 하고 바랐다. 이 힘든 일을 하는 데 아침나절 대부분을 보냈지만 큰 성과가 없었고 못에 쉽게 걸리는 침구 몇 개 말고는 끌어 올린 게 없었다. 사실 우리가 만든 도구는 어설퍼 성공을 하리라고는 기대할 수도 없었다.

선원실에서도 시도해봤지만 성과가 없었다. 그래서 자포자기하려는 찰나에 피터스가 자기 몸에 밧줄을 묶어주면 잠수해서 선장실로 들어갔다 오겠다고 제안했다. 희망이 되살아나 기쁜 마음으로 피터스의 제안을 환호하며 찬성했다. 피터스는 바지만 그대로 두고 곧장 윗옷을 벗기 시작했다. 그러고 나서 튼튼한 밧줄을 허리에 조심스럽게 묶었고 벗겨지지 않도록 어깨 쪽으로 끌어올렸다. 꽤 어렵고 위험한 시도였다. 선장실에 식량이 있다손 치더라도 많이 찾을 수는 없을 테니 피터스가 뛰어들어간 뒤 오른쪽으로 돌아 3미터 내지 4미터 거리를 물속에서 나아가 비좁은 통로를 또 지나 저장실로 갔다가 숨도 돌리지 못한 채 돌아와야 했다.

모든 준비가 끝나자 피터스는 선장실로 뛰어들어 물이 턱에 닿을 때까지 갑판 승강구 계단을 천천히 내려갔다. 그런 다음 머리를 물 아래로 집어넣어 잠수했고, 내려가면서 오른쪽으로 돌아 저장실로 가려고 했다. 하지만 첫 시도는 대실패였다. 피터스가 내려가고 30초도 지나지 않아 밧줄이 강하게 당겨지는 게 느껴졌다. 끌어올려 달라는 신호로 약속한 거였다. 그래서 곧장 끌어올렸지만 주의를 기울이지 않아 피터스가 계단에 부딪혀버렸고 타박상을 크게 입었다. 피터스는 아무것도 가져오지 못했으며 몸이 떠올라 갑판에 부딪히는 걸 막기 위해 무진 애를 쓰느라 통로로 조금밖에 들어갈 수 없었다. 밖으로 나오자 피터스는 기진맥진해서 족히 15분은 쉬어야 다시 내려갈 수 있었다.

두 번째 시도는 훨씬 결과가 나빴다. 피터스가 신호를 보내지 않고 물속에 너무 오래 있자 안전한가 걱정이 되어 신호를 받지 않고 끌어올린 게 화근이었다. 그러자 피터스는 곧 숨이 넘어갈 지경이었다. 피터스의 말로는 밧줄을 수차례 잡아당겼지만 우리가 몰랐다고 했다. 아마도 밧줄 일부가 계단 아래의 난간에 얽혀서인 것 같았다. 확실히 난간이 방해가 되어, 가능하다면 작업을 진행하기 전에 난간을 치우기로 했다. 손을 모으지 않으면 치울 방법이 없으니 우리 모두 들어갈 수 있는 데까지 물속으로 내려가 힘을 모아서 난간을 밀어붙여 부술 수 있었다.

앞선 두 번의 시도와 마찬가지로 세 번째도 실패했다. 이제 분명해진 건 잠수부가 가라앉고 또 수색하는 동안 선장실 바닥에 가까이 닿을 수 있도록 추를 달지 않으면 이대로는 아무것도 할 수 없다는 사실이었다. 한참 동안 쓸모 있을 만한 물건을 여기저기 찾아봤지만 허사였다. 그러다가 기쁘게도 악천후용 돛대 사슬을 하나 발견했고 헐거워서 쉽게 비틀어 떼어냈다. 한쪽 발목에 사슬을 단단히 채우고 나서 피터스는 네 번째로 선장실에 내려갔고 이번에는 주방 입구까지 갈 수 있었다. 슬프게도 문에는 자물쇠가 채워져 들어가지 못하고 돌아올 수밖에 없었다. 아무리 해도 길어야 1분밖에 잠수할 수 없었던 것이다.

상황은 암울하기만 했다. 수많은 어려움에 둘러싸여 벗어날 수 있을 가능성도 희박하다는 생각에 나도 어거스터스도 터져 나오는 눈물을 참을 수가 없었다. 그러나 이런 나약함이 오래 가지는 않았다. 무릎을 꿇고 신 앞에 엎드려 주위에 닥친 수많은 위험 가운데서 도우심을 구하고 새로운 희망과 활기로 일어나, 살기 위한 필사적인 수단으로 우리가 이제 무엇을 할 수 있을지 궁리했다.

10

신기하게도 바로 사건이 하나 일어났다. 그 후 9년이라는 긴 세월 동안 놀랍고 믿어지지 않고 믿을 수도 없는 사건들로 가득한 수천 가지 재난이 닥쳤지만 그보다 훨씬 마음이 울렁거리고, 처음엔 무척 기뻤다가 나중엔 엄청나게 무서웠다고 기억하게 된 사건이다.

우리는 승강구 계단 근처 갑판 위에 널브러져 있었고, 앞으로 저장실에 갈 수 있을지 끊임없이 의논하는 중이었다. 그러다 고개를 돌리니 나를 향해 누웠던 어거스터스가 갑자기 사색이 되어 입술을 바들바들 떨었다. 난 화들짝 놀라 말을 걸었지만 이 친구는 대답하지 않았다. 갑자기 죽을병이라도 걸린 모양이라는 생각이 들어 친구의 눈을 주의 깊게 들여다보았다. 친구는 내 등 뒤에 있는 어떤 물체를 노려보는 것 같았다. 뒤돌아봤다. 세포 하나하나에서 시작해 온몸을 휘감을 정도로 황홀했던 당시의 기쁨을 결코 잊을 수 없을 것이다.

커다란 브리그선이 우리를 향해 다가오는 중이었고 멀어야 몇 킬로미터 떨어진 거리였다. 나는 심장에 총알이 박힌 사람처럼 그 자리에서 벌떡 일어났다. 다가오는 배를 향해 양팔을 뻗은 채 꼼짝도 않고 그대로 서 있었다. 한마디 말도 또박또박 내뱉을 수 없었다. 표현 방식은 달랐지만 피터스와 파커도 똑같이 충격을 받았다. 피터스는 미친 사람처럼 갑판을 돌아다니며 덩실덩실 춤을 췄고 얼토당토않은 허풍을 떨어대면서 호탕하게 웃다가 돌연 악담을 퍼붓기도 했다. 반면에 파커는 울음을 터뜨렸고 어린아이처럼 한참을 울었다.

눈앞에 보이는 배는 커다란 헤르마프로디테 브리그선(돛대 두 개에 가로돛과 세로돛을 모두 단 선박-옮긴이)이었다. 네덜란드식으로 건조되어 검게 도색됐고 번쩍거리는 뱃머리 장식이 달린 외양이었다. 앞 돛대의 가운데 돛대가 사라지고 오른쪽 뱃전 방파 벽에 떨어져나간 부분이 있는 걸로 보아 분명 사나운 날씨를 겪은 듯했고, 아무래도 우리에게 피해를 준 강풍에 시달린 것 같았다. 처음 봤을 때는 앞서 말한 대로 3킬로미터 정도 떨어져 바람 방향대로 우리에게 다가오고 있었다. 바람은 가볍게 불었다. 무엇보다 놀란 건 앞 돛대의 가장 아래 돛대, 큰 돛, 펄럭이는 삼각돛 말고는 다른 돛이 달리지 않았다는 점이다.

배는 자연스럽게 다가왔지만 느릿느릿 움직여서 우리는 참다 못해 미칠 지경이었다. 게다가 우리 모두 흥분하기는 했지만 그 배가 위태위태하게 움직이는 걸 알아차렸다. 이쪽저쪽으로 심하게 기우뚱거려서 우리를 발견할 수 없을 거라는 생각을 한두 번 하기도 했다. 아니면 우리 배를 봤어도 우리를 보지 못하고 다른 방향으로 떠나버릴 거라는 생각도 들었다. 불안한 생각이 들 때마다 목청껏 소리를 질렀다. 그러자 낯선 배가 잠깐 마음을 바꿔 다시 이쪽으로 다가오려는 것 같았다. 그런 이상한 움직임이 두세 번 되풀이되자 우리는 결국 조타수가 술에 취했다고 생각할 수밖에 없었다.

우리와 400미터쯤 떨어진 거리까지 왔을 때 배를 주시하니 갑판에 개미 새끼 한 마리도 보이지 않았다. 그러다 선원 셋이 눈에 띄었고 옷차림으로 보아 네덜란드인이라 추측했다. 그중 둘은 선원실 근처 낡은 돛 위에 누워 있었다. 나머지 한 사람은 기움 돛대 쪽 오른쪽 뱃머리로 상체를 내밀고 호기심 어린 표정으로 우리를 쳐다보는 것 같았다. 이 사람은 큰 키에 건장했고 피부는 시커멨다. 몸짓으로 보아 우리에게 참고 기다리라고 격려하는 것 같았다. 좀 이상했지만 기운차게 고개를 끄덕이면서 반짝거리는 하얀 치아가 드러나도록 계속 웃었다. 배가 더 가까이 오자 웃고 있는 선원이 쓴 빨간 모자가 벗겨져 바다에 떨어지는 게 보였다. 그러나 선원은 모자를 거들떠도 보지 않고 여전히 기묘하게 웃으며 특이하게 손을 흔들었다. 나는 이런 사항과 주변 정황을 자세하게 말할 것이고 내가 본 대로 정확히 이야기한다는 점을 꼭 알아주길 바란다.

배는 천천히 다가왔고 이제 처음만큼 흔들리지 않았다. 나는 이 일을 침착하게 이야기할 수가 없다. 우리는 심장이 쿵쾅쿵쾅 뛰었고 혼이 빠질 듯 환호성을 내질렀다. 예기치 않게 놀랍고도 더할 나위 없는 구조의 손길이 닿으니 신께 마음을 다해 감사드렸다. 가까운 거리까지 다가오자 바다를 사이에 둔 낯선 배에서 난데없이 지독한 냄새가 풍겨왔다. 어느 누구도 제대로 표현할 수 없고, 어떤 냄새인지 전혀 알지도 못할, 몸서리쳐지고 숨이 막힐 것 같은 악취였다. 견딜 수 없는, 상상조차 못 할 정도로 고약한 냄새였다. 나는 헉헉거리며 동료들을 돌아보았고 일제히 종잇장보다 창백해진 상태였다. 이제는 의문을 갖거나 추측할 겨를이 없었다. 배는 불과 15미터 거리에 있었고 그램퍼스호의 뱃고물 돌출부 아래로 지나갈 요량인 것 같았다. 그러면 우리는 보트를 내리지 않고도 그 배에 옮겨 탈 수 있었다.

우리는 그램퍼스호의 뱃고물로 후다닥 달려갔다. 그때 느닷없이 낯선 배가 흔들려서 운항 중인 항로에서 무려 5~6도 정도나 벗어났고 6미터쯤 떨어져 그램퍼스호 뱃고물 밑을 지나쳤을 때야 우리는 낯선 배의 갑판 전경을 제대로 볼 수 있었다.

그 소름 끼치는 광경을 과연 잊을 수 있을까? 여성 몇 명을 포함해 스물다섯에서 서른 구쯤 되는 시체가 거의 다 썩어 역겨운 상태로 뱃고물 돌출부와 조리실 사이에 여기저기 널브러져 있었다. 우리는 그 저주받은 배에서 단 한 사람도 살아남지 못했다는 걸 두 눈으로 똑똑히 확인할 수 있었다. 그런데도 우리는 바보같이 죽은 사람들을 향해 살려달라고 애원할 수밖에 없었다. 그렇다. 그 순간 우리는 괴로움에 몸부림치면서, 말도 없는 토악질 나는 형상들이 여기 머물러주기를, 그들처럼 되도록 내버려 두지 말기를, 당신들의 멋진 모임에 우리를 초대해주기를, 큰 소리로 한참 동안 간구했다. 두려움과 자포자기하는 심경이 섞여 미친 듯이 악다구니를 썼다. 기대가 와르르 무너지자 너무나도 슬퍼서 정신이 다 나가버렸다.

처음 우리가 두려움에 떨며 고함을 질렀을 때 낯선 배의 뱃머리 기움 돛대 쪽에서 뭔가가 답을 했다. 사람이 외치는 소리와 엇비슷해 청각이 예민하다면 홀딱 속아 넘어갔을지도 모른다. 이 순간 다시 배가 휘청해 선원실 부분이 잠깐 눈에 들어 소리가 들려온 곳을 그 즉시 바라봤다. 키가 크고 건장한 사람이 아직도 방파 벽에 기대어 머리를 앞뒤로 주억거리는 모습이 보였다. 그러나 지금은 고개를 돌리고 있어 얼굴을 제대로 볼 수 없었다. 양팔을 난간 너머로 내밀고 손바닥은 바깥쪽으로 늘어뜨린 모습이었다. 기움 돛대의 하단부에서 닻걸이까지 뻗은, 팽팽하게 당겨진 굵은 밧줄 위에 양쪽 무릎을 꿇은 형상이었다. 셔츠가 조금 찢어져 등이 드러난 부분에 바다 갈매기가 앉아 끔찍한 살을 무참히 뜯어 먹었다. 부리와 발톱이 등 깊숙이 박혀 있었고 갈매기의 하얀 깃털은 온통 피투성이였다!

배가 조금 더 움직여 우리가 더 가까이 볼 수 있게 되자 갈매기는 힘이 드는 듯 시뻘건 머리를 빼내 마치 얼이 빠진 양 우리를 빤히 쳐다본 다음 포식하던 시체에서 느릿느릿 일어났고 곧이어 그램퍼스호 갑판 위를 날았다. 간처럼 보이는 엉겨 붙은 뭔가를 부리에 물고 얼마간 공중을 빙빙 맴돌았고, 결국 그 소름 돋는 작은 덩어리가 철퍼덕 탁한 소리를 내며 파커의 발치에 떨어졌다. 아아, 신이시여 저를 용서하소서!

그 순간 떠오른 생각이 있었다. 그게 어떤 생각이었는지는 말하지 않겠다. 나도 모르게 피투성이가 된 자리로 한 걸음 내디뎠다. 위를 올려다보니 어거스터스와 눈이 딱 마주쳤다. 진지하고 간절하게 나를 바라보는 친구의 눈빛 때문에 곧장 제정신을 차렸다. 재빨리 앞으로 뛰어가 몸서리치며 그 끔찍한 덩어리를 바다에 던져버렸다.

이 덩어리가 붙어 있던 시체는 밧줄 위에 그대로 놓여서 육식성 새가 물고 뜯으면 앞뒤로 들썩거렸다. 이렇게 움직이는 걸 우리는 그 사람이 살아 있다고 생각한 것이다. 바다 갈매기가 살점을 뜯어 먹었으니 시체가 가벼워졌고 빙 돌아 조금 구르면서 얼굴이 만천하에 드러났다. 맹세컨대 그렇게 소름 끼치게 흉측한 몰골은 결코 없었을 것이다. 두 눈은 사라졌고 입 주변 피부는 하나도 남지 않았으며 치아는 밖에 드러나 덜렁거렸다. 그러니까, 이것이 우리에게 희망을 품으라고 격려했던 미소였던 것이다. 이것이 바로…. 여기까지만 이야기하겠다.

이미 말한 대로 낯선 배는 그램퍼스호의 뱃고물 아래로 유유히 지나갔다. 천천히 움직였지만 바람이 부는 쪽으로 흔들림 없이 나아갔다. 그 배와 거기 탄 무시무시한 탑승자들과 함께,

구조될 거라 믿고 기뻐했던 즐거운 환상이 깡그리 사라졌다. 별안간 기대가 어긋나고 간담이 서늘해지는 광경을 보고 나서 몸과 마음의 기력을 상실하지 않았다면, 그 배가 느리게 지나갈 때 어떻게든 올라탈 방법을 찾아보았을 수도 있을 것이다. 보았고 느꼈지만 어떤 생각도 행동도 할 수가 없었다.

아아, 슬프게도 때는 늦었다. 이 사건을 통해 사고력이 얼마나 약해졌는지 판단할 수 있었다. 그 배가 멀리 가버려 선체가 절반밖에 보이지 않을 때가 되어서야 헤엄쳐서 따라잡을까 하고 진지하게 생각했던 것이다.

이후에 낯선 배가 맞은 섬뜩한 최후를 둘러싼 수수께끼를 풀기 위해 실마리를 찾아봤지만 소용없었다. 앞서 설명한 대로 배의 구조와 전체적인 외양으로 추측하건대 네덜란드 상선이라고 믿을 수밖에 없었고, 선원들의 옷차림도 그 생각을 뒷받침해주었다. 그 배의 특성을 확인하기 위해 뱃고물에 있는 배 이름뿐 아니라 그 외 다른 것들도 볼 수 있었다. 하지만 그 순간 지나치게 흥분해서 그럴 경황이 없었다. 제대로 썩지 않은 시체들이 짙은 황색을 띠었으니 우리는 그 배에 탄 전원이 황열병이나 전염성이 강한 그 비슷한 무서운 질병에 걸려 죽었다고 결론 내렸다. 달리 어떤 이유가 있을지는 모르겠다. 만약 그런 사고였다면 시체들의 자세로 보아 인류가 아는 가장 무서운 전염병과도 전혀 다른 방식으로 갑작스럽게 어쩔 수 없이 죽었을 것이다. 항해 물품 몇 가지에 뜻하지 않게 독이 들어가 재앙을 불러왔을 수도 있고, 잘 알지 못하는 독이 든 생선이나 해양 동물 혹은 바닷새를 먹은 탓일 수도 있다. 그러나 모든 가능성을

다 연관시켜 추측하는 것은 별 소용이 없으니 간담이 서늘하고
이해하기 어려운 불가사의로 영원히 남을 게 분명하다.

11

이후 그날 내내 우리는 얼이 빠져서 무기력하게 지내며 멀어
져가는 배의 뒷모습을 물끄러미 바라보았다. 그러다 어둠이 배
를 시야에서 가리자 정신을 차렸다. 배고픔과 갈증이 몰고 왔
던 고통이 다시 밀려들어 다른 걱정과 생각을 모조리 지워버렸
다. 아침까지는 아무것도 할 수 없었다. 그래서 되도록 안전한
곳으로 피해 잠깐 휴식을 취하려 했다. 나는 생각했던 것보다
는 편히 쉴 수 있었다. 불행히도 편히 자지 못한 동료들이 선체
에서 식량을 끌어올리는 작업을 다시 시작하려고 새벽녘에 깨
울 때까지 푹 잤다.

이제 사방은 쥐 죽은 듯 고요했다. 바다는 내가 일찍이 보았
던 것만큼 잔잔했고, 날씨는 따뜻하고 상쾌했다. 멀어져가던
배는 이제 보이지 않았다. 약간 힘들었지만 돛대 사슬을 더 떼
어내면서 작업에 돌입했다. 피터스의 양발에 사슬을 묶어주자
피터스는 다시 저장실 문까지 가려 했고 제때 도착하면 문을
부수고 열 수도 있겠다 예상했다. 선체가 전보다는 훨씬 안정
감 있게 떠 있어 피터스는 생각대로 되기를 바랐다.

피터스는 최대한 빨리 문까지 갈 수 있었다. 그러고는 발목
에 맨 사슬 하나를 풀어서 문을 부수려고 사력을 다 써봤지만

허사였다. 그 공간에 있는 구조물은 생각보다 훨씬 견고했다. 피터스가 오랫동안 잠수하느라 지쳐서 다른 사람이 대신 들어가야 했다. 곧장 파커가 자진해서 나섰다. 하지만 세 번쯤 시도하다가 전부 실패하자 전용실 문 근처에도 갈 수 없음을 깨달았다. 다친 팔 상태로 보아 어거스터스는 문까지 가더라도 억지로 열 수 없을 테니 무용지물이었다. 그래서 이제 우리 모두를 살리기 위한 임무는 내가 도맡았다.

피터스가 통로에 사슬 하나를 두고 왔으니 내가 물속으로 뛰어들고 나서 몸을 안정감 있게 바닥에 유지하기에는 추가 부족하다는 사실을 알았다. 그래서 첫 시도에서는 한쪽 사슬만 찾아오고 다른 일은 하지 않기로 했다. 사슬을 찾아 통로 바닥을 손으로 더듬자 단단한 물체가 닿아 바로 움켜잡았고 무엇인지 확인할 겨를이 없어 되돌아와 즉시 수면으로 올라왔다. 가지고 올라온 물건은 와인병이었다. 그 병에 포트와인이 가득 들어 있었으니 우리가 얼마나 기뻤을지 짐작할 수 있을 것이다. 우리는 때맞춰 기운을 차리게 도와주신 신께 감사드리면서 내 주머니칼로 곧장 마개를 뽑은 뒤 적당히 한 모금씩 마셨다. 포트와인을 마시자 온기, 기운, 활력이 몸에 퍼져 형언할 수 없이 편안해졌다. 그런 다음 조심스럽게 마개로 병을 다시 막고 깨지지 않도록 손수건으로 매달아 놓았다.

나는 운 좋게 와인을 발견한 뒤 잠시 쉬다가 다시 물속으로 들어갔고 이번에는 사슬을 찾아서 즉시 올라왔다. 그러고는 사슬을 몸에 묶고 세 번째 시도를 하기 위해 내려갔다. 그때 이 상황에서는 아무리 애를 써도 저장실 문을 부술 수 없다고 확신하게 되었다. 나는 절망에 빠져 물 위로 돌아왔다.

　더는 희망을 걸 여지조차 없는 듯했다. 동료들의 얼굴에서 죽음을 향한 결심이 느껴졌다. 아무래도 빈속에 와인을 마셔 일종의 정신착란이 일어난 것 같았다. 아마도 난 와인을 마시고 잠수를 해서 이상 증세를 겪지 않았을 것이다. 나를 제외한 동료들이 횡설수설하며 당시 상황과 전혀 연관 없는 일을 들먹거렸고, 피터스는 뜬금없이 낸터킷에 관해 연거푸 질문해댔다. 내 기억에 어거스터스도 진지한 표정으로 내게 다가와 머리에 생선 비늘이 잔뜩 붙어서 상륙하기 전에 털어내고 싶으니 휴대용 머리빗을 빌려달라고 말했다. 파커는 다른 사람들만큼 심하지 않아서 선장실로 들어가면 손에 닿는 족족 무엇이라도 꺼내오라고 재촉했다. 나도 파커가 한 말에 수긍하고는 물속으로 들어가 1분 동안 잠수해서 바너드 선장의 가죽 트렁크를 가지고 올라왔다. 먹을거리나 마실 거리가 들었을지도 모른다는 실낱같은 희망으로 트렁크를 열어보았다. 하지만 면도칼 한 상자와 린넨 셔츠 두 장 말고는 아무것도 없었다. 다시 한 번 내려갔지만 별다른 소득 없이 돌아왔다.

　물 위로 머리를 내밀자 갑판에서 떠들썩한 소리가 들려왔다. 올라가 보니 고생한 보람도 없이 동료들이 내가 없는 틈을 노려 남은 와인을 다 마셔버리고 내가 보기 전에 제자리에 두려다가 병을 떨어뜨리고 말았다는 사실을 알았다. 인정머리 없는 짓을 저질렀다고 내가 언성을 높이자 어거스터스가 울음을 터뜨렸다. 나머지 둘은 농담으로 웃어넘기려 했지만 나는 그렇게 웃는 얼굴을 두 번 다시는 보고 싶지 않았다. 표정이 묘하게 일

그러져 정말이지 무시무시했다. 빈속에 술을 마셔 곧바로 강렬한 효과가 일어난 게 분명했고 누가 봐도 동료들은 곯아떨어진 것이다. 내가 어렵사리 동료들을 눕히자 곧장 드르렁드르렁 코를 골며 깊이 잠들었다.

말하자면 배에는 나 혼자 남은 셈이었다. 보나 마나 무시무시하고 비관적인 생각을 하였을 것이다. 끝이 없는 굶주림이나 기껏해야 갑자기 부는 돌풍에 전복되어 아등바등하다 맞이하는 죽음 말고는 예상할 수 있는 게 없었다. 당시 우리 일행은 기진맥진한 상태여서 다시 강풍이 분다면 이겨낼 가망이 없었다. 그때 난 견딜 수 없을 만큼 괴로운 배고픔을 경험했고 이 고통을 달래기 위해서라면 무슨 짓이든 다 할 수 있을 것 같았다. 칼로 가죽 트렁크를 조금 잘라내 먹어보려고 해봤지만 한 조각도 삼킬 수 없었다. 그래도 작은 가죽 조각을 씹다가 뱉으니 조금은 고통이 덜어진 듯한 느낌이 들기는 했다.

저녁 무렵 동료들이 하나둘 일어났다. 술기운은 사라졌지만 와인 때문에 생긴 나약함과 공포는 말로 다할 수가 없었다. 심한 학질에 걸린 사람처럼 부들부들 떨며 물을 달라고 간절히 외쳤다. 동료들의 상태가 심각해 머리를 한 대 얻어맞은 것처럼 큰 충격을 받았다. 동시에 기쁘기도 했다. 다행히도 와인을 양껏 마실 수 없었고 그 덕분에 동료들처럼 서글프고 비참한 기분을 맛보지 않은 것이었으니 말이다. 하지만 동료들의 행동을 보고 있자 불안감에 휩싸였다. 상태가 좋아지지 않는다면, 모두의 안전을 지키는 데 아무런 힘도 보탤 수 없는 게 분명했기 때문이다.

나는 아래에서 뭔가 가져올 수 있을 거라는 생각을 아직 포기하지 않았다. 하지만 내가 내려가는 동안 누군가 밧줄 끝을 잡고 도와줄 정도로 정신을 차리기 전에는 도저히 작업을 재개할 수 없었다. 파커가 그나마 제정신인 것 같아서 어떻게든 깨워보려고 애썼다. 바닷물에 집어넣으면 도움이 될지도 모른다는 생각에 파커를 밧줄 한쪽에 묶어 승강구 계단으로 데리고 갔고 이러는 내내 파커는 순순히 따라왔다. 파커를 바닷물에 밀어 넣었다가 즉시 끌어냈다. 이 실험을 해보고 기뻐할 수밖에 없었다. 파커가 기운을 되찾고 활기를 얻은 듯했기 때문이다. 물에서 나오면서 파커가 정신이 또렷해진 모습으로 자기를 왜 바닷물에 집어넣었는지 물었다. 이유를 설명하자 내게 신세를 졌다며 물에 들어갔다 나오니 상태가 좋아졌다고 했다. 그런 다음 우리 상황에 대해 사리 분별을 하며 이야기하는 것이었다. 우리는 어거스터스와 피터스도 똑같은 방법으로 깨우기로 했다. 즉시 물에 집어넣자 두 사람 다 이 충격요법으로 큰 효과를 봤다. 환자가 과음으로 흥분하고 공격성을 보일 때는 물에 흠뻑 적시면 좋은 효과가 있다는 글을 의학 서적에서 읽은 적이 있었다. 그래서 불시에 물에 집어넣으면 어떨까 하는 착상이 떠오른 것이다.

하늘이 제법 어두워진 데다 긴 너울이 북쪽에서 몰려와 선체를 조금 흔들었다. 이제는 동료들이 밧줄 끝을 잡아줄 거라 안심할 수 있어서 선장실로 서너 번 들어갔다 나왔다. 그러는 동안 칼집에 든 칼 두 개, 11리터짜리 빈 통 하나, 담요 한 장을 집어 올 수 있었지만 먹을 수 있는 건 건지지 못했다. 이 물건들을 가져온 후 지쳐 나가떨어질 때까지 용을 써봤지만 그 외에 아무것도 찾을 수 없었다. 밤사이에 파커와 피터스가 번갈아가며 똑같이 일했지만 손에 잡힌 물건은 없었다. 자포자기하는 심정으로 단념하며 쓸데없이 기운만 뺐다는 생각이 들었다.

그날 밤 내내 우리는 정신적으로나 육체적으로 고통스러웠다. 얼마나 대단한 고통일지 짐작할 수 있을 것이다. 마침내 16일 아침이 밝았고 우리는 구조를 바라며 수평선을 간절히 바라다보았다. 그것도 부질없었다. 어제처럼 북쪽에서 긴 너울이 몰려올 뿐 바다는 잠을 잤다. 포트와인을 빼면 먹을거리나 마실 거리를 입에 댄 지 엿새가 지났다. 그러니 뭔가 목으로 넘기지 않으면 얼마 버티지 못할 게 분명했다.

피터스와 어거스터스만큼 파리한 사람은 전에도 보지 못했으며 다시 보고 싶지도 않다. 그 모습대로 육지에서 만났다면 만난 적 있는 사람이라고는 알아채지 못했을 것이다. 얼굴이 변해버려서 불과 며칠 전에 함께 있던 사람들과 동일 인물이라고는 도저히 믿을 수가 없었다. 파커도 꽤 야위었고 너무 허약해져서 숙인 고개를 들 수 없을 정도였지만 피터스와 어거스터스보다 심하지는 않았다. 파커는 잘 참고 견디면서 불평하지도 않고 이런저런 방법을 총동원해 우리가 희망을 잃지 않도록 애썼다.

나는 항해를 시작했을 때부터 건강이 좋지 않았던 데다 늘 허약한 체질이었지만 다른 사람들만큼 고통도 심하지 않았고 신체도 쇠약해지지 않았으며 놀라울 정도로 정신력을 유지하는 편이었다. 반면에 동료들은 제정신을 차리지 못하고 다시 어린 시절로 돌아간 것 같았다. 대체로 바보같이 웃으며 케케묵은 이야기를 늘어놓았다. 그러다가도 처지를 깨달은 것처럼 간간이 갑자기 기운을 되찾기도 하는 것 같았다. 그럴 때면 순간적으로 기력이 솟아나 벌떡 일어나 잠시간 자신들이 예상하는 것을 이야기했다. 깊은 절망감으로 가득했지만 어느 정도는 이치에 들어맞는 이야기였다. 어찌 보면 내가 스스로 괜찮다고 생각한 것처럼 동료들도 자기 몸 상태가 나쁘지 않다고 생각했을 수도 있다. 엉겁결에 나도 동료들과 똑같이 터무니없는 생각을 하고 어리석은 말을 내뱉었을 수도 있었다. 단정 지을 수 없는 문제다.

정오쯤 파커는 왼쪽 뱃전 쪽에서 육지를 봤다고 우겼다. 물을 향해 헤엄쳐 갈 작정으로 바다에 뛰어들려는 파커를 내가 간신히 말렸다. 피터스와 어거스터스는 파커의 말을 신경 쓰지 않고 침울한 상념에 잠긴 것 같았다. 파커가 가리킨 방향을 살펴봤지만 해안은커녕 그림자도 보이지 않았다. 그런 희망을 품기에 육지에서 너무 멀리 떨어져버렸다는 사실은 확실했다. 그런데도 파커에게 착각이라고 납득시키는 데는 한참 걸렸다. 그러자 파커는 눈물을 쏟았고 두세 시간 동안 아이처럼 큰 소리로 울다, 흐느껴 울다 하더니 이내 지쳐 잠들었다.

피터스와 어거스터스는 가죽 조각을 삼키려고 몇 번이나 시도했지만 허사였다. 나는 가죽을 씹은 다음 뱉으라고 권했지만 심신이 쇠약해질 대로 쇠약해진 그들은 내 말대로 할 수가 없었다. 난 간간이 가죽 조각을 씹었고 그렇게 해서 위안을 삼았다. 가장 큰 고통은 갈증이었다. 그렇지만 우리와 비슷한 처지에 놓였던 사람들에게 일어난 끔찍한 결과가 떠올라 바닷물을 마시지는 않았다.

　이날은 그렇게 지나갔다. 바로 그때 갑자기 왼쪽 뱃전 앞 동쪽에서 배를 발견했다. 커다란 배인 것 같았고 우리 쪽으로 비스듬히 다가오고 있었으며 아마도 20킬로미터나 25킬로미터 정도 떨어진 거리에 있었을 것이다. 그때까지 동료들은 아무도 그 배를 발견하지 못했다. 구조될 거라는 희망이 다시 꺾일까 봐 당장은 배를 보았다는 말을 하지 않고 꾹 참았다. 마침내 그 배가 가까이 오자, 가벼운 돛에 바람을 가득 받으며 곧장 우리를 향해 오는 걸 똑똑히 보았다. 더는 참지 못하고 괴로워하는 동료들에게 손짓으로 배를 가리켜 보여주었다. 동료들은 즉시 벌떡 일어났고 또다시 어수선하게 마음껏 기뻐하며 바보처럼 울다 웃다 했고 갑판 위에서 뛰어다니다가 발을 쾅쾅 구르기도 하며 머리카락을 쥐어뜯고 기도를 했다가 저주를 퍼부었다가를 번갈아 했다.

　나는 동료들의 반응에 자극을 받고 구조될 수 있다는 희망이 생기자 감격에 겨워서 함께 미친 듯이 기뻐했다. 고마운 마음과 미칠 듯한 기쁨을 이기지 못해 갑판에 누워 구르며 박수를 치고 소리를 질러댔다. 그러다 갑자기 정신이 번뜩 들었다. 또다시 하늘이 무너지고 땅이 꺼지는 것 같았다. 아뿔사, 그 배가 난데없이 뱃고물을 우리 쪽으로 돌려 처음 봤을 때 오던 방향과 거의 정반대 방향으로 움직이는 것이다.

　가엾은 동료들을 타일러서 우리의 기대와 정반대로 안타까운 일이 일어났다고 믿게 하기까지 한참 걸렸다. 동료들은 거짓말에 속아 넘어가지 않을 거라는 눈빛과 몸짓으로 내 말에 응수했다. 특히 어거스터스가 한 행동에 마음이 저렸다. 내가 아무리 아니라고 해도 어거스터스는 배가 우리에게 빠르게 다가온다고 우기며 고집스럽게 그 배에 승선하려고 준비하였다. 그램퍼스호 근처에 둥둥 떠다니는 해초를 그 배가 보낸 보트라며 바다를 향해 몸을 던지려고 했고 가슴 터질 듯이 울부짖고 비명을 질렀다. 그렇게 바다에 뛰어들려는 어거스터스를 완력으로 간신히 말렸다.

어느 정도 진정이 되자 배가 보이지 않게 될 때까지 물끄러미 바라보았다. 갑자기 바람이 부드럽게 불면서 안개가 끼기 시작했다. 배가 그림자조차 보이지 않자 파커가 오싹한 표정을 지으며 갑자기 나를 돌아봤다. 이제껏 파커에게서 찾아볼 수 없었던 냉정한 기운이 돌았고, 입을 떼기도 전에 무슨 말을 하려는지 알아챌 수 있었다. 파커는 간단히 말해 한 사람이 나머지를 살리기 위해 희생해야 한다고 말했다.

12

나는 얼마 전부터 우리가 이런 끔찍한 최후에 몰릴지도 모른다고 생각했다. 그런 방법에 의지하느니 차라리 어떤 형태든 어떤 상황이든 죽음을 택하기로 남몰래 결심했었다. 죽을 것만 같은 배고픔을 겪어도 이런 결심은 조금도 흔들리지 않았다. 피터스나 어거스터스는 아직 파커의 제안을 듣지 못했다. 그래서 난 파커를 한쪽으로 살며시 데리고 갔다. 끔찍한 생각을 단념시킬 힘을 달라고 마음속으로 신께 기도를 드리며 간곡히 애원하며 파커를 타일렀다. 그 생각을 포기하고 피터스나 어거스터스에게는 말도 꺼내지 말라고, 파커가 신성시하는 모든 것들의 이름을 들먹이며 부탁하고, 그런 상황에서 벌어질 온갖 논쟁을 들며 설득하였다.

파커는 어떤 의견에도 반박하려 들지 않고 내 말을 끝까지 들었다. 파커가 내 뜻대로 하겠다고 마음을 돌려주기를 기대했다. 하지만 내가 말을 마치자 파커는 내 말이 옳다는 것을 잘 알고 그런 방법은 인간이 생각할 수 있는 끔찍한 대안이지만, 자기는 인간의 본성을 지킬 수 있는 한도까지 버텼다며 모두가 죽을 필요는 없으니 딱 한 사람만 희생하면 나머지는 살 수도 있을 것이다, 십중팔구는 살아남을 것이라 말했다. 덧붙이기를 자기 마음을 돌리려고 괜한 헛수고하지 말라며 저 배가 나타나기 전부터 그렇게 하기로 결심을 굳혔고 배가 나타나는 바람에 더 일찍 자기 생각을 말하지 못한 것뿐이라고 했다.

이제 난 뜻을 굽히지 않으려면 하다못해 하루라도 미뤄 우리를 구하러 오는 배가 있을지 두고 보자고 빌었다. 파커의 난폭한 기질을 조금이라도 진정시킬 수 있을 법한 온갖 이유를 생각해내고 되뇌었다. 파커는 내 말에 답하며 가능한 한 마지막 순간까지 말하지 않고 참은 거고 뭔가 먹지 않고는 살 수 없으니 하루 더 기다린다면 때늦은 일이 될 거라고도 했다.

이제 부드럽게 말해서는 마음을 돌릴 수 없음을 깨닫고 태도를 바꿨다. 재난을 겪으면서 우리 중에서 내가 가장 고생이 덜했다는 사실을 명심해라, 그러니 이 순간 내 건강이나 힘이 당신, 아니면 피터스나 어거스터스보다도 월등히 낫다, 간단히 말해 필요할 것 같으면 힘으로라도 내 뜻대로 할 수도 있다. 인육을 먹겠다는 잔혹한 계획을 어떤 식으로든 다른 동료에게 알리려 한다면 망설이지 않고 당신을 바다에 내던져버릴 거라 윽박질렀다.

이 말을 듣자 파커는 곧장 내 멱살을 잡고 칼을 꺼내더니 내 배를 몇 번이나 찌르려 시도했지만 실패했다. 잔인하게 나를 찌르려 했지만 쇠약해진 탓에 실행할 수 없었던 것이다. 난 화가 치밀어 파커를 정말로 바다에 처넣을 작정으로 배 옆면에 밀어붙였다. 그때 하필이면 피터스가 끼어들어서 파커는 목숨을 건졌다. 때마침 피터스가 다가오더니 우리 둘을 떼어놓고 무엇 때문에 시끄러운지 물었다. 어떻게든 막아보려 했지만 그럴 방법이 떠오르기도 전에 파커가 입을 열었다.

파커의 말은 내 예상보다 파급 효과가 컸다. 어거스터스와 피터스도 오랫동안 파커와 똑같은 끔찍한 생각을 남몰래 했던 것 같았고 단지 파커가 처음 이야기를 꺼냈을 뿐이었다. 그 둘은 파커의 계획에 동참했고 당장 실행에 옮겨야 한다고 우겼다. 두 사람 중 하나라도 내 편을 들어 이 끔찍한 결심을 실행하는 데 반대할 정도의 정신력이 남아 있으리라 기대했다. 딱 한 사람만 도와준다면! 하지만 기대가 와르르 무너지자 내 안전부터 신경 써야 했다. 극구 반대한다면 극단적인 상황에 몰려 있는 사람들이 좋은 핑곗거리라고 생각할 수도 있었다. 그러면 곧 일어날 참극에서 나를 공정하게 대해주지 않을 터였다.

나는 제안에 따를 용의가 있다면서 한 시간만 미루고 기다리 자며 부탁했다. 그사이 주위에 낀 안개가 걷힐 수도 있으며 그러면 아까 봤던 배가 다시 보일지도 몰랐다. 애를 쓴 끝에 내가 말한 대로 한 시간쯤 기다리겠다는 약속을 받아냈다. 미풍이 빠르게 불어와 내가 예상했던 대로 한 시간도 채 지나기 전에 안개가 걷혔다. 불행히도 다른 배는 보이지 않았고 우리는 제 비뽑기를 준비했다.

뒤에 이어진 간담이 서늘한 광경을 곱씹는 건 내키지 않는 일이다. 아주 상세한 부분까지 기억에 남아, 이후에 일어난 어떤 사건도 내 기억에서 이 광경을 조금도 지워주지 못했다. 이런 무서운 기억은 그 후 내 인생 매 순간을 고통스럽게 일그러 뜨렸다. 이야기할 사건의 본질을 흐리지 않을 만큼만 서둘러 이 대목을 훑고 지나가련다.

각자의 운을 시험할 무시무시한 제비뽑기를 위해 생각해낸 유일한 방법은 지푸라기 뽑기였다. 목적에 맞게 나뭇조각을 가 늘게 만들었고 내가 제비를 쥐기로 의견을 모았다. 나는 배 한 쪽 구석으로 갔고 가엾은 동료들은 등을 돌린 채 다른 한쪽에 말없이 자리 잡았다. 이 무시무시한 연극을 하며 불안감에 괴 로웠던 순간은 제비를 뒤섞을 때였다. 사람이 자기 목숨에 연 연하지 않는 경우란 거의 없다. 내일을 기약할 수 없는 목숨일 때는 생을 향한 열망이 순간적으로 강렬해진다. 이번 일은 거 칠고 위험한 폭풍우나 서서히 엄습해오는 무서운 기아와 성질 이 달랐다. 이제 막 발을 들여놓은 이 일이 고요하고 명확하며 가혹해서 가장 무서운 죽음, 정확히는 가장 무서운 의도로 맞이하는 죽음에서 벗어날 수 있을 얼마 되지 않은 가능성을 곰곰이 생각해보게 되었다. 그러자 오랫동안 나를 지탱해온 힘이 하나도 남지 않고 바람 앞에 놓인 깃털처럼 흩어져 날아가 버렸고 비참하고 절망적인 공포가 집어삼킬, 희망을 잃은 먹잇감만 덩그러니 남았다.

처음에는 작은 나뭇조각을 쪼개고 끼워 맞출 힘조차 낼 수 없었다. 손가락은 말을 듣지 않고 무릎은 후들후들 떨려 양쪽이 서로 부딪쳤다. 이 무서운 내기에 참가하지 않을 수 있는 터무니없는 수천 가지 방법이 총알같이 머릿속에 스쳐 지나갔다. 동료들에게 무릎을 꿇고 이런 운명에서 나를 빼달라고 애원할까 생각도 해보고, 갑자기 달려들어 아무나 죽이고 제비뽑기로 정하기로 한 걸 뒤집어엎을까도 생각했다. 그러니까 눈앞에 닥친 일이 그대로 진행되는 것만 빼고 온갖 방법을 떠올려 보았다.

어리석은 생각에 오랜 시간을 허비하는 중에 파커의 목소리가 들려와 정신을 차렸다. 불안해 죽을 지경이니 한시라도 빨리 불안감을 덜어달라고 재촉했다. 그런데도 곧장 나뭇조각을 가지런히 정리할 수가 없었다. 괴로워하는 동료 중에 짧은 제비를 뽑는 사람이 나오도록 할 온갖 속임수를 떠올리며 머리를 굴렸다. 누구라도 내 손에 든 나뭇조각 중 가장 짧은 제비를 뽑는 사람이 나머지 사람들을 살리기 위해 희생하기로 합의했기 때문이다. 아무리 봐도 냉혹하다고 말하는 사람이 있다면 나를 비난하기 전에 똑같은 상황을 겪어보라고 말하고 싶다.

더는 시간을 끌 수 없었다. 심장이 터질 듯한 심정으로 동료들이 기다리는 선원실 쪽으로 갔다. 내가 나뭇조각을 쥔 손을 내밀자 피터스가 즉시 제비를 뽑았다. 피터스는 살았다. 적어도 가장 짧은 제비는 아니었다. 내가 죽을지도 모르는 가능성이 남았다. 있는 힘을 다해 어거스터스에게 제비를 내밀었다. 어거스터스도 곧바로 뽑았고, 역시나 살았다. 이제 내 생존 확률은 정확히 반반이다. 그 순간 내 가슴이 호랑이 같은 잔인함에 지배당했고 불쌍한 동료 파커를 향해 사악한 증오가 일었다. 그런 마음도 그리 오래가지는 않았다. 경련이 일어난 듯 벌벌 떨면서 두 눈을 감은 채 남은 나뭇조각을 파커에게 내밀었다. 5분은 족히 흘러 파커가 뽑을 결심을 굳혔다. 그러는 동안 가슴이 터질 것같이 조마조마해서 한 번도 눈을 뜨지 않았다. 이내 제비 하나가 내 손에서 쑥 빠져나갔다. 결정이 끝났다. 내가 살지 죽을지 알 수는 없었다. 아무도 말이 없었고 내 손에 쥔 나뭇조각을 확인할 엄두가 나지 않았다. 피터스가 내 손을 잡았고 난 올려다볼 수밖에 없었다. 파커의 얼굴을 보자마자 내가 안전하며 죽을 운명에 처한 사람은 파커라는 걸 알았다. 그 순간 난 가쁜 숨을 몰아쉬며 정신을 잃고 갑판에 쓰러졌다.

얼마 후 때마침 의식을 회복했고 이런 사태를 초래하는 데 중요한 역할을 한 파커의 죽음으로 이 비극의 결말을 볼 수 있었다. 파커는 아무런 저항도 하지 않고 피터스가 휘두른 칼에 등을 찔려 그 자리에서 고꾸라졌다. 곧바로 이어진 끔찍한 식사에 대해서는 일일이 말하지 않을 것이다. 어땠는지 상상할 수도 있겠지만 실제로 얼마나 살 떨리게 무서웠는지 말로 다 설명할 수가 없다. 그저 이렇게만 말해두겠다. 우리를 괴롭히던 극심한 갈증을 얼마간 희생자의 피로 달랬고 모두의 동의를 얻어 손, 발, 머리는 잘라 내장과 함께 바다에 던지고, 나머지 부분을 그달 17일부터 20일까지 결코 잊을 수 없는 나흘 동안 야금야금 먹어치웠다.

7월 19일. 소나기가 15분이나 20분쯤 줄기차게 쏟아졌다. 강풍이 지나간 직후 갈고리 닻으로 선장실에서 끌어낸 얇은 천에 빗물을 받아보았다. 고인 물은 합해서 2리터쯤 될까? 얼마 되지 않는 양이지만 꽤 기운이 나고 희망도 생겼다.

7월 21일. 다시 먹을거리가 떨어져 굶주렸다. 날씨는 여전히 따뜻하고 상쾌했으며 이따금 안개가 끼고 주로 북쪽에서 서쪽으로 살랑살랑 미풍이 불었다.

7월 22일. 웅크린 채 바싹 붙어 앉아 울적하게 우리가 처한 처참한 처지를 생각할 때 문득 내게 한줄기 눈부신 희망이 생겼다. 앞 돛대를 자를 때 바람이 불어오는 쪽 사슬에 있던 피터스가 도끼 한 자루를 건네면서 가능하다면 안전한 장소에 놓아 달라고 부탁했던 게 떠올랐던 것이다. 그래서 마지막으로 거친 파도가 그램퍼스호를 덮쳐 바닷물이 들어차기 조금 전에 도끼를 선원실로 가지고 가서 배 왼쪽에 있는 침대 위에 올려뒀다. 바로 그 도끼를 가지고 오면 저장실 위쪽 갑판을 부수고 식량을 손쉽게 가져올 수 있으리라.

이런 계획을 알리자 동료들도 기뻐하며 있는 힘껏 환호했다. 우리는 곧장 선원실로 갔다. 기억하겠지만 선장실 승강구 덮개의 주변 구조물은 휩쓸려나간 지 오래다. 반면에 가로세로 90센티미터 정도의 평범한 승강구였던 선원실 입구는 멀쩡했고 구멍이 훨씬 작아서 선장실로 내려가는 것보다 더 힘들었다.

하지만 난 망설이지 않으며 내려갔고 전과 마찬가지로 밧줄을 몸에 묶고 발부터 대담하게 뛰어들었다. 그러고는 서둘러 침대로 가 단번에 도끼를 꺼내 왔다. 동료들은 기쁨과 환희로 열광하며 환영했다. 도끼를 쉽게 찾은 게 목숨을 건질 수 있다는 좋은 징조리라.

다시 솟아난 희망으로 얻은 힘을 전부 기울여 피터스와 나는 번갈아 도끼를 갑판에다 휘둘렀다. 어거스터스는 다친 팔이 낫지 않아 도울 수 없었다. 우리는 아직도 허약한 상태로, 기대지 않고는 서 있는 것만으로도 힘에 부쳐서 고작 1분이나 2분 정도만 쉬지 않고 일할 수 있었다. 일을 끝내려면, 즉 마음 놓고 저장실에 드나들 수 있을 만큼 구멍을 크게 뚫으려면 꽤 오랜 시간이 걸릴 것이다. 이런 고민에 낙담하지는 않았다. 달빛 아래에서 밤새 일을 하자 23일 새벽녘쯤엔 구멍을 넉넉하게 넓힐 수 있었다.

그때 피터스가 내려가겠다고 나섰다. 전과 똑같이 준비한 뒤 아래로 내려갔고 이내 작은 병을 들고 돌아왔다. 올리브가 가득 든 병을 보자 펄쩍펄쩍 뛸 만큼 기뻤다. 올리브를 게걸스럽게 나눠 먹고 피터스를 다시 내려보냈다. 이번에는 뜻밖에 큰 성과가 있었다. 커다란 햄과 마데이라 와인 한 병을 가지고 곧장 돌아온 것이다. 와인은 적당히 한 모금씩 마셨다. 경험을 통해 술을 마음껏 마시면 치명적인 일이 벌어진다는 사실을 알았기 때문이다. 햄은 뼈에 붙은 900그램 정도만 빼면 소금물에 잠긴 채 상해서 먹을 수 없는 상태였다. 온전한 부분을 우리끼리 나눴다. 피터스와 어거스터스는 식욕을 참지 못해 곧바로 집어삼켰지만 난 조심스러웠다. 고통스러웠던 갈증이 다시 시작될까 걱정되어 조금밖에 먹지 않았다. 이제 우리는 참을 수 없을 만큼 힘들었던 일을 멈추고 쉬기로 결정했다.

정오쯤 되자 얼마간 기운이 나고 체력도 좋아진 듯해 식량을 꺼내오는 일에 박차를 가했다. 피터스와 내가 번갈아 내려갔고 해 질 녘까지 내려갈 때마다 식량을 꺼내올 수 있었다. 어디 보자! 모두 합쳐 올리브가 담긴 작은 병 네 개, 햄 한 덩어리, 맛 좋은 마데이라 와인이 11리터 정도 담긴 큰 유리병 하나를 꺼내왔다. 작은 갈라파고스 거북도 한 마리 건져 한결 더 기분이 좋았다. 태평양으로 바다표범잡이를 나갔다 막 돌아온 스쿠너선 메리 피츠호에서 받아, 그램퍼스호가 출항할 때 바너드 선장이 몇 마리 배에 실었던 것이다.

이후로 이 거북 종류를 언급할 기회가 많을 것이다. 이 거북은 독자 대부분이 아는 대로 갈라파고스라고 부르는 제도에서 주로 발견된다. 사실 제도 명칭도 거북에서 유래했다. 스페인어로 '갈라파고스'는 민물 거북을 의미한다. 특유의 모양과 움직임 때문에 코끼리 거북이라 불릴 때도 있다. 거대한 크기의 거북이 발견되는 경우가 흔하다. 360킬로그램 이상 나가는 거북을 봤다는 항해사가 있었는지는 기억나지 않지만, 난 540킬로그램에서 680킬로그램까지 나가는 거북을 몇 마리 본 적이 있다. 거북의 생김새는 이상해서 기분이 나쁘기까지 하다. 걸어갈 때 몸통은 땅에서 30센티미터 정도 떨어져 있고 걸음걸이는 무지 느리지만 균형 잡혔고 묵직하다. 목은 길고 가늘다. 목 길이는 대개 45센티미터에서 60센티미터까지다. 나는 어깨에서 머리끝까지 길이가 자그마치 116센티미터인 거북을 죽인 일도 있다. 머리 모양은 놀랄 만큼 뱀과 비슷하다. 믿기 어려울 정도로 오랫동안 먹이 없이도 살 수 있다. 선박의 화물창에 내던져져 2년 동안 아무것도 먹지 않았는데도 처음 화물창에 들어갈 때처럼 통통하고 멀쩡했다는 이야기도 전해진다.

이 별난 동물은 어떤 면에서 사막의 단봉낙타나 쌍봉낙타와 닮은 구석이 있다. 목 아랫부분에 있는 주머니에 언제나 물이 들어 있다. 1년 동안 아무런 영양분도 주지 않다가, 죽여보니 주머니에 맑고 깨끗한 물 11리터 정도가 들어 있었단 이야기도 있다. 먹이는 주로 야생 파슬리, 샐러리, 쇠비름, 해초, 선인장 등이다. 특히 선인장을 먹으면 놀랍도록 잘 자라며 거북이 발견되는 어디라도 해안가 근처 산비탈에서는 선인장이 무성한 편이다. 거북은 영양가 많은 훌륭한 음식이다. 태평양에서 고래잡이나 그 외 다른 일에 고용된 선원들 수천 명의 목숨을 살리는 수단이기도 하다.

운이 좋아서 저장실에서 꺼낸 거북은 큰 놈은 아니지만, 무게가 30킬로그램 내지 32킬로그램 정도 나갔을 것이다. 암컷이었고 상태도 썩 좋아서 오동통한 몸과 주머니에 투명하고 신선한 물이 1리터 넘게 들어 있었다. 정말 귀중한 보물이다. 우리는 일제히 무릎을 꿇고 제때 구조 물자를 주신 신께 진심으로 감사드렸다.

사납게 발버둥 치고 유달리 힘이 세서 거북을 구멍으로 꺼내는 데 꽤 힘들었다. 피터스의 손아귀에서 도망쳐 물속으로 미끄러져 들어갈 뻔했을 때 어거스터스가 매듭을 묶은 밧줄을 던져 거북 목에 걸었고 나는 구멍에 뛰어들어 거북을 끌어올리는 피터스를 도왔다.

거북의 주머니에 든 물을 물통에 살살 부었다. 기억나겠지만 전에 선장실에서 꺼내온 물통이다. 다 따르고 나서 병 하나의 목 부분을 분리한 뒤 마개로 막아 컵 같은 걸 만들었다. 이 대용 컵에는 0.1리터 남짓 담겼다. 우리는 이 양을 한 컵씩 나누어 마셨고 물이 남아 있는 동안은 하루에 한 컵만 마시기로 제한 했다.

지난 이틀이나 사흘은 날씨가 건조하고 쾌적해서 입은 옷뿐만 아니라 선장실에서 가져온 침구도 바싹 말랐다. 그래서 이날 23일 밤은 편안하게 보내며 소량의 와인 할당량과 함께 올리브와 햄을 배부르게 먹은 후 차분하게 휴식을 즐겼다. 밤사이에 바람이 갑자기 불 때는 식량이 바다에 떨어질까 불안해서 밧줄로 닻 도르래 잔해에 가능한 한 단단히 묶어두었다. 거북은 될 수 있는 대로 오래 살려두고 싶어서 뒤집어놓은 뒤 조심스럽게 묶어두었다.

13

7월 24일. 아침이 밝아오자 우리는 기운도 얻고 활기도 되찾았다. 그렇긴 하지만 아직 위험한 상황 그대로였고, 육지에서 멀리 떨어진 게 분명했으며, 우리가 어디에 있는지도 몰랐다. 식량은 아껴 먹어도 보름 이상은 버틸 수 없고 물은 거의 바닥을 드러냈다. 거기다 보잘것없는 난파선을 타고 바람 부는 대로 물결치는 대로 표류하는 중이다. 그런데도 얼마 전 신의 섭리로 끔찍한 고통과 위험에서 벗어났으니 현재 견디는 상황은 평범한 재난에 지나지 않는다고 여기게 되었다. 행복과 불행은 순전히 상대적이다.

동이 틀 때쯤 우리는 저장실에서 다시 뭔가 꺼내보려고 준비하였다. 그때 번개가 치면서 소나기가 쏟아지자 우리는 관심을 돌려 전에 빗물받이로 사용했던 얇은 천으로 빗물을 받았다. 빗물을 모으려면 천 한가운데에 돛대 사슬 받침대를 하나 두고 펼쳐서 잡는 수밖에 없었다. 그렇게 중앙에 모인 빗물은 물통으로 졸졸 흘러들어 온다. 물통을 거의 채웠을 때 북쪽에서 돌풍이 사납게 불어 선체가 심하게 요동쳐서 더는 똑바로 서 있을 수가 없었다. 그래서 하는 수 없이 물 받는 일을 접었다. 이제 뱃머리로 가서 전처럼 닻 도르래 잔해에 각자 몸을 단단히 묶고 이런 상황에 예상하거나 상상할 수 없을 만큼 침착하게 벌어질 일을 기다렸다.

한낮에 바람은 돛을 2단으로 줄여야 할 정도로 세졌고 밤이 되자 거센 강풍이 되어 어마어마하게 큰 파도가 몰려왔다. 경험을 통해 어떻게 밧줄을 묶어야 적절한지 알았기 때문에 암울한 이 밤을 그런대로 무사히 헤쳐나갔다. 그래도 거의 매 순간 파도에 온몸이 흠뻑 젖었고 순간순간 휩쓸려갈 것 같아 두렵기는 했다. 다행히 날씨가 따뜻해서 차라리 바닷물에 젖는 게 반가웠다.

7월 25일. 아침에 바람이 약해지더니 10노트(약 시속 18.5킬로미터 - 옮긴이) 정도로만 불었다. 바람이 잠잠해지니 바다도 제법 잔잔해져서 우리는 갑판에서 몸을 말릴 수 있었다. 안타깝게도 주의를 기울여 묶어놓았는데도 올리브병 두 개와 햄 덩어리 전부가 바다로 쓸려갔다는 사실을 알았다. 아직은 거북을 죽이지 않기로 하고, 아침으로 올리브 몇 개와 물 한 컵을 마시는 것으로 만족했다. 물은 와인과 반반씩 섞어 마셔 포트와인을 마셨을 때처럼 취해서 고생하지 않았으며 마음이 편안해지고 기운도 생겼다. 여전히 파도는 거세어 저장실에서 식량을 꺼내는 작업은 어려웠다. 낮에, 당시 상황에서는 별 소용없는 물건 몇 가지가 구멍으로 떠올랐다가 곧 바다로 쓸려나갔다. 이제 선체가 어느 때보다 기울어져서 몸을 묶어놓지 않고서는 잠시도 일어서 있을 수 없었다. 이로 인해 하루를 우울하고 불편하게 보냈다.

한낮에 태양이 머리 바로 위에 떠 있는 것처럼 보였다. 우리는 북쪽에서 그리고 북서쪽에서 불어오는 바람에 떠밀려 적도 가까이 온 게 틀림없다고 계산했다. 저녁 무렵 상어 몇 마리를 발견했고 어마어마하게 큰 놈이 성큼 다가와 조금 겁을 먹었다. 한때 배가 휘청거려 갑판이 바다로 밀려들어 가자 이 괴물 상어가 우리에게 헤엄쳐 다가왔고 승강구 덮개 바로 위에서 잠시 허우적거리다가 꼬리로 피터스를 세게 때리기도 했다. 그러다 거세게 밀려온 파도에 상어가 배 밖으로 쓸려가자 우리는 한시름을 놓았다. 날씨만 좋았다면 수월하게 상어를 잡았을지도 모르겠다.

7월 26일. 아침에 바람이 제법 잦아들고 바다도 그다지 거칠지 않아서 작업을 재개하기로 했다. 온종일 고되게 일한 뒤에야 저장실에서 더 이상 건질 게 없다는 결론을 얻었다. 밤사이에 저장실 칸막이가 부서져 저장실에 있던 물품들이 화물창으로 쓸려가 버렸다. 짐작하겠지만 우리는 이런 사실을 알고 절망에 빠졌다.

7월 27일. 바람은 여전히 북쪽과 서쪽에서 부드럽게 불어왔고 바다는 잔잔하여 햇빛에 반짝였다. 오후에 햇볕이 뜨겁게 내리쬐어 젖은 옷을 말리느라 바빴다. 바닷물에 몸을 담가서 갈증을 달랬고 다른 면으로도 기분이 상쾌해졌다. 상어 떼가 무서워 특별히 조심해야 했다. 낮 동안 상어 몇 마리가 배 주위를 맴도는 게 보였다.

7월 28일. 날씨는 여전히 화창했다. 이제 그램퍼스호는 심하게 기울어서 언젠가 뒤집어질까 무서운 지경이다. 그런 비상사태를 대비해 만반의 준비를 했다. 거북, 물통, 남은 올리브병 두 개를 가능한 한 바람이 불어오는 쪽에다 묶고 비상식량을 선체 바깥쪽 중앙 사슬 아래 두었다. 바람이 고요해지자 바다는 종일 잔잔했다.

7월 29일. 전날 날씨가 이어졌다. 어거스터스의 다친 팔에서 괴사 증상이 나타났다. 어거스터스는 졸리고 목이 마르다며 하소연하기는 했지만 아직은 통증이 심하지 않았다. 증상을 완화시키기 위해 해줄 수 있는 건 아무것도 없었다. 다만 올리브에서 나온 식초를 상처에 약간 발라주기만 했고 그마저도 아무런 효력이 없는 것 같았다. 친구를 편안하게 해주기 위해 있는 힘을 다했고, 친구의 물 할당량을 세 배로 늘려주었다.

7월 30일. 바람 한 점 없이 무더운 날이었다. 아침 내내 거대한 상어 한 마리가 선체 가까이에서 떠나지 않았다. 몇 번 올가미로 잡아보려 했지만 실패했다. 어거스터스는 상태가 더 나빠졌고, 부상이 심각한 만큼 제대로 된 영양분도 부족해 위독해졌다. 어거스터스는 고통을 덜어달라고 끊임없이 애원하면서 그저 죽기만을 바랐다. 이날 밤 우리는 마지막 남은 올리브를 먹었다. 물통에 담긴 물은 썩어서 와인을 섞지 않고는 도무지 삼킬 수 없었다. 이튿날 아침에 거북을 죽이기로 결정했다.

7월 31일. 배가 더 기울어져 초조하고 지친 몸으로 밤을 보낸 후에 우리는 거북을 죽여 조각조각 잘랐다. 상태는 좋았지만 생각보다 양이 많지는 않았다. 고기를 다 모아보니 많아야 4.5킬로그램이었다. 최대한 오래 저장할 생각으로 잘게 자르고 남은 올리브병 세 개와 와인병에 채워 넣은 다음 올리브에서 나온 식초를 부었다. 이렇게 거북 고기 1.4킬로그램 정도를 저장해놓고 나머지를 다 먹을 때까지 손대지 않기로 했다. 하루치 양을 110그램 정도로 제한했다. 이대로라면 총 13일 동안 먹을 수 있는 양이다.

해 질 즈음 크게 천둥 번개가 치면서 소나기가 시원하게 쏟아졌다. 잠깐 내리다 그쳐서 물은 0.3리터 정도밖에 받지 못했다. 의논한 끝에 최후의 순간을 맞은 듯한 어거스터스에게 물을 다 주었다. 우리가 천을 잡아주자 친구는 물을 받아마셨다. 누워 있는 친구 위에다 천을 붙잡고 물이 입에 흘러들어 가도록 각을 잡았다. 큰 유리병에서 와인을, 아니면 물통에서 썩은 물을 비우지 않는 한 이제 물을 담을 만한 용기는 남아 있지 않았다. 만약 소나기가 주룩주룩 내렸다면 유리병이나 물통 중 하나를 비워야 했을 것이다.

아픈 우리 친구는 물을 들이켜고도 병세에 별 도움이 되지 않은 것 같았다. 팔은 손목에서 어깨까지 온통 새카맸고 양발은 얼음장 같았다. 우리는 이 친구가 금방이라도 숨이 끊어질 것 같다고 생각했다. 놀라우리만치 야윈 내 친구! 낸터킷을 떠날 때는 58킬로그램이었지만 깡말라서 이제는 기껏해야 18킬로그램이나 23킬로그램 정도밖에 나가지 않았다. 눈은 움푹 꺼져서 보이지 않을 지경이었고 뺨은 살갗이 축 처져 음식을 씹을 수도 없고 애를 쓰지 않으면 액체조차 넘길 수 없었다.

8월 1일. 바람 한 점 없는 날씨가 이어졌고 햇볕은 숨 막힐 듯 내리쬐어 더웠다. 목이 말라서 고통스러웠다. 물통에 담긴 물은 시커멓게 썩어 벌레가 득실거렸다. 그런 물에 와인을 섞어 조금 마셔봤자 갈증은 조금도 가시지 않았다. 바다에 몸을 담가 마음을 달랬지만 상어가 쉴 새 없이 나타나 자주 들어갈 수는 없었다. 이제 우리는 어거스터스가 살 가망이 없다는 걸 확실히 알았다. 분명 죽어가는 중이다. 보기에도 심각했던 친구의 고통을 덜어주기 위해 할 수 있는 일은 아무것도 없었다.

12시경, 우리 친구는 심한 발작을 일으키다 숨을 멈췄고 몇 시간 동안 말이 없었다. 어거스터스가 죽자 우리는 절망적인 예감에 휩싸였고 기운이 빠져 종일 꼼짝도 않고 시체 옆에 오도카니 있었다.

서로 말을 걸지도 않고 중얼거리기만 했다. 날이 저물고 시간이 조금 지나서야, 일제히 일어나 시체를 바다에 던질 용기가 생겼다. 그때 시체는 형언할 수 없을 정도로 역겨웠다. 부패가 꽤 진행되어 피터스가 시체를 들어 올리려고 한쪽 다리를 잡자 통째로 떨어져 나올 정도였다. 썩은 살덩어리가 배 옆면으로 미끄러져 바다로 떨어지자마자 그것을 둘러싸고 있던 인광이 빛을 발해 커다란 상어 일고여덟 마리가 달려드는 게 똑똑히 보였다. 상어들이 먹이를 갈기갈기 찢자 무시무시한 이빨이 부딪치는 소리가 울려 퍼졌고, 그 소리는 2킬로미터 떨어진 곳에서도 들을 수 있을 것 같았다. 끔찍한 소리를 들으니 극심한 공포에 질려 몸이 저절로 움츠러들었다.

8월 2일. 몸서리쳐지게 잠잠하고 무더운 날씨였다. 새벽이 찾아오니 우리는 불쌍하게도 의기소침했을 뿐만 아니라 몸도 기진맥진해진 상태였다. 물통 안에 있는 물은 이제 마실 수 없었다. 아교 덩어리처럼 끈적끈적해져서 소름 끼치게 생긴 벌레들만이 질척거리는 것에 섞여 있었다. 우리는 썩은 물을 내버리고 바닷물로 물통을 잘 씻은 다음 거북 고기를 절여놓은 병에서 식초를 약간 따라 부었다. 이제 참을 수 없을 정도로 목이 타서 와인으로 달래려고 해봤지만 이마저도 소용없이 오히려 불난 데 기름을 붓는 격이었고 취기가 올라올 뿐이었다. 그러다 와인을 바닷물과 섞어 마시며 고통을 덜어보려 했지만 곧바로 구역질이 일어 두 번 다시 시도도 하지 않았다.

종일 몸에 바닷물을 적실 기회를 간절히 엿봤지만 이 또한 허사였다. 이제 선체 사방을 상어가 에워쌌다. 의심할 여지도 없이 지난밤 가엾은 동료를 먹어치운 바로 그 괴물들이다. 비슷한 진수성찬이 또 떨어질까 이제나저제나 기다리는 눈치다.

이런 상황 탓에 우리는 미친 듯이 슬펐고, 우울하고 서글픈 예감이 들어 가슴이 미어졌다. 바닷물에 들어가면 기분이 풀린다는 걸 알지만 이렇게 오싹한 상황이니 들어가도 견딜 수가 없었다. 게다가 눈앞에 놓인 위험에 대한 불안한 마음을 떨친 것도 아니었다. 조금만 발이 미끄러지거나 헛디디면 식욕이 왕성한 물고기의 사정거리 안에 즉시 떨어졌을 테니 말이다.

상어 떼는 바람 방향대로 헤엄쳐 올라오면서 우리를 곧장 들이박는 일이 잦았다. 우리가 아무리 고함을 지르고 난리를 쳐도 상어 떼를 내쫓지 못했다. 커다란 상어 한 놈이 피터스가 휘두른 도끼에 맞아 제법 다쳤을 때에도 그놈은 우리가 있는 쪽으로 끈질기게 밀고 들어오려 했다. 해 질 무렵 구름이 나타났지만 안타깝게도 비를 내리지 않은 채 지나갔다. 이러는 동안 우리가 갈증으로 얼마나 고통스러웠는지 상상할 수 없을 것이다. 우리는 갈증과 상어와 사투를 벌이며 무서워서 뜬눈으로 밤을 지새웠다.

8월 3일. 구조될 가망은 없었다. 그램퍼스호는 점점 기울더니 이제는 아예 갑판에 발을 디디고 있을 수 없었다. 서둘러 와인과 거북 고기를 묶어 우리가 굴러떨어져도 식량을 잃어버리지는 않게 조치를 해두었다. 돛대 사슬에서 튼튼한 대못을 두개 뽑은 뒤 바람 불어오는 쪽 선체 부분에서 바다에 1미터보다 얕게 잠긴 곳에 도끼로 대못을 박았다. 배는 거의 옆으로 기운 상태니 대못이 박힌 지점은 선체 밑바닥 중앙부에서 그리 멀지 않았다. 전에 중앙 사슬 아래에 놓았을 때보다 더 안전해 이 대못에 식량을 매달아 놓았다. 종일 갈증에 시달려 너무나도 고통스러웠다. 상어 떼가 한시도 주변을 떠나지 않으니 바닷물에 몸을 담글 기회도 없었다. 도저히 잠들 수도 없었다.

8월 4일. 동이 트기 전에 선체가 한쪽으로 기울고 있음을 알아차렸고, 기우는 배를 따라 떨어지지 않으려고 정신을 가다듬었다. 처음에 배는 조금씩 느리게 흔들렸고 우리는 바람이 불어오는 쪽을 따라 기어올랐다. 식량을 묶어두기 위해 박은 대못에 밧줄을 신경 써서 매달아 놓았으니 어렵지 않게 올라갈 수 있었다. 우리가 잊은 게 있었다. 배가 기울며 붙는 가속도까지는 예측하지 못했다. 이내 경사가 심해져서 기우는 속도를 따라갈 수가 없었다. 무슨 일이 일어나는지도 미처 알기도 전에 우리는 바다로 거세게 내동댕이쳐졌다. 우리는 거대한 선체 바로 밑에 있는 상태로 해수면 수 미터 아래에서 허우적거렸다.

나는 바다에 가라앉으면서 잡고 있던 밧줄을 놓을 수밖에 없었다. 배 밑으로 빨려 들어갔고 힘이 거의 빠졌다는 걸 깨닫자 살기 위해 발버둥치지도 않고 체념한 채 다가올 죽음을 받아들였다. 하지만 또 잘못 생각했다. 선체가 바람이 불어오는 쪽으로 자연스럽게 다시 떠오르는 걸 고려하지 않았다. 배가 조금 흔들리면서 바다가 위쪽으로 소용돌이쳐서 나는 바다에 떨어졌을 때보다 훨씬 더 세게 위로 떠올랐다. 물 위로 올라와 보니 선체에서, 내가 판단하기에는 정확히 18미터 정도 떨어져 있었다. 배는 선체 밑바닥이 위로 왔고 좌우로 심하게 흔들렸다. 사방에서 파도가 거칠게 몰아쳤고 바다에 힘찬 소용돌이가 가득 일었다. 피터스는 코빼기도 보이지 않았다. 1미터도 떨어지지 않은 곳에 기름통 하나가 둥둥 떠 있었고 그램퍼스호에서 떨어진 물건들이 점점이 흩어진 게 보였다.

무엇보다 가까이에 있을 상어 떼가 가장 두려웠다. 가능하면 상어 떼가 접근하지 못하도록 선체 쪽으로 헤엄치면서 손발로 첨벙첨벙 물거품을 잔뜩 일으켰다. 단순한 방법이기는 했지만 그 덕분에 목숨을 지켰다고 확신한다. 그램퍼스호가 뒤집어지기 직전 사방에 상어가 우글거렸으니 헤엄쳐 가는 동안 마주칠 게 뻔했고, 실제로 마주치기도 했다. 천만다행하게도 무사히 배의 옆면에 닿았다. 다만 죽을 듯이 발버둥치다 기진맥진해져서 때마침 피터스가 도와주지 않았다면 배에 올라갈 수 없었을 것이다. 피터스는 반대쪽 선체에서 배 밑바닥 중앙부로 기어 올라온 것이다. 다행히도 이때 나타나 대못에 매둔 밧줄 하나를 내게 던져주었다.

가까스로 위험에서 벗어나자 다시 절박한 위험이 코앞에 닥쳐 곧장 그쪽으로 관심이 쏠렸다. 바로 굶주림이었다. 주의를 기울여 묶어두었지만 저장해놓은 식량은 바다에 다 휩쓸려 사라졌다. 다시 식량을 구할 가능성은 희박해 우리는 절망감을 이기지 못한 채 어린아이처럼 소리 내어 울었고 서로 위로할 생각도 하지 못했다. 아, 얼마나 마음이 약해졌는가? 같은 상황을 겪어보지 않은 사람들에게는 비정상으로 보일 것이다. 기억해야 할 건 우리가 오랫동안 궁핍과 공포를 겪어 사고력에 큰 이상이 생겼고 그때 우리를 이성적인 존재로 보기 어려웠을 거라는 사실이다.

이후에도 이보다 더 심하지는 않더라도 비슷하게 심각한 위험이 닥쳐왔고 내게 닥친 재난을 의연하게 견뎌냈다. 곧 확인할 수 있겠지만 피터스는 당시 아이처럼 무기력하고 유약했던 모습만큼이나 침착했다. 어떻게 마음먹느냐에 따라 이런 차이가 생기는 것이다.

배가 뒤집히고 와인과 거북 고기를 잃었지만 빗물을 받을 수 있었던 침구와 빗물을 담았던 물통만 사라지지 않았다면 전보다 비참하지는 않았을 것이다. 왜냐하면 배허리에서 60센티미터 내지 90센티미터 안쪽부터 선체 밑바닥 중앙까지 바닥 전체에 커다란 따개비가 빽빽하게 덮여 있었다. 따개비는 영양이 풍부한 훌륭한 식량이다. 우리가 두려워했던 사건은 두 측면에서 실이라기보다는 오히려 득이었다. 적당히 먹으면 한 달 먹고도 남을 식량을 공급받았고 배가 전복되어 지내기도 편해서 마음도 한결 편안해지고 전과 비교도 되지 않게 위험도 줄어들었다.

그러나 여전히 물을 구하기 어려웠으므로 상황이 바뀌어 얻은 이득이 눈에 보이지 않았다. 언제 내릴지 모르는 비를 최대한으로 이용하기 위해 천처럼 사용하려고 셔츠를 벗었다. 물론 상황이 좋아도 이 방법으로는 빗물을 한 번에 아주 조금밖에 받지 못할 것이다. 낮 동안 구름 한 점 보이지 않았고 갈증은 참을 수 없을 정도로 고통스러웠다. 밤이 되자 피터스는 불안하게나마 한 시간 정도 잠을 잤지만 나는 너무도 괴로워서 한시도 눈을 붙일 수 없었다.

8월 5일. 이날 부드러운 미풍이 불어서 무성한 해초를 헤치고 지나가게 되었다. 운 좋게도 해초 사이에서 작은 게 11마리를 찾았고 맛있게 몇 끼를 때웠다. 껍질이 매우 부드러워서 통째로 씹어 먹었고 따개비를 따 먹었을 때보다 한결 갈증이 덜했다. 해초 사이에는 상어가 있을 만한 흔적이 없어서 바닷물에 네다섯 시간 동안 몸을 담갔다. 그러는 동안 갈증이 무진 가라앉았다. 우리는 기운이 나서 이날 밤은 전보다 조금 편안하게 보냈고 잠시 눈을 붙일 수 있었다.

8월 6일. 이날은 축복을 받았는지 상쾌한 비가 정오쯤부터 어두워진 뒤까지 죽 내렸다. 물통과 유리병을 잃어버린 게 몹시 안타까웠다. 빗물을 받는 방법은 썩 효과적이지는 않았지만 물통과 유리병 둘 다는 아니더라도 그중 하나는 채울 수 있었을지도 모른다. 사정이 이러니 우리는 셔츠를 흠뻑 젖게 놔뒀다가 비틀어 짜는 방법을 써, 반가운 물이 입안으로 흘러들게 해 갈증을 해소하려고 애썼다. 이런 일에 하루를 다 보냈다.

8월 7일. 날이 새자마자 우리 둘은 누가 먼저랄 것도 없이 동쪽에서 어렴풋이 배를 발견했다. 그 배는 분명 우리를 향해 다가왔다! 가슴이 벅차서 가냘팠지만 길게 환호성을 지르며 눈부시게 아름다운 광경을 바라봤다. 즉시 닥치는 대로 온갖 신호를 보냈다. 배가 적어도 25킬로미터는 떨어졌을지도 모르지만 허공에 셔츠를 펄럭거리고 연약한 몸으로 뛸 수 있는 한 높이 뛰었으며 심지어 목청이 터질 듯 크게 소리를 쳤다. 배는 진짜 우리 쪽으로 다가오는 길이었다. 현재 항로를 유지하기만 하면 결국 우리와 맞닥뜨릴 것이다.

처음 그 배를 발견하고 한 시간쯤 지나자 우리는 갑판에 있는 사람들을 똑똑히 볼 수 있었다. 선체가 낮고 긴 이 배는 속력이 빠르게 생긴 톱세일 스쿠너선으로 앞 돛대의 중간 가로돛에 검은 공이 대롱대롱 달려 있었다. 언뜻 보기엔 선원들을 제대로 갖춘 듯했다. 우리는 불안해졌다. 우리를 보지 못했을 리는 없지만 우리를 이대로 죽으라고 내버려 둘 셈이 아닌가 걱정이 된 것이다. 믿기 어렵겠지만 이와 다를 바 없는 상황에 처했을 때 인간이라는 존재는 바다에서 잔인하게 비인간적인 행위를 끊임없이 저질렀다.[2] 그러나 신의 은총으로 다행히 기우로 드러났다. 얼마 지나지 않아 낯선 배의 갑판이 갑자기 소란스러

---

[2] 보스턴에서 출항했던 폴리호도 이런 문제에 직면했던 배다. 그 최후가 여러 모로 우리의 경우와 비슷해 여기서 언급해야겠다. 적재량이 130톤인 이 배는 1811년 12월 12일 카스노 선장이 통솔하여 목재와 식량을 싣고 보스턴에서 출항해 산타 크루스로 향했다. 배에는 선장 외에 항해사, 선원 넷, 요리사, 헌트 씨, 헌트 씨가 데리고 있는 흑인 여자아이까지 총 아홉 명이 탑승했다. 12월 15일, 조지 제도의 모래톱을 지나고 나서 남동쪽에서 바람이 사납게 불어와 물이 새기 시작했고 결국 배가 뒤집어졌다. 하지만 돛대가 망가져서 나중에 선체가 똑바로 일어섰다. 불도 없고 식량도 거의 없는 채로 이렇게 12월 15일부터 이듬해 6월 20일까지 191일을 지내다 살아남은 카스노 선장과 새뮤얼 배저만이 난파선에서 탈출했다. 리우데자네이루에서 출발해 귀항하던 페더스톤 선장이 이끄는 페임호가 이들을 구조한 것이다. 구조되었을 때 폴리호는 북위 28도, 서경 13도 지점에 있었으니 3200킬로미터 넘게 떠내려갔다! 7월 9일 페임호는 퍼킨스 선장이 이끄는 드로메로호를 만났고 이 배는 생존자들을 케네벡에 내려주었다. 우리가 이렇게 자세한 내용을 알 수 있었던 이야기는 이렇게 끝이 난다.
"대서양에서 가장 왕래가 빈번한 곳에서 한번도 발견되지 않고 어떻게 그렇게 멀리까지 떠내려갔는지 묻는 것은 당연하다. 배 열두 척 이상이 무심히 지나쳐 갔다. 그중 한 척은 가까이 다가왔고, 그 배의 갑판과 돛대 쪽에서 사람들이 자신들을 쳐다보는 모습을 똑똑히 보았다. 하지만 굶주리고 추위에 얼어붙은 조난자들이 품었던 기대는 와르르 무너졌다. 측은히 여기기는 했으나 동정심을 베풀지 않은 채 돛을 올려 운명에 맡기고 잔인하게 떠나버렸다." – 원주

워지더니 곧바로 영국 국기를 내걸고 바람이 불어오는 쪽으로 뱃머리를 돌려 똑바로 우리 쪽으로 향했다. 30분 후에 우리는 그 배의 선장실에 있었다. 그 배는 가이 선장이 이끄는, 리버풀에서 출발한 제인 가이호였고, 바다표범잡이와 무역을 하러 남반구 해양과 태평양으로 항해하는 길이었다.

14

제인 가이호는 외관이 멋진 톱세일 스쿠너선으로 적재량은 180톤이었다. 뱃머리가 유달리 뾰족했고 온화한 날씨에 바람을 탔을 때 그보다 빠른 배는 본 적이 없었다. 악천후를 이겨내야 하는 외항선으로는 적절치 못했고 예정한 무역을 하기에는 흘수(수면에서 배 밑바닥까지의 수직거리 옮긴이)가 깊었다. 그런 용도로 쓰려면 크기가 더 크며 흘수가 얕고 균형 잡힌 배, 대체로 300톤에서 350톤 정도의 배가 바람직하다. 돛대가 셋 달린 선박이어야 하고 나머지 구조도 보통의 남태평양 선박과 달라야 한다. 반드시 무기를 제대로 갖추어야 한다. 이를테면 5킬로그램짜리 짧은 함포 열 문이나 열두 문, 5킬로그램짜리 긴 함포 두세 문, 놋쇠 나팔 총, 장루마다 방수 처리된 무기 상자가 있어야 한다. 닻과 닻줄은 다른 무역에서보다 월등히 튼튼해야 하고, 무엇보다 숙련된 선원이 많아야 한다. 지금 설명한 배 같은 경우는 숙련된 선원이 적어도 오륙십 명 필요하다. 제인 가이호에는 선장과 항해사를 제외하고 선원이 서른다섯 명 탑승했으며 하나같이 유능했다. 그러나 이런 무역이 얼마나 힘들고 위험한지 아는 항해사가 요구하는 만큼 제대로 무장하거나 다른 장비를 갖추지도 않았다.

가이 선장은 점잖은 신사였고 생애 대부분을 남반구 무역에 바쳐 경험이 풍부했다. 아쉬운 점은 행동력이 부족했고 그렇다 보니 이런 일에 반드시 필요한 적극성도 모자랐다. 자기가 운항하는 선박의 공동 소유주여서 손쉽게 입수할 수 있는 화물은 어느 것이라도 싣고 남반구 해상을 항해할 권한을 일임받았다. 그런 항해에서 늘 그렇듯이 가이 선장은 구슬, 거울, 부싯깃, 도끼, 손도끼, 톱, 대패, 끌, 둥근 정, 송곳, 줄, 대패, 활톱, 망치, 못, 칼, 가위, 면도칼, 바늘, 실, 도자기, 면직물, 자질구레한 장신구, 그 밖에 유사한 물건들을 실었다.

제인 가이호는 7월 10일 리버풀에서 출항해 보름 뒤인 25일에 서경 20도 지점에서 북회귀선을 지나고 29일에 케이프베르데 제도에 있는 섬 중 하나인 살Sal 섬에 도착했다. 거기서 소금과 항해를 위한 필수품을 실었다. 8월 3일, 제인 가이호는 케이프베르데 제도를 떠나 남서쪽으로 움직이면서 서경 28도와 30도 사이 자오선에서 적도를 넘으려고 브라질 해안을 향해 돛을 펴고 달렸다. 유럽에서 희망봉으로 향하거나 그 경로로 동인도까지 가는 배가 일반적으로 선택하는 항로다. 그렇게 움직여서 가니 해안에서 잇따라 일어나는 무풍 현상이나 강한 역류를 피한다. 그 뒤에는 희망봉에 닿을 수 있게 서풍이 계속 불어주니 따지고 보면 가장 빠른 길이기도 하다.

이유를 알 수는 없었지만 가이 선장은 먼저 케르겔렌 제도에 정박하려고 했다. 우리가 구조된 날 제인 가이호는 세인트 로케 곶 근해에 있었다. 그러니까 발견됐을 때 우리는 북쪽에서 남쪽으로 적어도 25도 정도를 떠내려간 것이다!

제인 가이호는 고통스러운 처지에 있던 우리에게 필요한 갖은 친절을 베풀어주었다. 보름 정도는 날씨가 화창하고 바람이 살랑살랑 불어 꾸준히 남동쪽으로 움직였다. 그러는 동안 우리는 얼마 전까지 겪었던 결핍과 끔찍한 고통에서 말끔히 회복했다. 지나간 일은 있는 그대로의 현실에서가 아니라 무서운 악몽 속에서 일어난 일이고 다행히 우리가 꿈에서 깨어났다고 생각했다. 기뻤다가 슬프거나, 슬펐다가 기쁜 것처럼 급작스런 변화가 일어나면 보통 이런 부분적인 기억상실 증상이 나타나며, 얼마나 잊어버리는지는 변화 정도에 비례한다는 사실을 나중에서야 알았다.

내 경우에도 난파선에서 지내는 동안 겪은 고통을 세세하게 다 묘사할 수는 없을 것 같다. 어떤 사건이 일어났는지는 기억나지만 당시 그 사건들이 일으킨 감정만은 기억나지 않는다. 다만 기억하는 건 여러 사건들이 일어났을 때 인간의 본성으로는 그 고통을 견딜 수 없으리라 생각했다는 것뿐이다.

몇 주 동안 별다른 일 없이 항해를 계속했다. 사건이라면 가끔 포경선을 마주쳤고, 기름을 얻을 수 있는 향유고래와 구별하기 위해 흑고래나 참고래라고 부르는 동물을 마주치는 경우는 더 잦았다. 고래는 주로 위도 25도선 남쪽에서 발견되었다. 9월 16일, 희망봉 가까이에서 제인 가이호는 리버풀을 떠난 후 처음으로 강풍을 만났다. 우리는 당시 서쪽에 있었지만 희망봉의 남쪽과 동쪽은 강풍이 더 자주 분다. 그래서 그 인근에서 항해사들은 북쪽에서 불어와 사납게 휘몰아치는 폭풍우와 씨름해야 하는 경우가 잦다. 폭풍우는 언제나 거센 파도를 몰고 오며 바람 방향이 순간적으로 바뀐다는 점 때문에도 위험하다. 대개 바람이 가장 세게 불 때 방향이 바뀌기 마련이다. 남쪽이나 북동쪽에서 어느 순간 허리케인이 불어올 것이고 다음 순간 바람 한 점 느껴지지 않을 것이다. 그와 동시에 남서쪽에서 상상할 수 없을 정도로 센바람이 거짓말처럼 불어올 것이다. 남쪽에서 밝게 빛나는 점이 나타나면 이런 변화가 일어날 확실한 징후고 따라서 선박들은 적절히 대비할 수 있다.

아침 6시쯤 마른하늘에 돌풍이 불며 바람이 시작되었다. 여느 때처럼 북쪽에서 불어오는 바람이었다. 8시까지 바람이 매우 거세져서 그때까지 내가 본 중에서 가장 거대한 축에 속하는 집채만 한 파도를 몰고 왔다. 가능한 한 바람을 견디도록 모든 걸 정비해두었지만 제인 가이호는 요동쳤고 외항선으로 적합하지 않다는 사실을 입증했다. 배가 흔들릴 때마다 앞 갑판이 아래로 곤두박질쳤고 간신히 파도에서 헤어나면 다시 파도가 일어 파묻혔다. 빛나는 점이 나타나는지 살피던 중에 해가 지기 직전 남서쪽에서 기다리던 빛이 나타났다. 한 시간 후 올려두었던 뱃머리의 삼각돛이 돛대에 부딪히며 힘없이 펄럭거리는 게 보였다.

만반의 준비를 했지만 2분이 지나자 거짓말처럼 배가 옆으로 기울었다. 배가 넘어갈 때 거친 파도가 일어서 갑판을 뛰어넘어 우리를 덮쳤다. 다행히 남서쪽에서 불어온 바람은 돌풍에 불과했고 우리는 운 좋게도 돛대 하나 잃지 않고 선박을 바로 세울 수 있었다. 이후 몇 시간 동안 바람을 거슬러 몰려오는 파도가 거칠어서 애를 먹었지만 아침이 되자 강풍이 불기 전과 비슷한 상태로 잔잔해졌다. 가이 선장은 기적이나 다름없이 가까스로 탈출했다고 여겼다.

10월 13일, 남위 46도 53분, 동경 37도 46분 지점에서 프린스에드워드 섬이 보이기 시작했다. 10월 15일, 포제션 섬 근처까지 갔고 이윽고 남위 42도 59분, 동경 48도 지점에 있는 크로제 제도를 지났다. 10월 18일에는 고대하던 남인도양에 있는, 황폐한 섬이라 부르는 케르겔렌 섬에 도착했고 수심이 7미터에 달하는 크리스마스 항구에 닻을 내렸다.

제도라고 해야 더 정확할 케르겔렌 섬은 희망봉에서 남동쪽에 있으며 약 3900킬로미터 정도 떨어져 있다. 케르굴랑 남작혹은 케르겔렌이라 부르기도 하는 프랑스인이 1772년 처음 발견했다. 케르겔렌 남작은 이 섬이 광활한 남반구 대륙의 일부라 생각하고 그런 취지로 본국에 보고해 한바탕 소동이 일어났었다. 정부는 이 문제를 확인하러 이듬해 케르겔렌 남작을 다시 파견해 새로 발견한 땅을 자세히 조사하도록 하자 남작이 오판했음이 드러났다.

1777년 쿡 선장도 이 제도에 오게 되었고, 황량하다는 뜻으로 가장 큰 섬에 '황폐한 섬'이라는 이름을 붙여주었다. 정말로 이 섬에 딱 어울리는 이름이다. 막상 섬에 가까이 가보면 황량하지 않다고 생각할 수도 있다. 9월부터 해를 넘겨 3월까지 산지 비탈 대부분이 선명한 푸른 초목으로 덮인다. 이렇게 속기 쉬운 이유는 범의귀를 닮은 작은 식물 때문이다. 이 풀은 넘칠 정도로 흔하디 흔하고 작은 이끼류 위에 군데군데 넓게 분포한다. 이 식물을 제외하면 초목이 자라는 모습은 찾아보기 힘들다. 항만 근처에 무성한 거친 풀, 이끼류, 양배추와 비슷한 관목만 생장할 뿐이다. 양배추를 닮은 관목에는 신기하게도 열매가 열리며 그 열매는 쓰고 신맛이 난다.

지표면에는 산이 은근 많지만 높이 솟았다고 할 만한 산은 없다. 산꼭대기는 연중 눈으로 덮여 있다. 항만은 몇 군데 있지만 그중 크리스마스 항구가 가장 편리하다. 프랑수아 곶을 지난 뒤 케르겔렌 섬 남동쪽에서 처음으로 나오는 항만으로 지형이 특이해 항만을 분간하는 데 도움이 된다. 툭 튀어나온 지점에는 높은 바위가 있고 그 바위에는 커다란 구멍이 뚫려 천연 아치가 생겼다. 이 입구는 남위 48도 40분, 동경 69도 6분 지점에 있다. 안으로 들어가면 작은 섬 서너 개가 둘러 보호해주는 훌륭한 정박지가 있다. 섬들이 동쪽에서 부는 바람을 잘 막아주는 것이다. 이 정박지에서 동쪽으로 가다 보면 항만 입구에 있는 와스프 만에 이른다. 오로지 육지로 둘러싸인 작은 항구로 들어갈 때 수심은 7미터고, 닻을 내리는 지점은 수심 18에서 5미터까지로 단단한 진흙 바닥이다. 선박은 오른쪽 큰닻만 내려 연중 안전하게 정박할 수 있다. 와스프 만 입구인 서쪽에는 맛 좋은 물이 흐르는 작은 시내가 있어 식수를 쉽게 구할 수 있다.

아직도 케르겔렌 섬에는 물개와 바다표범류가 서식하며, 바다코끼리도 흔히 볼 수 있다. 온갖 조류도 서식한다. 펭귄도 네 종류나 산다. 몸집과 아름다운 깃털 때문에 로열펭귄이라 불리는 놈들이 가장 크다. 상체는 보통 회색이고 옅은 자줏빛이 돌기도 하며, 하체는 상상도 할 수 없을 정도로 새하얗다. 머리는 반질반질하고 선명한 검은색이며 발도 마찬가지다. 깃털에는 머리에서 가슴까지 이어진 넓은 금색 줄무늬 두 줄이 있어 눈부시게 아름답다. 부리는 길고 분홍색이거나 선명한 다홍색이다. 로열펭귄은 똑바로 서서 위풍당당하게 걷는 게 특징이다. 머리를 높이 쳐들고 인간의 팔처럼 날개를 아래로 내리고, 꼬리는 몸에서 두 다리와 나란히 내려와 있어서 놀라울 정도로 사람 형상과 비슷하며, 얼핏 보거나 어두운 밤에 보면 사람이라고 속기 쉽다. 케르겔렌 섬에서 본 로열펭귄은 거위보다도 컸다. 그 외에 펭귄 서식지에는 마카로니펭귄, 자카스펭귄이 있다. 이놈들은 로열펭귄보다 몸집이 훨씬 작고 깃털도 예쁘지 않은데다 여러 면에서 다르다.

펭귄 말고 다른 조류도 꽤 서식한다. 이를테면 도둑갈매기, 푸른바다제비, 물오리, 오리, 쇠가마우지, 알락풀마갈매기, 북방큰풀마갈매기, 제비갈매기, 바다갈매기, 바다제비, 큰풀마갈매기라고도 부르는 남방큰풀마갈매기, 마지막으로 앨버트로스다.

큰풀마갈매기는 보통의 앨버트로스만 한 크기고 육식성 조류다. 무법자나 맹금바다제비라 불리는 경우가 일반적이고, 사람을 전혀 무서워하지 않는다. 이 새를 제대로 요리하면 맛이 상당히 좋다. 하늘을 날 때는 수면 바로 위로 미끄러지듯 날아갈 때도 있다. 그럴 때는 날개를 활짝 펼치지만 날개를 조금도 움직이지 않고 힘도 들이지 않는 것처럼 보인다.

앨버트로스도 남반구 해양에 서식하는 크고 사나운 새다. 갈매기 종류에 속하며 날면서 먹이를 잡아먹으며, 알을 낳기 위해서가 아니라면 땅에 거의 내려오지 않는다. 앨버트로스와 펭귄은 특이한 우호 관계를 유지한다. 협의해서 계획에 따라 서로의 둥지를 질서 정연하게 만든다. 펭귄 네 마리가 작은 사각형 모양의 둥지를 만들면 그 가운데 앨버트로스 둥지가 자리 잡는다. 탐험가들은 그렇게 둥지가 모여 있는 걸 '번식지'라 부른다. 번식지를 설명하는 글이나 그림도 있지만 모든 독자가 본 건 아닐 것이다. 앞으로 펭귄과 앨버트로스에 대해 말할 기회가 있으니 여기서 둥지를 트는 방법이나 서식 방법을 이야기하는 것도 나쁘지 않을 듯하다.

알이 부화할 시기가 되면 새들은 구름 떼처럼 모여들고 며칠 동안은 다음에 어떻게 해야 좋을지 의논하는 것처럼 보인다. 그러다 마침내 행동에 나선다. 평평한 땅을 고르는데 보통 서너 평 정도가 적당한 넓이다. 가능한 한 바다에서 가깝지만 바닷물은 직접 닿지 않는 땅이다. 지표면이 고른지 확인한 뒤에 위치를 선택하고, 돌이 많이 막지 않은 곳을 선호한다. 땅 문제가 해결되면 일제히 일을 시작하고 한마음인 듯 움직여 땅 특성에 잘 맞춰 수학적으로 정확하게 정사각형이나 평행사변형 윤곽을 그린다. 이 도형은 모여든 새들을 편안하게 수용하기에 딱 맞는 넓이고 그 이상은 들어올 수 없다. 어찌 보면 번식지를 만드는 데 참여하지 않은 다른 새가 나중에 나타나 접근하는 걸 방어하기로 한 것처럼 보인다. 그린 도형의 한쪽 면은 해안

가와 평행하게 만들고 출입구용으로 열어놓는다.

번식지 영역을 결정하고 나면 새 무리는 온갖 쓰레기를 치운다. 돌을 하나씩 물어다가 경계선 바깥쪽에 딱 붙여놓고 안쪽 세 면에 벽을 쌓는다. 벽 바로 안쪽에는 폭이 180센티미터에서 240센티미터까지인 고르고 평탄한 길을 만든다. 이 길은 번식지 구역을 둘러싸고 있어 다 함께 쓰는 산책로 역할을 한다.

다음으로는 구역 전체를 똑같은 넓이의 작은 정사각형으로 나눈다. 그러기 위해서 좁으면서도 평평한 통로를 만들고 통로들이 번식지 전체에 직각으로 교차한다. 교차 지점마다 앨버트로스 둥지를 하나씩 짓고, 펭귄 둥지는 정사각형 가운데에 하나씩 짓는다. 이렇게 되면 펭귄 한 마리는 앨버트로스 네 마리에 둘러싸이고 앨버트로스 한 마리도 펭귄 네 마리에 둘러싸이게 된다. 펭귄 둥지는 땅에 구덩이를 파서 만든다. 깊이가 얕아서 알 하나가 굴러 나오지 않을 정도밖에 되지 않는다. 앨버트로스는 펭귄보다는 복잡하게 둥지를 짓는다. 흙, 해초, 조개껍질로 높이 30센티미터에 직경 60센티미터 정도의 흙더미를 쌓은 뒤 그 꼭대기에 둥지를 친다.

알을 품는 동안이나 새끼가 독립할 수 있을 정도로 자라기 전에는 한시도 보금자리를 비우지 않도록 주의를 기울인다. 수컷이 먹이를 찾아 바다에 나가면 암컷은 둥지에 남아 지키다가 수컷이 돌아와야만 외출한다. 알을 품지 않고 놔두는 일은 없다. 한 마리가 둥지를 떠나면 나머지 한 마리가 둥지에 앉아 따뜻하게 체온을 유지한다. 이런 대비책이 필요한 이유는 번식지에 도둑질이 성행하기 때문이다. 서식하는 새들이 틈만 나면 남의 알을 밥 먹듯 훔친다.

펭귄과 앨버트로스만 사는 번식지도 있지만, 번식지 대부분에는 갖은 바닷새들도 볼 수 있어서 모여 사는 특권을 누리며 어디라도 자리만 있으면 여기저기에 둥지를 튼다. 자기보다 큰 새의 서식지는 건드리지 않는 게 규칙이다. 멀리서 보면 이러한 서식지 외관은 이상하다. 서식지 바로 위를 올려다보면 온 하늘은 작은 새 종류들과 뒤섞인 앨버트로스로 새카맣다.

앨버트로스들은 서식지 위를 간단없이 맴돌며 바다로 나가거나 둥지로 돌아온다. 동시에 펭귄 떼도 볼 수 있다. 좁은 통로를 앞뒤로 지나다니는 놈들도 있고 번식지를 에워싼 공동체 산책로를 특유의 거만한 군대식 걸음걸이로 행진하는 놈들도 있다. 잘 살펴보면 이 깃털 달린 동물들이 드러내는 자기 성찰보다 더 놀라운 건 아무것도 없을 것이다. 또 인간의 질서 정연한 사고력에서 이만큼 자기 성찰을 이끌어낼 만한 것도 분명히 없을 것이다.

크리스마스 항구에 도착하고 아침이 밝자 일등항해사 패터슨 씨가 보트 몇 척을 내리고, 좀 이른 시기기는 했으나 바다표범을 잡으러 나갔다. 그러면서 선장과 선장의 젊은 친척을 서쪽에 있는 불모지 어디쯤 내려주었다. 무슨 일인지 알 수는 없었지만 섬 내륙에 볼일이 있다고 했다. 가이 선장은 봉인된 편지가 든 병을 들고 해안을 출발해 섬에서 가장 높은 곳으로 올라갔다. 그 뒤에 오게 될 선박을 위해 꼭대기에 편지를 남길 계획이었던 것 같다. 가이 선장이 시야에서 사라지자마자 우리는 배를 타고 해안을 돌면서 바다표범을 찾아다녔다. 3주 가까이 이 일에 매달려 케르겔렌 섬뿐만 아니라 근방의 작은 섬들까지 구석구석 살폈다. 고생한 보람도 없이 별다른 성과는 없었다. 물개는 꽤 보였지만 겁이 많은 녀석들이라 애를 써도 손에 넣은 양은 모두 합쳐 가죽 350영 정도였다.

바다코끼리는 본토 서쪽 해안에 주로 서식하지만 스무 마리만 잡았고 이 일도 꽤나 힘이 들었다. 그보다 작은 섬엔 바다표범이 훨씬 많았지만 잡지는 않았다. 우리는 11월 11일에 제인 가이호로 돌아왔고 가이 선장과 선장의 조카를 만났다. 두 사람은 섬 내륙에 대해서 형편없다, 따분하고 황량한 땅으로 세계에서 손꼽힐 거라고 힐난했다. 이등항해사가 실수로 소형 보트를 늦게 보내는 바람에 선장과 조카는 섬에서 이틀 밤을 보냈던 것이다.

15

11월 12일, 우리는 크리스마스 항구를 떠나, 왔던 길을 거슬러 서쪽으로 갔고 왼쪽 뱃전에서 보이는 크로제 제도에 속한 매리언 섬을 지나왔다. 그 후 프린스에드워드 섬도 마찬가지로 왼쪽 뱃전 쪽에 두고 지나쳤고 다음에 북쪽으로 더 나아가 보름 후에 남위 37도 8분, 서경 12도 8분 지점에 있는 트리스탄다쿠냐 제도에 도착했다.

지금은 아주 널리 알려진 이 제도에는 둥그런 섬 세 개가 있다. 포르투갈인들이 처음 발견했으며 그 뒤 1643년 네덜란드인들이 찾아왔고, 1767년에는 프랑스인들이 다녀갔다. 섬 세 개가 삼각 꼴로 모인 모양이고 서로 16킬로미터쯤 떨어져 있으며 섬 사이에는 훤히 트인 좋은 뱃길들이 나 있다.

세 섬의 전역은 지대가 높다. 고유하게 트리스탄다쿠냐라 부르는 섬이 특히 높다. 트리스탄다쿠냐 섬은 가장 크고 둘레가 24킬로미터며, 아주 높아서 날씨가 좋으면 130킬로미터 내지 150킬로미터 거리에서 보이기도 한다. 북쪽에 있는 땅 일부는 바다에서 300미터 이상 가파르게 솟아 있다. 그 위에 있는 고원은 뒤쪽으로 섬 가운데까지 미칠 정도로 펼쳐져 있고, 고원부터는 테네리프 섬에 있는 산처럼 뾰족한 봉우리가 솟은 모양새였다. 봉우리 아랫부분은 큰 나무들이 빽빽하게 자라지만 윗부분은 황량한 암벽으로 보통은 구름에 가려졌고 연중 대부분 눈에 덮인 채였다. 섬 가까이에는 눈에 띄는 위험도 없고 숨은 위험조차 없으며, 해안가는 깎아지른 듯한 절벽이고 바다는 수심이 깊다. 북서쪽 해안에는 검은 모래 해변이 있는 만이 있어 남풍이 분다면 육지에 보트를 수월하게 댈 수 있다. 좋은 물이 풍부해 쉽게 물을 구할 수 있고, 대구나 다른 물고기도 낚싯줄과 낚싯바늘로 어렵지 않게 잡을 수 있다.

두 번째로 큰 섬은 가장 서쪽에 있고 이낵세시블 섬이라 부른다. 정확히 남위 37도 17분, 서경 12도 24분 해상에 있다. 둘레는 11킬로미터나 13킬로미터고 사방이 가파르고 험해 보인다. 꼭대기는 평평하지만 전 지역이 척박해서 키 작은 관목 몇 그루 말고는 아무것도 자라지 않는다.

가장 작으면서 남쪽 끝에 있는 나이팅게일 섬은 남경 37도

26분, 서위 12도 12분 지점에 있다. 섬의 남쪽 끝에는 높이 튀어나온 바위투성이 섬이 있고 북동쪽에도 비슷한 것들을 볼 수 있다. 땅은 울퉁불퉁하고 메말랐으며 깊은 골짜기에 땅이 갈라진 곳도 있었다.

이 섬들의 해안은 제철이면 온갖 바닷새를 포함해 바다사자, 바다코끼리, 바다표범, 물개 등으로 가득 찬다. 근해에는 고래도 넘쳐난다. 예전에는 이렇게 다양한 동물을 쉽게 잡을 수 있어 이 제도를 발견한 뒤로 출입이 잦았었다. 초반에는 네덜란드인들과 프랑스인들이 자주 드나들었다. 1790년 필라델피아에서 출발한 인더스트리호를 탄 패튼 선장이 트리스탄다쿠냐에 와서 물개 가죽을 채집하려고 그해 8월부터 1791년 4월까지 머물렀다. 이때 패튼 선장은 자그마치 물개 가죽 5600영을 긁어모았고, 3주 안에 커다란 배에 어렵지 않게 기름을 가득 실을 수 있었다. 패튼 선장이 이 섬에 도착했을 때는 네발짐승이라고는 야생 염소밖에 보이지 않았지만 지금은 뒤에 온 탐험가들이 들여온 꽤 쓸모가 있는 가축으로 가득하다.

내 생각엔 아마도 패튼 선장이 다녀간 후 오래 지나지 않은 때인 것 같다. 브리그선 벳시호를 탄 콜퀴훈 선장이 물자를 보충하러 이 제도에서 가장 큰 섬에 잠시 들렀다. 콜퀴훈 선장이 양파, 감자, 양배추, 그 밖에 여러 채소를 심어서 지금은 넘치도록 다양해졌다.

1811년 네레우스호를 타고 헤이우드 선장이 트리스탄다쿠냐를 찾아왔다. 헤이우드 선장은 섬에서 미국인 세 사람을 만났다. 미국인들은 물개 가죽과 기름을 마련하려고 섬에 살고 있었다. 그중 한 사람이 조너선 램버트였다. 조너선은 자기가 섬의 왕이라고 했다. 토지 7만 3450평 정도를 일궈서 농사를 짓다가 관심을 돌려 커피나무와 사탕수수를 재배했다. 이 작물들은 리우데자네이루에 있는 미국 공사에게 공급받은 것이었다. 허나 결국 개척지는 버려졌고, 1817년에 영국 정부가 희망봉에서 파견대를 보내 이 제도를 수중에 넣었다. 영국 정부도 파견대를 오래 두지는 않았다. 다만 식민지를 포기하고 떠날 때 영국 정부와 상관없이 영국인 두세 가족이 이곳에 정착했다.

1824년 3월 25일 제프리 선장이 이끌고 런던에서 반디멘즈랜드(오스트레일리아 동남쪽에 있는 섬 태즈메이니아의 옛 이름 – 옮긴이)까지 가던 버윅호가 트리스탄다쿠냐에 도착했다. 이전에 영국 포병대 병장이었던 글라스라는 잉글랜드인을 만났다. 글라스는 이 제도의 총독이라 주장했고 남자 스물한 명, 여자 세 명을 다스리고 있었다. 글라스는 이 섬 기후가 사람이 살기에 적합하며 땅이 비옥하다고 자랑이 대단했다. 정착민들은 주로 물개 가죽과 바다코끼리 기름을 채집해 희망봉으로 가 장사를 했다. 글라스에게 작은 스쿠너선이 있어 가능한 일이었다.

우리가 트리스탄다쿠냐 제도에 도착했을 때도 글라스 총독은 여전히 섬에 거주했고 작은 공동체는 커져서 트리스탄다쿠냐 섬에는 쉰여섯 명이 주거하였다. 그 밖에 나이팅게일 섬에도 일곱 명이 사는 작은 마을이 있었다. 우리는 어렵지 않게 필요한 모든 종류의 물자를 대부분 구할 수 있었다. 양, 돼지, 소, 토끼, 가금류, 염소, 다양한 생선, 채소가 풍성했다. 큰 섬에 가까이 다가가 33미터 수심에 정박하고 나서 필요했던 물품을

배에 편하게 실었다. 가이 선장도 글라스에게서 물개 가죽 500
영과 긴 어금니를 조금 구매했다. 우리는 일주일 동안 머물렀
고 이 기간에는 주로 북쪽과 서쪽에서 바람이 불어왔으며 안개
가 약간 끼었다. 11월 5일 우리는 출항해 남서쪽으로 향했다.
실존하는지 의견이 분분한 오로라 제도를 꼼꼼히 찾아볼 작정
이었다.

  오로라 제도는 일찍이 1762년 오로라호 지휘관이 발견했
다고 한다. 마누엘 드 오이알비도 선장이 주장한 바에 따르면
1790년 로열 필리핀사에 소속된 프린세스호를 타고 오로라 제
도 사이를 일직선으로 항해했다고 한다. 1794년 코르벳함(돛
을 단 소형 군함 – 옮긴이)인 스페인의 아트레비다호가 오로라
제도의 정확한 위치를 확인하기로 하고 출항했다. 아트레비다
호의 탐험에 대해, 1809년 마드리드의 왕립 수로학회에서 발
행한 보고서에는 이렇게 기록되어 있다.

  코르벳함 아트레비다호가 1월 21일부터 27일까지 제도 인근
  에서 할 수 있는 모든 관측을 실시했다. 초정밀 시계로 이 제도
  와 마닐라 제도 솔레다드 항구 사이에 벌어지는 경도 차이를
  측정했다. 이 제도에는 섬이 세 개고 섬들은 거의 같은 자오선
  상에 있다. 가운데 있는 섬은 지대가 약간 낮고, 나머지 두 섬
  은 45킬로미터 거리에서도 보인다.

  아트레비다호에서 세 섬의 정확한 위치를 관측해 이런 결과
를 얻었다. 최북단 섬은 남위 52도 37분 24초, 서경 47도 43분

15초 지점에, 가운데 섬은 남위 53도 2분 40초, 서경 47도 55분 15초 지점에, 최남단 섬은 남위 53도 15분 22초, 서경 47도 57분 15초 지점에 있다.

1820년 1월 27일 영국 해군의 제임스 웨들 선장도 오로라 제도를 찾아서 스테이튼 섬에서 출발했다. 꼼꼼하게 조사해 아트레비다호 선장이 가리킨 지점뿐만 아니라 그 인근을 샅샅이 다녀본 후, 웨들 선장은 육지라고는 흔적조차 찾을 수 없었다고 말했다. 이렇게 상반되는 주장 때문에 탐험가들이 오로라 제도를 찾아 나서게 된 것이다. 이상하게 들리겠지만 섬이 있어야 할 지점 구석구석을 지나도 아무것도 발견하지 못한 탐험가도 존재하는 반면에, 섬들을 보았고 심지어 해안 가까이 갔었다고 단호하게 주장하는 이들도 있었다. 가이 선장은 있는 힘을 다해 논란을 종식시킬 계획이었다.[3]

변덕스러운 날씨 탓에 우리는 11월 20일까지 남서쪽으로 항해를 계속하다 마침내 논란이 되었던 지점에 도착했다. 남위 53도 15분, 서경 47도 58분 해상이었다. 오로라 제도 최남단이라 표시된 지점과 아주 가까웠다. 육지가 있다는 흔적을 찾지 못해 남위 53도 서쪽으로 계속 나아가 서경 50도까지 갔다. 그런 다음 북쪽으로 가 남위 52도에 이르자 동쪽으로 방향을 바꾸어 아침저녁으로 두 고도로 위도를 유지하고, 행성들과 달의

---

3) 각각 다른 시기에 오로라 제도를 봤다고 주장하는 선박들 가운데 1769년 산미겔호, 1774년 오로라호, 1779년 펄호, 1790년 돌로레스호를 들 수 있다. 이들 모두 입을 모아 평균 위도 남위 53도를 가리킨다. – 원주

자오선 고도로 위도를 유지했다. 이렇게 해서 동쪽으로 가서 조지아 서쪽 해안의 자오선에 닿은 다음, 그 자오선을 유지하면서 출발했던 위도로 돌아왔다. 그러고는 한계를 정한 해역 전체에 걸쳐서 대각선으로 항해하며 돛대 꼭대기에서 빈틈없이 계속 경계했고 3주 동안 세심하게 조사를 게을리하지 않았다.

조사하는 내내 날씨는 쾌적하고 맑았으며 안개도 끼지 않았다. 그러고 나서 이전에는 이 근방에 오로라 제도가 있었을지는 몰라도 현재는 흔적조차 남지 않았다는 걸 확신했다. 미국에서 스쿠너선 헨리호를 타고 왔던 존슨 선장과 마찬가지로, 미국에서 스쿠너선 와스프호를 타고 왔던 모렐 선장도 똑같은 해상을 우리처럼 신중히 조사했다는 걸 집에 돌아온 후에야 알았다. 존슨 선장과 모렐 선장도 우리와 같은 결론을 내렸다.

16

가이 선장의 원래 생각은 오로라 제도의 실재를 확인한 뒤에 마젤란해협을 지나 파타고니아 서쪽 해안을 따라 올라갈 계획이었다. 그런데 트리스탄다쿠냐에서 들은 정보 때문에 남위 60도, 서경 41도 20분 근처에 있다는 작은 섬들을 찾아보러 남쪽으로 움직이기로 결정했다. 만약 이 섬들을 찾지 못할 때는 계절만 괜찮다면 남극으로 가기로 했다. 그래서 12월 12일에는 남쪽으로 항해했다. 12월 18일, 글라스가 알려준 위치 가까이에 닿았고 사흘 동안 그 인근을 항해해봤지만 글라스가 말했던 섬은 그림자조차 찾을 수 없었다. 12월 21일, 날씨가 유난히 쾌청해서 다시 남쪽으로 출발했고 그 항로로 갈 수 있는 데까지 가볼 작정이었다. 이야기를 계속하기 전에 남쪽 지방의 발견 과정에 관심이 없었던 독자들에게 정보를 제공하기 위해 몇 안 되지만 지금까지 남극에 가려고 도전했던 사람들에 대해 간단히 이야기해두는 편이 좋을 듯하다.

쿡 선장의 항해가 확실한 기록이 남은 첫 도전이다. 1722년 쿡 선장은 레졸루션호를 타고, 어드벤처호를 탄 퍼노 중위와 함께 남쪽으로 항해했다. 12월 쿡 선장은 남위 58도, 동경 26도 57분 지점까지 나아갔다. 거기서 폭이 좁은 빙원을 만났다. 두께는 대략 20센티미터에서 25센티미터로 북서쪽과 남동쪽으로 뻗어 있었다. 얼음은 커다랗게 덩어리졌고 빽빽하게 들어차 레졸루션호는 힘겹게 앞으로 나아갈 수밖에 없었다. 이때 수없이 많은 새들의 움직임과 그 밖에 다른 조짐들을 보고 쿡 선장은 육지 가까이 왔다고 생각했다. 매섭고 추운 날씨를 견디며 계속 남쪽으로 가다 남위 64도, 동경 38도 14분 지점에 도착했다. 그곳에서 머문 닷새 동안은 바람이 가볍게 불고 날씨는 포근했으며 온도계는 영상 2도를 가리켰다.

1773년 1월, 두 선박은 남극권을 가로질렀지만 더는 지나가지 못했다. 위도 67도 15분 지점에 도착했을 때 눈길이 닿는 데까지 남쪽 수평선을 따라 펼쳐진 거대한 얼음에 막혀 더 전진할 수 없었기 때문이다. 얼음은 아주 다양했다. 수 킬로미터 뻗은 커다란 빙원들이 단단히 뭉쳐서 해수면 위로 55~60미터까지 솟은 곳도 있었다. 늦은 계절이라 얼음 장해물을 헤치고 갈 가망도 없어서 쿡 선장은 마지못해 북쪽으로 돌아갔다.

다음 11월 쿡 선장은 남극 탐사를 재개했다. 남위 59도 40분 지점에서 남쪽으로 흐르는 강한 조류를 만났다. 12월, 선박들이 남위 67도 31분, 서경 142도 54분에 이르렀을 때는 엄청 추웠으며 거센 바람이 불고 안개가 짙었다. 그곳에도 새가 무지 많았다. 앨버트로스와 펭귄이 있었고 특히 바다제비를 자주 볼 수 있었다. 남위 70도 23분 지점에서 커다란 얼음산을 만났고 잠시 후 남쪽 하늘에서 눈처럼 새하얀 구름이 보였다. 근처에 빙원이 있다는 의미였다.

남위 71도 10분, 서경 106도 54분 지점에서 전과 마찬가지로 남쪽 수평선을 가득 채운 거대하고 널따란 빙원에 가로막히고 말았다. 빙원의 북쪽 끝은 깨져서 들쑥날쑥했고 단단히 굳어 도저히 뚫고 나갈 수 없었으며 남쪽으로 2킬로미터 정도 뻗어 있었다. 그 뒤로 얼어붙은 해수면은 상당히 멀리까지 꽤 매끄러웠다가 맨 끝에는 거대한 얼음 산줄기가 있어 빙산이 첩첩 솟은 형국이었다.

쿡 선장은 이 어마어마한 빙원이 남극에 닿거나 대륙과 연결된다고 결론 내렸다. 이 지역을 탐사하려는 목적을 포함해 국가 차원에서 벌인 탐사는 J. N. 레이놀즈 씨의 노력과 끈기로 마침내 첫발을 내디딜 수 있었다. 그런 레이놀즈 씨가 레졸루션 호가 한 도전에 대해 이렇게 말했다.

"쿡 선장이 남위 71도 10분 지점을 넘지 못했다는 사실은 놀랍지도 않다. 하지만 쿡 선장이 서경 106도 54분 자오선에 도달했다는 사실에는 깜짝 놀랐다. 파머 랜드는 셰틀랜드 남쪽,

남위 64도 지점에 있었고 아직 어느 항해사도 지나가지 못했을 정도로 남서쪽으로 멀리 떨어져 있다. 쿡 선장은 파머 랜드로 향할 때 빙원에 가로막혔다. 우리가 파악하기에 그 지점에서는 늘 그런 것이 분명한 데다 1월 6일은 너무 이른 시기였다. 빙산 일부가 파머 랜드의 본토나 남서쪽으로 떨어진 부분에 이어져 있다고 해도 별로 놀랍지 않을 시기다."

1803년, 러시아 알렉산더 대제의 명령으로 세계 일주를 하기 위해 크로이첸스턴 선장과 리시오스키 선장이 파견되었다. 남쪽으로 가려다가 남위 59도 58분, 서경 70도 15분에서 더 나아가지 못했다. 그곳에서 동쪽으로 흐르는 강한 조류를 만났던 것이다. 고래는 흔히 볼 수 있었으나, 얼음은 보이지 않았다. 이 항해에 대해 레이놀즈 씨는 크로이첸스턴 선장이 그보다 이른 시기에 도착했다면 얼음과 맞닥뜨렸을 거라고 말한다. 크로이첸스턴 선장이 남위 59도에 닿은 것은 3월이었다. 늘 그렇듯 바람은 주로 남쪽과 서쪽에서 불었고 조류의 힘을 받아 빙원을 빙하로 몰고 간다. 빙하는 북으로는 조지아, 동쪽으로는 샌드위치 섬과 사우스오크니제도, 서쪽으로는 사우스 셔틀랜드 제도로 둘러싸여 있다.

1822년, 영국 해군의 제임스 웨들 함장은 조그마한 배 두 척을 몰고 어느 탐험가보다 남쪽으로 더 멀리 들어갔다. 이 경우에도 그리 어렵지는 않았다. 웨들 함장이 말하길, 얼음에 막혀 꼼짝 못 하는 일이 잦기는 했으나 남위 72도에 이르자 얼음이 한 조각도 보이지 않았고 남위 74도 15분에 닿았을 때에는 빙원은 없고 얼음산 세 개만 보였다고 한다. 새 떼가 무리 지어 날아다녔으며, 그 외에도 육지가 있다는 징후가 있었고 또 남쪽으로 향한 돛대 꼭대기에서 셔틀랜드 남쪽에 미지의 해안이 보였다. 웨들 함장이 남극 지방에 육지가 있다는 생각을 접은 건 다소 이상한 일이다.

1823년 1월 11일, 미국의 스쿠너선 와스프호를 탄 벤저민 모렐 선장은 남쪽으로 갈 수 있는 데까지 가볼 셈으로 케르겔렌 섬에서 출발했다. 2월 1일, 모렐 선장은 남위 64도 52분, 동경 118도 27분 지점에 도착했다. 다음 글은 모렐 선장이 쓴 일지에서 그날 내용을 발췌한 것이다.

잠시 후 바람이 강해져 11노트에 해당하는 미풍이 불었다. 우리는 기회를 놓치지 않고 서쪽으로 갔다. 남위 64도를 넘어 남쪽으로 내려가면 갈수록 염려할 만한 얼음은 적어질 거라고 확신했기에 남쪽으로 조금 움직여 남극권을 지나 남위 69도 15분에 이르렀다. 이 위도에는 빙원이 없었고 얼음산도 거의 보이지 않았다.

3월 14일 일지에서 이런 내용도 볼 수 있다.

이제 바다에는 빙원이 하나도 없었고 보이는 얼음산은 고작 열두 개쯤이었다. 동시에 기온과 수온은 남위 60도와 62도 사이에 있을 때보다 최소한 7도는 높아 더 따뜻했다. 이제는 남위 70도 14분 지점에 있었고 기온은 8도, 수온은 6도였다. 이 위치에서 방위각당 온도 편차는 동쪽으로 7.92도였다. 여러

자오선상에서 몇 차례 남극권 내로 지나갔고 기온과 수온은 둘 다 점점 높아질수록 남위 65도에서 아래로 가며, 그와 같은 비율로 온도 편차가 줄어든다는 걸 계속 확인할 수 있었다. 여기서 북쪽, 즉 남위 60도와 65도 사이에서 셀 수 없을 정도로 많고 거대한 얼음산들 가운데에서 항해하기가 어려운 경우가 잦았다. 얼음산 중에는 둘레가 1.6킬로미터에서 3.2킬로미터까지고 해수면 위로 150미터 넘게 솟은 것도 있었다.

연료와 물이 바닥을 보이고 제대로 된 도구가 없는 데다 계절도 늦었다. 그래서 눈앞에 얼어붙지 않은 바다가 있었지만 그때 모렐 선장은 더 서쪽으로 가보지도 못하고 하는 수 없이 돌아오고 말았다. 모렐 선장이 사정이 불가피해 할 수 없이 돌아오지만 않았다면 꼭 남극이 아니더라도 하다못해 남위 85도까지는 갈 수 있었을 거라고 말한다. 이 문제에 대해 모렐 선장의 의견을 다소 길게 알려주는 건 앞으로 이야기할 내 경험이 모렐 선장의 생각을 어느 정도 뒷받침하는지 확인할 기회를 독자들이 얻을 수도 있기 때문이다.

1831년, 런던의 포경선 소유주 메서즈 엔더비사에 고용된 브리스코 선장은 라이블리호를 타고 커터선(돛대가 하나인 소형 쾌속 범선 – 옮긴이) 툴라호와 함께 남반구 해양으로 향했다. 2월 28일 남위 66도 30분, 동경 47도 31분 지점에서 브리스코 선장은 육지를 발견해 눈 사이로 동남동 쪽으로 뻗은 산줄기에 솟은 검은 봉우리를 분명히 보았다. 브리스코 선장은 3월 내내 그 인근에 있었지만 몹시도 사나운 날씨 때문에 해안에서

50킬로미터 내로 접근할 수 없었다. 이 계절에는 육지를 더 확인할 수 없다고 판단하고 브리스코 선장은 북쪽으로 배를 돌려 반디맨즈랜드에서 겨울을 났다.

1832년 초, 브리스코 선장은 다시 남쪽으로 향했고, 2월 4일 남위 67도 15분, 서경 69도 29분 지점에서 남동쪽에서 육지를 발견했다. 잠시 후 처음에 발견했던 땅의 돌출부 가까이 위치한 섬으로 밝혀졌다. 2월 21일 브리스코 선장은 육지에 배를 댈 수 있었고 윌리엄 4세의 이름으로 땅을 점령하면서 영국 왕비를 기리며 애들레이드 섬이라고 명명하였다. 이러한 내용이 런던의 왕립 지리학회에 알려져 학회에서는 다음과 같이 결론 내렸다.

넓은 땅이 동경 47도 30분에서 서경 69도 29분까지 펼쳐져 있고 남위 66도에서 67도까지 뻗어 있다.

이에 대해 레이놀즈 씨는 이렇게 말한다.

"정확성에 도저히 동의할 수 없다. 브리스코 선장의 발견을 봐도 그런 추론이 타당하다고 보기 어렵다. 웨들 함장이 자오선을 따라 남쪽으로 가 조지아, 샌드위치 섬, 사우스오크니제도, 셔틀랜드 제도 동쪽까지 나간 것은 그 범위 내에서였다."

내 경험 또한 왕립 지리학회가 내린 결론이 틀렸음을 곧바로 입증한다는 걸 알게 될 것이다.

이상이 남반구 고위도 해상을 통과하려던 주요 도전들이다. 가이 제인호가 이곳에 가기 전 남극권에서 한번도 배가 지나보지 못한 해상이 경도 300도 가까이 남아 있었다는 사실을 확인할 수 있을 것이다. 당연히 우리 눈앞에 사람의 손길을 기다리는 황량한 벌판이 드넓게 펼쳐졌고 가이 선장이 배짱 좋게 남쪽으로 항해를 계속한다는 결심을 말했을 때, 나는 호기심이 일어 가슴이 두근거렸다.

17

우리는 글라스 총독이 말한 섬들을 탐사하는 걸 단념한 뒤, 나흘 동안 얼음 그림자도 보지 못한 채 남쪽으로 항로를 유지했다. 12월 26일, 한낮에 남위 63도 23분, 서경 41도 25분 지점에 닿았다. 그때 커다란 빙산 몇 개가 보였다. 빙원도 나타났지만 그리 크지 않았다. 주로 남동쪽이나 북동쪽에서 바람이 불었지만 아주 잔잔했다. 드물게 서풍이 불 때면 언제나 비바람이 함께 몰려왔다. 정도의 차이는 있었지만 매일 눈이 내렸다. 12월 27일, 온도계는 1.6도를 가리켰다.

1828년 1월 1일. 이날은 얼음에 빙 둘러싸여 빠져나갈 전망은 어둡기만 했다. 오전 내내 북동쪽에서 돌풍이 강하게 불었고 떠다니는 커다란 얼음덩어리가 방향타와 뱃고물 돌출부에 세게 부딪쳐 그 충격에 우리는 무서워 마음을 졸였다. 저녁 무렵 바람이 여전히 거세게 부는 사이, 앞에 있던 빙원이 갈라져서 돛을 올려 작은 얼음덩어리를 헤치고 그 너머 장애물이 없는 바다로 나갈 수 있었다. 탁 트인 바다로 나가면서 서서히 돛을 줄였고 드디어 얼음에서 벗어나 앞 돛대의 맨 아래 큰 돛을 줄이고 정선했다.

1월 2일. 이제 날씨는 쾌적해졌다. 정오에는 남위 69도 10분, 서경 42도 20분 지점에 닿으며 남극권을 가로질렀다. 뒤에는 커다란 빙원이 펼쳐졌지만 남쪽으로는 얼음이 거의 보이지 않았다. 이날 76리터짜리 커다란 무쇠솥과 360미터짜리 줄을 사용해 수심 측정 장치를 설치했다. 조류가 북쪽으로 시속 0.4킬로미터 정도로 흐른다는 걸 알았다. 기온은 약 0.5도였고 여기서 온도 변화는 방위각당 동쪽으로 7.93도였다.

1월 5일. 별다른 장해물을 마주치지 않고 남쪽으로 죽 나아갔다. 아침이 되자 남위 73도 15분, 서경 42도 10분 지점에 닿았고, 단단하고 거대한 빙원을 만나 오도 가도 못하였다. 그렇지만 남쪽에 얼음이 얼지 않은 바다가 보였고 결국에는 그쪽으로 갈 수 있겠다고 생각했다. 빙원 가장자리를 따라 동쪽으로 움직이면서 폭 1.6킬로미터 정도인 뱃길이 나오자 해가 저물 무렵에는 빠져나올 수 있었다. 그때 다다른 바다는 얼음 섬이 빽빽이 들어차 있었지만 빙원은 없어 전처럼 과감하게 나아갔다. 눈이 자주 내리고 때로 무섭게 돌풍이 불어도 추위가 심해지는 것 같지 않았다. 이날 앨버트로스가 떼 지어 남동쪽에서 북서쪽으로 제인 가이호 위를 날아갔다.

1월 7일. 바다는 여전히 장해물 없이 트인 채라 어렵지 않게 항로를 유지할 수 있었다. 서쪽으로 무지막지하게 큰 빙산들이 보였고 오후에는 빙산 꼭대기가 해수면에서 적어도 730미터 높이에 있는 빙산 옆을 지나갔다. 빙산 둘레는 밑동에서 재면 아마도 3.5킬로미터는 됐을 것이고 물줄기 몇 개가 옆면의 갈라진 틈에서 흘러내렸다. 빙산은 이틀 동안 우리 시야에서 사라지지 않다가 안개에 가려 멀어졌다.

1월 10일. 불행하게도 이른 아침에 선원 하나가 바다에 빠졌다. 피터 브레텐버그라는 미국인으로 뉴욕 출신에 제인 가이호에서 중요한 역할을 하는 선원 중 손가락 안에 드는 사람이다. 뱃머리를 점검하다 한쪽 발이 미끄러지는 바람에 그만 얼음덩어리 사이로 떨어졌고 다시는 올라오지 못했다. 이날 정오에는 남위 78도 30분, 서경 40도 15분 지점에 도달했다. 날씨는 몹시 추웠고, 북쪽과 동쪽에서 계속 우박을 동반한 돌풍이 불어왔다. 돌풍이 부는 방향에서도 더 큰 빙산 몇 개가 보였다. 빙원 덩어리가 층층이 솟아 동쪽 수평선 전체를 가로막은 것처럼 보였다. 저녁내 나뭇조각이 떠내려왔고 새가 수없이 날아다녔다. 북방큰풀마갈매기, 바다제비, 앨버트로스가 특히 눈에 띄었고 깃털이 선명하게 푸른 커다란 새도 있었다. 여기서 방위각당 온도 변화는 남극권을 지나올 때만큼 크지 않았다.

1월 12일. 남쪽으로 항해하려는 계획은 어찌 될지 모르는 상황이었다. 남극 방향에는 아무것도 없었다. 보이는 것이라곤 끝없이 펼쳐진 빙원과 그 뒤에 얼음 절벽이 깎아지른 듯이 첩첩이 쌓인 들쑥날쑥한 빙산들뿐이다. 입구를 찾을 수 있기를 바라며 14일까지 서쪽으로 조금씩 움직였다.

1월 14일. 아침이 되어서야 가로막던 빙원의 서쪽 끝에 닿았고 거기서 내달리자 얼음 한 조각 없는 탁 트인 바다가 나왔다. 360미터짜리 줄로 측정해보고 나서 조류가 시속 0.8킬로미터

속도로 남쪽으로 흐른다는 걸 알았다. 기온은 8.3도였고 수온은 1.1도였다. 심각한 장애물은 만나지 않으면서 남쪽으로 향하다 16일 오후 남도 81도 21분, 서경 42도 지점에 이르렀다. 여기서 다시 측정하니 조류는 시속 1.2킬로미터로 여전히 남쪽을 향해 흘렀다. 방위각당 온도 변화는 줄어들어 기온은 포근하고 쾌적해서 온도계는 10.5도까지 올라갔다. 얼음은 한 조각도 보이지 않았다. 배에 탑승한 모든 선원은 이제 남극에 도착했다고 확신했다.

1월 17일. 이날은 종일 사건이 연이어 터졌다. 남쪽에서 새 떼가 날아와 머리 위를 맴돌아 갑판에서 총을 쏘아 몇 마리 떨어뜨렸다. 그중에 하나는 펠리컨 종류였고 아주 맛있었다. 정오 무렵 돛대 꼭대기에서 왼쪽 뱃전 쪽으로 작은 빙원 하나가 보였고 빙원 위에는 커다란 짐승이 있는 것 같았다. 날씨가 좋고 바람이 없어서 가이 선장은 보트 두 척을 내려 짐승의 정체가 무엇인지 확인하라고 지시했다.

나와 더크 피터스는 항해사를 따라 큰 보트에 옮겨 탔다. 빙원을 따라잡았을 때 엄청나게 큰 동물이 빙원을 점령한 장면을 보았다. 북극곰 종류였지만 덩치가 큰 북극곰보다도 월등히 컸다. 우리는 철저히 무장한 터라 망설이지 않고 즉각 공격했다. 총을 연거푸 여러 발 쐈고 보아하니 대부분이 머리와 몸통에 제대로 맞은 것 같았다. 그 괴물은 끄떡도 하지 않았고 얼음에서 뛰어내려 입을 쩍 벌리고 우리가 탄 보트로 유유히 헤엄쳐 왔다.

상황이 예기치 못한 방향으로 흐르자 모두 당황해서 선뜻 다시 총을 쏘는 사람이 없었다. 곰은 보트 뱃전에 육중한 몸을 반쯤 걸쳤고, 쫓아버리려고 미처 손을 쓰기도 전에 선원 한 사람의 허리를 와락 붙들었다. 절체절명의 순간에 재빠르고 민첩한 피터스가 죽을 뻔한 우리를 구해주었다. 피터스는 거대한 짐승의 등에 올라타 목 뒤에 칼을 꽂았고 칼날은 단번에 척수까지 들어갔다. 짐승은 발버둥 한 번 못 치고 숨이 끊어진 채로 피터스 위로 구르면서 바다에 빠졌다.

피터스는 곧 정신을 차렸고 우리가 던져준 밧줄로 짐승의 사체를 단단히 잡아맨 다음에 보트에 올라왔다. 그러고 나서 우리는 보트에 전리품을 매달고 의기양양하게 제인 가이호로 돌아왔다. 곰의 몸집을 재보니 무려 4.6미터였다. 새하얀 털은 아주 거칠었으며 단단히 돌돌 말려 있었다. 눈은 선홍빛이었고 북극곰의 눈보다 컸다. 코도 더 둥글어서 불도그 코와 비슷했다. 고기는 연했지만 냄새가 고약하고 비린내가 심했다. 그런데도 선원들은 걸신들린 듯 먹어치워 대며 맛있다고 연방 말했다.

잡아온 곰을 뱃전에 대기가 무섭게 돛대 꼭대기에 있던 선원이 기쁜 듯이 환호성을 외쳤다.

"오른쪽 뱃전에 육지가 보인다!"

그때 선원 전원이 경계 태세에 들어갔다. 때마침 북쪽과 동쪽에서 미풍이 불어서 잠시 후 해안에 가까이 접근했다. 그곳은 둘레가 4.8킬로미터 정도 되고 선인장 종류를 빼면 초목이 전혀 자라지 않은 야트막한 바위투성이 작은 섬이었다. 북쪽에서 다가가자 끈으로 묶은 솜 꾸러미와 똑 닮은 특이한 바위가 바다 쪽으로 튀어나온 게 보였다. 이 바위 돌출부를 서쪽으로 돌아가니 작은 만이 있어 안쪽에 보트를 대고 쉽게 상륙할 수 있었다.

섬 전체를 탐사하는 데는 시간이 그리 오래 걸리지 않았다. 한 가지를 빼면 주목할 만한 것도 없었다. 남쪽 끝 해안가에서 아무렇게나 쌓은 돌무더기에 반쯤 파묻힌 나무토막 하나를 발견했다. 카누의 뱃머리같이 생긴 나무였다. 뭔가 조각하려던 흔적이 있어서 가이 선장은 거북 모양으로 보인다고 생각했지만 내게는 거북 모양이 연상되지는 않았다. 진짜 뱃머리라 쳐도 이 뱃머리를 제외하고는 이전에 생명체가 살았다는 다른 증거는 없었다. 해안 주변에서 작은 빙원이 가끔 보이기도 했지만 그 수는 아주 적었다. 이 작은 섬의 정확한 위치는 남위 82도 50분, 서경 42도 20분이다. 가이 선장은 제인 가이호의 공동 소유주를 기려 이 섬에 베넷 섬이라는 이름을 붙였다.

이제 이전에 다녀간 어느 항해사보다도 8도 넘게 남쪽으로 전진했고 눈앞에는 여전히 탁 트인 바다가 펼쳐져 있었다. 또 항해하면서 온도 변화는 꾸준히 줄어들어 놀랍게도 처음에는 기온이, 나중에는 수온이 따뜻해졌다는 걸 알았다. 날씨는 쾌적하다 할 수 있을 정도였고 나침반이 북쪽 어디쯤으로 가리키는 방향에서 꾸준히 아주 잔잔한 바람이 불어왔다. 대개 하늘은 맑았고 남쪽 수평선에 옅은 안개가 간혹 낄 때도 있었지만 언제나 잠깐 머물다 곧 걷혔다.

다만 골칫거리가 좀 생겼다. 연료가 바닥을 드러냈고 선원 몇 명에게 괴혈병 증상이 나타났다. 이런 문제를 해결하기 위해 가이 선장은 어쩔 수 없이 회항을 고민했고 그런 결심을 여러 번 입 밖으로 꺼냈다. 나는 이대로 가다 보면 머지않아 어느 육지에라도 도착하리라는 확신이 있었다. 당시 상황으로 보아 북극의 고위도권에 있는 척박한 땅은 아닐 거라고 믿을 만한 이유가 충분했기 때문에, 적어도 며칠만 더 현재 항로로 가는 게 좋겠다고 선장을 부지런히 설득했다. 남극 대륙에 대한 큰 의문점을 해결할 절호의 기회를 만든 사람은 이제껏 없었다.

사실 선장의 우유부단한 태도에 나도 모르게 화가 치밀었음을 고백한다. 내가 이 문제에 대해 가이 선장에게 참지 못하고 고집을 부려서 선장이 항해를 지속하게 되었다고 생각한다. 내 고집이 불러온 처참하고 피비린내 나는 사건을 생각하면 안타까울 따름이다. 하지만 항상 과학자가 관심을 기울이던 흥미진진한 비밀 하나를 푸는 데 미약하나마 도움이 되었으니 그것에 만족감을 느끼는 정도는 허락받을 수 있을 것이다.

18

1월 18일. 오늘 아침[4]에도 남쪽으로 항해했으며 날씨는 여전히 쾌적했다. 바다는 잔잔했고 따뜻한 바람이 북동쪽에서

---

[4] 가능한 한 혼선을 피하려고 아침과 저녁이라는 말을 쓰지만, 일반적인 의미로 이해하면 안 된다. 한참 전부터 아예 날이 저물지 않고 낮만 계속되었다. 날짜는 전부 항해 시각에 따른 것이고 방위는 나침반에 따랐다. 이 대목에서 또 언급할 건 이야기 첫 부분에서 다룬 시기가 지나고 나서야 정기적으로 일기를 썼기 때문에 초반에 나온 날짜, 위도, 경도에 대해 확실히 정확하다고 할 수는 없다는 점이다. 기억에만 의존해서 기록한 경우가 대다수다. ─원주

불어왔으며, 수온은 11.6도였다. 다시 수심 측정 장치를 달아 274미터짜리 줄로 측정해보니 조류는 시속 1.6킬로미터로 극 지방으로 흘렀다. 바람이나 조류가 변함없이 남쪽으로 흐르니 제인 가이호 여기저기서 억측이 나오고 불안해하는 소리도 들 렸다. 난 가이 선장이 적잖이 동요하고 있음을 확실히 알 수 있 었다. 어쨌거나 가이 선장은 비웃음에 민감한 사람이었고 난 가이 선장을 웃겨서 걱정을 날려보내게 할 수 있었다.

온도 변화는 이제 미미했다. 이날 커다란 고래를 몇 마리 보 았고 셀 수 없을 정도의 앨버트로스가 떼를 지어 배 위로 지나 갔다. 산사나무 열매 같은 붉은 열매가 가득 달린 관목을 발견 하기도 했다. 희한하게 생긴 육지 동물의 사체도 발견했다. 옆 폭은 90센티미터였지만 키는 182센티미터였고 네 다리는 무 지 짧았다. 발에는 산호와 비슷한 물질 같은 길고 새빨간 발톱 이 달려 있었다. 몸통은 곧고 부드러운 털로 덮여 있어 새하얀 색이었다. 꼬리는 쥐꼬리같이 끝이 뾰족했고 길이가 46센티미 터 정도였다. 머리는 고양이 머리와 비슷했으나 귀만은 예외로 개의 귀처럼 밑으로 처져 펄럭거렸다. 이빨은 발톱과 마찬가지 로 새빨갰다.

1월 19일. 이날은 남위 83도 20분, 서경 43도 5분 지점에 있 었고 바다는 이상하리만큼 어두운 빛을 띠었다. 돛대 꼭대기에 서 육지를 발견했고 더 자세히 살펴보니 아주 큰 제도에 속하 는 섬이었다. 해안은 가파른 절벽이었지만 내륙은 수목이 울창 해 보여 우리는 기분이 한결 좋았다. 처음에 육지를 발견하고 네 시간 정도 흐른 뒤에 해안에서 4.8킬로미터 떨어진 곳에서 수심 18미터 모랫바닥에 닻을 내렸다. 이리저리 거친 물살이 일며 높은 파도가 밀려들어 더 가까이 접근하면 위험할 것 같았다.

그때 가장 큰 보트 두 척을 내리라는 지시가 떨어졌다. 단단히 무장한 선원들이 섬을 둘러싼 듯한 암초에서 벌어진 틈을 찾으러 갔다. 피터스와 나도 선원들과 동행했다. 한참 찾아다닌 뒤에 작은 만을 발견하고 안으로 들어갔다. 그때 완전무장한 남자들이 가득 탄 커다란 카누 네 척이 해안을 떠나는 장면을 보았다. 우리는 카누가 다가오기를 기다렸다. 카누는 빠른 속도로 달려와서 얼마 지나지 않아 소리치면 들리는 거리까지 왔다. 가이 선장이 하얀 손수건을 노 밑동에 묶어 들어 올리자 낯선 사내들은 카누를 멈추고 일제히 큰 소리로 중얼거렸다. 이따금 고함도 섞여 '아나무 무!', '라마 라마!'라는 소리를 들을 수 있었다. 적어도 30분을 떠들어댔으니 그동안 낯선 사내들의 모습을 관찰할 기회가 있었다.

길이 15미터, 폭 1.5미터 정도일 것 같은 카누 네 척에 모두 합쳐 야만인 110명이 탑승했다. 키는 보통의 유럽 사람 정도지만 체격은 건장한 근육질이었다. 길고 숱이 많아 덥수룩한 머리카락에 얼굴은 새카맸다. 이름 모를 동물의 검정 가죽을 걸쳤고, 그 가죽은 털로 덮였으며 한눈에도 부드러워 보였다. 제법 솜씨 좋게 몸에 맞도록 지었으며 목, 손목, 발목 주변에 털이 드러난 것 빼고는 털이 안쪽으로 향했다. 무기는 주로 묵직해 보이는 검은 나무 몽둥이였지만 뾰족한 돌을 끝에 매단 창도 있었고 투석기도 몇 대 보였다. 카누 바닥에는 달걀만 한 커다란 검은색 돌이 잔뜩 쌓여 있었다.

야만인들은 장황한 연설을 늘어놓으려 떠들어낸 게 분명했다. 연설이 끝나자 추장으로 보이는 사람이 카누 뱃머리에서 일어나 우리 보트를 자기 옆에 대라고 손짓을 했다. 우리는 못 알아들은 척했다. 야만인 수가 우리보다 네 배가 넘어 가능하면 간격을 유지하는 게 현명하다고 판단했다. 이런 생각을 눈치챈 추장은 카누 세 척을 기다리도록 명령하고는 자기 카누를 몰고 우리 쪽으로 다가왔다. 추장은 우리를 따라붙자마자 가장 큰 보트에 올라탔고 가이 선장 옆에 앉은 동시에 제인 가이호를 가리키며 '아나무 무!'와 '라마 라마!'라는 말을 되풀이했다. 그러자 우리는 제인 가이호로 돌아갔고 카누 네 척도 조금 떨어져서 따라왔다.

보트를 배에 대자 추장은 화들짝 놀랐다가 기분이 좋다는 기색을 숨기지 않으며 손뼉을 치고 허벅지와 가슴을 철썩 때리며 시끄럽게 웃어댔다. 뒤따라온 야만인들도 추장을 따라 웃고 떠들어서 얼마간 무척 시끄러워 정말 귀청이 떨어질 것 같았다. 마침내 조용해지자 가이 선장은 보트를 끌어올리라고 지시했고 만일에 대비하기 위해서 한 번에 스무 명 정도만 배에 올라오게 할 거라고 추장에게 알렸다. 잠시 후 우리는 추장의 이름이 '투 윗'이라는 걸 알았다. 가이 선장의 제안에 투 윗은 수긍한 것 같았고 카누에 무엇인가 명령을 내렸다. 그러자 카누 한 척이 다가왔고 나머지 카누는 46미터쯤 떨어져 있었다. 야만인 스무 명이 배에 올라와 갑판 구석구석을 돌아다녔고 돛대 사이를 재빨리 움직이며 자기 집 안방처럼 굴고 이것저것 궁금해하면서 온갖 물건을 살펴보았다.

전에 한번도 백인을 본 적이 없는 게 분명했다. 백인 얼굴을 보고는 흠칫 놀라는 것 같았다. 야만인들은 가이 제인호가 살아 있다고 믿어서 날카로운 창에 이 배가 아플까 봐 걱정하는 듯 창을 조심스럽게 위로 들고 다녔다. 한번은 투 윗이 하는 행동이 재미있기도 했다. 요리사가 조리실 근처에서 장작을 패다가 어쩌다 도끼를 갑판에 내리쳐 제법 깊은 흠을 남겼다. 추장은 곧장 달려와 요리사를 조금 거칠게 한쪽으로 밀치더니 가이 제인호가 아픈게 안쓰럽다는 마음을 여실히 드러내며 흐느끼기도 하고 울부짖기도 했다. 그러면서 갑판에 난 흠을 손으로 쓰다듬고 매만지며 옆에 있던 물통에 든 바닷물로 씻어주었다. 우리가 미처 생각지도 못할 정도로 무지했던 것이다. 나로서는 어느 정도 꾸며진 일이라고 생각할 수밖에 없었다.

방문객들은 갑판 위 시설들에 대해서 호기심을 맘껏 충족시키고 나자 아래로 들여보내졌다. 그때 방문객들이 얼마나 놀랐는지 도가 지나칠 정도였다. 끽소리도 안 내고 이리저리 돌아다니다 나지막하게 탄성을 내뱉으며 정적을 깨는 걸 보니 말로다할 수 없을 만큼 놀란 것 같았다. 무기는 조심스럽게 살펴볼 흥밋거리가 된 것 같아서 천천히 만져보고 들여다보라고 내버려 두었다. 나는 방문객들이 실제로 어디다 쓰는지 조금이라도 알아차렸으리라고는 생각지 않는다. 우리가 무기에 주의를 기울이고 자신들이 무기에 손댈 때 우리가 예의 주시하는 걸 보고 오히려 무기가 우상이라고 생각했을 것이다. 대포를 발견하고는 두 배는 더 놀란 것 같았다. 깊은 존경과 경외심을 있는 대로 드러내며 대포에 다가갔지만 자세히 살펴보는 건 참았다.

선장실에는 커다란 거울이 두 개 있었고 여기서 야만인들은 놀라서 뒤로 자빠질 것 같았다. 투 윗이 맨 먼저 거울 앞으로 성큼 갔다. 선장실 가운데 섰고 무엇인지 알아채기도 전에 한쪽에 자기 얼굴이 있고 등은 반대쪽에 있었다. 투 윗이 얼굴을 들어 거울에 비친 자기 모습을 보았을 때 나는 이 야만인이 미쳐버릴지도 모른다는 생각이 들었다. 그런데 뒤로 물러나려고 갑자기 돌아서자 이번에는 반대편에 있는 자기 모습을 바라봤고 나는 투 윗이 그 자리에서 숨이 끊어질까 봐 겁이 났다. 뭐라고 말해도 다시 쳐다보라고 투 윗을 설득할 수 없었다. 투 윗은 바닥에 쓰러져 두 손으로 얼굴을 감싼 채 그대로 있어서 우리는 투 윗을 갑판으로 끌어낼 수밖에 없었다.

이런 식으로 한 번에 스무 명씩 야만인 전원을 배에 올라오도록 허락했고 그러는 내내 투 윗은 배에 머무르게 놔뒀다. 야만인들에게 물건을 훔치려는 습성은 없어서 이 사람들이 떠난 후에도 없어진 물건은 하나도 없었다. 야만인들은 방문하는 내내 호의적인 태도를 보였지만 이해할 수 없는 점들도 있었다. 이를테면 돛, 달걀, 펼쳐진 책, 밀가루가 담긴 냄비 등과 같이 해롭지 않은 물건에는 가까이 가려고 하지 않았다. 우리는 야만인에게 거래할 만한 물건이 있는지 알아보려고 애를 썼지만 이런 의사를 이해시키기가 어려웠다.

정말 놀랍게도 이 제도에 갈라파고스 제도에 사는 대형 거북이 아주 많다는 사실을 알았고 투 윗이 탄 카누에서 한 마리를 직접 보기도 했다. 또 한 야만인이 손에 든 해삼도 봤는데 야만인은 해삼을 날것 그대로 게걸스럽게 먹었다. 위도를 고려한다면 이상한 일이므로 가이 선장은 유익한 걸 찾을 수 있길 기대하며 이 섬을 철저히 조사해보고 싶어 했다. 나 역시 이 제도에 대해 좀 더 많이 알고 싶었으나 지체하지 말고 남쪽으로 계속 항해해야 한다는 데 온통 마음이 가 있었다.

이제 날씨는 맑게 갰지만 언제까지 계속될지는 하늘만이 아는 일이다. 이미 남위 94도에 와 있는 데다 앞에는 탁 트인 바다가 있고 조류는 남쪽으로 세차게 흘렀으며 바람은 잔잔했다. 그래서 선원들이 건강을 회복하고 연료와 신선한 식량을 적절하게 배에 싣기 위해서 드는 꼭 필요한 시간보다 더 오래 머문다는 계획을 그냥 듣고 있을 수만은 없었다. 가이 선장에게 돌아올 때 이 제도에 꼭 들릴 수 있을 테니 그때 얼음에 뱃길이 박히면 여기서 겨울을 날 수도 있다고 말했다. 마침내 가이 선장도 내 말에 찬성했다. 모르는 사이 난 가이 선장에게 큰 영향을 미치는 사람이었다. 해삼을 발견한다 할지라도 보급을 위해 일주일만 머물고 할 수 있는 대로 남쪽으로 항해하기로 의견을 모았다.

우리는 필요한 준비를 마치고 투 윗의 안내를 받아 가이 제인호를 몰고 안전하게 암초를 지나 해안에서 1.6킬로미터쯤 떨어진 만에 닻을 내렸다. 가장 큰 섬의 남동쪽 해안에 사방이 육지에 둘러싸인 훌륭한 만이었고 수심은 18미터에 바다에는 검은 모래가 깔렸다. 들은 바로는 만의 입구에 깨끗한 물이 나오는 샘이 세 개나 있다고 했다. 근처에는 나무가 우거졌다. 카누 네 척은 우리를 따라 들어왔지만 예를 갖추려는 듯 조금 거리를 두었다. 투 윗만이 제인 가이호에 남아 우리가 닻을 내리자 같이 해안에 올라와 내륙에 있는 자기 마을에 가자고 청했다. 가이 선장은 초대에 기꺼이 응했다.

야만인 열 명을 볼모로 남겨두고 우리 일행, 모두 합쳐 열두 명이 추장을 따라갈 채비를 했다. 주의를 기울여 단단히 무장했지만 의심한다는 기색은 내비치지 않았다. 제인 가이호는 대포를 밖으로 꺼냈고 승선 방지용 그물을 쳤으며 그 밖에도 기습 공격당하지 않도록 주의해서 적절한 대비책을 빠짐없이 세워두었다. 우리가 배를 비운 사이 아무도 승선시키지 말고, 열두 시간 안에 우리가 돌아오지 않을 경우에는 회전포가 달린 커터선을 보내 섬을 돌며 찾으라고 일등항해사에게 지시해놓았다.

내륙으로 한 걸음씩 내디딜 때마다 여태껏 문명인이 들렀던 어떤 곳과도 다른 땅이라는 확신이 커질 수밖에 없었다. 전부터 낯익은 건 눈을 씻고 찾아볼 수 없었다. 나무는 열대, 온대, 북쪽의 한대 지방에서 자라는 어느 것과도 다르고 이전에 지나온 남쪽 저위도 지역에 사는 나무와도 달랐다. 바위도 크기, 색깔, 지층 모두가 신기했다. 도저히 믿기지 않겠지만 시냇물마저 다른 지역과 아예 달라서 우리는 마시기가 꺼려졌다. 오히려 시냇물이 자연 그대로인지도 믿기 어려웠다. 처음에 우리가 들어선 길을 가로지르는 작은 시내에서 투 윗과 그 수행원들이 멈춰서 물을 마셨다. 물이 이상해서 오염됐을 거라는 생각이 들어 우리는 마시기를 사양했다. 나중에 가서야 제도 어디를 가도 시내가 다 똑같은 모양새라는 걸 알게 되었다.

시냇물이 어떠했는지 확실히 뭐라고 설명해야 할지 모르겠다. 한두 마디로는 설명하기가 어렵다. 보통 물처럼 경사가 진 곳이면 어디서라도 빠르게 흘렀지만 작은 폭포로 떨어질 때 말고는 보통 물과 달리 전혀 투명하지 않았다. 그렇지만 사실은 이 세상의 여느 석회수만큼 맑았고 단지 모양새만 다를 뿐이다. 언뜻 봤을 때, 특히 거의 경사가 없을 때 농도로 보면 보통 물에 끈적끈적한 아라비아고무를 섞은 것과 비슷하다. 그래도 이건 물에서 볼 수 있는 이상한 점 중에 가장 경미한 문제일 뿐이다. 물은 무색도 아니었고 균일한 하나의 색도 아니었다. 흐를 때 보면 여러 색실로 짠 비단 빛깔처럼 온갖 보랏빛이 눈에 비쳤다. 거울이 투 윗에게 그랬듯이 여러 색을 띠는 물도 우리에게 경탄을 자아냈다.

한 그릇 가득 담아놓고 가만히 가라앉혀 보니 물 전체에 수많은 뚜렷한 결이 있고 하나하나가 다른 빛깔이라는 걸 알 수 있었다. 결들은 서로 뒤섞이지 않고 결마다 입자가 강하게 응집해 옆에 있는 결에 뭉치지 않았다. 결들을 가로질러 칼로 그으면 물이 칼날을 에워싸고 또 칼을 빼내면 칼날이 지나간 흔적은 곧장 사라졌다. 정확하게 두 결 사이로 칼을 넣으면 딱 갈라져 응집력이 바로 되돌아오지 않았다. 물에서 본 현상은 내가 운명적으로 겪게 될, 잇달아 일어나는 기적과도 같은 일들에 첫 단추 역할을 톡톡히 했다.

19

마을까지 가는 데 세 시간 가까이 걸렸다. 내륙으로 14킬로미터 넘게 들어왔고 길은 울퉁불퉁한 땅에 나 있었다. 길을 따라 걸을 때 카누에 탑승했던 110명의 투 윗 일행은 작은 분대들이 따라붙어 순식간에 증원되었다. 두 명에서 예닐곱 명까지 속한 작은 분대들은 여러 길모퉁이에서 은밀하게 일행에 합류했다. 꽤 일사불란하게 움직이는 모습에 수상쩍게 여길 수밖에 없어서 가이 선장에게 걱정스럽다고 전했다. 그러나 돌아가기에는 이미 늦어버려서 투 윗의 선의를 무한히 신뢰한다는 뜻을 내비쳐야 우리가 안전하리라는 결론을 내렸다. 계속 앞으로 가면서 야만인들의 행동을 주시하고 우리 사이에 끼어들어 일행을 갈라놓지 못하게 조심했다.

이렇게 가다가 가파른 골짜기를 지나 드디어 이 섬에서 하나뿐인 마을이라고 들은 곳에 도착했다. 집들이 보이자 추장이 소리를 지르며 '클락 클락'이라는 말을 자주 되풀이했다. 마을의 이름이거나 마을을 가리키는 말인 듯했다.

집은 상상도 못 할 정도로 형편없었고, 인류가 아는 야만인종 중 가장 미개한 인종의 집과도 다르게 일정한 양식도 없었다. 뿌리부터 1.2미터 정도 높이에서 자른 나무에 검은 가죽을 덮어 주름지게 땅까지 드리워놓은 집도 있었다. 그 아래 야만인들이 사는 것이다. 이 집들이 섬에서 높은 계급인 왐푸나 얌푸라는 사람들이 소유한 집임을 나중에 알게 되었다. 다듬지 않은 나뭇가지로 지은 집도 있었다. 진흙 더미를 불규칙한 모양으로 1.5미터나 1.8미터 높이로 쌓아올린 뒤에 나뭇잎이 그대로 붙은 나뭇가지를 45도로 기대어놓아 만든 것이다. 또 다른 집들은 땅에 수직으로 구멍을 파서 비슷비슷한 길이의 나뭇가지로 덮고 거주자가 들어갈 때는 나무를 치우고 들어간 다음에는 도로 덮어두었다. 그냥 서 있는 나무의 두 갈래로 자란 가지 사이에 지은 집도 몇 채 있었다. 위쪽 가지를 일부 잘라내어 아래쪽 가지 위로 구부러지게 해서 비바람을 겨우 피할 수 있게 지었다.

깊지 않은 작은 동굴 안에 지은 집이 가장 많았다. 백토와 비슷한 검은 바위가 마을을 삼면으로 둘러쌌고 이 바위에서 튀어나온 가파른 돌출부 표면을 긁어서 집을 만든 것이었다. 이 원시적인 동굴 입구에는 작은 바위가 있어 거주자가 외출할 때 입구 앞에 조심스럽게 놓아둔다. 바위는 입구를 3분의 1 정도만 막을 수 있는 크기인데 왜 바위를 놔두는지는 알 수 없었다.

이것도 마을이라고 부를 만한 것인지 모르겠지만, 어쨌든 이 마을은 조금 깊은 골짜기에 자리 잡았고 남쪽에서만 접근할 수 있었다. 조금 전에 말한 가파른 바위 돌출부가 다른 방향에서 접근하는 걸 전부 가로막는 것이다. 앞서 설명했던 것과 똑같은 신비한 물이 흐르는 시내가 시끄러운 소리를 내며 골짜기 한가운데를 관통한다.

제대로 길들인 것 같은 이상한 동물 몇 마리를 집 주위에서 보았다. 가장 큰 놈은 몸통과 코는 돼지와 닮았지만 꼬리는 털이 수북했고 다리는 영양처럼 가늘었다. 보기 흉하고 꾸물꾸물 움직이며 뛰려는 모습은 전혀 보지 못했다. 이 동물과 생김새가 엇비슷하지만 몸통 길이가 더 길고 검은 털로 덮인 동물도 몇 마리 눈에 띄었다. 다양한 종류의 새가 이리저리 뛰어다니는데 보니 원주민들의 주식인 것 같았다. 놀랍게도 길들인 새 중에 검은 앨버트로스가 있었다. 주기적으로 먹이를 찾아 바다로 나가지만 집인 것처럼 항상 마을로 되돌아왔고 근처에 있는 남쪽 해안을 산란 장소로 사용하였다. 거기서 늘 그렇듯이 펠리컨 친구들과 만나지만 펠리컨들이 야만인이 사는 집까지 앨버트로스를 따라오지는 않는다.

키우는 새 중에는 우리 나라에 서식하는 들오리와 별반 다르지 않은 오리, 검은 가마우지새도 있었고 생김새로는 독수리와 닮았지만 육식성은 아닌 커다란 새도 있었다. 또 어종이 풍부한 것 같았다. 마을에 머무는 동안 말린 연어, 볼락, 푸른 돌고래, 고등어, 검은 고래, 홍어, 붕장어, 퉁소상어, 숭어, 넙치, 비늘돔, 가다랑어, 성대, 남방대구, 가자미, 청새치, 그 외에도 셀 수 없이 다양한 물고기를 봤다. 물고기 대부분이 남위 51도 저위도 지역인 로드 오클랜드 제도 부근에서 볼 수 있는 어류와 유사하다는 걸 알았다. 갈라파고스 거북도 꽤 많았다. 야생동물이 조금 있기는 했지만 덩치가 크거나 아는 종류는 눈에 띄지 않았다. 무시무시하게 생긴 뱀 한두 마리가 우리가 가는 길을 가로질러 갔지만 원주민들은 신경도 쓰지 않아서 독사는 아니라고 결론 내렸다.

우리 일행이 마을에 다다르자 수많은 사람이 우리를 보려고 급히 뛰어오며 소리를 외쳤다. 함성 가운데 자주 반복되는 '아나무 무!'와 '라마 라마!'라는 소리만 알아들을 수 있었다. 처음

본 이 사람들은 한둘만 빼고 실오라기 하나 걸치지 않은 모습이었고, 우리는 소스라치게 놀랐다. 카누에 탄 사람들만 옷인 양 가죽을 입은 것이다. 마을 사람들에게서는 무기가 보이지 않아 섬에 있는 모든 무기는 카누를 탄 사람들 수중에 있는 것 같았다. 여자들과 아이들도 많았다. 여자들은 아름답다고 해도 될 정도였다. 큰 키에 곧고 균형 잡힌 몸매에다 문명사회에서 찾아볼 수 없는 우아하고 여유로운 태도가 배었다. 하지만 입술은 남자들처럼 두툼하고 투박해서 웃을 때조차 치아가 드러나지 않았다. 머릿결은 남자들보다 고왔다.

벌거벗은 사람들 사이에서 열두어 명은 투 윗 일행처럼 검은 가죽을 입고 창과 묵직한 몽둥이로 무장한 듯했다. 이 사람들은 마을에서 대단한 영향력을 행사하는 것으로 보였고, 언제나 '왐푸'라는 칭호로 불렸다. 왐푸들도 역시 검은 가죽으로 만든 궁전에 살았다. 투 윗 궁전은 마을 중심에 있었고 같은 종류의 다른 집들보다 한결 크고 멋지게 지어졌다. 기둥이 되는 나무는 뿌리에서 3.7미터나 그 언저리에서 잘랐고 자른 부분 바로 아래에 가지가 몇 개 남아 덮개를 벌려두는 역할을 하면서 나무의 몸통 이리저리로 덮개가 펄럭이는 것을 방지해주었다. 널따란 가죽 넉 장을 나무 꼬챙이로 이어 붙인 덮개는 나무못을 박아 땅에 고정해놓았다. 바닥은 양탄자 대신 마른 나뭇잎을 잔뜩 뿌려 덮어두었다.

우리는 이 천막으로 정중하게 안내받았고 많은 원주민이 들어올 수 있는 만큼 뒤따라 들어왔다. 투 윗은 나뭇잎 위에 앉았고 자기를 따라 앉으라고 우리에게 손짓했다. 자리에 앉자 이윽고 위험하지는 않았지만 곤란한 상황에 빠졌다. 우리 일행이 땅바닥에 앉았고, 야만인들은 무려 마흔 명이나 우리 주변에 엉덩이를 땅에 대고 빈틈없이 앉았다. 그러니 소동이 일어난다고 해도 무기를 사용할 수 없었고 일어날 수조차 없었다. 압박감은 천막 안뿐만 아니라 바깥에도 있었다. 아마도 온 섬사람들이 모였을 것이다. 투 윗이 쉴 새 없이 힘쓰고 고함치는 덕분에 군중이 우리를 밟아 죽이지 않는 것이었다. 우선 안전을 보장받으려면 추장과 함께 있어야 했다. 그래서 우리는 추장 곁에 바싹 붙어 있는 방법을 택했다. 이런 궁지에서 벗어날 수 있는 최선책으로 악의적인 속셈이 드러나면 그 즉시 추장을 죽이려고 했다.

조금 애를 먹고 나서야 어느 정도 소란이 가라앉았고 추장은 기나긴 연설을 했다. 이제는 '라마 라마!'보다 '아나무 무!'를 조금 더 강하게 말한다는 점만 제외하고 카누에서 했던 연설과 거의 다를 바 없었다. 우리가 숨을 죽이고 듣다가 투 윗의 연설이 끝나자, 가이 선장이 추장에게 영원한 우정과 친선을 장담하며 화답했고 푸른 구슬 목걸이 몇 개와 칼 한 자루를 선물하며 말을 마쳤다. 놀랍게도 추장은 목걸이에는 별것 아니라는 듯 콧방귀를 꼈지만 칼에는 한없이 흡족해했다. 그러고는 즉시 만찬을 준비시켰다.

부하들의 머리 위로 음식이 하나씩 전달되어 텐트 안으로 들어왔다. 정체 모를 동물 내장이 팔딱거렸다. 아마 마을에 왔을 때 봤던 다리가 가는 돼지였을 것이다. 어쩔 줄 모르는 우리를 보더니 추장은 시범을 보여주려고 그 군침 도는 요리를 야금야금 게걸스럽게 먹었다. 그러자 우리는 더는 참을 수 없어 속에서 음식을 받지 않는다는 표시를 했다. 투 윗은 거울을 봤을 때 놀란 것보다는 덜했지만 적잖이 놀라워했다. 그래도 눈앞에 있는 별미를 맛보지 않겠다고 사양하고는 막 점심을 배불리 먹어 식욕이 아예 없다는 걸 이해시키려 애썼다.

추장이 식사를 끝내자 우리는 섬의 주요 생산물이 무엇인지, 무엇이 돈벌이가 될지 알아볼 셈으로 기발하게 생각을 짜내서 꼬치꼬치 물었다. 추장은 우리의 말을 대강 이해한 것 같아서 해삼의 실물을 가리키며 해삼을 많이 딸 수 있는 해안으로 데려다 주겠다고 약속했다. 우리는 마을 사람들이 주는 압박감에서 벗어날 기회가 이렇게 빨리 찾아온 게 기뻐서 간절히 가고 싶다는 표시를 했다.

우리는 천막을 나와 마을 사람들과 함께 추장을 따라 섬의 남동쪽 끝으로 걸어갔다. 그곳은 제인 가이호가 정박한 만에서 그리 멀지 않았다. 거기서 한 시간쯤 기다리니 야만인 몇이 우리가 있는 곳으로 카누 네 척을 가져왔다. 우리 일행은 카누 한 척에 올라탔고 야만인들은 노를 저어 앞서 말했던 암초 가장자리를 따라가다 또 다른 암초 가장자리를 지나 멀리 나아갔다. 거기서 해삼을 볼 수 있었다. 우리 중에서 가장 연로한 선원들이 해삼 산지로 유명한 저위도 지역의 제도에서 여태까지 보았다고 하는 양보다 월등히 많았다.

우리는 암초 근처에 오랫동안 머물다가 필요하면 해삼으로 배 열두 척도 채울 수 있겠다고 확신하였다. 그러고 나서 야만인들은 우리를 제인 가이호 뱃전으로 데려다 주었고 그렇게 추장과 헤어졌다. 헤어지기 전에 스물네 시간 후에 자기 카누에 실을 수 있는 만큼 들오리와 갈라파고스 거북을 가져다주겠다는 약속을 받았다. 이러는 동안 우리는 원주민의 행동에서 의심스러운 점은 찾지 못했다. 수상쩍었던 건 제인 가이호에서 마을까지 가는 도중에 야만인 무리가 증강되었던 체계적인 방식뿐이었다.

20

추장이 약속을 잘 지켜준 덕분에 우리는 얼마 후 신선한 식량을 풍족하게 공급받았다. 거북은 여태껏 본 적이 없을 정도로 상태가 좋았고 들오리는 우리 나라에서 보던 질 좋은 야생 가금류보다 뛰어나서 연하고 촉촉하니 고기 풍미가 좋았다. 이것 말고도 우리가 원하는 걸 이해시키자 야만인들은 싱싱한 생선과 꾸덕꾸덕 잘 말린 생선을 카누에 잔뜩 실어오고 갈색 샐러리와 괴혈병에 특효인 스커비초를 가져다주었다. 샐러리는 별미였고 스커비초는 괴혈병 증세가 있는 선원들이 자리를 털고 일어나는 데 큰 도움이 되어 얼마 지나지 않아 아픈 사람이 단 한 사람도 없게 되었다. 그 밖에 다양한 종류의 신선한 식량도 다수 얻었고 그중에 홍합 모양을 닮았지만 굴 맛이 나는 조개류도 빼놓을 수 없다. 거기다 새우와 대하도 많았고 앨버트로스와 다른 조류의 검은색 알도 있었다.

앞서 언급했던 돼지고기도 넉넉하게 받았다. 선원들 대부분이 돼지고기가 입에 맞는다고 좋아라 했지만 내게는 비리기도 하고 이래저래 비위에 거슬렸다. 이렇게 값진 물건을 받은 답례로 원주민들에게 푸른색 구슬, 놋쇠 장신구, 못, 칼, 붉은 옷감을 주었고 원주민들은 이 거래에 흡족해하며 기뻐했다. 우리는 해안에다 정기적으로 시장을 열었다. 제인 가이호의 대포 바로 아래에 장터를 잡아, 성의를 다하고 질서를 지키며 물물교환을 했다. 클락 클락 마을에서 원주민들이 한 행동을 떠올렸을 때 이만큼이나 질서 정연하리라고 예상할 수 없었다.

이렇게 며칠 동안 평화롭게 지냈고 그러는 사이 원주민 일행이 제인 가이호에 올라오는 일도 잦았고, 우리 선원들도 해안에 자주 올라가 내륙에서 오래 구경하다 오기도 했는데 방해는 전혀 받지 않았다. 섬사람들이 친절하게 대하며 해삼을 채취하는 걸 기꺼이 도와주어서 해삼을 배에 쉽게 선적할 방법을 고안해낸 가이 선장은 투 윗 추장과 협상에 들어가기로 했다. 해삼을 말리는 데 적합한 건물을 짓고 추장과 부족들이 해삼을 최대한 채취하게 하려고 고민했다. 그러는 사이 선장은 날씨가 좋을 때를 틈타 남쪽 항해를 계속할 생각이었다. 이런 계획을 추장에게 말하자 흔쾌히 동의하는 것 같았다. 그렇게 양쪽이다 만족스러운 협정을 맺었다. 합의된 사항은 필요한 준비를 마치고 적당한 땅을 골라 건물 일부분을 세우며 우리 선원들 전원이 힘을 보태야 할 작업을 한 다음 선원 셋을 남겨두고 제인 가이호는 항해를 계속하는 것이다. 섬에 남은 선원 셋은 계획대로 되는지 감독하고 원주민에게 해삼 건조법을 가르치기로 했다. 임금은 우리가 섬을 떠난 동안 야만인들이 작업한 결과에 따라

정하기로 했다. 우리가 돌아왔을 때 준비된 해삼 60킬로그램씩에 푸른 구슬, 칼, 붉은 옷감 등등을 정해진 양으로 받기로 했다.

　중요한 거래 물품의 특성과 그 물품을 가공하는 방법에 독자도 관심이 있을 것이다. 그 내용을 전하기에 지금보다 적당한 대목도 없을 것이다. 다음에 나오는 해삼에 대한 종합 정보는 남반구 해양의 현대 항해사 책에서 발췌한 것이다.

　인도양에서 잡히는 연체동물로 상인들에게는 바다의 별미라는 뜻의 프랑스어 명칭 '비슈 드 메르'로 알려졌다. 내 기억이 틀리지 않는다면 유명한 프랑스 동물학자 퀴비에가 '연체동물 유폐류'라고 명명한 게 맞을 것이다.

　이 연체동물은 태평양 제도 연안에서 풍부하게 수확된다. 특히 중국 시장을 겨냥하여 중국에서 높은 값어치가 있다. 아마도 그 유명한 식용 바다제비집만큼 비싼 가격에 팔릴 것이다. 이 제비집은 어떤 제비 종류가 이 연체동물의 몸체에서 끈적끈적한 물질을 물어다 만든다. 이 연체동물은 껍질도 다리도 없고, 도드라진 부분도 없다. 다만 서로 정반대 위치에 흡수 기관과 배설 기관만 있다. 탄력성 있는 돌기를 이용해 벌레나 애벌레처럼 얕은 바닷물에서 기어 다니는 게 특징이다. 썰물 때 제비가 이 연체동물을 발견할 수 있어서 뾰족한 부리를 부드러운 몸통에 집어넣어 가는 실 같은 진득진득한 물질을 뽑아내고, 이 물질을 말리면 둥지에 단단한 벽을 만들 수 있다. 여기서 '연체동물 유폐류'라는 이름이 유래했다.

　해삼은 옆으로 길고 길이가 8센티미터에서 46센티미터까지 다양하다. 나는 족히 61센티미터짜리를 몇 마리 본 적이 있다. 원형에 가깝고 한 면이 약간 평평해서 그쪽으로 바다 바닥에 붙어 있으며 두께는 2.5센티미터인 것부터 20센티미터까지 있다. 특정한 계절이 되면 얕은 바다로 기어 올라온다. 둘씩 짝을 지어 있는 모습이 자주 보이니 아마도 번식을 위해서일 것이다. 해안 가까이 오는 경우는 햇볕이 가장 강렬하게 내리쬐어 바닷물이 미지근해졌을 때다. 가끔 썰물이 빠져나갔을 때 너무 얕은 곳까지 올라왔다가 햇빛에 노출되어 말라버리는 일도 있다. 하지만 얕은 바닷가에서 새끼를 낳지는 않는다. 우리가 관찰한 해삼은 항상 성체들이 깊은 바다에서 올라오는 모습뿐이고 새끼는 한번도 본 적이 없기 때문이다. 이 연체동물은 산호를 만드는 식충류를 주로 먹는다.

해삼은 보통 90센티미터나 120센티미터 정도 수심에서 잡힌다. 해안으로 가져와 칼로 한쪽 끝을 살짝 찢는다. 해삼 크기에 따라 2.5센티미터나 그보다 길게 자른다. 눌러서 이 구멍으로 내장을 빼내고 보면 다른 해양 생물의 내장과 별반 다르지 않다. 그런 다음 잘 씻어서 적당히 삶는다. 너무 푹 익혀도 안 되고 덜 익혀도 안 된다. 그러고 나서 네 시간 정도 땅에 묻어두었다가 다시 한소끔 삶은 다음 불이나 햇볕에 말린다. 햇볕에 말린 게 가장 값을 많이 쳐준다. 대략 60킬로그램을 햇볕에 말리는 동안 불을 사용하면 1800킬로그램을 말릴 수 있다. 일단 잘 건조하면 상할 위험 없이 2~3년 동안 건조한 곳에 보관할 수 있다. 그래도 두세 달에 한 번, 말하자면 1년에 네 차례 정도 습기에 눅눅해지지 않았는지 점검해야 한다.

앞서 설명한 것처럼 중국인들은 해삼을 고급품으로 생각한다. 몸에 영양분을 공급하고 건강하게 해주며 주색잡기로 고갈된 정력을 보충해준다고 믿는다. 1등급은 광저우에서 비싼 가격에 팔린다. 60킬로그램당 1등급은 90달러, 2등급은 75달러, 3등급은 50달러, 4등급은 30달러, 5등급은 20달러, 6등급은 12달러, 7등급은 8달러, 8등급은 4달러다. 그러나 마닐라, 싱가포르, 바타비아(인도네시아 자카르타의 옛 이름 – 옮긴이)에서는 적은 양도 더 비싸게 팔릴 것이다.

이렇게 합의를 본 다음 곧장 우리는 건물을 짓고 땅을 고를 때 필요한 물건을 빠짐없이 육지로 하역했다. 만의 동쪽 해안 근처에 평평하고 넓은 땅을 골랐다. 그곳은 나무와 물도 풍부했고 해삼을 채취하는 데 가장 중요한 암초에도 가까워 편리했다. 우리는 부지런히 일해 잠시 후 충분한 양의 나무를 베었다. 야만인들은 적잖이 놀란 것 같았다. 건물 골격을 세우려고 나무를 신속하게 운반했고, 이틀이나 사흘 안에 꽤 진척되어서 섬에 남겨질 선원 셋에게 나머지 일을 염려 없이 맡길 수 있었다. 섬에 남기로 자원한 세 사람은 존 카슨, 앨프리드 해리스, 무슨 무슨 피터슨이었고 내 생각에 모두 런던 토박이였다.

그달 말까지 출항에 필요한 만반의 준비를 마쳤다. 하지만 마을에 가서 정식으로 작별 인사를 하기로 했었고, 투 윗 추장도 약속을 지키라고 완강하게 고집을 부리는 바람에 마지막에 거절해 굳이 추장의 기분을 상하게 하는 것도 현명한 처사는 아니라고 생각했다. 나는 이때 야만인들의 선의를 조금이라도 의심하는 사람은 우리 중에 아무도 없었다고 믿는다. 야만인들은 한결같이 정중하게 굴었고 우리 일을 기꺼이 도왔으며 그네들의 생산품을 제공해주었다. 그것도 공짜로 주는 일이 허다했다. 우리가 선물을 주면 언제나 요란하게 기쁜 내색을 드러내어 우리가 가진 물건을 귀하게 여기는 게 분명했지만, 어떤 경우에도 물건 하나 훔치지 않았다. 특히 여자들은 어떤 면으로 보나 친절했다.

전반에 걸쳐 그렇게 잘해주는 사람들이 우리를 배신할 거라고 한순간이라도 생각했다면 우리는 세상 사람을 다 의심해야 했을 것이다. 겉으로 친절했던 모습은 우리를 파멸에 몰아넣으려는 마음속 깊이 감춘 계략에서 나왔을 뿐이고, 우리가 감탄해 마지않았던 섬사람들은 세상을 악에 물들이는 피에 굶주려 잔혹하고 교활한 악마들이었다. 이런 사실이 드러나는 데는 얼마 걸리지도 않았다.

마을에 들르려고 해안에 올라간 날은 2월 1일이었다. 조금 전에 말한 것처럼 우리는 조금도 의심하지 않았지만 철저히 대비하는 것까지 소홀히 한 건 아니었다. 선원 여섯이 제인 가이호에 남았고 우리가 자리를 비운 사이 어떤 핑계를 대더라도 야만인은 배에 접근하지 못하도록 하고 한시도 갑판을 떠나지 말라고 지시해두었다. 승선 방지용 그물을 치고 대포는 포도탄과 산탄을 장전했으며 회전포에는 소총의 산탄을 채웠다. 배는 닻을 수직으로 내리고 해안에서 1.6킬로미터 정도 떨어진 곳에 정박했다. 카누는 어느 방향으로 접근하더라도 확실히 눈에 띄고 회전포의 빈틈없는 포격에서 쉽게 벗어날 수 없었다.

선원 여섯이 배에 남아 해안에 내린 일행은 모두 서른둘이었다. 우리는 소총, 권총, 단검으로 완전무장했고 그 밖에도 각자가 선원용 긴 칼을 가지고 있었다. 우리 나라 서부와 남부에서 현재 흔히 사용하는 수렵용 긴 칼과 약간 비슷한 칼이다. 가는 길에 우리와 동행하려고 시커먼 전사 백여 명이 상륙 지점에서 우리를 맞이했다. 놀랍게도 전사들에게는 무기가 하나도 없었다. 무슨 일인지 추장에게 물어보자 '마티 논 위 파 파 시'라고만 대답했다. 모두가 형제인 곳에 무기는 필요 없다는 뜻이었다. 우리는 선의로 해석하고 움직이기 시작했다.

앞서 말했던 샘과 개울을 지나 좁은 골짜기에 접어들었다. 이 골짜기를 통해 마을이 있는 비누석(감촉이 비누같이 부드러운 돌 – 옮긴이)으로 된 산지로 들어갈 수 있었다. 골짜기는 바위투성이고 울퉁불퉁해서 처음 클락 클락에 갈 때도 고생해서 지나갔던 곳이다. 좁은 골짜기의 전체 길이는 2.4킬로미터 정도로 보였으나, 어쩌면 3.2킬로미터였을지도 모른다. 먼 옛날 급류가 흘렀던 바닥이었을 것 같은 산지 사이사이로 사방에 골짜기가 꾸불꾸불하게 이어져 갑자기 꺾이지 않고 18미터 이상 반듯하게 뻗은 길은 어디에도 없었다.

확신하건대 작은 골짜기 옆면은 수직 고도로 평균 21미터나 24미터였을 것이다. 하늘을 찌를 듯이 높이 솟은 부분도 있어 산길에 어둡게 그늘을 드리워 햇빛이 거의 들지 않기도 했다. 전체 폭은 12미터 정도였지만 어른 대여섯 명 이상이 나란히 지나갈 수 없을 정도로 좁아지는 곳도 드문드문 있었다. 간단히 말하자면 들키지 않고 매복하기에는 이보다 안성맞춤인

장소는 없다. 그러니 우리가 그곳에 접어들면서 무기를 점검한 건 당연한 일이다.

우리가 얼마나 터무니없이 어리석었는지 지금 와서 생각해 보니 기절초풍할 일로 여겨지는 점이 있다. 무슨 사정이 있었든 간에, 속을 알 수 없는 야만인들의 수중에 무모하게 들어가 골짜기를 지나가면서 우리 앞뒤로 야만인들이 걸어가도록 내버려 뒀다는 사실이다. 우리는 앞뒤를 살펴보지 못하고 그런 대열에 들어섰고 어리석게도 우리의 힘, 추장과 그 부하들의 비무장 상태, 우리가 가진 소형 화기의 성능을 믿고 안심한 상태였다. 원주민들은 아직 소형 화기의 성능을 몰랐다.

무엇보다도 이 악랄한 놈들이 한결같이 얼굴에 쓰고 있던 '우정'이라는 가면에 마음을 놓아버렸다. 야만인 대여섯은 마치 길 안내를 하듯 앞서 걸어가면서 여봐란듯이 길에서 큰 돌과 잡동사니를 치우느라 분주했다. 그 뒤에 우리 일행이 있었다. 우리는 서로 바싹 붙어 걸으면서 흩어지지 않는 데에만 신경을 곤두세웠다. 뒤에는 야만인 본대가 따라오며 유달리 질서정연하고 점잖게 걸었다.

더크 피터스, 윌슨 앨런이라는 선원, 나 이렇게 셋은 우리 일행의 오른쪽에 있었고 걸으면서 우리 머리 위로 쑥 튀어나온 절벽의 특이한 단층을 살펴보았다. 매끄러운 바위에 길게 갈라진 협곡이 눈길을 사로잡았다. 한 사람이 여유 있게 들어갈 정도로 넓었고 5~6미터쯤 산속을 향해 일직선으로 쭉 뻗었다가 왼쪽으로 경사진 모습이었다. 가장 큰 골짜기에서 들여다보니 협곡의 높이는 대략 18미터에서 21미터는 될 것 같았다. 협곡에는 작은 관목이 한두 그루 자랐고 개암나무 열매 같은 것들이 열려 있었다.

나는 호기심에 열매를 살펴보고 싶었고 기세 좋게 밀고 들어가서 나무 열매 대여섯 개를 움켜잡아 딴 다음 서둘러서 뒤로 물러났다. 뒤로 돌아서니 피터스와 앨런이 나를 따라온 게 보였다. 둘이 지나갈 공간은 없었으니 나는 피터스와 앨런이 돌아갔으면 싶어서 열매를 나눠 주겠다고 말했다. 그러자 두 사람은 방향을 돌려 서둘러 돌아가려고 했다.

그 순간 앨런이 협곡 입구에 다가가자 별안간 한번도 경험하지 못한 진동이 느껴졌다. 어렴풋하게 단단한 지구의 지반이 갑자기 산산조각이 나고 인류 종말의 날이 눈앞에 닥쳤다는 생각이 들었다. 실제로 그때 내가 뭔가 생각할 수 있었다면 말이다.

21

혼비백산했던 마음을 가다듬자마자 숨이 막혀 죽을 것 같았다. 부스러지는 흙더미에 파묻혀 칠흑같이 어두운 곳에 엎드린 상태였고 사방에서 또 흙이 바로 위에서 떨어져 나를 파묻어버릴 기세였다. 이런 생각이 들자 너무 무서워 일어서려고 발버둥을 쳤고 겨우 몸을 일으킬 수 있었다. 그러고는 잠시 꼼짝 않고 서서 도대체 무슨 일이 일어났는지 여기가 어디인지 생각해내려고 무진 애를 썼다. 곧 귓가에 낮은 신음이 들렸고 나중에 피터스가 숨 막힌 듯한 목소리로 신의 이름으로 도와달라며 애타게 나를 부르는 소리가 들렸다.

나는 재빨리 한두 걸음 움직이다가 동료의 머리와 어깨에 걸려 넘어지고 말았다. 곧장 쳐다보니 피터스는 바슬바슬한 흙에 허리까지 파묻혀 그 압박에서 벗어나려고 필사적으로 몸부림치고 있었다. 나는 젖 먹던 힘까지 다해 주위에 있는 흙을 파내고 동료를 끌어냈다.

무섭고 놀란 마음을 진정시키고 제정신으로 이야기 나눌 수 있을 정도가 되자마자 우리는 이렇게 결론 내렸다. 우리가 겁 없이 들어온 협곡의 벽이 자연적인 진동에 무너졌거나 어쩌면 자기 무게를 이기지 못하고 무너져내려서 우리는 산채로 매장되었고 영원히 아무도 찾지 못할 거라 추측했다. 우리는 오랫동안 무기력하게 고통과 절망감에 빠졌다. 같은 처지에 처해본 적이 없는 사람은 얼마나 고통스러웠는지 짐작도 할 수 없을 것이다. 사람이 살면서 겪는 사건 중 우리처럼 산 채로 매장당하는 것만큼 정신과 육체에 극심한 고통을 불러일으키는 사건은 없을 거라고 확신했다.

피해자를 뒤덮은 캄캄한 어둠, 폐를 짓누르는 무서운 압박감, 눅눅한 흙에서 나오는 숨 막힐 듯한 열기, 살아날 가망은 털끝만큼도 없고 이것이 죽을 사람에게 주어진 몫이라는 섬뜩한 상념이 서로 뒤엉켜, 인간의 마음에서 참을 수 없고 상상할 수 없는 끔찍한 두려움과 공포를 불러일으킨다.

이윽고 피터스는 얼마나 심각한 재난이 우리를 덮쳤는지 정확히 알아보고 난 연후에 이곳을 손으로 더듬어보자고 제안했다. 피터스는 빠져나갈 구멍이 남았을지도 모른다고 여긴 것이다. 난 사실이기를 간절히 바랐고 애를 쓰며 바슬바슬한 흙을 헤치고 나가려 시도했다. 한 발자국 떼자마자 한 줄기 빛이 느껴졌다. 빛을 보니 어쨌든 당장 공기가 부족해 죽는 일은 없겠다는 생각이 들었다.

우리는 조금 용기를 얻어서 괜찮을 거라는 희망을 버리지 말자고 서로 격려했다. 빛이 비치는 방향으로 나가는 걸 막은 쓰레기 더미를 재빨리 타고 넘어보니 앞으로 나아가는 게 수월해지고 고통스럽게 폐를 짓누르던 압박감이 조금 나아지는 걸 느꼈다. 이윽고 주위 사물이 어렴풋이 보였고 우리는 협곡의 일직선 부분 끝과 가까운 곳에 있었고 길은 거기서 왼쪽으로 구부려진 걸 확인할 수 있었다. 몇 번 더 발버둥쳐 모퉁이에 도착했고 위로 아득히 높이 뻗은 지층의 경계선, 혹은 갈라진 틈이 나타나서 이루 말할 수 없이 기뻤다. 틈새는 가파른 부분도 있었지만 대부분 45도 정도로 경사진 모습이었다. 이 틈새로 보이는 건 없었지만 빛이 찬란하게 쏟아지는 걸 보니 꼭대기에서 밖으로 나가는 훤히 뚫린 길이 있을 게 확실했다.

나는 그제야 세 사람이 넓은 골짜기에서 협곡으로 들어갔고, 동료 앨런이 아직 보이지 않는다는 사실이 떠올랐다. 우리는 즉시 되돌아가서 앨런을 찾아보기로 했다. 머리 위로 흙이 떨어져 위험했고 시간이 오래 걸렸지만 멈추지 않았다. 피터스가 내게 소리쳤다. 동료의 발을 잡았지만 온몸이 흙 속에 깊이 파묻혀서 빼낼 수 없다는 소리였다. 안타깝게도 피터스의 말은 사실이었고 당연히 숨도 끊어진 지 오래였다. 슬픈 마음으로 시체를 운명에 맡기고 다시 모퉁이까지 돌아왔다.

갈라진 틈의 폭은 우리가 간신히 들어갈 너비밖에 되지 않았다. 한두 번 올라가 봤으나 소용이 없어 다시 절망에 빠졌다. 앞서 가장 큰 골짜기가 이어진 산지는 비누석과 유사한 매끈매끈한 바위라고 말한 적이 있다. 우리가 올라가려는 틈은 옆면이 비누석과 같은 성분이어서 미끄러웠고 축축해서 가파른 부분이라도 발 디딜 곳조차 찾기 어려웠다. 오르막 경사가 수직에 가까운 곳은 당연히 어려움이 배가 되어서 잠시간 이곳에서 빠져나갈 수 없으리라 생각했다. 하지만 우리는 절망한 중에도 용기를 냈다. 매끄러운 돌에 수렵용 긴 칼로 발 디딜 곳을 만들고 벽면에서 여기저기 불쑥 나온 단단한 점판암의 작은 돌기로 목숨을 걸고 휙 몸을 날렸다. 그렇게 해서 마침내 높이 있는 평지에 닿았고 수목이 우거진 좁은 골짜기 끝에 푸른 하늘이 손바닥만 하게 보였다.

이제 조금 여유를 가지고 우리가 지나온 길을 돌아보니 경사면의 모양으로 보아 이제 막 생긴 균열이 분명했다. 방금 전 진동이 무엇이었건 간에, 갑자기 우리를 뒤덮은 동시에 탈출로도 열어준 것이다. 빠져나오느라 지쳐서, 더 정확하게는 힘이 다 빠져버려 서 있을 수도 말을 할 수도 없어 피터스는 허리에 찬 권총을 발사해 동료들이 구하러 오게 하자고 제안했다.

아쉽게도 소총과 단검은 협곡 바닥에 쏟아져 내리는 흙 사이에서 잃어버렸다. 뒤이어 일어난 일들로 볼 때 만약 이때 총을 발사했다면 우리는 크게 후회했을 것이다. 다행히 이때쯤 야만인들이 비겁한 짓을 저질렀다는 느낌이 막연하게 들어 우리의 소재를 알리지 않기로 결정했다.

한 시간쯤 쉰 후에 골짜기로 천천히 올라갔고 얼마 올라가지 않았을 때 무시무시한 고함을 잇달아 들었다. 드디어 땅바닥이라고 할 만한 곳에 도착했다. 고지대에 있던 평지를 떠나고 나서 그때까지 우리가 걸은 길은 머리 위로 하늘로 높이 치솟은 바위와 나뭇잎들이 만든 아치 아래에 있었기 때문이다. 조심스럽게 살며시 좁은 틈으로 다가갔다. 틈새로 우리는 주위 광경을 똑똑히 보았고 어떻게 진동이 일어났는지 끔찍한 비밀의 전모가 한순간에 그리고 한눈에 드러났다.

우리가 있는 지점은 비누석 산줄기에서 가장 높은 산의 정상에서 그리 멀지 않았다. 우리 일행 서른둘이 들어간 골짜기는 우리 왼쪽으로 15미터도 안 되는 지척이었다. 그러나 최소한 90미터에 걸친 골짜기 바닥은 인위적으로 덮은 흙과 돌이 백만 톤도 넘게 마구 뒤섞인 잔해로 가득 찼다.

이 어마어마한 흙더미를 밀어 떨어뜨린 이유와 방법은 단순하고 분명했다. 사람을 죽이려 했던 작업의 흔적이 아직 남아 있었기 때문이다. 우리는 서쪽에 있었고 골짜기의 동쪽 꼭대기를 따라서 몇 군데에 말뚝을 박은 게 보였다. 그 지점들에서는 흙이 무너지지 않았지만 흙더미가 무너진 절벽의 표면 전체에, 암벽 발파공이 사용하는 천공기로 뚫은 것과 유사한 자국이 흙에 남은 걸로 보아 우리가 본 말뚝과 비슷한 것이 박혔던 게 확실했다. 만 가장자리에서 3미터 정도 떨어진 곳에서 시작해 아마도 90미터 거리에 걸쳐 길어야 90센티미터 간격으로 박혔을 것이다. 아직 산에 남은 말뚝에 끈으로 쓴 질긴 포도 덩굴이 붙어 있으니 이 끈이 다른 말뚝에도 감겨 있었을 게 뻔했다.

이미 비누석 산들의 특이한 지층에 대해 말한 바 있다. 우리가 생매장에서 탈출할 수 있었던 좁고 깊은 협곡에 대한 설명을 통해 그 지층의 특성을 더 잘 이해할 수 있을 것이다. 거의 모든 자연적 진동은 땅을 반드시 수직의 지층들로 가르거나 서로 평행하게 뻗는 융기선으로 갈라지게 한다. 아주 적절하게 인위적인 조치를 가하면 같은 결과를 가져올 수 있다. 야만인들은 딴 속셈을 가지고 뜻한 바를 이루려고 이 지층을 이용했던 것이다. 의심할 여지 없이, 말뚝을 잇달아 박으면 아마도 30센티미터나 60센티미터 정도 깊이로 땅에 어느 정도 균열이 생겼을 것이다. 말뚝 위에 매어진 끈들은 절벽 가장자리에서 뒤로 뻗어 있었다. 이 끈을 야만인이 잡아당기면 어마어마한 지렛대 힘이 생겨서 정해진 신호로 산 전체 표면을 아래에 있는 깊은 골짜기 안으로 넘어뜨릴 수 있었다. 가엾은 동료들의 최후가 눈앞에 선했다. 피터스와 나만이 저항하기 어려운 죽음의 폭풍우에서 빠져나온 것이다. 그 섬에서 살아 있는 백인은 우리 둘뿐이었다!

22

눈앞에 드러난 것처럼 우리가 처한 상황은 영원히 매몰되었다고 생각할 때와 다를 바 없이 끔찍했다. 야만인들 손에 죽거나 아니면 포로가 되어 비참한 일생을 근근이 살아가는 것 말고는 다른 예상을 할 수 없었다. 혹시나 잠시 야만인들의 눈을 피해 우뚝 솟은 산들 사이로 숨거나, 최후의 수단으로 방금 나온 협곡에 몸을 숨길 수도 있었다. 하지만 극지방의 기나긴 겨울에 추위와 배고픔으로 죽거나, 살려고 애를 쓰다가 발각될 게 뻔했다.

주위 사방에는 야만인이 우글거리는 것 같았다. 보아하니 이 무리는 평평한 뗏목을 타고 제도 안 섬에서 남쪽 섬으로 건너온 것이다. 가이 제인호를 장악하고 약탈하는 일에 힘을 보태려는 속셈이었다. 여전히 가이 제인호는 만에 안정적으로 정박한 채였고 배에 남은 사람들은 위험이 닥쳐오고 있음을 알아차리지 못하는 듯했다. 그때 우리가 그 사람들 곁에 있기를 얼마나 애타게 바랐는지! 그랬다면 도망치도록 돕거나 방어하다가 함께 죽을 수 있었다.

선원들에게 위험을 경고한다면 당장 우리부터 죽을 것 같았고, 그나마 경고를 하더라도 도움이 될 거라고 기대하기 어려웠다. 권총을 쏘기만 해도 뭔가 문제가 생겼음을 알릴 수 있었다. 그렇게 알려도 즉시 항구를 떠나야 목숨을 건질 수 있다는 사실까지 알릴 수는 없을 것이다. 남아 있으라고 얽매는 도의적인 책임도 없고, 동료들은 이미 산 사람이 아니라는 사실도 알려줄 수 없었다. 총소리를 듣는다고 공격 태세를 한 적을 맞을 준비를 평상시보다 아니 지금보다 더 철저하게 할 수는 없었다. 그러므로 권총을 쏴도 아무 소용도 없고 도리어 피해만 커질 것이다. 우리는 신중하게 고민한 끝에 총을 쏘지 않기로 결정했다.

그다음에 생각한 건 가이 제인호로 돌진한다는 계획이었다.

만의 입구에 댄 카누 네 척 중 하나를 손에 넣어 적들 사이를 헤치고 배에 올라타는 것이다. 잠시 후 이런 목숨을 건 계획은 성공할 수 없다는 사실이 분명해졌다. 앞에서 말한 대로 섬에는 원주민들이 그야말로 우글거렸고 제인 가이호에서 보이지 않게 산지의 관목과 구석진 장소 사이사이에 몰래 숨어 있었다. 우리가 숨어 있는 곳 근처에 특히 많아서, 해안으로 갈 수 있는 유일한 길을 가로막고 적당한 곳에 투 윗을 우두머리로 하는 시커먼 가죽옷 전사 전원이 진을 친 상태였다. 보아하니 가이 제인호에 대한 공격을 개시하기 위해 지원군을 기다리는 듯했다. 만 입구에 댄 카누에도 야만인들이 타고 있었다. 무장하지는 않았으나 틀림없이 손이 닿는 곳에 무기가 있을 게 분명했다. 그래서 하는 수 없이 숨어서 잠시 후 일어날 전투를 지켜보기로 했다.

30분쯤 지나자 야만인이 가득 탄 뗏목이며 배 받침대가 달린 평저선(바닥이 편평한 배 – 옮긴이) 60~70척이 보였고 항만의 만곡부를 돌아오는 길이었다. 짧은 몽둥이와 뗏목 바다에 실은 돌무더기 외에 다른 무기는 없는 듯했다. 뒤따라 훨씬 큰 파견대가 반대쪽에서 나타났고 비슷한 무기를 실은 모습이었다. 카누 네 척에도 만의 입구에 있는 관목 숲에서 뛰어나온 원주민들이 신속하게 잔뜩 올라타 다른 무리와 합류하려고 재빨리 나아갔다. 내가 이야기하는 데 걸린 시간만큼도 지나지 않아 거짓말처럼 가이 제인호에서는 어떻게든 배를 장악하려고 작정을 한 수많은 무법자가 사방을 둘러싼 광경을 볼 수 있었다.

야만인들이 가이 제인호를 점령하리라는 게 일순간 확실해졌다. 남은 선원 여섯이 아무리 굳은 결의로 배를 방어한다 해도 대포를 제대로 다루기는 역부족이었고 어떻게 해도 이런 역경 속에서 싸우는 건 힘에 부치는 일이었다. 나는 선원들이 전혀 저항하지 못하리라 생각했다. 내가 틀렸다! 곧 선원들이 닻줄에 달려들어 배의 오른쪽 뱃전에 있는 대포 전체를 돌려 포구를 카누로 향하는 걸 보았다. 이때쯤 카누 네 척은 권총 사정거리만큼 가까이 왔고 뗏목들은 바람이 불어오는 쪽으로 400미터 정도 거리를 두었다.

알 수 없는 이유로, 아마도 가엾은 친구들이 절망적인 상황에 부닥쳐 동요한 탓이겠지만, 어쨌든 일제사격은 완전히 빗나갔다. 아뿔싸, 카누 한 척 맞지 않고 야만인 한 명도 다치지 않았다. 포탄은 멀리 날아가지 못했고 적들의 머리 위를 살짝 스쳐 지나갔다. 다만 예기치 않은 폭발음과 연기에 야만인들은 깜짝 놀라기만 했을 뿐이다. 야만인들이 너무 놀란 나머지 계획을 포기하고 해안으로 돌아오는 건 아닐까 잠깐 생각했을 정도였다.

이제 카누가 가까이까지 왔으니 선원들이 대포 일제사격에 이어 소형 화기를 발사했다면 야만인들을 전부 죽이지는 못하더라도 적어도 야만인 무리가 그 이상 접근하는 걸 저지하고 그러다 뗏목에도 일제사격을 퍼부을 수 있었을 것이다. 안타깝게도 선원들은 카누를 그대로 내버려 뒀고 야만인들은 그 사이 정신을 차려 주변을 둘러보고는 아무도 다치지 않았다는 걸 확인했다.

그러는 사이 선원들은 뗏목을 막으러 왼쪽 뱃전으로 달려간 것이다. 왼쪽 뱃전에서 발사한 포격은 엄청난 결과를 불러왔다. 대포에서 발포된 성탄과 이중 탄두 포탄이 뗏목 일고여덟 척을 산산조각냈고 야만인이 30~40명쯤 즉사했다. 동시에 적어도 야만인 백여 명이 바다로 튕겨져 떨어졌고 대부분이 큰 부상을 입었다. 나머지는 겁을 집어먹고 허둥지둥 줄행랑쳤다. 사방에서 피투성이가 된 동료가 허우적거리며 살려달라고 소리를 질렀지만 멈춰서 끌어올리지도 않았다.

이렇게 공격은 성공했지만 몸을 바쳐 싸운 선원들을 구하기에는 너무 늦었다. 카누에 탄 야만인 무리가 벌써 150명 넘게 제인 가이호 갑판에 떡하니 올라갔다. 대부분이 왼쪽 뱃전 대포에 불을 붙이기도 전에 닻줄로 기어오르고 승선 방지용 그물을 타고 넘어 배에 올랐다. 이제 야만인들이 저지르는 잔인한 폭력을 저지할 수 있는 건 아무것도 없었다. 선원들을 즉시 내리눌러 제압하고 짓밟더니 눈 깜짝할 사이에 갈기갈기 찢었다.

뗏목에 탄 야만인들도 이 광경을 보더니 두려움을 이기고 떼를 지어 약탈하러 올라왔다. 5분도 되지 않아 가이 제인호는 실로 비참하게 파괴되고 유린당하는 현장으로 탈바꿈했다. 갑판은 뜯겨나가 속이 드러났고 조각조각 쪼개졌다. 밧줄, 돛, 갑판에서 움직일 수 있는 건 모조리 마법을 부린 듯 부서졌다. 한편 배 주변에 수천 명이 헤엄치면서 뱃고물을 밀더니 카누로 끌고 가며 뱃전을 끌어당겼다. 그러다 마침내 배를 닻줄이 풀린 채로 해안에 밀어 올렸고 투 윗 추장 앞에 바쳤다.

추장은 교전이 벌어지는 내내 노련한 장군처럼 산지에서 방비하고 정찰하는 일을 했지만, 이제 만족할 수 있을 정도로 승리가 확실해지자 시커먼 가죽을 입은 전사들과 친히 달려 내려가 약탈에 참여했다. 추장이 자리를 비운 사이를 틈타 우리는 재빨리 숨어 있던 곳을 떠났다.

협곡 근처에 있는 산 입구에서 45미터쯤 떨어진 곳에 작은 샘물이 보여 타는 듯한 목마름을 달랬다. 샘에서 멀리 않은 곳에서 앞서 말했던 개암나무와 비슷한 관목 몇 그루를 발견했다. 열매를 먹어보니 입에 맞았고 보통의 잉글랜드 개암과 흡사한 맛이었다. 우리는 즉시 모자에 열매를 한가득 따서 협곡 안에 넣어두고 더 따려고 돌아갔다.

부지런히 열매를 따는 사이 관목 숲 속에서 바스락거리는 소리가 나서 가슴이 철렁 내려앉았다. 은신처로 살며시 돌아가려는 찰나에 알락해오라기 종류의 커다란 검은 새 한 마리가 몸부림치면서 천천히 관목 숲 위로 일어났다. 나는 화들짝 놀라서 아무것도 할 수 없었지만, 피터스는 당황하지 않고 새가 달아나기 전에 달려가 목덜미를 꽉 붙잡았다. 새가 발버둥을 치고 날카롭게 울어대서 아직 근처에 숨어 있을 가능성이 있는 야만인들이 소리를 듣고 눈치챌까 봐 놓아주려고도 했었다. 하지만 수렵용 칼로 한 번 찌르자 새는 털썩 쓰러져 협곡으로 끌고 들어갈 수 있었다.

어쨌든 이렇게 일주일 동안 먹을 식량을 얻었다. 우리는 이제 주변을 정찰하려고 다시 나가 산의 남쪽 내리막길을 꽤 멀리 내려가 보았지만 달리 식량이 될 만한 건 찾지 못했다. 그래서 마른 나뭇가지만 산더미같이 모아서 돌아오면서 원주민이 많이 모인 한두 패거리가 배에서 약탈한 물건을 가득 지고 마을로 돌아가는 모습을 보았다. 우리는 원주민들이 산 아래를 지나다가 은신처를 발견하지나 않을까 걱정스러웠다.

다음 걱정거리는 은신처를 가능한 한 안전하게 숨겨두는 일이었다. 그러기 위해 앞서 협곡 안쪽에서 평지에 이르렀을 때 푸른 하늘이 손바닥만 하게 내다보였다고 했던 그 구멍에 자잘한 나뭇가지를 덮어두었다. 그리고 아래에 있는 원주민들에게 발각될 위험 없이 만을 내려다볼 수 있을 만한 넓이의 아주 작은 틈만 남겨두었다. 이렇게 해두고 나자 우리는 안전한 장소에 있게 되어 자못 기뻤다. 골짜기 안에만 있고 산으로 올라가지만 않는다면 전혀 눈에 띄지 않을 수 있었다.

이 구멍 안에 야만인들이 왔었다는 흔적은 찾을 수 없었다. 그러나 우리가 여기 오려고 지나온 틈이 반대편 절벽이 무너졌을 때 생겼고, 이곳으로 오는 다른 길을 찾을 수 없을 거라는 생각을 하자 내려갈 방법이 전혀 없을까 걱정되었다. 야만인의 위협으로부터 안전하다고 그리 기뻐할 수만은 없었다. 우리는 산 정상을 구석구석 탐사해보기로 했고 때마침 좋은 기회가 생겼다. 그러는 사이 우리는 구멍을 통해 야만인들의 움직임을 찬찬히 지켜볼 수 있었다.

야만인들은 이미 배를 난파선으로 만들어버렸고 이제는 불지를 준비를 하였다. 얼마 지나지 않아 중앙 승강구에서 엄청난 연기가 치솟는 게 보였고 잠시 후 새빨간 불꽃이 피어올랐다. 돛대 장비, 돛대, 나머지 돛에도 즉시 불이 붙었고 불은 갑판을 따라 삽시간에 번졌다. 아직도 수많은 야만인이 배 주위에 남아 커다란 돌, 도끼, 포탄 등으로 빗장, 그 밖에 쇠와 구리로 만든 장치를 마구 두드렸다. 약탈품을 가득 지고 내륙이나 인근 섬으로 향하는 야만인들을 빼고는 바닷가에 있는 사람들, 카누와 뗏목을 탄 사람들까지 모두 합쳐 제인 가이호 주위에는 자그마치 만 명 가까운 야만인이 운집했다.

우리는 이제 비극적 결말을 떠올렸고 그 예상은 빗나가지 않았다. 우선 강렬한 진동이 일어났지만 폭발 징후는 눈에 띄지 않았다. 아무래도 야만인들은 깜짝 놀란 것 같았고 잠깐 하던 일과 고함을 멈췄다. 다시 일을 시작할 때 갑자기 갑판에서 짙고 검은 비구름 같은 연기가 뿜어져 나왔다. 그러다 마치 연기 안에서 나오는 듯한 눈부신 불길이 피어올랐다. 연기는 무서운 기세로 400미터 높이까지 치솟는 것 같았다. 그러고 나서 불꽃이 갑자기 둥그렇게 퍼져 눈 깜짝할 사이에 신기하게도 공중에 거센 소용돌이가 가득 찼다. 나무, 금속, 인간의 팔다리가 뒤엉켜 엉망진창이 된 채 흩날렸다. 끝으로 하늘이 무너질 듯한 진동이 일었고 우리는 나자빠졌다. 요란한 폭발음이 산마다 크게 메아리처 울려 퍼졌고 미세하게 조각난 잔해가 사방에 자욱하게 비처럼 쏟아져 내렸다.

야만인들이 입은 참혹한 피해는 우리가 최악이라고 예상했던 상황보다도 훨씬 심각했다. 배신에 걸맞은 훌륭하고 풍성한 열매를 거둬들인 것이다. 아마도 폭발로 천여 명가량 사망했을 것이고, 또 천여 명은 사지가 심하게 떨어져나갔다. 물에 빠져 허우적거리는 악마들이 만 전체를, 말 그대로 온통 뒤덮었고 해안은 상황이 훨씬 절박했다. 야만인들은 느닷없이 전투에서 패배하자 충격을 받았는지 서로 도울 생각도 못 했다. 그러다 야만인의 행동이 돌연 달라진 걸 목격했다. 망연자실해 있다가 갑자기 미친 듯이 흥분한 듯 보였다. 바닷가를 이리저리 뛰어다니다가 특정 지점을 왔다 갔다 하면서 공포, 분노, 강렬한 호기심이 뒤섞인 괴상한 표정을 지으며 목청껏 소리를 질렀다.

"테켈리 리! 테켈리 리!"

이윽고 많은 야만인이 산으로 들어갔다가 나무 말뚝들을 가지고 돌아오는 모습이 보였다. 야만인들은 말뚝을 들고 동료들이 운집한 지점에 가져갔고 군중이 갈라지자 우리는 야만인들을 흥분시킨 물체를 볼 수 있었다. 하얀 뭔가가 땅에 기다랗게 놓인 걸 보았지만 즉시 무엇인지 알 수는 없었다. 한참 있다가 제인 가이호가 1월 18일 바다에서 건져 올린 새빨간 이빨과 발톱을 가진 불가사의한 동물의 사체인 걸 알 수 있었다. 가이 선장이 가죽을 박제로 만들어 잉글랜드로 가지고 갈 셈으로 보존하고 있었다. 이 섬에 도착하기 직전에 가이 선장이 이 동물 사체에 대해 몇 가지 지시를 내렸고 사체를 선장실로 가져가 보관함 하나에 넣어두었던 게 기억났다. 그러다 폭발이 일어나 해안에 떨어진 것이다. 그 물건이 왜 야만인들의 관심을 끌었는지 이해할 수 없었다.

야만인들은 조금 떨어져서 사체 주위에 몰려들었지만 가까이 가려는 사람은 아무도 없었다. 이윽고 말뚝을 든 사람들이 사체 주위에 말뚝을 빙 둘러 박았다. 이 일이 끝나자마자 그곳에 운집한 군중이 모두 내륙으로 달아나면서 큰 소리로 외쳤다.

"테켈리 리! 테켈리 리!"

23

    우리는 그 뒤 6일이나 7일 정도 산에 있는 은신처에 머물며 종종 외출했다. 그럴 때는 유달리 조심하면서 물과 개암을 채취하러 나갔다 왔다. 높은 평지에 옥상가옥 같은 걸 지은 뒤 마른 나뭇잎으로 만든 침대를 놓았으며 난로와 탁자로 쓸 반반한 돌 세 개를 들여놓았다. 무른 나뭇가지와 단단한 나뭇가지를 비벼서 어렵지 않게 불을 붙였다. 때마침 잡게 된 새는 좀 질기긴 했어도 먹을 만했다. 바닷새는 아니었지만 알락해오라기 종류로 새카만 깃털과 회색 깃털이 섞였는데 몸집에 비하면 날개는 자그마했다. 나중에 골짜기 근처에서 같은 류의 새를 세 마리 보았다. 새들은 우리가 포획한 새를 찾아다니는 것 같았지만 땅에는 내려앉지 않아 그 새들까지 잡을 기회는 없었다.

    이 새고기가 남아 있는 동안은 견딜 만했다. 어느새 다 먹어버려 이제 식량을 구해야만 했다. 개암으로 배고픔을 달래긴 역부족이었고 배가 뒤틀리는 것같이 아파서 괴롭기도 했다. 거기다 맘껏 먹으면 머리가 깨질 듯이 아팠다. 산 동쪽 해안 가까이에서 커다란 거북을 몇 마리 봤고 원주민들에게 들키지 않고 다가갈 수만 있다면 쉽게 잡을 수 있을 것 같았다. 그래서 아래쪽으로 내려가 보기로 마음먹었다.

    가장 내려가기 쉬워 보이는 남쪽 비탈길을 따라 내려가기 시작했다. 하지만 산꼭대기에서 보고 예상했던 대로 90미터도 못 가서 우리 동료들이 죽은 골짜기에서 갈라져 나온 지류에 길이 꽉 막히고 말았다. 가장자리를 따라 400미터쯤 지나가자 다시 한없이 깊은 낭떠러지에 가로막혔고 그 가장자리로는 걸을 수 없어서 어쩔 수 없이 가장 큰 골짜기를 따라왔던 길을 되돌아가야 했다.

동쪽으로 가봤지만 별반 다르지 않았다. 목이 부러질 위험을 무릅쓰고 한 시간 동안 애를 쓰며 나아갔지만 커다란 구덩이로 내려왔을 뿐이다. 검은 화강암으로 된 구덩이로 바닥에는 미세한 흙먼지가 덮여 있었다. 그러니까 우리가 내려온 울퉁불퉁한 길이 유일한 출구였다. 이 길을 다시 힘들게 올라가면서 산의 북쪽 끝으로 가봤다. 거기서는 가능한 한 주의를 기울여 행동하지 않을 수 없었다. 조금만 방심하면 마을에 있는 미개인들에게 우리 정체가 드러나고 말 것이다. 그래서 우리는 손과 무릎을 땅에 대고 기어서 갔으며, 가끔 납작 엎드려 관목 숲을 붙잡고 몸을 질질 끌며 가야 할 때도 있었다. 이렇게 조심스럽게 움직이느라 그리 멀리 나가지는 못했을 때 이제껏 본 것보다 훨씬 깊게 갈라진 협곡에 이르렀다. 이 틈새는 곧바로 가장 큰 골짜기로 연결되었다.

이렇게 해서 우려했던 바가 사실로 드러나 우리가 저 아래 세상과 단절되었음을 파악하였다. 길을 찾다 진이 다 빠져버려 은신처가 있는 평지로 서둘러 돌아와 나뭇잎 침대에 털썩 쓰러졌고 몇 시간 동안은 기분 좋게 푹 잠이 들었다.

아무 소득도 없는 탐색을 하고 돌아온 후 며칠 동안은 어떤 물자를 구할 수 있는지 알아내기 위해 산꼭대기를 구석구석 조사하는 데 열중했다. 몸에 해로운 개암과 가로세로가 20미터도 넘지 않는 좁은 땅에서 자라는 맛이 고약한 스커비초 종류를 빼면 먹을거리가 될 만한 것은 찾아볼 수 없었다. 그마저도 곧 바닥날 지경이었다. 내가 기억하기에는 2월 15일이 되자 잎 사귀는 하나도 남지 않았고 개암도 조금밖에 없었다. 그러니 우리 처지는 이보다 더 처참할 수는 없었다.[5]

2월 16일, 우리는 탈출로를 찾기 바라며 다시 이 감옥의 벽을 돌아가 봤지만 그 또한 괜한 짓이었다. 우리가 파묻혔던 협곡에도 내려가 봤다. 이 경로로 가장 큰 골짜기로 가는 길을 찾을 수 있으리라는 실낱같은 기대로 간 것이다. 소총 한 자루를 찾아가지고 왔을 뿐 거기서도 기대가 어긋났다.

2월 17일에는 처음 길을 찾으러 갔을 때 내려갔던 검은 화강암 구덩이를 더 자세히 관찰해보기로 하고 출발했다. 우리는 그 구덩이 옆면에 난 균열 중 하나를 제대로 살피지 못했던 걸 기억해냈고, 탈출 통로를 찾을 기대는 할 수 없었지만 그곳을 탐사해보고 싶었다.

전처럼 그리 어렵지 않게 우묵한 땅바닥에 닿을 수 있었고 이번에는 차분하게 둘러볼 수 있었다. 정말 상상도 못 할 정도로 기묘한 장소여서 자연적으로 생겼다고는 믿기지 않았다. 구덩이는 동쪽에서 서쪽 끝까지 굽은 길을 다 지나가면 길이가 457미터 정도였고, 정확하게 측정할 방법이 없으니 짐작해보면 직선으로는 동쪽부터 서쪽까지 36미터 내지 45미터는 넘지 않았다.

---

5) 이날은 남쪽에서 전에 이야기했던 거대한 고리 모양의 잿빛 증기를 몇 번 보았기 때문에 기억에 남는 날이다. ─ 원주

벌어진 틈으로 맨 처음 내려갔을 때, 다시 말해 산 정상에서 30미터 아래로 내려가자 깊은 구덩이 옆면은 서로 닮은 데가 거의 없었고 보기에 연결되어 있지도 않았다. 한쪽 표면은 비누석이었고 다른 표면은 금속 물질로 오돌토돌한 이회토였다. 이 두 절벽 사이 너비, 그러니까 간격은 아마도 평균 18미터 정도였을 것이다. 형태는 일정해 보이지 않았다. 방금 말한 지점을 지나 아래로 내려오자 간격은 급히 좁아졌고 양쪽 면은 평행하였다. 조금 더 앞으로 가도 표면의 모양이나 물질은 양쪽이 여전히 달랐다.

바닥까지 15미터가 남은 지점에 이르자 규칙적인 부분이 시작되었다. 양면은 이제 물질, 색깔, 옆으로 뻗은 방향까지 똑같았다. 반짝이는 시커먼 화강암에 벽면 간격은 서로 마주 보았고 어디에서든 정확히 18미터였다. 깊게 갈라진 틈의 형태는 현장에서 그린 그림으로 충분히 이해할 수 있을 것이다. 다행히 수첩과 연필을 소지하고 있어서 이후에 오랫동안 모험을 하는 내내 소중하게 간직했다. 기록하지 않는다면 기억만으로는 뒤죽박죽이었을 많은 일을 기록하는 데 수첩과 연필 덕을 본 것이다.

그림1은 벽면에 있는 작은 구덩이들은 없지만 갈라진 틈의 전체적인 윤곽을 보여준다. 벽면에 난 작은 구덩이 중에는 반대편에 그에 들어맞는 돌출부가 있는 것들도 있었다. 바닥은 7.5센티미터나 10센티미터 정도 아주 고운 가루

그림1

로 덮여 있고 그 아래에는 검은 화강암이 이어졌다. 오른쪽 맨 끝에 작은 구멍이 보일 것이다. 위에서 언급한 균열 부분이다. 이 틈새를 전보다 더 꼼꼼하게 살펴보기 위해 다시 내려갔다.

힘차게 그 안으로 들어가면서 앞을 막은 무성한 가시덤불을 자르고 화살촉 모양과 약간 비슷한 뾰족한 부싯돌 무더기를 치웠다. 그래도 반대쪽 끝에서 새어 나오는 희미한 불빛을 보고 기운을 얻어 멈추지 않고 나아갔다. 결국 9미터쯤 헤치고 전진

그림2

했고, 눈을 들어보니 구멍은 낮고 균형 잡힌 아치 모양이었다. 우리가 지나온 바닥과 똑같은 고운 가루가 바닥에 깔렸다. 강한 빛이 우리에게 비쳤고 급히 굽은 길을 돌자 높다란 천장이 다시 나왔다. 여러모로 우리가 지나온 곳과 비슷했지만 세로로 긴 모양이다. 대략적인 모양새는 그림2와 같다.

입구 a에서 시작해 굽은 길 b를 지나 맨 끝 d까지 구덩이 전체 길이는 500미터였다. c 지점에서 우리가 갈라진 틈에서 나올 때 통과한 것과 유사한 작은 틈을 찾았다. 이것도 마찬가지

그림3

로 가시덤불과 하얀 화살촉 부싯돌 더미로 꽉 막혀 있었다. 뚫고 나가자 12미터쯤 되었고 세 번째 갈라진 틈이 나왔다. 세로 모양만 제외하면 이곳도 첫 번째 틈과 똑같

았다. 그림3처럼 말이다.

　세 번째 틈의 전체 길이는 292미터였다. a 지점에는 폭이 약 1.8미터 정도 되는 구멍이 있었고 바위 속으로 4.5미터 뻗어 있었다. 거기서 이회토층으로 가로막혔고 우리가 예상했던 대로 그 너머에 다른 틈은 없었다. 빛이 거의 들어오지 않는 틈에서 나오려던 찰나에 피터스가 막다른 쪽에 있는 이회토 표면에 이상한 모양으로 길게 새긴 들쭉날쭉한 자국을 가리켰다. 상상력을 조금 발휘하면 자국의 왼쪽, 즉 가장 북쪽은 어설프긴 했지만 팔을 펴고 똑바로 선 사람 모습을 의도적으로 그려놓은 것 같았다. 나머지도 알파벳 문자와 꽤 비슷했다.

　어쨌든 피터스는 근거도 없이 정말 그렇다고 믿고 싶어 했다. 난 짓궂게도 결국 갈라진 틈의 바닥을 가리키며 실수를 깨닫게 해주었다. 우리는 고운 가루 속에서 큰 이회토 조각 몇 개를 조금씩 주웠다. 진동으로 들쭉날쭉한 자국이 난 표면에서 떨어져 나온 게 분명했다. 튀어나온 부분이 자국에 꼭 들어맞았다. 자연적으로 생겼다는 사실이 증명되었다. 그림4는 새겨진 자국 전부를 정확히 베껴놓은 것이다.

　이 이상한 동굴들이 우리가 갇힌 곳을 탈출하는 데 아무런 도

그림4

움이 되지 않는다는 사실을 납득하고 나서 허탈하고 의기소침
해져 산꼭대기로 돌아왔다. 그 후 꼬박 스물네 시간 동안은 이
야기할 만한 사건이 아무것도 일어나지 않았다. 다만 세 번째
갈라진 틈의 동쪽으로 땅을 살펴보다가 역시 검은 화강암 벽으
로 된 웅숭깊은 삼각형 구멍들을 발견했을 뿐이다. 출구가 없는

그저 자연 발생적으로 뚫린 구멍이니 내려
가 볼 만한 일은 아닌 듯했다. 구멍들 각각은
둘레가 18미터쯤 되었고 그 모양과 세 번째
갈라진 틈에서의 위치는 그림5를 참조하기
바란다.

그림5

24

2월 20일, 이제 개암을 먹으면 견딜 수 없을 정도로 아파서
더는 개암만 먹고 살 수 없다고 판단했다. 그래서 목숨을 걸고
산에서 남쪽 비탈로 내려가 보기로 결정했다. 깊이는 적어도
45미터로 전체가 다 수직에 가깝고 머리 위로 아치 모양인 곳
이 눈에 띄기는 했지만 그곳 절벽 표면은 매끄러운 비누석 종
류였다. 오랫동안 둘러본 끝에 절벽 끝에서 6미터쯤 되는 좁은
바위 턱을 발견했다. 묶어서 이은 손수건으로 내가 붙잡아주자
피터스가 간신히 바위 턱에 뛰어내렸다. 조금 더 힘들긴 했으
나 나도 내려갔다. 그러다 산이 무너져 파묻혔을 때 갈라진 틈
에서 기어올랐던 방법대로 비누석 표면에 칼로 발 디딜 자리를

만들어 아래까지 내려갈 수 있다는 생각이 들었다. 얼마나 위험한 일인지 상상도 할 수 없을 것이다. 다른 방법은 없으니 우리는 해보기로 마음먹었다.

우리가 서 있는 바위 턱에 개암나무 덤불이 자라고 있어 한 그루에 손수건을 이어 만든 끈 한쪽을 단단히 묶었다. 다른 한쪽은 피터스 허리에 묶고 손수건 끈이 팽팽히 당겨질 때까지 피터스를 절벽 가장자리 너머로 내려주었다. 그때 이 친구는 비누석에 20센티미터에서 25센티미터 정도로 깊은 구멍을 파기 시작해 못을 박을 수 있게 위에 있는 바위를 30센티미터쯤 되는 높이로 비스듬하게 만들었다. 그런 다음 평평해진 표면에 권총 개머리판으로 제법 튼튼한 나무못을 박았다. 내가 1.2미터 정도 끌어올려 주자 피터스는 아까와 똑같이 구멍을 파고 전처럼 나무못을 박아서 손으로 붙잡고 발을 디딜 자리를 만들었다.

나는 이제 개암나무에서 손수건 끈을 풀어 한쪽 끝을 피터스에게 던져주었다. 동료는 손수건을 맨 위에 있는 나무못에 묶고 자기가 있던 자리보다 90센티미터 정도 아래, 즉 손수건이 닿는 곳까지 천천히 내려갔다. 거기서 다시 구멍을 파고 나무못을 박았다. 그러고 나서 몸을 끌어올려 방금 판 구멍에 발을 디디고 위에 있는 구멍에 박힌 나무못을 양손으로 붙잡았다. 이제 가장 높이 있는 나무못에서 손수건을 풀어 그 아래 두 번째 나무못에 묶어야 했다. 거기서 동료는 계산 착오로 구멍을 너무 멀리 팠다는 사실을 알았다. 피터스는 오른손으로 줄을 푸는 동안 왼손으로 버티고 있어야 했다.

그렇게 한두 번 위험하게 매듭을 붙잡으려다 실패한 끝에 나무못에 묶인 15센티미터만 남긴 채 줄을 잘랐다. 이제 두 번째 나무못에 손수건 끈을 묶으면서 너무 아래로 내려가지 않도록 조심하면서 세 번째 못 아래 지점까지 내려갔다. 나라면 생각도 못 했을 방법이었고 오로지 이 친구만의 기발한 착상과 결단력 덕분이었다. 이런 방법으로 내 동료는 때로 절벽에 있는 돌기에 의지하기도 하며 무사히 바닥까지 내려갈 수 있었다.

나는 피터스를 따라갈 결심을 하기까지 어느 정도 시간이 걸렸다. 그렇지만 내려가 보기로 마음먹었다. 피터스는 내려가기 전에 셔츠를 벗어놓았다. 이 셔츠를 내 셔츠와 묶어 내려갈 때 필요한 줄로 사용하였다. 협곡에서 찾은 소총을 아래로 던진 후 줄을 개암나무 덤불에 묶고 신속히 하강했다. 기운차게 움직여서, 다른 방법으로는 이겨낼 수 없는 공포를 떨쳐버리려고 무진 애썼다. 이런 처방은 네다섯 번째 구멍까지는 그런대로 효과가 있었다. 얼마 안 있어 내려갈 길이 끝이 안 보일 정도로 멀고, 유일하게 나를 받치는 나무못과 비누석 구멍이 믿을 수 없다는 생각이 들자 상상력이 끔찍한 방향으로 발동되기 시작했다.

이런 생각을 떨쳐내고 침착하게 앞에 있는 평평한 절벽 표면에서 눈을 떼지 않으려고 애를 썼지만 쓸데없었다. 떠올리지 않으려고 애를 쓰면 쓸수록 공포는 더욱 생생해지고 소름 끼칠 만큼 또렷해졌다. 이런 공상이라는 위험한 고비가 찾아왔다면, 그것도 이와 유사한 두려운 상황이라면 추락할 때 어떤 느낌인지 누구나 지레짐작하기 시작한다. 매스꺼움, 아찔함, 마지막

몸부림, 희미한 의식, 아래로 맹렬하게 곤두박질치는 최후의 고통을 상상하는 것이다. 나는 이런 상상들이 현실이 되어가는 걸 느꼈다. 상상한 모든 참상이 사실로 머릿속에 마구 떠올랐다. 양 무릎이 서로 부딪칠 정도로 다리가 후들거렸고 손가락은 천천히 그러나 분명히 힘이 빠져갔다. 귀가 윙윙 울리자 나는 이렇게 소리쳤다.

"이건 내 죽음을 애도하는 종소리야!"

이제 아래를 내려다보고 싶은, 참을 수 없는 마음에 사로잡혔다. 절벽만 보고 있을 수도 없고 그러고 싶지도 않았다. 한편으로는 두렵지만, 한편으로는 압박감이 누그러진, 설명하기 어려운 미칠 듯한 감정을 느끼며 끝없이 깊은 구덩이로 시선을 떨어뜨렸다. 순간 발작하듯 손가락에 힘을 줬고 동시에 어렴풋하게나마 탈출할지도 모른다는 생각이 그림자처럼 머릿속에 스쳤다. 다음 순간, 떨어지고 싶다는 욕망에 휩싸였다. 소망이자 열망이었고 걷잡을 수 없는 열정이었다. 즉시 나무못을 잡았던 손을 놓았고 절벽에서 반쯤 몸을 돌리면서 일순간 적나라하게 드러난 절벽 표면에 부딪혀 휘청거렸다. 그때 머릿속이 빙빙 돌았다. 귓가에 대고 날카롭지만 공허한 목소리가 괴성을 질렀다. 거무스름하고 흐릿하게 기괴한 사람 그림자가 바로 내 아래 서 있었다. 한숨을 내쉬며 터질 듯한 심장을 안고 떨어졌으며 그 품으로 뛰어들었다.

난 의식을 잃었고 피터스가 추락하는 나를 받았던 것이다. 동료는 절벽 아래에서 내 행동을 주시하고 있었다. 내가 위험에 처한 걸 알아차리고 생각나는 대로 뭐든 말을 지껄여서 용기를 북돋우려고 애썼다. 나는 정신이 혼미해 피터스가 말하는 걸 들을 수 없었고 심지어 말하고 있다는 것도 알아채지 못했다. 그러다 내가 비틀거리는 걸 보고 피터스가 서둘러 올라왔고 늦지 않게 간신히 내 목숨을 구했다.

내가 체중을 다 실어 그대로 떨어졌다면 리넨으로 만든 줄은 당연히 툭 끊어졌을 것이고 나는 깊은 절벽 아래로 떨어졌을 것이다. 피터스가 나를 서서히 내려주어서, 정신이 들 때까지 무사히 매달려 있을 수 있었다. 15분 동안 일어난 일이다. 정신을 차리자 두려웠던 마음은 싹 사라졌다. 새로 태어난 기분이었다. 다시 동료의 도움을 받아 안전하게 바닥까지 착지했다.

우리는 동료들이 묻힌 골짜기에서 그리 멀지 않은 곳에 있었고 산이 무너진 지점에서는 남쪽 방향이었다. 그곳은 보기 드물게 적막했고 그 경관을 보니 황량한 지역을 다녀온 여행자들이 퇴락한 바빌론 유적지의 특징이라며 묘사한 광경이 저절로 떠올랐다. 북쪽 전망을 무질서하게 막은 무너져 내린 절벽의 잔해는 말할 것도 없이, 땅도 사방으로 큰 흙무덤들이 뒤덮은 모양이었다. 아무래도 거대한 인공 구조물의 잔해 같았다. 겉모양을 찬찬히 보니 인공적인 면은 찾을 수 없었다. 화산암재가 대다수였고 이회토 덩어리[6]와 뒤섞인 모양이 고르지 않은 검은 화산암 덩어리들도 주위에 널려 있었다. 이회토와 화산암은 금속이 박혀 오톨도톨했다. 황량한 땅 어디에도 식물의 흔

---

6) 이회토도 검은색이었다. 그뿐만 아니라 이 섬에서 옅은 색 물질은 아무것도 보지 못했다. – 원주

적은 눈을 씻고 찾아봐도 없었다. 엄청나게 큰 전갈 몇 마리만 보였고 고위도 지역 어디서도 볼 수 없는 다양한 파충류가 우글댔다.

급하게 해결해야 할 문제는 식량을 구하는 것이니 거북을 잡으러 멀어야 800미터도 되지 않는 거리에 있는 해안으로 가기로 결심했다. 산 위 은신처에서 거북 몇 마리를 보았던 것이다. 몇 백 미터 나아가면서 커다란 바위와 흙무덤 사이를 조심스럽게 빠져나갔다. 길목을 돌아서자 야만인 다섯이 작은 동굴에서 뛰어나와 달려들면서 몽둥이로 피터스를 내리쳐 바닥에 쓰러뜨렸다. 피터스가 쓰러지자 한꺼번에 달려들어 잡아 묶으려 했고 난 놀란 가슴을 진정시킬 시간을 벌었다. 내게는 아직 소총이 있었다. 하지만 절벽에서 던졌을 때 총신이 꽤 상해 쓸모가 없을 것 같아 내던져 버리고 신중히 잘 간수한 권총을 의지하는 게 좋겠다고 생각했다.

습격자들을 향해 살금살금 가면서 연달아 한 발 두 발 총을 쏘았다. 야만인 둘이 쓰러졌고 동료를 창으로 찌르려던 한 명은 목적을 달성하지 못하고 벌떡 일어났다. 내 동료가 풀려나자 우리에게는 어려울 게 없었다. 피터스에게도 권총이 있었다. 하지만 만약을 위해 사용하지 않고 내가 아는 누구보다 월등히 강한 무력을 쓰기로 했다. 피터스는 쓰러진 야만인 한 사람에게서 몽둥이를 빼앗아 남은 셋의 머리통을 부수어버렸다. 몸뚱이를 한 번씩 휘둘러 한 명씩 그 자리에서 죽이고 우리를 그 싸움터의 승자로 만들었다.

이 사건은 순식간에 일어난 일이라 우리는 실제로 일어난 일인지 믿을 수 없을 정도였다. 얼이 빠져 멍하니 야만인들의 시체를 내려다볼 때 저 멀리서 고함이 들려 정신이 번쩍 들었다. 야만인들이 총소리에 놀란 게 분명했고 저들의 눈을 피할 가능성도 거의 없었다. 절벽으로 돌아가려고 해도 고함이 들리는 방향으로 가야 했고, 절벽 아래까지 간다고 해도 들키지 않고 올라갈 수는 없었다. 그야말로 사면초가였다.

우리가 어느 쪽으로 도망쳐야 할지 망설일 때 내 총에 맞고 죽은 줄로만 알았던 야만인 하나가 벌떡 일어나 달아나려고 했다. 우리는 그놈이 멀리 달아나기 전에 따라잡았다. 죽이려는 순간, 피터스가 도망칠 때 끌고 가면 도움이 될지도 모른다는 의견을 내놓았다. 그래서 우리는 그놈을 끌고 가면서 저항하면 쏠 거라는 걸 이해시켰다. 잠시 후 야만인은 고분고분해졌고 우리가 바위 사이를 지나며 해안 쪽으로 갈 때 우리 곁을 떠나지 않고 달렸다.

이때까지는 우리가 가로지른 땅이 울퉁불퉁해서 바다가 드문드문 보일 뿐 제대로 보이지 않았다. 그러다 처음으로 바다가 한눈에 들어왔다. 아마도 180미터 정도 떨어져 있는 듯했다. 널따란 해변으로 나오자마자 우리는 소스라치게 놀랐다. 수많은 원주민 무리가 격분한 듯한 몸짓을 하며 마을과 눈에 보이는 섬 구석구석에서 쏟아져 나와 나와 우리를 향해 다가오면서 야수처럼 고함치는 모습을 발견했다. 발길을 돌려 험준하게 솟은 땅 사이로 피하려는 순간 바다로 뻗은 커다란 바위 뒤에서 카누 두 척의 뱃머리가 튀어나온 걸 발견했다. 우리는 전속력으로 카누를 향해 달려갔다. 도착해서 보니 지키는 사람도 없고 커다란 갈라파고스 거북 세 마리 말고 다른 짐도 없었으며 노잡이 예순 명이 저을 일상용 노만 놓여 있었다. 우리는 곧장 카누 하나를 낚아채고 포로를 태워 있는 힘껏 바다로 노를 저어 나갔다.

하지만 해안에서 45미터도 나가기 전에 정신이 들어 냉정함을 되찾았고 카누 한 척을 야만인들 수중에 두고 오는 뼈아픈 실수를 저질렀음을 깨달았다. 야만인들은 이때쯤 우리가 해변에서 나온 거리의 채 두 배도 안 되는 곳에 있었고 빠르게 우리를 뒤쫓아왔다. 꾸물거릴 시간이 없었다. 희망은 기껏 덧없는 것이 되었지만 달리 방법이 없었다. 전력을 다해도 늦지 않게 돌아가 야만인들을 앞질러 카누를 손에 넣을 수 있을지 확실치 않았다. 가능성은 있었다. 성공하면 목숨을 건질 수도 있었다. 반면에 시도하지 않으면 피할 수 없는 처참한 죽음에 몸을 내맡기는 꼴이었다.

카누는 뱃머리와 뱃고물이 똑같게 만들어져서 선체를 돌리는 대신에 노를 저을 때 우리 위치만 바꾸면 되었다. 야만인들은 우리가 방향을 바꾸는 걸 알아차리자 더 크게 소리를 지르며 속도를 높였고 믿기 어려울 정도로 재빠르게 달려왔다. 우리는 죽을힘을 다해 노를 저었고 경쟁지에 도착했을 때 원주민 한 명만이 그 카누에 도착한 상황이었다. 이 원주민은 남달리 민첩했던 대가를 비싸게 치렀다. 피터스가 해안에 다가가면서 권총으로 머리를 쏴버린 것이다.

우리가 카누를 가로챘을 때 원주민 무리에서 선두에 있는 사람들은 아마도 스무 걸음이나 서른 걸음 정도 떨어진 거리에 있었다. 처음에 우리는 야만인들이 손댈 수 없게 카누를 깊은 바다로 끌고 가려 했으나 카누가 너무 단단하게 뭍에 얹힌 데다 시간도 얼마 없었다. 피터스는 소총 개머리판으로 한두 번 세게 내리쳐 카누 뱃머리와 한쪽 면을 과감하게 부수어놓았다. 그런 다음 우리는 바다로 나왔다. 이때 원주민 둘이 우리가 탄 카누를 붙잡고 막무가내로 보내주지 않으려 해서 어쩔 수 없이 칼로 해치울 수밖에 없었다. 우리는 이제 방해받지 않고 바다로 멀리 나갔다.

야만인들의 본대는 부서진 카누에 닿자마자 상상도 할 수 없을 정도로 분노하고 실망해서 무섭게 고함을 질렀다. 사실 이 악마 같은 놈들에 대해 본 모든 것으로 보아, 이 야만인들은 지구 상에서 가장 사악하고 위선적이며 복수심이 강하고 피에 굶주린 잔인무도한 인종이었다. 우리가 저들의 손아귀에 떨어졌다면 인정사정 봐주지 않았을 것이다. 야만인들은 부서진 카누를 타고 우리를 미친 듯이 뒤쫓아오려고 했지만 무용지물임을 깨닫고 큰 소리를 섬뜩하게 연달아 내지르며 다시 분통을 터뜨렸고 산으로 내달려 올라갔다.

우리는 이렇게 코앞에 닥친 위험에서 벗어났다. 상황은 아직도 절망적일 따름이다. 일찍이 지금 탄 종류와 같은 카누 네 척이 야만인 수중에 있다고 알고 있었고, 그중 두 척이 제인 가이 호가 폭발했을 때 산산조각이 났다는 사실은 몰랐다. 나중에 포로로 잡힌 야만인에게서 그때 상황을 들었다. 그래서 적들이 평소에 카누를 대는 4.8킬로미터 정도 거리에 있는 만으로 가서 조만간 우리를 추격해오리라 예상했다. 이런 상황이 두려워

사력을 다해 섬을 벗어났고 서둘러 먼바다로 나가며 포로에게
도 노를 젓게 했다.

30분쯤 지나 남쪽으로 아마 8킬로미터 내지 9킬로미터 정도
나아갔을 때 바닥이 평평한 카누와 뗏목 선단이 만에서 출격하
는 모습이 보였다. 분명히 추격할 생각인 듯했다. 얼마 지나지
않아 야만인들은 우리를 따라잡는 걸 단념하고 돌아갔다.

25

우리는 이제 남위 84도를 넘어서 광대하고 적막한 남극해에
있었다. 부서지기 쉬운 카누에 몸을 실었으며 거북 세 마리 말
고는 식량도 없었다. 극지방의 기나긴 겨울도 머지않아 닥쳐올
것이고 어느 항로로 항해할 것인지도 고심해봐야 했다. 같은
제도에 속한 여남은 섬이 보였고 서로 24킬로미터 내지 28킬
로미터 정도 떨어져 있었다. 그 제도에서는 어느 섬에도 갈 마
음이 추호도 없었다. 제인 가이호를 타고 북쪽에서 오면서 위
험한 빙원 지대를 서서히 지나왔다. 남극에 대한 일반적인 생
각과 아무리 일치하지 않더라도 사실이었다. 경험한 바이니 부
정할 수가 없다. 따라서 회항하는 건 어리석은 짓이다. 그렇게
늦은 계절에는 특히 그랬을 것이다. 희망을 걸어볼 만한 항로
는 단 하나밖에 없었다. 과감하게 남쪽으로 노를 저었다. 남쪽
에서 육지를 발견할 수 있을지도 모르고 한결 포근한 기후를
만날 가능성도 있었다.

북극해와 마찬가지로 이때까지 남극해도 사나운 폭풍우가 불지 않고 거친 파도도 일지 않았다. 그렇지만 우리가 탄 카누는 크기는 컸어도 기껏해야 부서지기 쉬운 구조물일 뿐이다. 얼마 되지 않는 수단으로 할 수 있는 한 카누를 안전하게 만들 생각으로 부지런히 몸을 움직였다. 카누 선체는 나무껍질과 다름없는 재료로 만들었다. 그것도 이름 모를 나무였다. 늑재(선박의 늑골을 이루는 재료 – 옮긴이)는 억센 고리버들을 목적에 맞게 잘 다듬어 만들었다. 전체 길이는 15미터, 너비는 1.2에서 1.8미터, 깊이는 1.4미터였다. 지금 말한 것처럼 문명국들이 아는 남반구 해양 원주민들이 타는 배와 모양이 달랐다. 우리는 카누 주인이었던 무지한 섬사람들이 만든 물건임을 믿을 수 없었다. 며칠 뒤에 포로를 심문해보고서야 우리가 발견한 땅에서 남서쪽에 있는 제도에 사는 원주민들이 만든 것으로, 우연히 그 야만인들 손에 흘러 들어갔다는 사실을 알게 되었다.

사실 카누를 안전하게 보강하기 위해 할 수 있는 일은 얼마 없었다. 양쪽 끝 부분에서 몇 군데 갈라진 틈을 발견해 모직 재킷 조각으로 덧대어 대충 수리했다. 남아도는 노로 뱃머리 쪽에 테두리 같은 걸 세워 그쪽으로 넘쳐 올라올 파도의 위력을 꺾을 수 있도록 조치했다. 노깃을 돛대로 쓰기 위해 두 개를 세워 배 가장자리에 하나씩 마주 보게 놓아서 활대(돛 위에 가로 댄 나무 – 옮긴이)가 필요 없어졌다. 이렇게 세운 돛에 셔츠로 돛을 달았다. 포로의 도움을 받을 수 없어 이 일은 꽤 힘이 들었다. 다른 작업에는 마다치 않고 열심히 일했지만 리넨을 보고는 이상하게도 충격을 받은 것 같았다. 아무리 말해도 만지거나 가까이 가지 않으려 하고 우리가 억지로 떠밀면 벌벌 떨며 이렇게 비명을 질렀다.

"테겔리 리!"

카누를 안전하게 정비하는 일을 끝마치고 나서 눈앞에 보이는 제도의 가장 남쪽을 바람 불어오는 쪽으로 지날 작정으로 당분간은 남남동쪽으로 항해했다. 이렇게 한 다음 우리는 뱃머리를 남쪽으로 돌렸다. 날씨는 나쁘다고 할 만한 수준은 아니었다. 주로 북쪽에서 바람이 부드럽게 불어와 바다는 잔잔하고 낮이 이어졌다. 다행히 얼음은 보이지 않았다. 베넷 섬이 있는 위도를 지나고 나서 얼음은 구경도 하지 못했다. 사실 그곳 수온은 얼음이 얼기에는 아주 높았다. 가장 큰 거북을 죽여 음식뿐만 아니라 물도 풍부하게 얻을 수 있어 우리는 별다른 사건 없이 7, 8일 동안은 항해를 계속했다. 그러는 동안 우리는 남쪽으로 꽤 먼 거리를 항해한 것 같다. 바람이 끊임없이 불어왔고 우리가 가는 방향으로 거센 조류가 줄곧 흘렀기 때문이다.

3월 1일[7]. 보기 드문 현상들이 다양하게 일어나 신기하고 놀라운 지역으로 진입했음을 알 수 있었다. 남쪽 수평선에서 옅은 회색 수증기가 연이어 높이 피어오르면서 하늘을 찌를 듯한 줄 모양으로 치솟기도 했다. 그러다 동쪽에서 서쪽으로, 서쪽에서 동쪽으로 휙 지나갔다가 다시 평평하고 고른 꼭대기로 나타났다. 간단히 말하면 남극광이 요란하게 온갖 모양을 드러내

---

7) 이유가 명확하므로 이 날짜들이 정확하다고 주장할 수는 없다. 주로 이해하기 쉽게 이야기하려고 제시한 것들이며 연필로 쓴 기록에 적어둔 대로다. – 원주

었다. 우리 위치에서 보면, 수증기의 평균 높이는 대략 25도였다. 바다 수온은 시시각각 오르는 듯했고 바닷물 색깔도 눈에 띄게 변해갔다.

3월 2일. 이날 포로를 심문해서 대학살이 일어난 섬, 거주민들, 풍습에 대해 상세한 정보를 캐내었다. 이 이야기로 독자들을 붙들어둘 수 있을지 모르겠다. 이것만은 꼭 말해두고 싶다. 우리는 그 제도에 섬이 여덟 개 있다는 사실을 알았다. 제도에서 가장 작은 섬은 '살레몬'이나 '프살레모운'이라고 부르는 왕이 다스린다. 전사들의 옷을 만든 검은 가죽은 왕의 궁전 근처 계곡에서만 볼 수 있는 거대한 동물에서 얻은 것이다. 도민은 바닥이 평평한 뗏목 말고 다른 배는 건조하지 않아서 카누는 가지고 있던 네 척이 전부였고, 그저 우연히 남서쪽에 있는 큰 섬에서 구한 것이었다. 포로의 이름은 누누였고 베넷 섬에 대해서는 아는 바가 없다고 했다. 누누가 살았던 섬의 이름은 '살랄'이다. '살레몬'과 '살랄'의 첫음절은 '시옷' 소리를 질질 끌어 발음했다. 연거푸 따라 해봐도 흉내 내기가 어려웠고 산 정상에서 우리가 먹어치웠던 검은 알락해오라기가 내던 울음소리와 아주 똑같았다.

3월 3일. 바닷물 온도가 놀라울 정도로 높았다. 색이 급격히 변해서 이제 투명하지 않았고 농도나 색깔이 우유와 같았다. 바로 가까이에 보이는 바다는 잔잔했고 카누가 위험해질 정도로 거친 파도는 일지 않았다. 하지만 양쪽 멀리 여러 군데에서 갑자기 해수면에 크게 물결이 일어 놀라는 일이 잦았다. 그러다 이런 물결은 수증기층이 걷잡을 수 없이 나풀나풀 흔들리고 나서 일어난다는 사실을 알아차렸다.

3월 4일. 이날 북쪽에서 불어오는 미풍이 눈에 띄게 잦아들어서 돛을 크게 만들 작정으로 코트 주머니에서 하얀 손수건을 꺼냈다. 그때 누누는 내 곁에 앉아 있었다. 리넨이 뜻하지 않게 누누의 얼굴로 펄럭거리자 경기를 일으켰다. 한참을 넋이 빠져 멍하니 있다가 나지막이 중얼거렸다.

"테켈리 리! 테켈리 리!"

3월 5일. 바람이 뚝 그쳤다. 하지만 강한 조류의 영향으로 남쪽으로 서둘러 불어 가는 게 분명했다. 사실 상황이 이렇게 흘러가면 놀라야 정상이지만 우리는 아무런 느낌이 없었다. 피터스도 어쩌다 이해할 수 없는 표정을 짓기도 했지만 얼굴에 놀란 기색은 없었다. 극지방의 겨울이 다가오는 것 같았다. 그렇다고 두려운 마음이 생기지는 않았다. 난 몸과 마음이 얼어버린 듯했다. 꿈꾸는 듯 몽롱한 기분, 그게 전부였다.

3월 6일. 이제 회색 수증기는 수평선 위로 더 높이 솟아올랐고 서서히 회색빛이 옅어져갔다. 바다의 수온은 지나치게 높아서 손을 넣어보니 기분이 나쁠 정도였고 희뿌연 색은 전보다 확연해졌다. 이날 카누 아주 가까이에서 거세게 물결이 일었다. 여느 때처럼 뒤따라서 수증기 꼭대기가 미친 듯이 너울거리다 아랫부분에서 금방 갈라졌다. 흔들리던 수증기가 서서히 잦아들고 바다에 일던 파도도 가라앉자, 확실히 재는 아니지만 그 비슷한 하얗고 고운 가루가 카누와 넓은 해수면 위로 부슬비처럼 내렸다. 그때 누누는 카누 바닥에 엎드려 아무리 설득해도 일어나려 하지 않았다.

3월 7일. 이날 누누를 심문해 섬사람들이 우리 동료들을 죽인 이유가 무엇인지 물었다. 그러나 누누는 공포에 질린 나머지 대답을 제대로 하지 못했다. 막무가내로 카누 바닥에 누워 있으려고만 했다. 이유가 무엇인지 되풀이해서 묻자 손가락으로 윗입술을 들어 올려 치아를 내보이는 바보 같은 몸짓만 해 보였다. 누누의 이는 검은색이었다. 살랄 섬 원주민의 치아를 본 건 이때가 처음이다.

3월 8일. 이날 하얀 동물 한 마리가 카누 옆으로 둥둥 떠내려 갔다. 생김새로 보아 살랄 섬 해변에서 야만인들 사이에 큰 소동을 일으켰던 동물과 같은 종류였다. 나는 그 동물을 건져 올리려고 하다가 별안간 마음에 내키지 않아 그만두었다. 수온은 계속 상승해서 이제는 손을 담글 수도 없었다. 피터스는 거의 말을 하지 않았다. 심드렁한 동료를 어떻게 생각해야 할지 종잡을 수가 없었다. 누누는 겨우 숨만 쉬었다.

3월 9일. 재와 비슷한 엄청난 양의 하얀 가루는 이제 쉴 새 없이 주변에 내렸다. 남쪽에 길게 이어진 증기가 수평선에 뭉게뭉게 피어올랐고 모양이 점점 더 뚜렷해졌다. 흡사 폭포에만 비유할 수 있을 것이다. 하늘에 아득히 멀리 존재하는 거대한 산허리에서 바다로 고요하게 흐르는 폭포였다. 그 거대한 장막이 남쪽 수평선 전체를 따라 퍼져갔고 아무 소리도 내지 않았다.

3월 21일. 이제 음산한 어둠이 우리 머리 위를 맴돌았다. 깊은 우윳빛 바다에서 환한 빛이 솟았고 카누 방파 벽을 따라 살며시 퍼졌다. 우리는 하얀 잿가루 소나기에 뒤덮일 지경이었다. 잿가루는 떨어지면서 우리 몸과 카누 위에 살포시 내려앉 았지만 바닷물에서는 녹았다. 장막 꼭대기는 멀고 아득해서 보 이지 않았다. 그런데도 우리는 분명히 무서운 속도로 빠르게 장막에 다가가는 길이었다. 간간이 그 안에서 잠깐씩이지만 입 을 크게 벌린 넓은 틈이 보이면서 그 틈새로 흐릿한 영상들이 뒤엉켜 휙 스치고, 조용하지만 갑자기 휘몰아치는 강한 바람이 불어와 사나운 바다를 조각조각 찢어놓았다.

3월 22일. 눈에 띄게 어두워졌지만 눈앞에 있는 하얀 장막 에서 거슬러 올라가는 눈부신 물이 어둠을 밝혔다. 거대하면서 창백하리만큼 하얀 새 떼가 장막 너머에서 끊임없이 날아왔다. 새들은 끝이 안 나는 '테켈리 리!'를 외치며 우리 시야에서 멀어 져갔다. 이때 누누가 카누 바닥에서 꿈쩍였다. 누누 몸을 만져 보니 이미 숨이 끊어져 있었다. 우리는 장막 안으로 돌진했다. 그 안에서 갈라진 틈이 우리를 받아주려고 입을 쩍 벌렸다. 갑 자기 우리 앞길에 수의를 입은 사람 형상이 나타났다. 그 어떤 인간보다 훨씬 거대했고 피부는 눈처럼 새하얬다.

추신

　얼마 전 애처롭게도 돌연 핌 씨가 사망한 일과 관련된 사정은 일간신문을 통해 잘 알려졌다. 핌 씨가 겪은 모험담 앞부분은 조판되었지만, 이야기를 끝낼 나머지 몇 장은 교열을 하려고 핌 씨가 보관하였다. 핌 씨가 생을 마쳐 나머지 원고가 분실되어 되찾을 수 없을 것이라는 우려가 생겼다. 하지만 그렇지 않을 수도 있다. 찾게 된다면 원고는 대중에게 공개될 예정이다.

　빠진 내용을 보충하려고 갖은 수단을 다 동원해봤다. 머리글에 이름이 언급된 신사는 서술된 내용으로 보아 빈 모험담을 채울 수 있을 것 같지만 애석하게도 이 일을 거절했다. 자신이 제공받은 상세한 내용이 전체적으로 부정확하고 이야기 후반부가 다 사실이라고 믿기지 않는다는 양해할 만한 이유 때문이다.

　피터스가 일리노이 주에 거주하고 있어 정보를 얻을 수 있으리라 기대했지만, 현재는 만날 수 없는 상황이다. 이후로 피터스를 찾을 수도 있으며 그렇다면 틀림없이 핌 씨의 이야기를 마무리 짓기 위해 자료를 제공해줄 것이다.

　남은 부분은 두세 장뿐이다. 이 마지막 두세 장 원고가 분실된 건 유감스러운 일이다. 왜냐하면 극지방이나, 적어도 그 인접 지역에 관한 내용을 다루었기 때문이다. 더불어 현재 남반구 해양으로 떠날 준비를 하는 정부 탐험대가 얼마 안 있어 저자가 극지방에 관해 서술한 내용이 진실임을 확인하거나 반박할 수도 있었기에 더 안타깝다.

이 이야기의 어느 대목은 논평하는 게 당연하다. 부록에 내놓은 의견이 현재 출판된 기이한 책에 조금이라도 신빙성을 더한다면 부록의 작가로서 무척 기쁠 것이다. 살랄 섬에서 발견한 협곡과 220쪽부터 223쪽에 나오는 그림에 대해 말하려고 한다.

펌 씨는 아무런 설명 없이 협곡 그림을 제시했고, 협곡 동쪽 끝에서 발견한 들쭉날쭉한 새김 자국에 대해서는 알파벳 문자와 닮긴 했으나 상상력이 풍부한 것에 불과하다고 단호하게 언급했다. 다시 말해 알파벳이 아니라고 판단했다. 이런 주장은 현상을 있는 그대로 본 것이고, 흙먼지 속에서 찾은 파편의 돌출부가 벽면의 새김 자국에 들어맞는다는 명확한 증거로 뒷받침되어 저자를 믿을 수밖에 없다. 그렇다 하더라도 모든 그림과 관련한 사실들이 기묘하다. 특히 이야기 본문에 서술된 내용과 관련지어 생각해보면 보기 드문 사실인 걸 확인할 수 있을 것이다. 그래서 협곡 그림 관련 사항에 대해 한두 마디 말해두는 것도 좋을 것이다. 펌 씨가 주의를 기울이지 않아 이 논평이 더 필요하다.

그림1, 그림2, 그림3, 그림5를 협곡이 나타나는 순서대로 서로 연결하고 옆으로 다시 갈라져 나간 작은 지류나 아치들을 제하면 에티오피아어로 '그늘지다'의 동사 원형이 된다. 여기서 '그늘'이나 '어둠'을 뜻하는 파생어들이 모두 나온다. 작은 지류나 아치들이 주요 구멍 사이에서 통로 역할을 하고 각각 뚜렷한 특성이 있다는 사실이 기억날 것이다.

그림4의 새김 자국에서 '왼쪽, 즉 가장 북쪽' 부분을 보면, 피

터스가 제시한 의견이 옳고 상형문자는 인위적인 그림이며 사람 형상을 그리려 했을 소지가 다분하다. 그림은 독자 앞에 있으니 유사점이라고 설명한 부분을 찾을 수도 있고 아닐 수도 있다.

나머지 새김 자국들은 피터스의 생각을 확실히 뒷받침한다. 윗부분은 아랍어 '하얘지다'의 동사 원형이 분명하다. 여기서 '밝음'이나 '순백'을 뜻하는 단어가 모두 파생되었다. 아랫부분은 바로 이해하기 쉽지는 않다. 문자들이 약간 끊어져 있고 연결되지 않기 때문이다. 그렇지만 완벽한 상태라면 '남쪽 지역'을 뜻하는 이집트어 단어가 된다는 사실을 의심할 수는 없다. 이런 해석들이 그림 중 '가장 북쪽'에 관한 피터스의 의견이 사실임을 증명해준다고 할 수 있을 것이다. '팔은 남쪽을 향해 뻗었다.'

이러한 결론들은 추측과 흥미진진한 판독을 하기 위한 드넓은 장을 열어준다. 눈에 띌 정도로 맥락이 이어지지는 않지만 이야기에서 스치듯 다루는 사건들을 눈여겨봐야 할 것이다.

바다에서 건진 하얀 동물의 사체를 발견하고 살랄 원주민들은 두려움에 떨며 '테켈리 리!'라고 소리쳤다. 이 말은 핌 씨가 가지고 있던 하얀 물건을 접했을 때 살랄인 포로가 몸서리를 치며 외친 소리기도 하다. 남극에서 하얀 증기가 자욱한 장막에서 빠져나와 날쌔게 나는 하얗고 몸집이 큰 새가 내던 날카로운 울음소리기도 했다. 살랄 섬에서 하얀 것이라곤 아무것도 없었다. 하지만 그 지역을 넘어서 항해할 때는 온통 하얀 것밖에 없었다.

언어학적으로 검토해보면 협곡이 많은 섬 이름인 '살랄'이 협곡과 유사하다거나 협곡의 굽은 길에 적혀 있던 에티오피아 문자와 관련 있다고 밝혀질 가능성이 있을 수도 있다.

"나는 산속에 그것을 새겨놓았고 바위 속 흙먼지 위에는 내 복수심을 아로새겼다."

줄리어스 로드먼의 일기
북아메리카 로키산맥을 횡단한 어느 문명인 이야기

Edgar
A. Poe

줄리어스 로드먼의 일기

북아메리카 로키산맥을 횡단한 어느 문명인 이야기

1

서론

독자 여러분이 이렇게 뛰어난 인물의 흥미진진한 이야기를 들을 기회를 잡게 된 건 보기 드문 행운이라는 점을 알아야 한다. 이 일기는 북극해에서 남쪽의 다리언 지협으로 뻗은 거대한 성벽과도 같은 눈 덮인 험준한 산맥을 최초로 횡단하는 데 성공한 사람의 기록일 뿐 아니라, 이 사람이 탐험한 광활한 산맥 너머의 지역이 당시 지도에 '미개척지'로 표시된 곳이라는 점에서 의미가 남다르다. 게다가, 그곳은 당시 북아메리카 대륙에서 유일한 미개척지기도 했다. 그러므로 대중의 관심을 끌기 위해 약간의 미사여구를 덧붙이더라도 양해해주길 바란다.

독자들은 다른 어떤 이야기보다 풍부한 영감을 얻게 될 것이며, 개척 경로처럼 현재와 관련이 깊은 부분은 흥미롭게 느껴질 것이다. 따라서 우리 독자들도 이 모험 이야기가 흥미진진하고 중대한 의의가 있다는 생각에 동의하게 될 것이라고 자신한다.

기록자였을 뿐 아니라 탐험대의 정신적 지주이자 지도자였던 한 신사의 특이한 성격 덕분에, 이러한 종류의 기록에 만연된 미온적이고 객관적인 시점과는 다른 낭만적인 열정이 녹아들 수 있었다. 독자들도 잘 알다시피, 이 원고를 제공해준 제임스 E. 로드먼 씨의 건강 염려증은 할아버지이자 원고의 저자인 줄리어스 로드먼 씨에게서 물려받았다. 줄리어스 로드먼 역시 젊은 시절에 이러한 성격으로 괴로워했는데, 이 병 때문에 굉장한 모험에 도전하게 되었다. 일기 초반부에서 그가 고백한 바로는, 사냥과 덫 놓기를 명분으로 내세워 참신하고 대담한 시도를 실행에 옮겼다고 한다. 줄리어스는 대자연에서 평화를 찾고자 열망했다. 여러 사람과 어울리는 사교 활동을 즐기지 않는 줄리어스는 친구들을 피해 광야로 도망친 셈이다. 줄리어스 씨의 기록을 통해서, 저자가 여러 면에서 보편적인 사람들과는 사뭇 다르게 행동했다는 점을 파악할 수 있다.

줄리어스 로드먼이 미주리를 떠나기 전의 인생에 대해 설명한 두 쪽가량의 원고를 분실했으므로, 여기서 잠깐 설명해두어야겠다. 줄리어스는 영국 상류층 출신으로 질 높은 교육을 받았으며 1784년 18살의 나이에 아버지, 미혼의 여동생들과 함께 미국에 이민 왔다. 처음엔 뉴욕에 정착했지만, 이후에는 도시를 떠나 켄터키로 이주하여, 지금의 밀 포인트 지역인 미시시피 강 근처에 자리를 잡았다. 이곳에 이주한 뒤 1790년 가을에 1대 로드먼 씨가 죽었고, 겨울에는 몇 주 차이를 두고 여동생들이 천연두로 죽고 말았다. 그 직후인 1791년 봄, 줄리어스 로드먼은 첫 탐험에 나섰다. 1794년에 돌아온 줄리어스 로드먼은 버지니아 애빙던에 집을 짓고 결혼하여 세 자녀를 낳았다. 로드먼의 후손들 상당수가 여전히 그곳에 산다.

제임스 로드먼이 한 이야기로는 할아버지는 탐험 과정에서 겪은 어려움에 대해 일기로 간략히 기록해두었는데, 몇 년 후 앙드레 미쇼가 그 일기를 보고 탐험을 결심하게 되었다고 한다. 식물학자이자 《북아메리카의 꽃》,《아메리카 떡갈나무의 역사》를 쓴 앙드레 미쇼는 최초로 로키산맥 너머 탐험대 파견을 준비 중이던 정치인 제퍼슨에게 자신도 참여하겠다고 제안했다. 미쇼는 탐험을 지속하여 켄터키 근처까지 진출했지만, 당시 필라델피아에 있던 프랑스 장관이 계획을 그만두고 본업인 식물 연구에나 집중하라는 명령을 내리는 바람에 중도에 포기할 수밖에 없었다. 결국 그 계획은 후에 루이스와 클라크가 성공적으로 완수하였다.

하지만 완성본은 미쇼에게 전달되지 못했다. 몬티셀로에 있는 미쇼의 임시 거처로 완성본을 배달하던 젊은이가 길에서 잃어버린 것으로 추정된다. 아무리 애써도 원고를 찾을 수 없었고, 특이한 성격의 소유자답게 줄리어스는 원고를 찾는 데 관심을 기울이지 않았다. 이상하게 보이겠지만 과연 줄리어스가 놀라운 탐험의 결과물을 대중에게 알리려고 조치하긴 했는지 의심하지 않을 수 없다. 줄리어스가 처음에 쓴 일기를 다시 손본 유일한 이유는 미쇼를 기쁘게 하기 위해서였을지도 모르겠다.

제퍼슨의 탐험 계획이 공개되자 참신한 시도라는 호평 일색이었고, 우리 이야기의 주인공을 떠올리는 사람은 로드먼 가족과 알고 지내는 극소수뿐이었다. 하지만 줄리어스는 한번도 자신이 겪은 탐험 여정을 대화 주제로 삼은 적이 없었다. 오히려 그렇게 되지 않도록 피하는 눈치였다. 줄리어스 로드먼은 루이스와 클라크가 돌아오기 전에 죽었고, 미쇼에게 전달하려던 일기는 3개월 전쯤 줄리어스가 즐겨 쓰는 책상의 비밀 서랍에서 발견되었다. 누가 그 일기를 거기에 넣어두었는지 알 길이 없다. 줄리어스 로드먼의 친척들은 이러한 혐의에 대해 무죄임이 밝혀졌다. 제임스 로드먼에게 무례를 범하려는 의도가 아니지만, 제임스가 전달자로부터 원고를 다시 입수하여 비밀 서랍에 감추었다는 추측이 가장 타당하며, 이러한 행동은 다른 사람과 구별되는 병적으로 예민한 성격에 부합한다는 생각이 들지 않을 수 없다.

우리는 줄리어스 로드먼이 쓰는 어조를 바꾸지 않았으며, 원고를 축약하지 않고 그대로 실었다. 문체는 흠잡을 데 없이 간결하고 인상적이었다. 그는 하루하루 자신이 지나온 새로운 광경의 위엄에 빠져들며 느끼는 커다란 기쁨을 생생하게 표현했다. 심지어 험난한 고난과 위험을 설명할 때조차 애정이 배어, 독자는 줄리어스 로드먼의 특이한 성격에 확 빠져들게 된다. 줄리어스 로드먼은 대자연을 향한 불타는 사랑에 사로잡힌 나머지, 온화하고 기쁨을 주는 모습보다는 음울하고 사나운 모습을 더욱 숭배하게 되었다. 줄리어스는 독자들도 부러워질 만큼의 황홀감을 가슴에 품은 채 종종 위협적이었던 대자연을 걸었다. 다시 말해, 줄리어스 로드먼은 엄숙한 고적함 속에서 여행

했으며 그러한 감정을 고스란히 묘사하고자 했다. 이 탐험가는 이러한 감정을 받아들이고 느낄 수 있는 영혼의 소유자였다. 그렇기에 로드먼이 쓴 원고가 타의 추종을 불허하는 귀중한 가치가 있다고 평가할 수 있다.

줄리어스 로드먼이 루이스와 클라크 이전에 로키산맥을 넘었다는 사실이 대중에게 알려지지 않았을 뿐 아니라, 미국 지리학자들의 논문에서도 언급되지 않았던 만치, 지금껏 숨겨진 이 이야기는 굉장히 낯설고 놀랍게 다가올 것이다. 다각적으로 확인한 결과, 이 여정에 대해 언급한 유일한 자료는 버지니아 샬로츠빌에 사는 W. 와이엇 씨가 소유한 미쇼의 미간행 편지뿐이다. 그것도 '엄청난 발상이 멋지게 실행되었다'고 가볍게 언급한 정도에 지나지 않는다. 이 밖에 다른 자료가 있었는지는 확실하게 알 수가 없다.

로드먼 씨의 이야기로 들어가기 전에, 다른 이들의 아메리카 대륙 북서부 탐험 성과를 살펴보려 한다. 독자들도 북아메리카 대륙 지도를 펼쳐놓고 이야기를 따라오면 수월하게 이해할 수 있을 것이다.

북아메리카 대륙은 북극해에서 시작하여 북위 70도에서 9도, 서경 56도에서 168도 사이에 걸쳐 있다. 이 거대한 땅덩어리 구석구석까지 어떤 식으로든 문명인의 발길이 닿았지만, 뿌리를 내린 곳은 많지 않다. 따라서 지도상 상당 부분이 '미개척지'라 표시되어 있고, 지금까지 그렇게 여겨진다. 이 지역은 남쪽으로는 위도 60도, 북쪽으로는 북극해, 동쪽으로는 로키산맥, 서쪽으로는 러시아 점유지에 걸쳐진 곳이다. 하지만 덕분에 로드먼은 미개척지를 여러 방향에서 횡단했다는 명예를 얻었고, 그중 가장 흥미로운 탐험과 발견에 관련된 이야기가 이제 출판되는 것이다.

1698년, 북아메리카 대륙을 탐험한 최초의 백인은 엔팽과 그 일행이다. 그러나 엔팽이 탐사한 지역은 대부분 남쪽에 치우쳐서 온전한 탐사라 부를 수는 없다.

어빙 씨는 《애스토리아》에서 대서양에서 태평양으로 횡단했던 조너선 카버 대령이 한 탐험이 최초 시도라고 언급하였지만, 여기에도 오류가 있다. 알렉산더 매켄지 경의 일기를 보면, 허드슨 만 모피 회사 주관으로 특별한 목적을 띤 두 번의 탐사가 착수되었다고 나와 있다. 하나는 1749년 초반이고 다른 하나는 1758년에 시행되었는데, 둘 다 실패했다.

카버 대령이 탐사를 시작한 때는 1763년 영국이 캐나다를 점령한 직후였다. 카버 대령이 세운 계획은 북위 43도와 46도 사이의 지역을 가로질러 태평양 연안에 가는 것이었다. 카버 대령의 목적은 대륙의 너비를 정확히 파악하여 서쪽 해안에 정부가 북서부 지역 탐험 혹은 허드슨 만과 태평양 간에 교신할 거점으로 삼을 만한 지역을 찾아내는 것이었다. 카버 대령은 당시 오리건 강이라 불리던 컬럼비아 강이 애니언 해협 어딘가로 흘러간다고 추측해 그 지역에 거점을 마련할 수 있으리라 추측했다. 그 주변 지역으로 새로운 교역로를 개척한다면 희망봉을 돌아가는 항로보다 가까운 항로를 열어, 중국과 영국의 식민지던 동인도제도와 직접 교역할 수 있을 것으로 예상했다. 막상 산맥을 넘으려 했을 때 당황하고 말았다.

시기적으로 보았을 때, 아메리카 북부 지역 탐험 역사에서 그다음으로 중요한 의의를 지니는 사람은 새뮤얼 헌이다. 새뮤얼은 구리 광산을 찾아내려는 목적으로 1769년부터 1772년에 걸쳐 대서양 연안 허드슨 만에 있는 프린스 오브 웨일스 요새에서 북서쪽을 향해 탐험하였다.

뒤이은 1774년에는 카버 대령이 부유한 국회의원 리처드 휘트워스와 함께 두 번째 도전에 착수했다. 여기서 주목할 부분은 계획 단계의 엄청난 규모뿐이다. 이 신사들은 미주리 강 지류를 항해하고 오리건 강의 발원지를 찾아 산을 탐험하며 애니언 해협 가까운 강 입구까지 내려갈 수 있도록 기술병과 선원을 50~60명 대동했다. 이 탐사를 위한 선박과 진지도 건설했다. 하지만 이 계획은 독립 혁명이 일어나는 바람에 모든 것이 중단되었다.

1775년 초반까지는 캐나다 선교사들이 북서부 지역에서 북위 53도, 서경 102도 서스캐처원 강 지역으로 모피 무역을 하였고, 1776년 초반에는 조지프 프로비셔가 북위 55도 서경 103도 지역까지 범위를 확장했다.

1778년에는 피터 본드가 카누 네 척을 끌고 엘크 강에서 힐스 호로 합류되는 지점까지 남쪽으로 50킬로미터를 내려갔다.

이제는 착수 단계에서 실패한 시도에 관해 이야기해야겠다. 그 계획은 대서양 연안에서 태평양 연안으로 광활한 지역을 횡단하겠다는 것인데, 대중에게 거의 알려지지 않았고 제퍼슨 혼자만 피상적으로 생각해본 것이다. 제퍼슨의 말로는, 이 계획은 쿡 선장과 성공적으로 탐험을 마친 레디어드가 파리에서 새로운 계획을 구상 중이던 자신에게 요청하여 시작되어, 캄차카 반도까지 육로를 이용하고 러시아 선박으로 갈아탄 뒤 누트카 만까지 이동하여 미주리 강을 따라 미국까지 내려가는 경로를 제안했다고 한다. 레디어드는 러시아 정부의 승인을 받을 수 있다면 동의하겠다고 했고, 급기야 제퍼슨은 승인을 받아내는 데 성공했다.

아쉽게도 파리에서 출발한 탐험가가 상트페테르부르크에 도착했을 때는 예카테리나 여제가 모스크바에서 겨울을 나기 위해 떠난 후였다. 상트페테르부르크에 머물 만한 경제적인 여유가 없었던 레디어드는 한 대사를 통해 통행증을 받아 여행을 계속하다, 320여 킬로미터 떨어진 캄차카 반도에서 여제가 이끄는 군대에 체포되고 말았다. 여제는 마음을 바꿔 레디어드가 여행을 하지 못하도록 했고, 이 탐험가는 마차에 태워져 밤낮으로 쉬지 않고 달려 폴란드로 이송된 후에야 풀려났다. 제퍼슨은 이 일이 '우리 대륙의 북서부를 탐험하려는 첫 시도'였다고 말했는데, 이는 잘못된 사실이다.

다음으로는 1789년에 알렉산더 매켄지 경이 도전에 나섰다. 매켄지 경은 몬트리올에서 출발하여 유타와 강, 니피싱 호, 슈피리어 호 북쪽 연안의 휴런 호를 따라 내려가 그랜드 포티지를 통과한 뒤, 그 뒤로는 우즈 호, 보닛 호, 도그 헤드 호 상류, 위니펙 호 남쪽 연안을 따라 내려가 시더 호와 서스캐처원 강 입구를 지나 스터전 호에 이르렀다. 그곳에서 다시 육로를 따라 미시시피 강에 이르러, 블랙 베어 호, 프라임 호, 버펄로 호를 지나 북동쪽과 남서쪽에 걸쳐 있는 높은 산악 지대에 도착했다. 여기서 엘크 강을 타고 힐즈 호까지 내려간 뒤 슬레이브 강을 따라 슬레이브 호를 거쳐 북쪽 연안 근처 매켄지 강까지 이동하고, 마지막으로 북극해까지 내려갔다.

매켄지 경은 이 엄청난 여정 동안 갖은 위험과 험난한 고초를 겪었다. 매켄지 경은 매켄지 강어귀에 이를 때까지 로키산맥 동쪽 기슭을 따라 이동했지만 이 산맥을 넘지는 못했다. 1793년 봄, 매켄지 경은 몬트리올에서 출발하여 피스 강까지 가던 중 서쪽으로 방향을 바꿔 지류를 거슬러 올라, 위도 56도에 위치한 산맥을 통과한 뒤, 지금은 프레이저 강이라 불리는 새먼 강까지 남쪽으로 내려와 북위 40도 위치에 있는 태평양 연안에 도착했다.

루이스와 클라크의 길이 기억에 남을 탐험은 1804년에서 1806년에 걸쳐 진행되었다. 1803년, 원주민들 교역 사무소를 설립하는 법안이 폐기될 위기에 처하자, 1월 18일 제퍼슨은 미주리 지역 원주민에 대한 시각을 확장한 수정안을 비밀리에 전달하여 의회에 상정하였다. 이를 준비하기 위해서는 로키산맥을 넘어 미주리 강 발원지까지 거슬러 올라가 최적의 수로를 따라 태평양까지 갈 탐험대를 파견해야 했다. 이번 계획은 완벽하게 성공하였다. 루이스 대위는 컬럼비아 강 상류를 탐험(어빙이 말했듯 처음으로 '발견'한 것이 아니다)하고, 지류를 따라 강어귀에 이르렀다. 컬럼비아 강 발원지는 1793년 매켄지 경이 이미 찾아간 적이 있었다.

루이스와 클라크가 미주리 강을 탐험하던 시기, 지블런 M. 파이크 장군은 미시시피 강을 탐험하여 아이태스카 호 유역 수원지까지 찾아가는 데 성공했다. 장군이 탐험에서 돌아오자 정부는 미시시피 강 서쪽을 탐험하도록 명령하여, 1805년에서 1807년에 걸쳐 북위 40도에 위치한 로키산맥을 넘어 오세이지 강과 캔자스 강을 따라 플랫 강 발원지를 거쳐 아칸소 강 수원지까지 진출하였다.

1810년, 노스웨스트 모피 회사 공동 경영자 데이비드 톰프슨은 강력한 탐험대를 꾸려 몬트리올에서 출발하여 태평양 연안까지 대륙을 횡단하였다. 초반 경로는 매켄지 경의 1793년 경로를 따랐다. 탐험 목적은 컬럼비아 강 하구에 교역 거점을 설립하겠다는 존 제이컵 애스터의 생각이 타당한지 파악하기 위해서였다. 산맥 동쪽에 이르렀을 때 탐험 대원 대부분이 도망가버렸지만, 톰프슨은 대원 여덟 명만 이끌고 성공적으로 산맥을 넘어 컬럼비아 강 북쪽 지류에 이르러, 발원지 가까운 지점에서 하산했다.

1811년 애스터가 꾸린 탐험대는 적어도 대륙 횡단이라는 점에서는 성과를 거두었다. 이 탐험에 대해서는 어빙이 이미 잘 설명해놓았으니 여기서는 간략히 설명하겠다. 윌슨 프라이스 헌트가 이끄는 탐험대는 몬트리올에서 출발해 유타와 강을 거슬러 오른 뒤 니피싱 호와 작은 호수를 지나 매키노(혹은 미칠리매키낵) 강까지 와서, 그곳에서 그린 만과 폭스 강, 위스콘신 강을 거쳐 프레리 더 신까지 오는 경로를 선택했다. 그리고 나서 미시시피 강을 따라 내려와 세인트루이스를 거쳐 미주리 강을 따라 올라가, 아릭카라 원주민 마을에 도착했다.

북위 46도와 47도에 걸쳐 있으며 강 하구 위쪽으로 2300여

킬로미터 떨어진 지점이었다. 그곳에서 남서부 사막으로 방향을 틀어 플랫 강과 옐로스톤 강 발원지가 있는 산맥을 넘어 컬럼비아 강 지류를 따라 바다에 이르렀다. 둘로 나뉘었던 탐험대는 험난하고 파란만장한 여정을 겪으며 귀환했다.

그다음으로는 스티븐 H. 롱 소령의 탐험을 주목할 만하다. 1823년, 이 신사는 세인트 피터 강을 따라 위니펙 호, 우즈 호 등의 지역을 탐험했다. 최근 보너빌 대위가 한 탐험은 아직도 대중의 기억에 남아 있으니 굳이 말하지 않겠다. 보너빌 대위의 모험은 어빙이 잘 알렸다. 1832년, 보너빌 대위는 오세이지 요새에서 로키산맥을 넘어 3년이라는 시간을 보냈다. 최근 들어 미국 영토 내에서는 과학 문명의 혜택을 입은 자 또는 탐험가의 발길이 닿지 않은 지역은 거의 없는 셈이다.

하지만 북쪽의 넓고 황량한 미개척지 중 매켄지 강 서쪽 지역은 로드먼과 몇 안 되는 그 일행을 제외하고는 어떤 문명인의 발길도 닿지 않았다. 로키산맥을 넘은 최초의 탐험가가 누구인지 하는 문제에서, 그 명예가 루이스와 클라크에게 넘어가서는 안 된다. 적어도 매켄지가 1793년에 탐험에 성공했으니 말이다. 사실 줄리어스 로드먼이 1792년에 그 엄청난 장벽을 넘었으니, 그야말로 최초의 탐험가라고 해야 한다. 따라서 뒤에 이어질 엄청난 이야기에 관해 관심을 기울여달라고 주장하는 것이다.

2

아버지와 두 여동생이 죽고 나자 나는 농장 일에 흥미가 사라져, 피에르에게 헐값에 팔아버렸다. 난 줄곧 미주리 강 유역에서 덫 놓기 사냥을 할까 생각했었는데, 이제는 강을 탐험한 뒤 모피를 구해 프티 코트에 있는 노스웨스트 모피 회사 대리점에 판매해보기로 마음먹었다. 약간의 모험심과 용기만 있으면 다른 어떤 방법보다 많은 재산을 일굴 수 있다고 확신한다. 또 사냥과 덫 놓기를 업으로 삼지는 않았지만 언제나 좋아했던 만큼, 피에르 윤트가 자주 말해왔던 서쪽 지역을 탐험하고자 하는 열망도 있었다. 피에르는 내게 그 누구보다 자신감을 불어넣어 준 이웃집 장남이다. 태도나 사고방식이 이상하기는 했지만 세상 누구보다 심성이 고운 친구였으며, 힘이 세지는 않지만 용기 있는 사람이다. 캐나다 출신인 피에르는 이따금 당일치기로 모피 회사에 다녀오곤 했는데, 마치 여행자인 듯 행동하며 여정에 관해 이야기하기를 즐겼다. 우리 아버지가 피에르를 아끼셨고 나 역시 그랬으니, 신께서 여동생 제인을 데려가시지만 않았더라면 피에르와 결혼시키지 않았을까 싶다.

아버지가 돌아가신 후 장래 문제를 고민할 때, 피에르가 함께 강을 간단히 탐사하고 오자고 제안해서 자연스레 힘들이지 않고 이 친구의 바람대로 되었다. 우리는 사냥과 덫 놓기를 번갈아가면서 가능한 한 멀리 미주리 강을 거슬러 올라가, 두 사람에게 충분히 돈이 될 만큼의 모피를 얻을 때까지 돌아오지 않기로 했다. 피에르 아버지는 이 탐사를 반대하지 않고 약

300달러를 여비로 챙겨 주었다. 덕분에 프티 코트에 나와 여행에 필요한 장비와 사람들을 구할 수 있었다.

프티 코트는 미주리 강 북쪽 둑에 있는 작은 마을로, 미시시피 강과 합류하는 지점에서 30여 킬로미터밖에 떨어지지 않은 곳이다. 낮은 언덕 기슭에 있는 암반 위에, 여름철 홍수 피해를 입지 않을 정도의 높이에 위치한다. 마을 위쪽은 숲이라서 대여섯 가구만 거주하지만, 조금만 동쪽으로 가면 강을 따라 교회와 열둘에서 열다섯 정도의 가구가 살았다. 프티 코트 거주민은 백여 명이며, 대부분 캐나다 출신의 크리올인(신대륙 발견 후 아메리카 대륙에서 태어난 에스파냐와 프랑스인들의 자손 – 옮긴이)이었다. 이 마을 사람들은 무지 게을러서 정원 가꾸는 것 외에 주변에 널린 비옥한 토지를 경작할 시도는 아예 하지도 않았다. 주로 사냥이나 원주민들과의 교역을 통해 얻은 모피를 노스웨스트 모피 회사에 판매하며 근근히 살아갔다. 우리는 프티 코트에서 별 어려움 없이 탐험 대원을 모집하고 장비를 구하리라 생각했지만, 실망스러운 결과를 맞이했다. 이 마을은 모든 면에서 열악한 환경이라 우리가 안전하고 효율적으로 탐험하는 데 필요한 모든 걸 구할 수 없었다.

우리 계획에 따르면, 원주민 부족들이 모여 사는 중심부를 관통해야 했다. 원주민에 대한 정보는 별로 없었지만 호전적이며 언제든 배신할 수 있는 자들이라 생각했고, 따라서 적당한 인력과 더불어 충분한 무기와 탄약을 챙겨가야 했다. 그뿐만 아니라 탐험으로 이윤을 얻기 위해서는 수집한 모피를 집까지 옮겨올 카누도 몇 척 필요했다. 우리가 프티 코트에 막 도착했을 때는 5월 중순이었는데 5월 말이 다 되도록 준비된 건 아무 것도 없었다. 그래서 강을 내려가 포인트에 가서 인력을 구해 오도록 두 번이나 인편을 보내며 적지 않은 비용을 썼지만 여 전히 소득이 없었다. 피에르가 미시시피 강 상류 탐험에서 돌 아오는 사람들을 만나 카누나 통나무배를 비롯해 우수한 일꾼 여섯 명을 구하고 저장 식품과 탄약을 구입하지 못했더라면, 우리는 필수품을 제대로 얻지 못했을 것이다.

날씨가 좋아서 우리는 6월 1일이 되기 전에 모든 채비를 마 칠 수 있었다. 1791년 6월 3일, 프티 코트에 있는 친구들에게 작별을 고하고 탐험에 나섰다. 우리 일행은 총 열다섯 명으로, 그중 다섯은 프티 코트에 사는 캐나다인들이며 모두 강 상류까 지 올라가 본 경험이 있었다. 이 도우미들은 좋은 선원이었으 며 훌륭한 동반자였다. 프랑스 노래를 부르고 술을 마실 수 있 는 한 말이다. 이 등산 안내자들은 술을 즐겨 마시는 사람들이 었지만 술에 취해 할 일을 못 한 적은 거의 없었다. 캐나다 선원 들은 늘 유쾌하게 지냈으며 언제든 일할 준비가 되어 있었다. 아쉬운 점은 그들이 사냥꾼으로서는 그리 뛰어나지 않았고 싸 움꾼으로서도 의지할 만한 사람들이 아니라는 사실이었다.

이들 캐나다인 다섯 중 둘이 강 상류로 800~900여 킬로미 터 거슬러 올라가는 동안 통역을 하고, 그 뒤에는 그때그때 통 역이 가능한 원주민을 구하려고 했다. 생각보다 우리처럼 인원 수가 적은 팀이 원주민들과 교역을 하려다 보면 덫에 걸릴 수 있으니, 가능한 한 원주민들과의 접촉을 피하기로 했다. 신중 하게 행동하고 어쩔 수 없는 경우에만 모습을 드러낸다는 게 우리의 방침이었다.

미시시피 강 탐험대에서 귀환한 후 우리 팀에 합류한 사람들은 캐나다인들과 사뭇 달랐다. 이 일꾼 중 다섯은 그릴리 집안의 형제였다. 이름은 존, 로버트, 메러디스, 프랭크, 포인덱스터였다. 좀체 찾아보기 어려울 만큼 대담하고 탁월했다.

존 그릴리는 다섯 중 최고 연장자며 다부진 몸집이었고, 고향 켄터키 최고의 명사수일 뿐 아니라 가장 힘이 센 사나이라는 평판이 자자했다. 존은 183센티미터에 어깨는 떡 벌어졌으며 팔뚝은 단단했고, 힘이 센 사람들이 그렇듯 성격이 좋아서 우리 모두에게 사랑받았다. 다른 형제 넷도 존에 비할 바는 아니었지만 힘이 세고 몸집이 단단했다. 포인덱스터는 키가 크고, 깡말라서인지 사나워 보였지만 행실은 형들처럼 얌전했다. 그릴리 형제들은 경험이 풍부한 사냥꾼이자 뛰어난 포수였다. 그릴리 형제가 함께 탐험하자는 피에르의 제안을 기꺼이 수락하자, 우리는 이번 탐험의 이윤을 공평하게 배분하기로 합의했다. 나와 피에르 그리고 이들 다섯 형제가 수익을 삼등분하기로 한 것이다.

귀환한 탐험대에서 데려온 여섯 번째 사람도 훌륭한 인력이었다. 이름은 알렉스 앤더 윔리며, 버지니아 출신으로 특이한 사람이다. 알렉스는 전도사였지만 나중에 예지자라는 환상에 사로잡혀 턱수염과 머리를 기른 채 맨발로 방방곡곡 돌아다니며 만나는 사람마다 장광설을 늘어놓았다. 이제는 그 환상이 다른 쪽으로 바뀌어 누구보다 더 빨리 금광을 찾는 생각에 사로잡혔다. 이 부분에선 다른 누구보다 미쳐 있었지만 다른 문제는 굉장히 합리적이고 꽤 정확하게 해결했다. 알렉스는 훌륭한 선원이자 사냥꾼이었고 다른 사람에 뒤지지 않을 정도로 용감했을 뿐 아니라 힘이 세고 발도 빨랐다. 난 알렉스의 열정적인 성격을 신뢰했는데 앞으로 드러나겠지만 끝까지 배신당하지 않았다.

다른 두 사람은 피에르 윤트가 부리는 흑인 노예 토비와 밀포인트 근처 숲에서 만난 이방인이었다. 이방인은 우리 계획을 듣자마자 합류하기로 결정했다. 이방인의 이름은 앤드루 손턴이며 버지니아 출신으로 북부 명문가 손턴 가문인 듯했다. 손턴은 약 3년 전에 버지니아를 떠나와 뉴펀들랜드종 큰 개 한 마리만 데리고 서부 지역을 방랑하였다. 손턴은 모피를 수집하지도 않았고 유랑하며 모험심을 충족시키는 것 외에 다른 목적은 없는 듯 보였다. 손턴은 밤에 모닥불 주변에 모여 앉아 있을 때면 광야를 떠돌며 겪은 모험담이나 고생담을 들려주며 우리 귀를 즐겁게 해주었다. 손턴이 해주는 이야기는 믿기지 않는 구석도 있었지만, 너무 진솔해서 한 치의 의심도 품지 않았다.

우리는 훗날 겪은 경험을 통해, 홀로 다니는 사냥꾼이 겪는 위험과 고난은 과장이 아니므로 이를 생생하게 묘사하는 게 중요하다는 점을 깨우쳤다. 난 첫 만남 때부터 손턴이 마음에 쏙 들었다.

토비에 대해서는 몇 마디밖에 하지 않았지만, 그렇다고 해서 토비가 우리 일행 중 덜 중요한 인물이었다는 뜻은 아니다. 토비는 오랜 세월 동안 윤트 가문 사람들을 섬기며 충직한 노예임을 입증했다. 우리 탐험에 동행하기에는 연로했지만 피에르는 이 친구 없이 떠나려 하지 않았다. 의외로 토비는 튼튼해서 엄청난 피로를 견뎌낼 수 있었다.

아마도 우리 일행 중 가장 약한 사람은 피에르였을 것이다. 피에르는 현명했을 뿐 아니라 어떤 일도 두려워하지 않는 용기가 있었다. 가끔 으스대는 듯한 태도가 싸움을 유발하는 바람에 한두 번 정도 탐험이 좌초될 뻔한 위기를 맞기도 했지만 진실한 친구였고 바로 그 점만으로도 소중한 존재였다.

지금까지 프티 코트를 떠날 당시, 우리 일행에 대해 간단히 설명했다.[1] 장비를 비롯해 곧 획득하게 될 모피까지 실을 생각으로 우리는 큰 배를 두 척 마련했다. 그중 작은 배는 자작나무를 가문비나무 뿌리 섬유로 엮은 뒤 송진으로 마감한 통나무배였다. 남자 여섯이면 쉽게 옮길 수 있을 만큼 가벼웠고, 길이는 6미터 정도여서 네 개에서 열두 개의 노로 움직일 수 있었다. 잠기는 깊이는 뱃전까지 짐을 실으면 45센티미터 정도, 비어 있을 때는 10센티미터를 넘지 않았다.

다른 하나는 피에르가 프티 코트에서 만난 미시시피 강 탐험대에게서 구입한 킬 보트(미국 하천에서 쓰이던 화물 운송선 – 옮긴이)였다. 이 배는 앞쪽 갑판 길이가 9미터로, 단단한 문이 달

---

[1] 로드먼은 자신에 관해서는 이야기하지 않았는데, 일행이 해준 설명을 들어보면 결코 리더다운 풍모는 아니었다고 한다. 손자 제임스 로드먼 씨가 준 기록에 따르면 "탐험을 막 시작했을 때 나이는 25세였고, 활발하고 적극적인 성격이었다. 키가 162.3센티미터에 불과했지만 체구가 단단했고 약간 흰 다리였다. 얼굴은 유대인의 특징이 도드라졌으며, 얇은 입술에 낯빛은 어두웠다"고 한다. – 원주

린 선실도 하나 있었고 바싹 붙으면 우리 일행을 수용할 수 있을 정도의 넓이였다. 선실은 두 겹의 떡갈나무 판자 사이에 뱃밥(낡은 밧줄 따위를 풀어 물이 새어 들어오지 못하도록 틈을 메우는 것 – 옮긴이)을 채워 넣어 총탄도 피할 수 있었고 적의 동태를 파악할 뿐 아니라 공격에 맞서 총을 쏠 수 있도록 몇몇 부분에 작은 구멍을 뚫어놓았다. 문을 닫았을 때는 그 구멍을 통해 빛과 공기가 드나들 수 있었고, 필요시에는 안전 마개로 막을 수도 있었다. 3미터가량 되는 뒤쪽 갑판은 개방되어 있어서, 여섯 명까지 노를 저을 수 있었지만 우리가 주로 이용한 건 장대였다. 뱃머리에서 2미터 정도 떨어진 위치에는 쉽게 돛을 올릴 수 있는 짧은 돛대가 세워져 바람이 좋은 날이면 커다란 사각형 돛을 올린 채로 나아갔다.

뱃머리 갑판 아래에는 화약 10통과 이에 비례하는 탄환을 실었고, 이 중 10분의 1은 라이플총이었다. 황동 대포와 포차 한 대는 작은 나침반 크기로 분해하여 몰래 실었다. 탐험하다가 언젠가 방어용으로 쓰이게 될 날이 있으리라. 이 대포는 2년 전 스페인군이 미주리 강 탐험에서 사용한 것 중 하나인데, 통나무배에 실려 프티 코트 위쪽까지 몇 킬로미터를 떠내려와 모래사장에 묻혀 있던 걸 한 원주민이 발견하여 마을로 옮겨놓았다가 위스키 몇 리터에 우리에게 판 것이다.

프티 코트 사람들은 강 위쪽으로 올라가 나머지 두 문도 가져왔다. 크기가 작은 대포였지만 질 좋은 금속을 사용하여 정교하게 만든 것으로, 프랑스군의 야전포처럼 뱀을 새겨넣은 장식이 돋보였다. 우리는 대포와 함께 발견된 대포알 50개도 입수했다. 대포 입수 경위를 설명한 이유는 이후 벌어진 탐험 활동에서 중요한 역할을 하기 때문이다.

여분으로 라이플총 50정을 상자에 넣어 다른 무거운 짐들과 함께 앞부분에 실었다. 강의 암초나 유목流木을 만났을 때 뱃머리가 들리지 않을 적절한 방법은 앞쪽에 짐을 싣는 것이기 때문이다.

우리는 다른 무기들도 넉넉하게 챙겼다. 각자 튼튼한 손도끼와 칼은 물론 라이플총과 탄약을 갖추었고, 배마다 주전자와 큰 도끼 세 개, 예인용 줄, 만일을 대비해 방수포 두 장, 배에 괸 물을 퍼낼 수 있도록 큰 스펀지도 두 개 실었다. 앞서 얘기하는 걸 깜박했는데 통나무배에는 작은 돛대와 돛이 있었고, 수리가 필요할 경우를 대비해 고무와 자작나무 껍질, 나무뿌리로 만든 실(북미 원주민들이 나무껍질을 꿰매어 카누를 만드는 데 사용함 – 옮긴이)뿐만 아니라 원주민을 위한 물품들과 미시시피 강 탐험대에게서 구입한 물품들도 꼼꼼하게 챙겨 실었다. 원주민들과 거래할 마음은 없었지만 저렴한 가격을 제시하니 언젠가 도움이 될 듯도 싶어 챙겨가는 편이 좋겠다고 생각했다.

물품 종류는 비단과 면 손수건, 실, 줄, 노끈, 모자, 구두, 바지, 작은 날붙이들과 철물, 캘리코(날염한 거친 면직물 – 옮긴이), 면 제품, 담배, 담요와 유리구슬 등이다. 이 물품들은 작게 포장하여 한 사람이 세 개씩 옮길 수 있었다. 식량은 먹기 간편한 것으로 해서 배 두 척에 나누어 실었다. 우리 전체 식량은 돼지고기 90킬로그램, 비스킷 270킬로그램, 페미컨(말린 고기로 만든 북미 원주민들의 비상식량 – 옮긴이) 270킬로그램으로, 프티 코트에 사는 캐나다인들이 마련해주었다. 이 사람들의 말에 따르면 노스웨스트 모피 회사는 긴 탐험을 떠날 때 사냥감이 충분하지 않을 경우를 대비해 이렇게 준비한다고 한다.

식량 제조 방식은 단 하나다. 큰 동물의 살코기 부위는 얇게 썰어서 은근한 불이나 햇볕에 말리거나 가끔은 냉동하기도 한다. 이런 식으로 충분히 건조되면 무거운 돌로 빻아 몇 년 동안 말린다. 고깃덩어리가 제대로 뭉치려면 봄철에 서리를 맞아야 하며 공기에 노출되면 곧 부패해버린다. 내장 지방과 엉덩이 살을 삶은 뒤 빻은 고기와 반씩 섞고 주머니에 넣어서 꼭 짠다. 그러면 힘들이지 않고 요리할 수 있고 소금이나 설탕 없이도 맛있게 먹을 수 있다. 호박과 말린 나무 열매를 첨가하면 최고의 페미컨이 만들어지는데, 이를 주식으로 삼는다.[2] 위스키 380리터는 20리터들이 유리병에 나눠 담았다.

모든 물품을 실은 뒤, 우리 일행이 모두 승선해보니 큰 선실을 제외하고는 여유 있는 공간이 없었다. 물론 손턴이 아끼는 개도 탑승했다. 그곳만큼은 날씨가 좋지 않을 때를 대비해 잠을 잘 수 있도록 무기와 화약, 비버 덫과 곰 가죽 양탄자를 제외

---

[2] 여기서 언급한 페미컨 제조 방식은 패리, 로스, 백을 비롯한 다른 탐험가들이 말한 방식과는 다르다. 우리가 아는 바로는, 지방을 조심스레 제거한 살코기를 물이 졸아들어 육수가 적당해질 때까지 삶은 뒤 양념과 소금으로 간을 하는 방식이다. 그러면 부피가 작으면서도 영양이 풍부한 식량이 된다. 상처를 입어 복부가 개방된 환자의 소화기관을 관찰하고 실험해본 한 미국인 의사는 이러한 과정을 통해 음식의 모든 영양소가 압축되는 것이라며 페미컨을 긍정적으로 평가했다. – 원주

하고는 아무 짐도 싣지 않았었다. 우리는 공간을 확보하기 위해 사냥꾼 넷이 강둑을 따라 걸으며 원주민이 접근하는지 정찰하며 사냥감을 구하기로 했다. 그리하여 말 두 마리를 구하고, 하나는 남쪽 강둑을 맡은 로버트와 메레디스, 다른 하나는 북쪽 강둑을 맡은 프랭크와 포인덱스터에게 맡겼다. 그릴리 형제는 말을 타고도 쉽게 사냥감을 잡을 수 있었다.

이러한 조치 덕분에 인원이 열한 명으로 줄어들어 여유가 생겼다. 작은 배에는 프티 코트 주민 둘과 피에르, 토비가 탔고, 큰 보트에는 예언자(우리가 붙여준 별명이었다) 알렉산더 웜리, 존 그릴리, 앤드루 손턴, 프티 코트 주민 셋과 나 그리고 손턴을 따르는 개가 탔다.

가끔 노를 젓기도 했지만 대부분은 강바닥에 장대를 박아 밀거나, 몇몇은 강가에서 밧줄로 배를 끌고 배에 남은 사람들은 장대로 배를 밀었다. 종종 우리는 함께 장대를 밀곤 했다. 캐나다인들은 노 젓기뿐 아니라 이러한 방식(강바닥이 진흙투성이나 유사流砂가 아니고 너무 깊지만 않다면 가장 좋은 방법이다)에 능숙했다. 캐나다인들은 끝을 철로 마감한 단단하며 가벼운 장대를 사용했으며, 뱃머리 양쪽에 나누어 서서 선미 쪽으로 얼굴을 향하고 강바닥까지 장대를 넣은 뒤 꼭대기 부분을 어깨에 붙여 쿠션처럼 만든 뒤 뱃머리 방향으로 움직이면 배가 앞으로 나아갔다. 장대를 이용하는 한 조타수는 필요 없었다. 장대로 정확한 방향으로 항해할 수 있었기 때문이다. 물살이 빠르거나 수심이 얕을 때는 손으로 밀고 끌기도 하면서 파란만장한 미주리강 탐험을 시작했다.

탐험의 주된 목적이었던 동물 가죽은 원주민과 직접 거래하지 않고 대부분 수렵 활동으로 구했다. 우리처럼 적은 인원으로는 원주민들처럼 신뢰할 수 없는 인간들과 안전하게 거래할 수 없다고 진작부터 생각하였다. 우리가 선택한 경로를 먼저 다녀온 탐험가들이 수집한 모피는 주로 비버, 수달, 담비, 스라소니, 밍크, 사향쥐, 곰, 여우, 키트여우, 족제비, 너구리, 아메리카담비, 늑대, 물소, 사슴, 엘크 등이었지만 우리는 좀 더 값비싼 가죽에 집중할 계획이었다.

프티 코트를 출발하는 날 아침, 우리는 의욕이 넘치고 즐거운 상태였다. 누구도 우리보다 즐거울 수는 없었을 것이다.

아직 여름은 시작되지 않았고, 서늘한 바람에는 봄날의 관능적인 부드러움이 실려 불어왔다. 태양은 밝게 빛났지만 뜨겁지는 않았다. 강은 얼음이 녹아 물이 불은 상태라서 걷기 때면 보기 싫게 드러나는 강바닥의 울퉁불퉁한 충적토를 감추어버렸다. 한쪽에는 물기를 머금은 버드나무와 미루나무가 무리를 이루고 즐비하고, 다른 쪽으로는 날카로운 절벽이 대담하게 선광경이 장관이었다.

나는 저 멀리 서쪽 수평선 너머로 흐르는 강을 바라보며 이 강이 통과하는 지역이 얼마나 광대한지 상상해보았다. 아직 어떤 탐험가들도 가보지 못했지만 신께서 빚어놓은 장엄한 작품이 가득하리라. 나는 이전에 경험해보지 못한 전율을 느끼며 역경에 무릎 꿇지 않고 이전의 탐험가들보다 멀리 이 장대한 강을 거슬러 올라가 보겠노라고 다짐했다. 그때 당시에는 초인적인 어떠한 힘에 사로잡혀 있어서, 나의 야성적 충동은 좁은 배 안에서는 충족될 수 없을 정도로 최고조에 달했다.

나는 그릴리 형제들과 강둑을 따라 움직이고 싶었다. 그러면 대평원을 뛰거나 달리고 싶은 감정을 발산할 수도 있을 것 같았다. 손턴도 탐험에 깊은 관심을 피력했고 아름다운 풍광에 감탄하며 이러한 감정을 솔직하게 드러냈다. 그 순간부터 손턴을 가장 좋아하게 되었다. 지금껏 살아오면서 그때만큼 오해받을까 염려하지 않고 열렬히 다른 친구와 대화하고 싶었던 적은 없었다. 가족들의 갑작스러운 죽음이 슬프긴 했지만, 그 일로 인해 우울감에 빠지진 않았다. 대자연을 떠올리며 영혼의 안식을 찾은 덕분이다. 하지만 이러한 풍광과 감상 역시 감정을 교류할 친구가 없었더라면 제대로 만끽하지 못했을 것이다.

손턴은 조롱거리가 될까 염려치 않고 내 진심과 감정을 솔직히 털어놓을 수 있는 사람이었고, 나만큼이나 다른 사람의 말에 귀 기울여주는 사람이라고 확신하게 되었다. 난 그 이전이나 이후에도 손턴처럼 자연에 대한 내 생각에 깊이 공감해주는 사람을 만나지 못했고, 이러한 점만으로도 손턴과 내가 견고한 우정을 쌓기엔 충분했다. 난 손턴과 탐험 기간 내내 형제처럼 친밀하게 지내며 이 친구와 매사를 상의해서 결정했다. 피에르와도 친구였지만 생각을 공유한다는 연대감은 없었다. 피에르는 예민하기는 했지만 내 경건한 열정을 이해하기엔 충동적이었다.

탐험 첫날에는 특별한 사건이 일어나지 않았다. 해는 저물어가는데 강 남쪽의 커다란 동굴 입구까지 나아가지 못해 애를 먹었다는 사실 외에는 말이다. 이 동굴 외관은 무시무시해 보였다. 우뚝 솟은 60미터 절벽 기슭에 자리했고 밑에는 강이 유유히 흐른다. 동굴 길이는 정확히 모르겠지만, 높이는 5미터 정도며 폭은 최소 15미터 정도였다.[3] 절벽 근처에서는 물살이 빨라져 배를 끌 수 없을 지경이 되자 물살을 헤치고 배를 움직이려면 엄청난 힘을 들여야 했다. 결국 우리는 한 사람을 제외한 모두의 힘을 합쳐 어려움을 극복해낼 수 있었다. 그 한 사람은 통나무배에 남아 동굴 아래에 정박했다.

우리는 힘을 합쳐 노를 저어 큰 배가 물살이 거센 지역을 벗어나게 한 뒤, 통나무배가 있는 쪽으로 밧줄을 풀고 뒤쪽에서는 끌어당기며 조금씩 나아갔다. 그날 하루 동안은 작은 지류인 본옴, 오세이지 팜 강과 작은 삼각주 몇 개를 지났다. 맞바람이 치는 와중에도 40킬로미터가량 이동하고 '악마'라는 이름의 급류 아래 북쪽 강둑에서 야영했다.

6월 4일. 이른 아침 프랭크와 포인덱스터 그릴리가 살찐 수사슴을 잡아온 덕분에 기분 좋게 아침 식사를 하고 힘차게 출발했다. 악마 급류에 이르자 물살이 남쪽으로 튀어나온 바위에 엄청난 힘으로 부딪히는 바람에 도저히 방향을 가늠할 수 없을

---

3) 여기서 언급한 동굴은 뱃사람이나 무역업자들 사이에서는 '여관'이라고 불렸다. 절벽 위에서 내려다볼 때의 괴기스러운 외관은 한때 원주민들에게 경외심을 불러일으키기도 했다. 루이스 대위는 이 동굴에 대해 폭은 36미터, 높이는 6미터, 깊이는 12미터며, 위쪽 절벽 높이는 약 90미터라고 했다. 로드먼의 설명이 루이스가 설명한 수치에 미치지 못한 이유는 사실을 과장하지 않았기 때문이다. 지금 와서 살펴보면, 로드먼이 언급한 모든 수치는 실제로 확인된 수치와 오차가 크지 않다. – 원주

지경이었다. 그보다 조금 더 올라가니 유사에 부딪혀 난관에 봉착하고 말았다. 강둑은 점점 멀어졌고 시간이 지날수록 강바닥도 바뀌어갔다.

8시 무렵, 동쪽에서 불어온 선선한 바람 덕분에 빠르게 전진하여, 밤이 될 때까지 50킬로미터 혹은 그 이상 이동할 수 있었다. 우리는 북쪽으로 올라가며 두보이스 강, 샤리테 천과 작은 삼각주 몇 개를 지났다. 밤이 깊어지자 물살이 더욱 빨라지는데 가까운 곳에 야영할 만한 장소가 없어 미루나무 군락 아래에 정박했다.

아름다운 날씨였다. 흥분된 난 쉽게 잠들 수 없어서 새벽녘까지 주위를 둘러볼 요량으로 손턴에게 동행하자고 요청했다. 나머지 일행은 선실을 지켰고 그제야 대여섯 명 이상이 지낼 수 있을 만큼 선실이 꽤 널찍하다는 사실을 알았다. 사람들은 한밤중에 선실 위에서 알 수 없는 이상한 소음이 들려오는 바람에 잠을 설쳤다고 한다. 몇몇이 밖으로 나가 어디서 소리가 나는지 찾아보려 했지만 소음 유발자는 이미 사라진 뒤였다. 나는 어제 갓 잡은 신선한 사슴 고기 냄새를 맡은 원주민의 개가 조금이라도 얻어먹을 요량으로 낸 소리라는 생각이 들었다. 상당히 그럴듯한 해석이라고 생각했지만, 그날 밤의 일을 겪으며 야간 보초를 세우지 않으면 위험할 수도 있다는 데 의견을 모았다.

여기까지가 로드먼이 직접 쓴, 처음 이틀 동안 일어난 일들에 대한 기록이다. 그 뒤, 미주리 강을 거슬러 올라 8월 10일 플랫 강 하구에 도착할 때까지 있었던 여정은 자세히 설명하지 않았다. 미주리 강에 대해서는 자주 소개되어 잘 알려진 만큼 설명이 더 필요치 않을 것이다. 일기에서도 여정보다는 항해와 사냥, 주변에 펼쳐지는 자연에 대해 주로 다루었다. 이 탐험대는 세 번 정도 멈춰서 덫을 놓았지만 별다른 성과를 거두지 못하자 고정적으로 모피 수집을 꾀하기에 앞서 내륙 지방 깊숙이 들어갔다.

우리가 생략한 이 두 달 동안 기록된 사건은 단 두 건뿐이다. 하나는 캐나다인 자크 로잔이 방울뱀에 물려 죽은 것이고, 다른 하나는 스페인 주둔군 사령관의 명에 따라 여기서 탐험을 중단하고 돌아가야 할 뻔했다는 것이다. 다행히 파견대를 이끄는 장교가 탐험에 크게 흥미를 보인 데다 로드먼에게 호감을 느낀 덕분에 탐험을 계속할 수 있었다.

때때로 오세이지와 캔자스 원주민 무리가 배 주변을 맴돌았지만 적대감을 드러내지는 않았다. 따라서 숫자가 열넷으로 줄어든 탐험대가 플랫 강어귀에 도착하는 1791년 8월 10일까지 넘어가도록 하겠다.

3

탐험대는 플랫 강 하구에 도착하여 사흘 동안 야영하며 물품이나 사냥감 통풍 및 건조, 새로운 노와 장대 제작, 자작나무 카누를 수리하는 데 몰두했다. 사냥꾼들은 많은 사냥감을 잡아왔고 그 양이 너무 많아 전부 배에 싣지 못할 지경이었다. 사슴도 충분했고 칠면조와 살찐 뇌조도 풍족했다. 더불어 다양한 물고기를 잡았고 강둑에서 멀지 않은 곳에서 진귀한 종류의 머루도 발견했다. 사냥 기간이라 보름 이상 원주민을 보지 못했고, 물소 떼를 쫓아 평원에 모여 있으리라고 확신했다. 장비 점검을 마치자 탐험대는 야영지를 떠나 미주리 강을 거슬러 올라갔다. 이 부분부터 다시 이야기를 이어가도록 하겠다.

8월 14일. 우리는 남동쪽에서 불어오는 쾌적한 미풍을 맞으며 출발하여, 남쪽 연안을 따라 나아갔다. 강 중심부는 물살이 거셌지만 회오리바람 덕분에 빠른 속도로 움직일 수 있었다. 정오 무렵, 남서 연안에서 엄청난 흙더미를 발견하고는 이를 조사하기 위해 멈추었다. 족히 1.2제곱킬로미터는 넘는 땅이었다. 가까이 커다란 연못이 있어 지면 낮은 곳으로 물이 흘렀다. 땅 표면은 모래와 진흙으로 이루어진 각양각색 흙더미로 덮였고 강 쪽 지대가 더 높았다. 이 작은 언덕이 자연적으로 생긴 건지 인공적으로 만들어진 건지는 알 수 없었다. 땅 표면에 물의 작용으로 생겨난 흔적을 발견하지 못했더라면 원주민이 만들었다고 추측할 만도 했다. 우리는 여기서 밤을 나기로 했다. 총 이동 거리는 32킬로미터였다.

8월 15일. 오늘은 반갑지 않은 세찬 역풍 때문에 엄청난 고생을 하고도 겨우 24킬로미터밖에 이동하지 못했다. 북쪽 연안 절벽 아래에서 야영했는데 노더웨이 강을 떠나온 이래 북쪽에서 절벽을 발견한 건 처음이었다. 밤사이 폭우가 쏟아지자 그릴리 형제들은 말들을 선실에 데려다 두었다. 로버트는 말을 끌고 남쪽 강둑에서 헤엄쳐 온 뒤, 카누를 타고 메레디스를 데리러 갔다. 그날 밤은 내가 보던 중 가장 어둡고 폭풍우가 거센 날이었고 강물도 상당히 불었지만 로버트는 이러한 행동에 따른 위험은 생각하지 않은 것 같았다. 날씨가 꽤 서늘해서 우리는 선실에 앉아 손턴이 들려주는 이야기를 들으며 밤늦게까지 깨어 있었다.

미시시피 강에서 원주민을 만난 모험의 후일담이었는데 손턴이 키우는 커다란 개조차 한 마디 한 마디에 귀 기울이고 있는 것 같았다. 손턴은 좀체 믿기 어려운 상황을 이야기할 때면 그 개가 증인이라도 되는 듯 "넵, 그때 기억나지 않아?"라던가 "넵도 진실이라고 맹세할 수 있을 거야. 그렇지, 넵?"이라고 진지하게 말을 걸었다. 그러면 개는 혀를 늘어뜨린 채 눈을 깜박이며 머리를 끄덕였는데 마치 "성경 말씀만큼이나 진실한 이야기죠"라고 말하는 듯했다. 나중에 개가 보인 이러한 행동이 훈련받은 속임수라는 사실을 알게 된 후에도 손턴이 개에게 신호를 주려 할 때마다 웃음이 터지려는 걸 도저히 참을 수 없었다.

8월 16일. 아침 일찍 출발하여 섬 하나와 폭이 10미터 정도 되는 작은 강을 지나, 20킬로미터쯤 더 가서 강 한가운데 있는 커다란 섬을 지났다. 우리가 나아가는 방향의 북쪽은 고지대 평원과 수목이 울창한 언덕이 있고, 남쪽은 미루나무 군락이 밀집한 저지대다. 강은 굽이쳐 흐르지만 플랫 강처럼 물살이 빠르지는 않다. 강 주변은 앞서 지나온 곳만큼 나무가 무성하지는 않고 수종 대부분은 느릅나무, 미루나무, 히커리, 호두나무와 떡갈나무다. 온종일 세찬 바람이 분 덕분에 밤이 되기 전까지 40킬로미터를 더 이동할 수 있었다.

오늘은 남쪽 평지에서 야영했다. 높이 자란 잔디로 뒤덮여 있고 자두나무와 까치밥나무 덤불이 우거진 곳이었다. 뒤편에는 가파른 산등성이가 솟아 있었는데, 400미터가량 오르면 다른 평지가 펼쳐졌고 그곳에서 다시 산등성이를 넘으면 또 다른 평지가 나타났다. 육안으로 확인할 수 있는 건 이 정도였다. 우리 바로 위에 위치한 절벽에서 바라보는 전망은 형언할 수 없이 아름다웠다.

8월 17일. 내내 야영지에 머무르며 여러 가지 일에 전념했다. 난 손턴과 그의 개와 함께 남쪽을 둘러보고 자연의 관능적인 아름다움에 매료되었다. 마치 아름다운 평원이 아라비안나이트를 들려주는 듯했다. 계곡 가장자리에 핀 야생화 무리는 마치 예술 작품인 듯 다채로운 색깔로 아름답게 피었고, 그 향기는 숨이 막힐 듯 강렬했다. 바람에 흔들리는 모습을 보면 보라, 파랑, 오렌지, 진홍빛 꽃들의 바다 한가운데 존재하는 나무들이 무성한 초록빛 숲에 들어온 기분이 들었다. 이 섬에는 거대한 떡갈나무 숲이 있었는데 그 아래에는 초록빛 벨벳 양탄자와 같이 잔디가 깔렸으며, 두꺼운 나뭇가지를 타고 올라간 포도 덩굴이 풍성하고 탐스럽게 익은 과일이 매달려 있었다.

멀리서 보는 미주리 강은 장관이었다. 곳곳에 자리한 자두나무나 관목 숲이 우거진 섬들의 모습은 좁은 미로처럼 얽히고설킨 점만 제외한다면 영국식 정원처럼 보였다. 여기서 엘크나 영양을 보았다 해도 누구도 의심하지 않을 것 같았다. 해 질 무렵,

우리는 짧은 나들이로 벅찬 마음으로 안고 야영지로 돌아왔다. 그날 밤은 따뜻해서 모기 떼에 시달려야 했다.

8월 18일. 오늘은 좁은 지류를 지났다. 강폭은 180미터를 넘지 않았는데 물살이 빠르고 떠내려오는 통나무나 나뭇가지들이 많아 나아가는 데 애를 먹었다. 큰 배가 유목 위에 쓸려 올라가 끌어내리기도 전에 배의 절반이 물에 잠기고 말았다. 결국 우리는 이동을 멈추고 물품을 점검해야 했다. 비스킷 일부가 손상되기는 했지만 탄약은 무사했다. 남은 하루 동안, 겨우 8킬로미터밖에 이동하지 못했다.

8월 19일. 아침 일찍 서둘러 출발한 덕분에 제법 긴 거리를 전진할 수 있었다. 날씨가 서늘하고 흐리더니 정오 무렵엔 소나기를 만나고 말았다. 하구가 커다란 모래섬으로 이루어진 남쪽 시내를 지나 위쪽으로 28킬로미터 정도 나아갔다. 강에서 20~30킬로미터쯤 떨어진 곳은 산지다. 북쪽은 좋은 목재용 나무가 많았지만 남쪽엔 거의 없었다. 강에서 가까운 쪽에는 평지가 아름답게 펼쳐져 있었고, 강둑을 따라 네댓 종류의 포도가 열려 있었다. 모두 잘 익어 맛이 좋았지만 그중 유달리 알이 큰 보라색 포도가 최고였다. 밤이 되자 사냥꾼들이 강 양안에서 사냥감을 가지고 돌아왔다. 뇌조 한 마리, 칠면조 몇 마리, 사슴 두 마리, 영양 한 마리, 검은 줄무늬 노란 새 여러 마리까지 우리 예상을 훌쩍 뛰어넘는 양이었다. 노란 새는 특히 맛있었다. 오늘 하루 동안 32킬로미터가량 이동했다.

8월 20일. 아침에 일어나보니 강물 위에 모래톱과 여러 부유물이 가득했다. 우리는 아랑곳하지 않고 힘차게 나아가 날이

어두워지기 전까지 전날의 야영지에서 32킬로미터쯤 떨어진 넓은 시내 어귀에 도착했다. 시내는 북쪽에서 흘러내려 왔으며 어귀 맞은편에는 큰 섬이 있었다. 우리는 이 섬에 야영지를 마련하고 닷새가량 머무르며 비버를 잡는 덫을 설치하기로 했다. 주변에서 비버가 많이 서식한다는 흔적을 발견했기 때문이다.

요정들의 이야기에 나옴 직한 이 섬의 정경을 바라보며 새로운 영감이 솟아올랐다. 전체적인 섬 모습이 내가 어린 시절 꿈꾸었던 장면과 흡사했던 것이다. 강둑은 물가 쪽으로 완만하게 경사를 이루었고 물가에서 조금 떨어진 계곡물 밑에는 반짝이는 초록빛 잔디가 양탄자처럼 깔렸다. 반면 북쪽에서 흐르는 맑은 시냇물은 강에 합류되었다. 섬 면적은 대략 8만 제곱미터로 섬 가장자리에는 강이 보이지 않을 정도로 미루나무가 빽빽이 군락을 이루었고, 나무의 몸통을 타고 올라간 포도 덩굴에는 과일이 가득 열려 있었다. 섬 안쪽에는 연노랑 또는 잎 가운데 흰 줄무늬가 있는 뻣뻣한 풀이 높이 자라, 바닐라와 비슷한 맛있는 향을 풍겨 대기 중에 그 향기가 감돌았다. 영국 향모(향기가 나는 벼 모양의 풀 - 옮긴이)가 이와 같은 속屬이라는 건 확실하지만 외관이나 향은 그보다 못하다.

섬 곳곳에는 파란색, 흰색, 노란색, 보라색, 선홍색, 진홍색의 튤립처럼 잎이 갈라진 꽃 등 각양각색 아름다운 꽃들이 만개하여 향기를 풍겼다. 어딜 가든 벚나무와 자두나무를 볼 수 있었고 엘크나 영양이 오가며 만들어놓은 구불구불하고 좁은 오솔길이 나 있었다. 섬 중심부 가까이에는 맑은 물이 솟아나는 암벽이 있었는데, 이끼와 나무 덩굴에 뒤덮여 있었다. 전체적인 모습은 인공적으로 꾸며놓은 정원 같았지만, 동화책에서 나오는 마법의 정원보다 훨씬 아름다웠다. 우리는 모두 아름다운 대자연의 광경에 도취되어 환희에 가득 차 야영을 준비했다.

탐험대는 이곳에서 일주일 동안 머무르며 다방면으로 북쪽 지방을 탐험하고, 앞서 말한 시내 쪽에서 모피 사냥을 했다. 날씨는 화창했고 지상낙원에서 탐험대가 만끽하는 즐거움을 방해하는 건 아무것도 없었다. 하지만 로드먼은 방비를 게을리하지 않았다. 매일 밤 모두가 한데 모여 여흥을 즐길 때도 빼먹지 않고 보초를 세웠다. 여태까지는 이처럼 먹고 마시며 즐긴 적이 없었다. 캐나다인들은 먹고 요리하고 춤추며 목청껏 프랑스 노래를 불러대며, 노는 데 탁월한 재주를 가진 걸 증명했다. 낮 동안 그들은 야영지를 지켰고 다른 일행들은 사냥을 하거나 탐험을 하러 나갔다. 그러던 중, 로드먼은 비버가 가진 습성을 파악할 좋은 기회를 잡았는데, 로드먼의 설명은 흥미롭기는 하지만 일반적으로 알려진 내용과는 여러 면에서 다르다.

로드먼은 평소처럼 손턴, 그의 개와 함께 시내를 거슬러 강에서 16킬로미터가량 떨어진 산 위 수원지까지 올라갔다. 그러다 비버가 댐을 쌓아 만들어놓은 커다란 늪지를 발견했다. 늪 가장자리에는 두꺼운 버드나무 가지가 쌓여 있었고, 물 위로 튀어나온 부분에서 비버 몇 마리를 발견했다. 이들은 조금 떨어진 곳에 개를 놔두고 살금살금 기어가 비버에게 발각되지 않고 크고 두꺼운 버드나무 가지에 올라타는 데 성공했다. 이렇게 해서 비버의 행동을 관찰할 수 있었다.

로드먼과 손턴은 비버가 댐을 세우고 수리하는 전 과정을 관찰하였다. 이 건축가들은 늘 가장자리로 올 때마다 입에 나뭇가지를 하나씩 물고 와 조금씩 진척되어 갈수록 세로로 조심스레 놓았다. 그리고 물에 뛰어들자마자 진흙을 잔뜩 묻힌 채 물 밖으로 나와 물기를 털어내고는 발과 꼬리를 이용하여 쌓아올린 나뭇가지 틈새에 진흙을 발랐다. 그런 다음 숲으로 달려가면 다른 녀석이 똑같은 작업을 이어간다.

이런 방식으로 댐의 손상된 부분이 복구된다. 로드먼과 손턴은 두 시간에 걸쳐 일련의 과정을 관찰하고는 비버의 정교한 기술에 대해 확신하게 되었다. 그러나 비버가 나뭇가지를 찾으러 늪을 떠나 버드나무 사이로 사라져버리자 댐 건설 과정을 더는 볼 수 없게 될까 봐 걱정이 앞섰다. 하지만 나무를 조금 기어오르자 모든 것이 한눈에 보였다.

비버 몇 마리가 쓰러진 작은 플라타너스에서 가지를 뜯어내어 댐 쪽으로 옮기고 있었다. 동시에 더 크고 오래된 나무 주변에는 훨씬 많은 비버가 모여 나뭇가지를 갉아내는 작업에 열중하는 모습이었다. 나무 주변에만 오륙십 마리가 있었는데 예닐곱 마리씩 차례로 작업하는 모습이 독특했다. 이들이 플라타너스를 발견했을 때는 이미 나무 상당 부분이 떨어져나간 상태였는데 마치 도끼로 베어낸 듯 깨끗하게 뜯긴 모양이었다. 나무 아래쪽에 조금씩 갉아낸 파편이 가득한 걸 보니 이 동물의 주식은 나무껍질인 것 같다. 이들은 다람쥐처럼 뒷다리로 지탱하며 앞다리로는 나뭇가지 끝을 잡고 틈새에 머리를 밀어 넣는다. 하지만 이미 틈이 벌어져 있으면 두 단계만으로 끝낼 수 있다. 누워서 잠깐만 열정적으로 일하고 있으면 친구들이 와서 교대한다.

로드먼과 손턴은 자세가 그리 편하지는 않았지만 비버들이 플라타너스를 어떻게 쓰러뜨리는지 알고 싶은 호기심이 강렬했기에 그 자세로 해 질 때까지 여덟 시간 동안이나 버텼다. 가장 큰 걱정거리는 손턴의 개, 넵튠이었다. 댐을 수리하는 비버들을 쫓아 늪에 뛰어들지 못하게 하기가 어려웠기 때문이다. 그 녀석이 으르렁대는 소리는 비버들이 열렬히 나무를 갉는 작업을 방해했다. 넵튠이 내는 소리가 들리기 시작하면 비버들은 모두 한마음인 듯 몇 분간 유심히 귀 기울였다. 하지만 저녁이 가까워지자 개는 흥분이 가라앉았는지 조용해졌고, 덕분에 비버들은 방해받지 않고 작업을 계속할 수 있었다.

해가 지기 시작하자 갑자기 비버들은 벌목꾼들은 손대지 않은 쪽으로 소란스럽게 달려갔다가 갉아놓은 쪽으로 돌아와 양쪽의 갉아놓은 부분이 만나게 될 때까지 기다렸다. 하지만 뜯어지지 않은 나무껍질이 부분적으로 지탱하고 있어서 좀체 쓰러지지 않았다. 일제히 달려들어 열정적으로 갉아대자 순식간에 그 거대한 나무가 쾅음을 내며 쓰러졌고 나무 꼭대기에 달린 가지 상당 부분은 늪에 걸쳐졌다. 이렇게 성과를 거두자, 무리 전체가 휴일을 즐길 자격이 된다고 생각한 듯 즉시 일을 멈추고 물에 뛰어들어 꼬리로 물을 튀기고 서로 쫓으며 물놀이를 즐겼다.

비버들이 나무를 베어내는 방식은 우리가 이미 알고 있는 것보다 훨씬 더 환경에 맞추어 적응한 행동이며, 일부 동물들이 계획적으로 행동하느냐의 문제에 대한 결정적인 증거라 볼 수 있다. 나무를 물 쪽으로 쓰러뜨리려는 목적이 명확히 드러났기 때문이다.

하지만 보너빌 대위는 이러한 점, 일명 동물의 지혜를 믿지 않으며 나무를 넘어뜨리겠다는 목적에 따른 행동일 뿐 정교하게 계산한 행동은 아니라고 주장한다. 대위는 이러한 속성은 빛, 공간, 공기를 찾아 나무의 몸통이나 가지가 휘는 것처럼 일반적으로 나무가 물 가까이 자란다는 환경적 요인에 따른 것으로 생각한다. 당연히 비버도 시내나 연못의 둑 가까이에 있는 나무를 고르기 때문에 물 쪽으로 쓰러진다는 것이다. 이러한 행동은 시간상 잘 맞아떨어진 것일 뿐 비버의 계획에서 비롯되었다고 할 수는 없다고 주장한다. 따라서 이들의 지혜는 분명하게 확인된 바 있는 잠자리, 벌, 산호처럼 열등한 동물들이 하는 행동보다 훨씬 못하다는 것이다. 대위는 비버들이 나무 두 그루를 선택했는데 하나는 물가로 기울어지고 다른 하나는 그렇지 못했을 가능성도 제안했다. 즉, 첫 번째 나무는 물가로 기울어졌기 때문에 굳이 앞서 설명한 행동을 취할 필요는 없었지만 두 번째 나무를 그렇지 않았으므로 이러한 행동이 관찰되었다는 것이다.

일기 다음 부분에는 비버의 습성과 사냥 방식에 대해 기술되었고 여기서도 이어가고자 한다. 비버의 주식은 나무껍질이며 적절한 종류를 신중하게 골라 겨울 대비용으로 저장한다. 한 무리는 이삼백 마리 정도며 이들은 다 같이 먹이를 찾으러 나선다. 모든 나무가 똑같아 보이지만 비버들은 원하는 것을 찾을 때까지 여러 나무를 지나쳐 간다. 일단 목표물을 결정하면 나무를 베어 가지로 가른 뒤, 길이가 비슷한 것끼리 분류하고 껍질을 벗긴다. 그러고는 자신들의 마을로 이어지는 가까운 시내를 타고 내려간다. 간혹 겨울 대비용으로 껍질을 벗기지 않을 때도 있는데, 이때는 서식지에 쓰레기를 남기지 않으려 주의를 기울이고 껍질을 먹어치우자마자 남은 가지를 멀리 떨어진 곳에 가져다 버린다.

봄철에 수컷들은 집에서 가족들과 있지 않고, 혼자서든 두셋씩 무리를 짓든 언제나 자기들끼리 어울린다. 이때는 평소처럼 총명한 행동은 보이지 않고 덫을 이용해 쉽게 먹이를 잡는다. 여름철이면 집으로 돌아와 암컷들과 어울리며 겨울을 위해 식량을 비축한다. 이들이 예민해할 때는 굉장히 난폭해진다고 알려졌다.

비버는 간혹 연안에서 잡히기도 하는데 주로 봄철에 나온 수컷들이다. 먹이를 찾아 물가에서 멀리 떨어진 곳까지 진출한 놈들이다. 일단 잡은 다음 몽둥이로 한 대 치면 쉽게 죽일 수 있지만 그보다 확실하고 효과적인 방법은 이놈들의 발이 걸리도록 고안된 덫을 놓는 방법이다.

보통 연안 가까운 쪽과 물 바로 밑에 덫을 설치하고 진흙 속에 박아둔 막대기에 작은 사슬을 감는다. 덫 입구에는 작은 나뭇가지 한쪽 끝을 놓고 다른 쪽 끝은 수면 위로 솟아나게 한 뒤, 솟아난 부분에 비버들을 꼬여낼 만한 먹잇감 냄새를 흠뻑 묻힌다. 이 동물들은 냄새를 맡자마자 나뭇가지에 코를 마구 문지르는 습성이 있는데, 바로 그때 덫이 튀어나와 잡히고 만다.

덫은 쉽게 들고 다닐 수 있도록 아주 가볍게 만들어졌기 때문에 이빨로 끊을 수 없는 사슬로 고정되지 않았다면 사냥감들이 덫을 달고도 헤엄칠 수 있을 정도다. 덫을 놓는 노련한 사냥꾼들은 보통 사람들은 알아채지도 못할 흔적을 알아보고 비버가 어느 연못이나 시내에 있는지 찾아낸다.

로드먼과 손턴이 나무 꼭대기에서 관찰했던 비버들의 모피는 약탈당했고 늪에 만든 거주지는 철저히 파괴되었다. 탐험대는 다른 물가에서도 만족스러운 성과를 얻었고, 그들은 이 섬을 비버섬이라고 부르며 오래도록 기억했다.

8월 27일, 그들은 한껏 고무된 채로 이 작은 낙원을 떠나 별 탈 없이 여행을 계속한 끝에 남쪽의 커다란 강어귀에 도착했다. 도착한 때는 9월 1일이었다. 이들은 강가에 나무 열매가 많이 떨어진 모습을 보고 커런트 강이라고 이름 붙였지만 그 강은 퀴쿠어 강이 확실하다. 이 기간 일기에 적힌 주요 소재는 대평원 온 사방을 걸게 물들이는 어마어마한 물소 무리와 본옴섬 위쪽 가장자리에 맞닿은 강의 남쪽에 있는 요새 유적이었다. 요새 유적에 대한 내용은 대체로 루이스와 클라크 대위의 설명과 일치한다.

탐험대는 리틀 수 강, 플로이드 강, 그레이트 수 강, 화이트스톤 강, 남쪽의 와완디센크 크리크 강과 화이트 페인트 강을 거쳐 북쪽의 자크 강을 지났지만, 어디에서도 오래 머무르며 덫을 설치하지는 않았다.

그들은 제법 큰 마을인 오마하도 지나쳤지만 일기에는 그다지 언급되지 않았다. 당시 그 마을에는 세력이 큰 부족 300여

가구가 살았지만 미주리 강변에서 가깝지 않았던 데다 밤사이
마을을 지나쳐 갔기 때문으로 추측한다. 무시무시한 수Sioux족
을 피하려고 탐험대는 이러한 방식을 도입했다. 그러면, 9월 2
일의 이야기부터 다시 시작하도록 하겠다.

  9월 2일. 이제 곳곳에 원주민으로부터 가해지는 위협이 도
사리고 있는 지역에 이르렀다. 우리는 신중하게 행동했다. 이
곳은 호전적이고 난폭한 수족이 사는 지역이다. 그들은 백인에
게 적대적이며 이웃 부족들과도 끊임없이 전투를 벌였다. 캐
나다인들은 이 부족이 가진 야만적 특징에 관련된 여러 사건
을 겪었기 때문에 이 겁 많은 인간들이 도망칠 가능성이 높다
고 생각해서 미시시피 강까지 탐험대의 뒤를 따라다녔다. 또한
그럴 기회를 줄이기 위해, 캐나다인들 중 한 명을 통나무배에
서 내리게 하여 포인덱스터 그릴리와 교대했다. 그릴리 형제들
은 말고삐를 놓고 배에 올라탔다. 우리가 합의한 내용은 이랬
다. 통나무배에는 포인덱스터 그릴리, 피에르 윤트, 토비와 캐
나다인 한 명, 그리고 큰 배에는 나와 손턴, 윔리, 존, 프랭크, 로
버트, 메레디스와 캐나다인 세 명과 개가 탄다.
  새벽녘에 남쪽에서 불어오는 세찬 바람을 맞으며 항해를 시
작하여 상당히 나아갔다. 밤이 다가올 무렵 모래톱에 걸려 고
생하기는 했지만 그 외엔 별다른 방해물을 만나지 않고 항해를
계속하여, 동트기 전에 강어귀에 도착해 숲 속에 배를 숨겨둘
수 있었다.
  9월 3일, 4일. 이틀 동안 비가 쏟아지고 거센 바람이 휘몰아

치는 바람에 피신처를 떠나지 못했다. 날씨 탓에 울적해진 기분은 캐나다인들이 들려주는 무시무시한 수족 이야기로도 좀체 나아지질 않았다. 우리는 선실에 모여 이후의 계획을 의논했다. 그릴리 형제들은 다른 탐험가들이 하는 이야기는 과장되었을 뿐, 수족은 적대적인 행위만 하지 않는다면 그리 문제가 되지 않을 것이라며 대담하게 위험 지역을 뚫고 나가자고 주장했다. 하지만 많은 원주민을 겪어본 피에르와 윌리, 손턴은 기간이 길어지기는 하겠지만 현재의 노선이 최선이라 여겼다. 내 의견도 후자들과 같았다. 현재 경로에서는 수족과 충돌을 피할 수 있고 시간이 더 걸리는 건 그다지 중요하지 않다고 생각했다.

9월 5일. 밤중에 출발하여 16킬로미터가량 나아갔다. 동이 터오기 시작하자 전처럼 강폭이 좁은 지류에 배를 숨겼다. 굵직한 나무가 우거진 섬으로 가려져 우리 목적에 적합한 장소였다. 다시 맹렬하게 비가 쏟아졌고 문제를 논의하러 선실에 들어가기도 전에 홀딱 젖고 말았다. 우리는 날씨가 나쁜 탓에 더욱 우울해졌고 특히 캐나다인들은 지독히 낙담한 상태였다. 지금 우리는 물살이 거세고 떡갈나무, 호두나무, 물푸레나무, 밤나무가 빽빽한 절벽이 양쪽에 솟은 좁은 강에 있다. 이러한 협곡은 지나기 어려울 뿐 아니라 밤에는 공격받을 가능성도 높아진다. 우리는 밤늦게 움직이기 시작하되, 최대한 조용히 나아가기로 의견을 모았다. 최악의 경우를 대비해 무기와 탄약을 점검하는 동안, 연안과 통나무배에 보초를 한 명씩 세워두었다.

10시쯤, 출발 준비를 할 때였다. 개가 낮게 으르렁대어 우리는 쏜살같이 라이플총을 장전했다. 방해자는 폰카족 원주민 한 사람이었는데, 원주민은 강가의 보초들에게 다가가 손을 내밀었다. 우리는 원주민을 배에 태워 위스키를 나눠 주었다. 원주민은 의사소통이 꽤 잘되는 사람이었는데, 자신의 부족은 강에서 얼마 떨어진 곳에서 살고 있으며 지난 며칠 동안 우리의 행동을 지켜보았다고 말했다. 하지만 폰카족은 백인을 친구로 여기기 때문에 괴롭히지 않을 것이며 우리가 돌아가는 길에 거래를 하고 싶다고 제안했다. 또한 폰카족 원주민이 여기에 파견된 이유는 약탈자 수족이 여기에서 32킬로미터가량 떨어진 강의 굽이에서 우리를 기다리며 매복하는 걸 알려주기 위해서라고 했다. 수족 일당은 세 무리인데, 오래전 그들 추장 중 한 사람이 프랑스 사냥꾼에게 모욕당한 일에 대한 보복으로 우리 모두를 죽이고자 한다는 것이다.

4

9월 5일, 우리의 탐험대는 수족이 공격할 거라는 정보를 들었다. 이 부족의 난폭함에 대한 과장된 소문을 들었기에 간절히 피하고 싶었지만, 우호적인 폰카족이 해준 이야기를 통해 충돌을 피할 수 없다는 걸 깨달았다. 따라서 밤에 움직이는 것은 현명하지 못하다는 판단 아래 계획을 바꾸어 적절히 발포하면서 정면 돌파하기로 했다. 탐험대는 그날 밤 내내 작전을 짰다. 큰 보트를 잘 활용하면 무서운 국면도 타개할 수 있으리라 예상했다. 동시에, 방어용으로 배 밑에 실어놓은 대포를 꺼내 총알, 탄약과 함께 선실에 설치했다. 동트기 직전, 세찬 바람의 도움을 얻어 허장성세를 부리며 움직이기 시작했다. 적들이 그리 무섭거나 의심스러운 모습은 아닐 수도 있었다. 탐험대는 캐나다인들을 필두로 목이 터질 듯 뱃노래를 불렀다. 숲이 쩌렁쩌렁 울리고 물소 떼들이 쳐다볼 정도였다고 한다.

로드먼이 수족과 그들이 행한 약탈 행위를 강조하며 누누이 일렀던 걸 보면, 이들은 로드먼의 가장 큰 근심거리였던 것 같다. 로드먼은 일기 속에서 그 부족에 대해 자세히 설명해놓았는데, 그중 새롭고 흥미로운 부분만 정리해보도록 하겠다.

'수Sioux'라는 이름은 프랑스어다. 영국인들은 '고소하다'는 뜻의 '수Sues'라고 자주 사용하기도 했다. 하지만 수족의 원래 이름은 '다코타Darcotas'다. 처음에는 미시시피 강 근처에서 살았지만 점차 지배 영역을 넓혀, 일기에 나오는 시기에는 미시시피 강, 서스캐처원 강, 미주리 강, 위니펙 강에 둘러싸인 광대한 지역을 점령하고 있었다.

수족은 여러 계파로 갈라져 있었다. 다코타 종가는 프랑스인들이 '호수의 사람들'이라고 부르는 위노와칸트며, 전사 500여 명의 규모로 세인트 앤서니 폭포 인근의 미시시피 강 양안에 살고 있다. 위노와칸트의 이웃은 세인트 피터 강 북쪽에 사는 왑파토미이며 전사 200여 명의 규모다. 세인트 피터 강을 더 거슬러 올라가면 프랑스인들이 '나뭇잎의 사람들'이라고 부르는 와피투티 전사 100여 명이 있고, 강의 근원까지 한참을 더 올라가면 200여 명쯤 되는 시시투니가 살고 있다.

미주리 강 근처에는 양크턴과 티턴이 있는데, 양크턴은 다시 북부와 남부 두 계파로 나뉜다. 북부파는 레드 강, 수 강, 자크 강 수원지의 평원에서 아랍식 생활을 하며 그 수는 약 500여 명이다. 남부파는 디모인 강과 자크 강, 수 강 사이 지역을 차지하고 있다. 난폭하기로 이름난 수족은 바로 티턴이다. 이들은 사오니, 민나케노지, 오카디댄디, 부아 부를레 네 계파로 나뉜다. 탐험대를 가로막기 위해 매복하고 있는 원주민은 이 중 마지막 계파인 부아 부블레로, 전사 규모가 200여 명이며 수족 중 가장 흉포하고 위협적이다. 이들은 루이스와 클라크가 화이트 강과 티턴 강이라 이름 붙인 미주리 강 지류 쪽에 살고 있다.

샤이엔 강 바로 밑에는 전사 150여 명 규모의 오카디댄디가 있다. 전사 250여 명 규모의 민나케노지는 샤이엔 강과 와타후 강 사이 지역을 차지하고 있다. 전사 300여 명으로 티턴 계파 중 세력이 가장 큰 사오니의 근거지는 워콘 근처다.

이상 네 계파 외에 방계 부족인 어시니보인 다섯 계파가 있다. 메나토패 어시니보인은 어시니보인 강과 미주리 강 사이의 마우스 강 유역에 살고 있으며, 전사 규모는 200여 명이다. 장 드퓌유 어시니보인은 화이트 강 양안을 점유하고 있으며, 전사는 250여 명이다. 빅 데블은 전사 규모 450여 명이며, 밀크 강과 포큐파인 강을 오가며 산다. 이 외의 두 부족은 이름이 알려지진 않았지만 서스캐처원 강 유역을 이동하며 지내며, 전사는 모두 합쳐 700여 명이었다. 이들 방계 부족은 수족과 자주 전투를 벌였다.

수족은 대체로 못생기고 인상이 나쁘다. 몸에 비해서 팔다리가 짧으며 광대뼈는 튀어나왔고 퉁방울눈은 눈빛이 흐릿하다. 남자들은 정수리 부분만 남기고 머리를 밀고, 밀지 않은 부분의 머리 다발은 어깨까지 내려왔다. 이 머리 다발은 세심하게 관리했지만 애도를 표하기 위해 자르는 경우도 있었다. 성장盛裝한 수족 추장은 굉장히 인상적인 모습이다.

온몸에는 기름과 석탄으로 그림을 그리며, 허리 아래까지 내려오는 동물 가죽으로 만든 상의를 입고 허리에는 가죽띠를 두른다. 가끔 3센티미터 폭의 천을 사용하기도 한다. 옷은 대체로 허벅지 중간까지 내려온다. 어깨에는 흰 물소 가죽 망토를 걸치는데, 날이 좋을 때면 털이 바짝 붙어 있지만 비 오는 날이면 밖으로 일어선다. 망토는 온몸을 휘감을 만큼 널찍해서, 호저 털이나 옷 주인의 용맹함을 드러내는 그림으로 장식하곤 했다. 머리에는 호저 털로 장식된 매의 깃털을 두른다. 영양 가죽으로 만든 바지를 입고 양쪽 가장자리를 5센티미터 폭으로 바느질하여 전투의 훈장인 양 사람들의 머리카락(적의 머리 가죽을 전리품으로 챙긴 풍습을 가리킴 – 옮긴이)을 꽂았다. 그리고 엘크나 물소 가죽으로 만들어 안쪽에는 털을 채워 넣은 모카신을 신고, 중요한 시기가 되면 추장은 신발 뒤꿈치에 긴털족제비 가죽을 달고 다녔다. 수족은 긴털족제비를 굉장히 좋아해서 그 동물의 털로 담배 주머니나 다른 부속품을 만들었다.

족장 아내의 옷차림 역시 인상적이다. 기르느라 고생했음 직한 긴 머리는 이마에서부터 양쪽으로 갈라 느슨하게 뒤로 넘기거나 망을 씌운다. 족장 아내가 신은 모카신 역시 남편 신발과 별반 다르지 않다. 바지는 무릎까지 오는데 엘크 가죽으로 만든 특이한 상의와 맞닿는 길이다. 상의 위로 허리띠를 두르고, 남자들과 마찬가지로 물소 가죽으로 만든 망토를 걸친다. 티턴족의 천막은 괜찮은 건축물이다. 흰 물소 가죽으로 만드는 집은 기둥을 세워 단단히 지지하기 때문에 꽤 안전하다.

수족은 미주리 강을 따라 240킬로미터 너머로 널리 퍼져 있다. 대체로 평원 지대지만 곳곳에 낮은 산들이 솟은 곳도 있다. 산에는 깊은 협곡이 있어 한여름에는 마르지만 우기에는 진흙이 잔뜩 섞인 물살이 맹렬하게 지나는 수로가 된다. 산등성이에는 나무가 빽빽하게 숲을 이루나 저지대는 나무가 아닌 목초만 자라 대체로 황량한 느낌이다. 땅에는 망초, 황산철, 황, 백만 등 다양한 광물이 퍼져 있는데 강물에 섞여 역겨운 맛과 냄새가 나게 한다. 이곳에서 가장 많이 볼 수 있는 야생동물은 물소, 사슴, 엘크, 영양이다. 이제 일기로 돌아가 보자.

9월 6일. 드디어 길을 나섰다. 날이 쾌청해서 다가올 공격의 위험에도 불구하고 우리는 한껏 들뜬 기분이었다. 지금까지는 원주민 낌새조차 보이지 않아 이 위험천만한 곳을 빠른 속도로 지나고 있다. 하지만 우리는 적들이 급습하려는 계획을 잘 알고 있었으므로 첫 번째 협곡을 중점적으로 경계하기로 했다. 그곳이 잠복하기에 유리한 환경이었기 때문이다.

정오 무렵, 캐나다인이 소리쳤다.

"수족이다! 수족이 나타났다!"

캐나다인은 손가락으로 우리 왼쪽 평원과 교차하여 남쪽으로 뻗은 좁고 긴 협곡을 가리켰다. 물이 얕아 계곡의 바닥이 드러난 상태였고, 양쪽이 커다란 벽처럼 솟은 모습이었다. 나는 즉시 망원경으로 캐나다인이 가리키는 쪽을 보았다. 말을 탄 수많은 원주민이 줄지어 협곡을 내려오고 있었다. 우리 눈에 띄지 않으려는 게 확실했다. 하지만 원주민이 문 길다란 담뱃대에 달린 깃털을 보고 알아챌 수 있었다. 산등성이 위에서 흔들리는 깃털이 간간이 보이더니 협곡 바닥에서는 평소보다 더 눈에 띄었다. 원주민들은 깃털을 휘날리며 말을 타고 다가왔다.

수족은 빠른 속도로 우리를 향해 달려왔다. 나는 원주민들이 다가오기 전에 계곡 어귀를 지날 수 있도록 더욱 빨리 노를 저으라고 명령했다. 원주민들을 우리가 속도를 올리는 모습을 보고 자신들이 발각되었음을 알아챘고, 그 즉시 고함을 지르며 협곡을 벗어나 우리를 향해 내달렸다. 그 수는 백여 명이었다.

이제 우리는 위치상 열세에 처했다. 우리가 지나온 미주리강의 다른 부분에서는 이 약탈자들을 신경 쓸 필요 없었다. 하지만 이 지역은 둑이 높고 가팔라 이 야만족들이 우리를 훤히 내려다볼 수 있었기 때문에, 우리가 의지했던 대포를 쏠 수도 없었다. 더욱이 강 중간의 물살이 너무 거세서 무기를 내려놓고 전력을 다해 노를 젓지 않으면 나아갈 수도 없는 지경이었다. 북쪽 연안은 통나무배를 대기에도 수심이 얕아 전진할 유일한 방법은 수족이 버티고 있는 왼쪽 혹은 남쪽 둑 가까운 곳으로 밀고 가는 것뿐이었다. 다행히도 소용돌이 덕분에 장대와 바람을 이용하여 앞으로 나아갈 수 있었다. 만일 원주민들이 이 교차로에서 우리를 공격했다면 속수무책으로 당할 수밖에 없었을 것이다. 원주민들은 모두 활과 화살, 작은 방패를 갖춘 위풍당당한 모습이었다. 대장 중 일부는 멋진 깃발이 달린 창을 들고 용맹한 기운을 내뿜고 있었다.

우리의 행운이든 아니면 원주민의 어리석음이든 간에 어쨌든 예상치 못한 전개로 위기에서 벗어났다. 야만족들은 위쪽 산등성이를 향해 전속력으로 달리면서 고함을 지르며 뭔가 손짓을 해댔다. 멈추고 연안으로 올라오라는 의미였다. 나는 원주민들이 이렇게 요구하리란 걸 예상했기에, 신경 쓰지 않고 가던 길을 계속 가기로 마음먹었다. 멈추라는 요구를 거절한 행동은 적어도 한 가지 좋은 결과를 가져왔다. 원주민들은 어찌 된 영문인지 몰라 굉장히 당황했는지 우리가 응대하지 않고 갈 길을 가는 모습을 어이없이 바라보았다. 원주민들은 술렁대며 대화를 시작하더니, 마침내 우리의 의중을 깨달았는지 남쪽으로 말머리를 돌려 쏜살같이 사라졌다. 우리는 뛸 듯이 기쁘면서도 한편으로는 어리둥절하기도 했다.

우리에게는 절호의 기회였다. 적들이 돌아오기 전에 이 지역을 벗어나기 위해 전력을 다해 배를 밀었다. 두 시간쯤 지나자 남쪽 저 멀리에서 그들이 다시 모습을 드러냈다. 그 수가 상당히 늘었다. 적들은 전속력으로 달려와 금세 강가에 이르렀다. 하지만 이제는 우리가 유리한 위치에 있었다. 원주민들이 있는 쪽 강둑은 비탈진데다 우리의 총알을 피할 만한 나무 한 그루 없었던 반면, 우리가 있는 곳은 물살이 아까처럼 거세지 않아 강 중간 지역을 고수할 수 있었기 때문이다. 이들이 물러났던 이유가 통역자를 데려오기 위해서였는지, 큰 회색 말을 탄 사람 하나가 강 쪽으로 다가와 프랑스어로 멈추라고 말했다. 나는 캐나다인에게 우리 친구 수족이 한 말을 받아들여 기꺼이 잠깐 멈추고 대화를 나누고 싶지만, 우리 대주술사의(이 부분에서 캐나다인은 대포를 가리켰다) 심기를 거스를 수 없기에 유감스럽게도 당신들 말대로 강가로 갈 수 없다고 말하라고 지시했다.

원주민들은 다시 무언가 속삭이고 손짓을 주고받으며 술렁댔는데 어찌할 바를 몰라 당황한 듯 보였다. 그사이 우리는 유리한 위치에 닻을 내렸다. 지금은 그들과 맞서 싸우고 필요하다면 약탈자들이 앞으로도 그 끔찍함을 절대 잊지 못할 만큼 격렬한 환영 인사를 건네야겠다고 결심했다. 나는 이들 수족과 우호적인 관계를 유지하기란 불가능에 가깝다고 생각했다. 수족은 내심 우리를 적으로 여기고 있으면서도 단지 우리가 보여준 능력 때문에 우리를 죽여 약탈하려는 마음을 억누르고 있는 것에 불과했다.

만일 원주민들이 요구한 대로 뭍에 오른다면 양보와 기부의 대가로 일시적인 안전은 얻을 수도 있다. 허나 이러한 행동은 궁극적으로 우리에게 도움이 되지 못할 것이다. 문제를 해결할 근본적인 대책이라기보다는 임시변통에 불과하기 때문이다. 만일 지금은 우리를 보내준다 하더라도 조만간 보복하려들 게 확실하고, 우리에게 경외심을 갖는 건 물론이고 열세인 지금 상황에서도 곧바로 공격할 수도 있다. 따라서 이 자리에서 힘닿는 데까지 그들에게 잊지 못할 교훈을 남겨주어야 한다. 다시는 이렇게 유리한 고지를 차지하지 못할 수도 있지 않은가.

캐나다인들을 제외한 모든 이들에게 동의를 얻은 다음, 원주민들을 피하기보다는 적대감을 자극하는 도발적인 태도를 보이기로 했다. 이것이 바로 우리가 세운 작전이었다. 우리가 관찰한 바로는 원주민들은 추장 한 명이 든 구식 카빈총 외에 다른 화기는 없었고, 화살은 지금처럼 멀리 있는 표적을 공격하기에 효과적인 무기가 아니었다. 원주민들의 수는 그다지 상관없었다. 원주민들은 우리가 대포로 날려버릴 수 있을 만큼 노출된 위치에 서 있었다.

캐나다인 쥘이 우리 대주술사의 심기가 불편하다는 말을 마치자 원주민들이 다소 동요하더니 통역자가 다시 입을 열고 세 가지 질문을 던졌다. 첫 번째는 담배, 위스키, 총을 가지고 있는가? 두 번째는 악랄한 리카리족이 차지한 지역까지 강을 오르는 동안 수족이 우리 큰 배의 노 젓기를 도와주길 바라지 않는가? 세 번째는 우리의 대주술사가 크고 강한 메뚜기는 아닌가? 하고 묻는 내용이었다.

쥘은 내가 시키는 대로 진지하게 대답했다. 우선, 우리는 담배는 물론 위스키도 아주 많으며 총과 화약도 무궁무진하게 많다. 하지만 우리 대주술사께서 티턴족은 리카리족보다 더 악랄한 우리의 적이며, 지난 며칠 동안 우리를 급습하여 죽이려고 매복했기 때문에 아무것도 주거나 거래하지 말라 하신다. 따라서 그런 마음이 들더라도 우리 대주술사를 거역하여 노여움을 살까 두려워 아무것도 줄 수 없다. 둘째, 알려진 티턴족의 특징으로 미루어 티턴족에게 우리 배를 노 젓게 할 수는 없다. 셋째, 우리 대주술사께서 당신들의 '큰 메뚜기' 운운하는 마지막 질문을 제대로 듣지 못한 걸 다행으로 여겨라. 만약 그랬다면 당신들 수족은 큰 봉변을 당했을 수도 있다. 우리 대주술사는 결코 큰 메뚜기가 아니며, 지금 당장 꺼지지 않으면 뜨거운 맛을 볼 것이다.

우리 목전에 닥친 위험에도, 원주민들이 우리의 대답에 진지하게 탄복하며 귀 기울이는 모습을 보고 있자니 좀체 태연한 표정을 유지하기 어려운 지경이었다. 어쩌면 그들은 곧 해산하고 우리는 갈 길을 갈 수 있었을 것이다. 그들에게 리카리족보다 더 악랄하다고만 하지 않았다면 말이다. 이 말은 엄청난 모욕이었음이 틀림없다. 수족의 분노가 걷잡을 수 없이 치밀어 올랐다. "리카리! 리카리!"라고 우렁차게 반복해서 외치는 소리를 들리더니, 전체 의견이 대주술사의 엄청난 능력을 인정하는 쪽과, 리카리족보다 더 악랄하다는 모욕에 분노한 쪽으로 갈라진 것 같았다. 그동안 우리는 강 중간에 머무르며, 적들이 공격한다면 화약의 뜨거운 맛을 보여주기로 굳게 다짐했다.

곧 회색 말을 탄 통역자가 강 쪽으로 다시 나와 우리에게 부도덕하다고 말했다. 이전에 강을 올라갔던 백인들은 모두 수족을 친구로 여기고 큰 선물을 주었다. 우리가 뭍에 올라 총과 위스키, 담배 절반을 내놓지 않는다면 조금도 움직이지 못하게 하기로 결정했다고 말했다. 우리가 지금 수족과 전쟁 중인 리카리족의 동맹이며 그들에게 보급품을 전달하려는 목적이 분명하기 때문에 그렇게 내버려 둘 수 없다고 말했다. 그리고 우리의 대주술사를 대단하게 여기지 않는다고도 했다. 대주술사가 티턴족에 대해 잘못된 말을 했기 때문이다. 그렇지 않다 하더라도 큰 메뚜기에 불과하다고 생각한다고 덧붙였다. 통역인이 마지막 말을 내뱉자, 그들 모두는 목청껏 큰 메뚜기라고 고함을 질렀다. 위대한 대주술사도 들을 수 있을 정도였다. 그러더니 갑자기 흩어져, 성난 듯 빠르게 말을 몰며 모욕적인 몸짓을 하고 창을 휘두르거나 머리 위로 화살을 당겼다.

곧 공격해오리라는 건 자명했다. 우리 일행이 원주민들의 무기에 다치기 전에 한발 앞서 움직이기로 결정했다. 질질 끈다고 해서 얻을 수 있는 건 아무것도 없었다. 신속하고 단호한 행동만이 살 길이었다. 일단 좋은 기회를 잡자마자 발사를 외쳤다. 발포의 효과는 처참했고 우리가 가진 목적에 완벽하게 부응했다. 원주민 여섯 명이 죽었고, 중상을 입은 자는 그 세 배가 넘었다. 나머지는 공포와 충격에 빠져 전속력으로 평원을 향해 도망쳤다. 우리는 총을 다시 장전한 뒤 닻을 올리고 대담하게 강가로 움직였다. 우리가 강가에 이르렀을 때 부상 입지 않은 티턴족은 한 명도 남아 있지 않았다.

이제 존 그릴리에게 캐나다인 셋을 데리고 배를 지키도록 하고, 나머지 사람들과 상륙한 뒤 부상 입은 원주민 한 명에게 다가가 쥘의 통역으로 대화를 나누었다. 그들의 부상 정도는 심각하지만 치명적일 만큼은 아니었다. 나는 원주민에게 이렇게 말했다. 백인들은 수족을 비롯해 원주민들에게 호의적이며, 원주민의 땅에 들어오는 유일한 목적은 비버 사냥과 신께서 원주민에게 하사하신 아름다운 경치를 보기 위함이다. 따라서 원하는 만큼 모피를 얻으면 집으로 돌아갈 것이다. 우리는 수족, 특히 티턴족이 호전적이라는 얘기를 들었기 때문에, 신의 가호를 얻기 위해 대주술사를 모시고 왔다.

그런데 당신네 티턴족들이 대주술사께 큰 메뚜기라는 도저히 참을 수 없이 모욕적인 언사를 퍼부어대는 바람에 굉장히 분노하게 되셨다. 대주술사께서 달아난 전사들을 추적하고 지금 내 주위에 쓰러진 부상자들을 제물로 삼겠다는 걸 말리는 게 몹시도 힘들었지만, 앞으로 책임지고 야만족들이 바르게 행동하도록 하겠다고 하여 가까스로 진정시킬 수 있었다. 나의 이 말에 그 불쌍한 친구는 매우 안도한 것 같았다. 그리고는 친선의 표시로 손을 내밀었다. 나는 원주민의 손을 잡고서, 우리가 공격받지 않는 한 당신과 당신의 친구들을 보호해주고, 담배와 작은 공구, 구슬, 붉은 플란넬 천을 주겠다고 약속했다.

이렇게 일이 진행되는 동안에도 우리는 도망친 수족의 동태를 주시하고 있었다. 내가 선물을 주겠다고 말하고 있을 때 멀리서 몇 명이 모습을 드러냈고, 부상자들 역시 분명히 본 것 같았다. 모른 체하는 편이 낫다는 생각이 들어, 곧바로 배에 돌아왔다. 우리는 총 세 시간 동안 이곳에 붙들려 있었고, 다시 길을 나섰을 때는 3시가 훌쩍 넘은 시간이었다. 밤이 되기 전에 격전의 장소에서 가능한 한 멀리 벗어나고 싶어 굉장히 서둘렀다. 뒤쪽에서 강한 바람이 불어오고, 강폭이 넓어지면서 물살은 약해졌다. 덕분에 상당히 먼 거리를 이동하여 9시 무렵에는 숲이 빽빽한 큰 섬에 도착할 수 있었다

북쪽 강둑 근처 계곡 어귀에 가까운 곳이었다. 우리는 이곳에서 밤을 보내기로 하고 그제야 강가에 발을 들여놓았다. 그릴리 형제 중 하나가 총을 쏘아 물소 한 마리를 잡았다. 이 지역은 물소가 많이 사는 것 같다. 야간 보초를 세운 다음, 우리는 저녁을 먹으며 양껏 위스키를 마셨다. 다들 재미있는 이야깃거

리로 여기며 그날의 무용담에 대해 신나게 떠들어댔지만, 나는 절대 흥거움에 젖어들 수 없었다. 이전에는 사람 피를 손에 묻힌 적이 없었다. 이성은 이게 최선의 선택이었으며 마지막에는 자비를 베풀었다고 말하지만, 양심은 여전히 이성이 하는 말을 받아들이기 거부하며 끈질기게 '네가 손에 묻힌 건 바로 사람의 피야'라고 내 귀에 속삭였다. 시간이 더디게 흘렀고, 나는 좀체 잠을 이룰 수 없었다.

이슬과 선선한 미풍, 꽃잎이 피어나며 새벽이 밝아왔다. 그즈음 새로운 용기와 대담한 생각이 솟아났다. 덕분에 저지른 일을 차분히 돌아보고, 절박한 상황에서 반드시 필요한 행동이었다고 여길 수 있게 되었다.

9월 7일. 일찌감치 출발한 데다 차가운 동풍이 강하게 불어온 덕분에 상당한 거리를 이동했다. 정오 무렵 그레이트 밴드라는 계곡 상류에 도착했다. 강이 50킬로미터가량 굽이쳐 도는 곳으로 직선거리로는 1.5킬로미터를 넘지 않는다. 이 지역은 특이하게도 절벽에서 떨어져 나온 둥근 돌들이 양쪽 강가에 가득 깔려, 몇 킬로미터에 걸쳐 장관을 이루고 있었다. 수로는 매우 얕고, 곳곳에 모래톱이 있었다. 삼나무가 유난히 많았고 평원은 선인장으로 뒤덮여서 모카신을 신고는 걷기 어려울 정도였다.

해 질 무렵, 급류 지역을 피하려 애쓰고 있을 때였다. 불행히도 모래톱에 큰 배 왼쪽 뱃전이 걸려 기울어져 다시 세우려고 안간힘을 썼는데도 배에 물이 차고 말았다. 무엇보다 화약 손실이 가장 컸고, 원주민 물품들도 대부분 손상을 입었다. 우리는 배가 기울어진 걸 알자마자 물에 뛰어들어 어깨로 한쪽을 떠받쳐 들어 올렸지만 여전히 진퇴양난이었다. 배에서 노를 젓지 않으면 이러한 노력만으로는 배가 뒤집히는 걸 막을 수 없는데, 노를 저어줄 사람이 없었던 것이다. 우리가 절망에 빠져 있던 바로 그때, 배의 바닥 전체가 모래톱에 걸린 덕분에 예기치 않게 위기에서 벗어날 수 있었다. 이 근처의 강바닥은 흘러내려 온 모래가 쌓여, 별다른 이유 없이 지형이 자주 바뀐다. 모래톱은 입자가 작은 황토로 이루어져서, 마른 상태에서는 반짝이는 유리처럼 보이기 때문에 좀체 알아보기 어렵다.

9월 8일. 우리는 아직도 티턴족의 영역 한가운데였기 때문에 경계를 늦추지 않았지만, 섬에서만큼은 사냥을 즐겼다. 섬에는 물소, 엘크, 염소, 검은꼬리사슴, 영양을 비롯해 물떼새와 흑기러기에 이르기까지 사냥감이 다양했다. 염소들은 보기 드물게 가축으로 길들인 종류였고, 수염이 없는 걸로 보아 암컷이었다. 물고기는 강 하류만큼 많지는 않았다. 그리고 존 그릴리는 작은 섬 골짜기에서 흰 늑대를 잡았다. 방향을 가늠하기 어려운 데다 밧줄을 쓸 일이 많아서, 이날은 많은 거리를 이동하지는 못했다.

9월 9일. 날씨가 점점 쌀쌀해지면서, 과연 수족의 영역을 무사히 지날 수 있을지 염려가 된다. 그들의 영역 인근에 겨울 야영지를 세우는 일은 한층 위험하기 때문이다. 우리는 기운을 내서 이동에 박차를 가했고 캐나다인들은 노래 부르고 고함을 질렀다. 이따금 멀리서 홀로 다니는 티턴족이 보이긴 했지만 우리를 괴롭히려는 의도는 없는 듯해, 다시 용기를 내었다. 이

날 45킬로미터 이동하고 기분이 한껏 고조된 채 밤에는 사냥
감과 미루나무가 가득한 큰 섬에서 야영했다.

이 시기부터 4월 10일까지의 모험은 생략하겠다. 탐험대는
10월 말까지 특별한 일을 겪지 않고 오터 크리크라는 작은 계
곡까지 진출했다. 그런 다음 500여 미터가량 올라간 지점에서
그들이 가진 목적에 알맞은 섬을 찾아 통나무 요새를 지어 겨
울을 났다. 이 지역은 리카리족 마을 바로 위에 있었다. 리카리
족 몇몇은 완벽히 우호적인 태도로 탐험대를 찾아왔다. 그들
은 티턴족과 치른 접전에 대해 듣고서 그 결과에 대해 무척 즐
거워했다. 더 이상 수족과 충돌도 없었다. 그해 겨울은 별다른
사건 사고 없이 유쾌하게 지나갔고 탐험대가 다시 길을 떠난
건 4월 10일이었다.

5

1792년 4월 10일. 날씨가 다시 화창해졌고 우리도 생기를
되찾았다. 태양이 힘을 얻기 시작했고 원주민들이 전해준 바로
는 강 위쪽 160킬로미터까지 얼음이 꽤 녹았다고 한다. 우리는
겨울 동안 탐험대에게 우정을 보여준 리카리족의 추장 '작은
뱀'과 그의 부족민들에게 아쉽지만 안녕을 고하고, 아침 식사
후 길을 나섰다. 허드슨 만 모피 회사 대리인으로 프티 코트로
돌아가려던 페랑과 원주민 세 명이 16킬로미터 지점까지 우리

를 바래다준 뒤 마을로 돌아갔다. 훗날 들은 바로는, 페랑은 한 원주민 여자의 손에 처참한 죽음을 맞이했다고 한다. 그녀에게 모욕을 주었다는 이유에서였다. 페랑과 헤어진 뒤, 물살이 빨랐음에도 우리는 힘차게 강을 거슬러 올라 상당한 거리를 이동했다.

오후가 되자 지난 며칠 동안 끙끙 앓던 손턴의 상태가 급격히 나빠졌다. 나는 마을로 돌아가자고 제안했지만 손턴이 단호하게 거부하는 바람에 뜻을 접어야 했다. 우리는 선실 안에 편안한 침대를 만들어 손턴을 정성껏 돌보았다. 하지만 손턴이 극심한 열에 시달리며 간혹 헛소리까지 하자 그를 잃게 될까 두려운 마음이 들었다. 그 와중에도 우리는 결연히 배를 몰아 밤이 될 무렵에는 32킬로미터 더 이동했다. 최고의 성과였다.

4월 11일. 여전히 아름다운 날씨다. 아침 일찍 출발했고 바람도 좋다. 손턴이 아픈 것만 제외하면 모두 상쾌한 기분이었을 것이다. 손턴은 상태가 점점 더 악화되는 것 같은데, 어찌해야 할지 모르겠다. 환자의 안정을 위해 할 수 있는 모든 건 다 하고 있다. 쥘이 땀 배출에 효과적이라는 허브차를 만들어주자 눈에 띄게 열이 내렸다. 밤에는 북쪽 내륙에서 머물렀고 사냥꾼 셋은 달빛 아래 평원으로 나가더니 아침이 되어서야 총을 잃은 채 살찐 영양 한 마리를 잡아서 돌아왔다.

사냥꾼들이 말해준 내용은 이렇다. 그들은 한참을 걷다가 아름다운 시냇가에 이르렀다. 그런데 그곳에서 호전적인 사오니 수족 일당을 발견하고 충격과 두려움에 떨었다. 사냥꾼들은 곧장 원주민들에게 사로잡혀 2킬로미터 정도 떨어진, 냇가의 공

터라고 부를 만한, 진흙과 막대로 담장을 쳐놓은 곳으로 끌려
갔다. 그곳에는 수많은 영양이 있었다. 도망치지 못하도록 설
치해놓은 문을 통해 많은 영양이 계속 들어오고 있었다. 이는
원주민들의 생활 방식으로, 가을이면 먹이와 쉴 곳을 찾아 강
남쪽의 평원이나 산지로 갔던 영양들이 봄이 되어 다시 강을
건너 돌아올 때, 담장에 막힌 곳으로 유인하는 것이다.

  사냥하러 나갔던 존 그릴리, 예언자, 캐나다인 하나는 쉰 명
은 족히 되어 보이는 원주민들 수중에서 도망칠 수 있다는 희
망을 접고, 죽음을 맞이할 마음의 준비를 하고 있었다. 그릴리
와 예언자는 무기를 빼앗긴 채 손과 발이 묶였지만 캐나다인은
알 수 없는 어떤 이유로 총만 뺏기고 묶이진 않은 상태였다. 원
주민들은 캐나다인이 사냥용 칼을 가지고 있도록 내버려 두었
고(어쩌면 그의 바지 옆에 칼집이 있는 걸 발견하지 못했을 수도 있
다), 다른 이들과 확연히 다른 태도로 대했다. 어쨌든 이런 상황
덕분에 사냥꾼들은 달아날 수 있었다.

  사냥꾼들이 잡힌 때는 밤 9시경이었다. 달은 밝았지만 여전
히 공기는 차가웠다. 원주민들은 영양들이 놀라지 않도록 공터
와 적당한 거리를 두고 두 군데 불을 피웠고, 담장 속으로는 여
전히 영양 떼가 쏟아져 들어왔다. 우리의 사냥꾼들이 갑자기
숲에서 모습을 드러냈을 때, 원주민들은 이 불로 사냥감을 요
리하는 데 열중하고 있었다. 그릴리와 예언자는 무기를 빼앗기
고 물소 가죽으로 만든 튼튼한 밧줄에 묶여 불에서 멀리 떨어
진 나무 아래로 내던져졌다. 반면에 캐나다인은 원주민 두 명
의 감시 아래 작은 불가에 앉게 했고, 나머지 원주민들은 큰 불

가에 둘러앉았다.

이렇게 시간이 흘러가면서 사냥꾼들은 자기들이 곧 죽게 되리라고 생각했다. 두 사람은 묶인 부분이 너무 조여와 고통스럽기까지 했다. 캐나다인은 말만 잘하면 풀려날 수 있지 않을까 하는 희망으로 감시자들과 대화해보려 애썼지만 의사소통이 되지 않았다. 한밤중이 되자, 큰 영양 몇 마리가 잇달아 불가로 뛰어드는 바람에 큰 불가에 모여 있던 원주민 무리가 갑자기 흩어지고 말았다. 이놈들은 잔뜩 흥분하여 진흙 담을 뛰어넘은 다음 곤충들이 불을 향해 달려들 듯 불가로 뛰어들었다. 하지만 사오니족은 이 소심한 동물들이 이렇게 행동한다는 이야기조차 들어본 적 없었던지 예기치 못한 소란에 당황했고, 뒤이어 갇혀 있던 무리가 모두 달려들자 더욱 당혹스러워했다.

광분한 동물들은 불을 뛰어넘기보다는 겁에 질린 원주민들 사이를 마치 날아가는 듯 빠르게 지나갔다. 평소 과장하지 않는 사람인 그릴리조차 끔찍한 광경이었다고 말할 정도였다. 영양들은 처음에 큰불을 뛰어넘는 데 성공을 거두자 곧장 작은 불로 달려갔지만 불붙은 장작들이 흩어지는 모습에 당황하여 불이 꺼질 때까지 사방팔방 뛰어다녔다. 그리고 우리의 사냥꾼들은 이러한 혼란을 틈타 번개처럼 숲으로 도망쳤다.

상당수의 원주민이 이러한 대혼전에 지쳐 쓰러졌고, 그들 중 일부는 영양 발굽에 치여 큰 상처를 입었다. 몇몇은 바닥에 납작 엎드렸기 때문에 무사할 수 있었다. 예언자와 그릴리는 불가까이 있지 않아서 크게 위험하지 않았지만 캐나다인은 처음 달려들 때 발굽에 맞아 몇 분간 기절했다. 캐나다인이 정신을 차렸을 때는 주변이 암흑이었다. 달은 짙은 먹구름에 가려졌고 불은 거의 꺼졌거나 불붙은 나무조각 몇 개만 흩어진 정도였다. 캐나다인은 주변에 원주민이 없는 걸 확인하고 동료들이 앉은 나무로 달려왔다. 묶인 밧줄을 끊고 그들은 전속력으로 강 쪽으로 내달렸다.

사냥꾼들은 안전 외에 다른 생각은 하지도 못했다. 몇 킬로미터를 달린 후 쫓는 이가 없는 걸 확인하고는 속도를 늦추고 목을 축이기 위해 물가로 갔다. 여기서 앞서 배로 가지고 왔다 얘기한 영양을 만난 것이다. 이 불쌍한 동물은 숨을 헐떡이며 냇가까지 움직이지 못했다. 한쪽 다리가 부러졌고 불에 그슬린 흔적도 있었다. 사냥꾼들에게 도망칠 기회를 준 무리 중 한 마리가 분명했다. 회복의 가능성이 있었다면 감사 표시로 놓아줄 수도 있었겠지만 상처가 심각했기에 즉시 끔찍한 고통에서 해방시켜주고 보트로 가져왔다. 다음 날 아침, 그 고기로 훌륭한 아침 식사를 했다.

4월 12, 13, 14, 15일. 이상의 나흘 동안은 별다른 사건 없이 계속해서 이동했다. 낮에는 날씨가 포근했으나 밤과 아침에는 꽤 쌀쌀해서 서리가 생길 정도였다. 사냥감은 풍족했다. 손턴의 병세는 차도를 보이지 않아 우리는 어찌해야 할 바를 모르고 큰 슬픔에 빠졌다. 나는 손턴과 이야기 나누던 때가 그리웠다. 손턴은 우리 일행 중 유일하게 마음을 털어놓을 수 있는 사람이었다. 이 말은 일행 중 누구도 신뢰하지 못했다는 뜻이 아니라, 내가 마음의 짐을 내려놓고 야생에 대한 희망과 꿈같은 바람에 대해 자유롭게 이야기 나눌 상대였다는 뜻이다.

사실, 우리는 다들 형제처럼 지냈기 때문에 심각한 의견 충돌은 일어나지 않았다. 하나의 목적이 모두를 결속시켰거나 어쩌면 우리 모두 특별한 목적이 없이 그저 탐험을 즐기는 무리였기 때문일지도 모른다. 그러나 캐나다인들이 그랬다고는 말하기 어렵다. 캐나다인들은 이번 탐험에서 얻게 될 이익과 자신의 몫에 대해 굉장히 자주 이야기했었다. 하지만 그들이 이런 부분에만 관심을 두었다고 할 수는 없다. 캐나다인들은 세상에서 가장 순박하고 친절한 사람들이었다. 다른 일행들은 탐험으로 얻게 될 금전적 이익에 대해서 관심을 기울이지 않았다.

　모두는 탐험 기간 내내 이런 식으로 생각하며 지냈다. 합의 과정에서 무엇보다 중요하다고 여겼던 이익 배분 문제는 이제 심각하게 생각하지 않고 무시하거나, 시시한 구실이었다며 폐기할 문제로 취급되었다. 표면적으로는 모피를 수집한다는 목적 아래 끔찍한 위험에 시달리며 험난한 황야를 헤매고 이루 말할 수 없는 고생도 견뎌낸 사람들은 자기 몫의 이익을 확보하느라 문제를 일으키지 않는다. 오히려 비버 털가죽의 은닉처보다는 처음에는 용도를 몰라 쓸모없다고 버렸던 광물을 찾으러 아름다운 강을 거슬러 오르거나 험하고 위험한 동굴을 지나는 즐거움을 우선시하는 법이다.

　이처럼 나는 일행들과 마음을 나누며 편안하게 이야기했다. 우리가 탐험을 계속할수록 나는 본래 목적에는 흥미를 잃는 반면, 점점 별것 아닌 즐거움, 말하자면 대자연에 펼쳐진 경이롭고 웅장한 아름다움을 볼 때 가슴속에서 치솟는 흥분과 소소한 즐거움을 찾아가게 되었다. 한 지역을 탐험한 뒤에는 곧바로 계속 나아가 다른 곳을 탐험하고 싶다는 주체할 수 없는 욕망에 사로잡히게 되었다. 그때는 대자연과 미지의 세계에 대한 나의 불타는 사랑과도 같은 커다란 즐거움도 진정된 듯 느껴졌다.

나는 이 길을 앞서가 지금 내가 보는 광경에 먼저 도취된 문명인들이 있다는 걸 인식하지 않을 수 없었다. 만일 이러한 생각이 불쑥 떠오르지 않았다면 강에 접한 지역을 탐사하고 때로는 우리가 왔던 길의 북쪽이나 남쪽 내륙 깊이 들어가기도 하며 옆길로 빠지는 일이 더 많았을 것이다. 나는 문명 세계의 경계 너머까지 깊이 들어가 원주민들의 모호한 설명으로만 알고 있던 거대한 산맥을 보고 싶었다. 이와 같은 나의 숨겨진 바람과 생각은 손턴을 제외한 누구에게도 털어놓지 않았다. 손턴은 내 비현실적 계획에 동참하고 내 안에 존재하는 낭만성에 동조해준 유일한 사람이었다. 그렇기에 손턴이 아프다는 사실이 뼈아프게 느껴졌다. 손턴은 이제 손을 쓸 수도 없이 하루가 다르게 악화되어갔다.

4월 16일. 오늘은 차가운 비와 함께 북쪽에서 강한 바람이 불어와 오후 늦게까지 닻을 내리고 있었다. 오후 4시쯤 출발하여 밤까지 8킬로미터 나아갔다. 손턴의 상태는 더 나빠졌다.

4월 17, 18일. 이틀간 차가운 북풍이 불며 쌀쌀하고 흐린 날이 계속되었다. 물이 불어 흙탕물이 된 강 곳곳에서 큰 얼음덩어리가 제법 보인다. 시간은 헛되이 흘러가고 우리는 꼼짝도 못 하고 있다. 손턴은 죽어가는 듯하다. 그리하여 제일 먼저 나오는 공터에서 야영하며 손턴의 병세가 잦아들 때까지 머물기로 했다. 이에 따라 정오 무렵, 남쪽으로 흐르는 넓은 계곡을 거슬러 올라가 내륙 지대에 야영지를 세웠다.

　4월 25일. 아침까지 그 계곡에서 머물렀다. 천만다행으로 손턴은 탐험을 계속할 수 있을 만큼 회복되었다. 날씨는 화창했고, 경치가 아름다운 지역을 힘차게 나아갔다. 4월 말까지 원주민은 단 한 명도 만나지 않았고 특별한 위기도 없었다. 그러던 중 맨던족, 미네타리족, 애너하웨이족이 사는 지역에 들어섰다. 이들 세 부족은 다섯 부락을 차지하고 가까이 모여 산다. 우리가 그 자취를 알아채지 못하고 지나긴 했지만 맨던족은 130킬로미터 아래 지역 서쪽에 일곱 개, 동쪽에 두 개의 총 아홉 개 부락을 차지했었다. 하지만 천연두로 인구가 급감하자 오랜 숙적인 수족이 그 자리를 차지하였다(로드먼은 참을성 있게 미네타리족과 애너하웨이족 혹은 와싸툰스족에 대해 자세히 설명했지만, 원주민 부족에 대한 일반적으로 알려진 내용과 크게 다르지 않으므로 여기서는 생략한다).

　맨던족이 우호적으로 우리를 맞이해준 덕분에 사흘 동안 그들 가까이 머무르며 배를 점검하고 수리했다. 또한 원주민들이 집 앞에 판 구덩이에서 겨울 동안 말린 곡식도 꺼내 주었다. 원주민들과 함께 미네타리족의 추장 와케라싸를 방문하여 정중한 대접을 받았고, 추장 아들이 갈림길까지 통역자로 동행하기로 했다. 추장 아들에게 새로운 문물을 선물하자 굉장히 기뻐했다. 그리고 5월 1일 맨던족에게 작별을 고하고 길을 떠났다.

　5월 1일. 날씨는 포근하고, 주변 초목들도 아름다운 모습을 드러내기 시작했다. 미루나무 잎들은 왕관처럼 넓게 퍼지고 꽃들도 활짝 피어났다. 이제 모습을 드러낸 저지대에는 다양한 나무가 무성했다. 붉은 버드나무와 미루나무가 많았고, 버드나무 아래로는 장미 덤불이 울창하게 둘러쳤다. 땅은 비옥했고 다른 어떤 곳보다 사냥감이 풍부했다. 배보다 먼저 출발하여 양쪽 강둑을 따라 이동한 사냥꾼들은 엘크 한 마리, 염소 한 마리, 비버 다섯 마리와 물떼새 여러 마리를 잡아왔다. 비버는 순해서 쉽게 잡을 수 있었다고 한다. 비버는 꽤 맛 좋은 식사 거리였는데 특히나 꼬리 부분은 큰 넙치의 지느러미처럼 쫄깃했다. 비버 꼬리 하나면 남자 셋이 먹기에 부족함이 없었다. 밤이 되기 전까지 32킬로미터 이동했다.

5월 2일. 아침나절에는 바람이 좋아 정오까지는 돛을 편 채로 나아갔다. 하지만 점점 바람이 거세게 불어와 오늘은 여기서 멈추기로 했다. 사냥꾼들이 나가더니 얼마 지나지 않아 커다란 엘크 한 마리를 잡아왔다. 산탄총에 가볍게 상처 입은 녀석을 넵튠이 멀리까지 추격한 끝에 물어 쓰러뜨렸다. 엘크는 길이가 180센티미터쯤 되었다. 해 질 무렵엔 영양 한 마리도 잡았다. 영양은 우리를 보자마자 잽싸게 도망쳤지만 몇 분 후 우리 쪽으로 돌아와 호기심 어린 눈으로 바라보더니 다시 뛰어가 버렸다. 이러한 행동을 여러 번 반복하며 조금씩 더 가까이 다가오다 마침내 라이플총의 사격 범위 내까지 들어왔을 때, 예언자가 한 방에 쓰러뜨렸다. 어리고 야윈 녀석이었다. 영양은 발은 빠르지만 헤엄엔 능숙하지 않기 때문에 시내를 건너는 과정에서 늑대들의 먹이가 되기도 한다. 오늘은 19킬로미터 이동했다.

5월 3일. 오전에 상당히 멀리까지 나아간 덕분에 저녁 무렵에는 50킬로미터까지 이동할 수 있었다. 여전히 사냥감은 풍부하다. 강가에는 수많은 물소가 죽어 널브러져 있었고, 늑대들이 시체를 게걸스럽게 뜯어 먹다가 우리가 다가가자 잽싸게 달아났다. 당시에는 저렇게 많은 물소가 어떻게 죽었는지 도통 알 수 없었으나 몇 주 후 그 궁금증이 풀리게 되었다.

강 언덕이 가파르고 바닥이 깊은 유역을 지나는 길이었다. 거대한 짐승 무리가 헤엄쳐 강을 건너기에 가던 길을 멈추고 그 행동을 지켜보았다. 물소 떼가 횡으로 내려오더니 800미터쯤 위쪽의 경사진 강둑을 타고 물에 뛰어들었다. 하지만 맞은편 강가에 이르러보니 네발로는 둑을 오를 수 없었고 강물도 물소의 키보다 깊었다. 한참 동안 용을 썼지만 가파르고 미끄러운 진흙 벽을 타고 오르려는 노력이 허사로 돌아가자 다시 맞은편 물가로 헤엄쳐 돌아왔다. 하지만 맞은편 역시 마찬가지 문제에 부딪혔고, 두 번, 세 번, 네 번, 다섯 번 계속해서 거의 똑같은 위치를 오갔다.

물소들은 발판으로 삼기 좋은 지역을 찾아 하류 쪽으로 조금 내려오는 대신 현재 위치를 고수하며 가슴까지 차오르는 거센 물살을 헤엄쳐 건너기를 반복했다. 다섯 번째로 강을 건너고 나자 이 불쌍한 동물들은 완전히 탈진하여 더는 아무것도 할 수 없는 지경에 이르렀다. 강둑을 기어오르려 애를 쓴 끝에 한두 마리가 겨우 성공할 뻔했지만 안타깝게도 머리 위 흙이 쏟아져 파묻히고 말았고, 둑은 더욱 오르기 힘든 상태가 되었다. 그러자 남은 무리들이 비통하게 울어대기 시작했다. 나는 구슬프고 침통한 심정이 고스란히 담긴 그 울음소리를 지금까지도 잊지 못한다.

남은 물소 중 몇몇이 다시 강에 뛰어들었지만 녀석들 또한 고군분투한 끝에 익사하고 말았다. 고통스럽게 죽어가며 콧구멍에서 흘러나오는 피로 강물은 붉게 물들었다. 무엇보다 놀라운 광경은 이렇게 애도하고 난 뒤 모두 운명에 굴복한 듯 강물에 누워 사라졌다는 점이다. 이렇게 해서 물소 떼는 모두 익사하고 말았다. 단 한 마리도 살아남지 못했다. 30분쯤 뒤 녀석들의 시체는 하류의 평지까지 떠내려온다. 무지한 끈기만 없었더라면 쉽고 안전하게 건널 수 있었으리라.

　5월 4일. 날씨는 쾌적하고, 남쪽에서 따뜻한 순풍이 불어온 덕분에 어두워지기 전까지 40킬로미터 이동했다. 손턴은 보트에서 하는 일을 도울 수 있을 정도로 회복되어 오후에 나와 함께 서쪽 평야로 나가 전에 보지 못했던 초봄의 꽃들을 구경했다. 아주 아름다웠고 좋은 향기가 났다. 다양한 사냥감들을 발견했지만 한 마리도 잡지 않았다. 사냥하러 나간 이들이 필요 이상으로 잡아올 텐데 굳이 마구잡이식으로 생명을 해치고 싶지 않았다.

　배로 돌아가던 길에 어시니보인족 원주민 둘을 만나 함께 돌아왔다. 오는 중에 원주민 행동을 보니 의심스러운 구석은커녕 정직하고 대범한 것 같았다. 그래서 통나무배에 거의 다 왔을 즈음 원주민들이 갑자기 몸을 휙 돌려 전력 질주 하는 모습을 보고 놀라지 않을 수 없었다. 원주민들은 우리에게서 멀어지자, 달리기를 멈추고 강이 내려다보이는 둔덕에 올라갔다. 그리고는 엎드려 턱을 괴고는 놀란 표정으로 우리를 바라보았다. 망원경 덕분에 원주민들이 지은 표정을 자세히 볼 수 있었는데 공포와 경탄이 동시에 드러났다. 그들은 꽤 오랫동안 우릴 관찰하다가, 갑자기 무언가 떠올랐는지 벌떡 일어나 우리가 처음 만났던 곳으로 서둘러 달려갔다.

5월 5일. 이른 아침, 출발을 준비하고 있을 때였다. 어시니보인족 일당이 배로 달려오더니 우리가 미처 저항하기도 전에 통나무배를 점거했다. 그때 거기에는 쥘 외에 탄 사람은 아무도 없었고 쥘은 즉시 강물로 뛰어들어 강으로 이동 중이던 큰 배까지 헤엄쳐 왔다. 전날 우리와 함께 왔던 두 원주민이 일당을 데려와 우리 보초와 넵튠조차 눈치채지 못할 정도로 최대한 조용히 접근한 게 분명하다.

우리가 적을 향해 발포 준비를 하고 있을 때, 와케라싸의 아들인 우리의 새 통역자 미스퀴시가 어시니보인족은 친구며 지금 우호적인 관계를 맺고 싶다는 신호를 보내고 있다고 알려주었다. 대낮에 배를 강탈하는 행동은 친구가 되고 싶다는 표현 방식으로는 적절하지 않다고 생각했지만 저들이 무슨 말을 하려는지 알고 싶어 미스퀴시에게 이렇게 행동한 이유를 물어와 달라고 부탁했다. 원주민들은 장황하게 이야기를 늘어놓았다. 결국, 열렬한 호기심을 충족하려고 취한 행동일 뿐 괴롭히려는 의도는 없었음을 알게 되었다.

전날 만난 원주민 둘은 흑인 토비를 보고 무척 놀랐었던 것이다. 그들은 한 번도 흑인을 보거나 그런 인종에 대해서 들은 적도 없었으므로 그들이 놀란 것도 당연하다. 더구나 토비는 늙은 데다, 앞서 말했듯 두툼한 입술과 툭 튀어나온 크고 하얀 눈, 납작한 코, 큰 귀와 같은 흑인 고유의 특징이 고스란히 드러난 모습이었고, 배는 불룩하며 다리는 휜 못생긴 사람이었으니 더욱 그럴 만도 했다. 그들은 친구들에게 자신들이 겪은 모험에 관해 이야기했지만 아무도 믿지 않고 오히려 거짓말쟁이 사기꾼으로 몰려 신용을 잃게 되자 진실을 밝히려고 모두 배로 가보자고 제안한 것이다. 우리가 토비를 보여주자 전혀 적대감을 드러내지 않고 통나무배를 돌려주었던 사실로 미루어보아 습격 사건은 의심을 품었던 어시니보인족들이 가진 성급한 행동의 결과에 불과했던 것 같다.

이 모든 게 토비의 외모 때문이라니 사태가 유쾌한 방향으로 전개되었다. 토비가 '자연 상태'로 강가에 나가자, 원주민들은 호기심의 대상을 제대로 볼 수 있었다. 놀라움과 만족감이 고스란히 드러났다. 처음 원주민들은 자신들의 눈을 의심하고는 혹시 색을 칠한 건 아닌지 침 묻은 손가락으로 토비를 찔러보거나 손바닥으로 피부를 문질러댔다. 머리카락은 반복적인 경탄을 자아냈고, 흰 다리 역시 감탄의 대상이었다. 우리의 추남 친구가 지그 춤을 추자 원주민의 감탄은 절정으로 치닫더니 이제 그들이 내뿜는 경탄은 최고조에 달했다. 이보다 더한 인정이 있을까. 만일 토비에게 조금이라도 야심이 있었다면, 어시니보인의 왕 토비 1세로 즉위할 수 있었을지도 모른다.

이 사건 때문에 우리는 오후 늦게까지 꼼짝도 하지 못했다. 인사와 선물을 교환한 다음, 그들 중 여섯 사람이 8킬로미터 정도 노 저어주겠다는 제안을 받아들였다. 이는 토비 덕분이었다. 오늘은 겨우 19킬로미터만 이동한 다음, 어느 아름다운 섬에서 야영했다. 오랫동안 맛있는 물고기와 새고기로 기억되는 곳이었다. 우리는 이 풍요로운 곳에 이틀 동안 머무르며 다음 날은 생각하지 않고 마음껏 즐겼다. 주변에 돌아다니는 수많은 비버를 잡을 생각도 하지 않았다. 이 섬에서 일이백 마리 정도는 어렵지 않게 잡을 수 있었지만 실제로 잡은 건 스무 마리 정도였다. 이 섬은 미주리 강이 서쪽으로 흘러가는 지점 남쪽에 흐르는 꽤 넓은 강어귀에 있으며 위도는 약 48도다.

5월 8일. 순풍과 화창한 날씨가 이어졌고 우리는 32킬로미터에서 40킬로미터 정도 이동한 끝에 북쪽으로부터 흘러내려오는 넓은 강에 이르렀다. 출구는 굉장히 협소하여 10미터를 넘지 않고 진흙으로 거의 막혔다. 조금 올라가 보니 폭이 70여 미터 되는 작지만 깊은 강이 아름다운 계곡을 지나고 있었고 사냥감도 풍부했다. 새 안내인이 이 강의 이름을 말해주었지만 기록해놓지 않았다. 로버트 그릴리가 나무 위에 둥지를 틀던 거위 몇 마리를 총 쏘아 잡았다.

5월 9일. 강둑에서 멀지 않은 땅 곳곳에 하얀 물질이 덮인 걸 발견했다. 조사해보니 소금이었다. 오늘은 24킬로미터 정도만 이동했다. 몇몇 사소한 방해물 때문이었다. 밤에는 육지의 미루나무와 래빗베리 덤불 사이에서 야영했다.

5월 10일. 날씨는 쌀쌀하고 바람은 거세지만 순풍이다. 덕분에 많은 거리를 이동할 수 있었다. 가까이 보이는 산은 바위 덩어리가 여기저기 튀어나와 험준하고 높으며, 물에 의해 침식된 부분이 곳곳에 드러나 있다. 우리는 석회화된 나무와 뼈, 흩어진 석탄을 수집했다. 강은 굽이친 형상이다.

5월 11일. 돌풍을 동반한 비 때문에 상당 시간 발이 묶여 있었다. 저녁 무렵이 돼서야 순풍이 불며 화창하게 개었고 이때를 이용해 16킬로미터 이동한 뒤 야영했다. 살찐 비버 몇 마리를 잡았고 강둑에서 늑대도 한 마리도 총 쏘아 잡았다. 무리에서 이탈해 우리 주위를 어슬렁거리던 놈이었다.

5월 12일. 오늘은 16킬로미터 이동한 다음, 정오 무렵 장비를 점검하려고 작은 섬에 정박했다. 막 출발하려 할 때, 몇 미터 앞서 짐을 끌고 가던 캐나다인 하나가 비명과 함께 갑자기 시야에서 사라졌다. 즉시 앞으로 달려간 우리는 캐나다인이 구덩이에 빠진 걸 발견하고는 배꼽을 잡고 웃으며 그를 꺼내주었다. 하지만 캐나다인이 혼자였다면 빠져나올 수 있었을지는 의문이다. 우리는 그 구멍을 신중하게 살펴보았지만 빈 병 몇 개 외에 특별한 건 아무것도 발견하지 못했다. 프랑스인, 영국인 혹은 미국인들이 그곳에 물건을 감춰두었는지 보여주는 흔적조차 찾지 못했다. 이곳에 대한 궁금증이 샘솟았다.

5월 13일. 낮 동안 40킬로미터를 이동한 끝에 미주리 강과 옐로스톤 강의 교차점에 도착했다. 미스쿼시는 여기서 우리와 헤어져 집으로 돌아갔다.

6

지난 사흘간 지나온 지역은 앞서 지나온 곳에 비해 황량한 편이었다. 강을 따라 나무들이 무성했지만 그 밖의 지역에는 아예 없다고 해도 무방할 정도였다. 산기슭 위에 솟아오른 절벽마다 석탄 흔적이 어렴풋이 보였고, 수백 미터 아래에서 흐르는 강은 바닥의 짙은 역청 때문에 물빛이 탁해 보였다. 하지만 지금껏 본 어떤 강보다 물살이 잔잔하고 맑았으며 튀어나온 바위나 모래톱도 없었다. 그럼에도 건너는 데 들인 고생은 다른 강들과 별반 다르지 않았다. 쉴 새 없이 비가 쏟아지는 통에 강둑이 미끄러워져 밧줄을 잡고 걷는 데도 힘이 부쳤다. 날씨도 기분 나쁠 만큼 쌀쌀해 강에 인접한 낮은 산을 오르다 보면 갈라진 바위틈이나 산등성이에 적잖은 눈이 쌓인 걸 발견할 수 있었다.

우리 오른쪽 저 멀리에서 최근에 철수된 듯한 원주민 임시 야영지가 보였다. 이 지역은 사람들이 정착하여 산 흔적은 없지만 사방팔방에 사냥한 자취가 보이는 걸로 미루어 가까이 사는 부족들이 선호하는 사냥터인 듯했다. 어시니보인족은 갈림길을 지나 계속 올라가는 반면, 미주리 강 유역의 미네타리족은 갈림길 남쪽으로 사냥 범위를 확대한다고 알려져 있다. 미스쿼시도 현재 우리 야영지와 로키산맥 사이에는 서스캐처원 강 하류 또는 남쪽에 거주하는 미네타리족 부락 외에는 어떤 마을도 없다고 알려주었다.

사냥감은 굉장히 풍부했다. 수없이 많은 야생 조류를 비롯해 엘크, 물소, 큰뿔양, 뮬 사슴, 곰, 여우, 비버에 이르기까지 종류도 다양했다. 물고기 또한 풍부했다. 강은 폭이 230미터에 달하는 곳부터 30미터도 넘지 않아 물살이 거세게 흐르는 곳에 이르기까지 변화가 컸다. 절벽은 화성암과 부석浮石, 무기염이 섞인 연한 노란색의 잘 부서지는 암석으로 이루어졌다. 이 지역은 경이로운 변화를 겪어낸 모습으로 강 양안에서 멀리 떨어진 곳에 산이 솟았고 강에는 미루나무로 뒤덮인 작고 아름다운 섬들이 빼곡했다. 저지대는 북쪽이 넓고 세 줄기의 넓은 계곡이 지나 땅이 매우 비옥했다.

여기가 미주리 강이 오랜 세월 동안 흐르고 있는 산맥의 북쪽 끝, 원주민들이 검은 산이라고 부르는 곳인 것 같다. 건조하고 맑은 공기가 배의 이음새와 우리의 몇 안 되는 수학적 기계에 미치는 영향을 보니 산악 지대로 접어들었다는 것을 실감했다.

갈림길에 이르렀을 때였다. 비가 세차게 쏟아지는 바람에 앞으로 나아가느라 굉장히 고생하고 있었다. 강둑은 진흙이 질척거려 미끄러워서 모카신을 벗고 맨발로 걸어야 했고, 강 연안도 물이 불어 물을 헤치며 걸어야 했다. 물이 겨드랑이까지 차오른 곳도 있었다. 뾰족한 부싯돌 모양의 거대한 장애물을 피하려면 신속하게 움직여야 했다. 절벽의 균열로 떨어진 바윗덩어리 같았다. 간간이 만나는 가파른 협곡이나 계곡을 지날 때면 몸에 진이 다 빠질 정도였다. 한번은 큰 배가 강 한가운데 튀어나온 바위 주변에서 소용돌이치는 물살에 빨려 들어갔는데, 물이 깊어 통나무배에 탄 채로 큰 배의 밧줄을 잡아당기는 여섯 시간의 사투 끝에 끌어낼 수 있었다.

어느 날, 강의 남쪽 연안을 따라 400여 미터 가까이 펼쳐진 암벽들 위로 우뚝 솟은 검은 암벽에 도착했다. 이를 넘자 너른 평야가 나타났고, 다시 5킬로미터를 넘어가자 60여 미터는 됨직한 밝은색 암벽이 나타났다. 그리고 또 다른 평야와 계곡을 지나자 북쪽에 70여 미터 높이의 암벽이 나타났다. 사람들이 쌓은 담보다 열 배 이상 두꺼운 장벽이었다. 강가에 수직으로 솟은 이 절벽들은 그야말로 장관이었다. 특히 마지막에 언급한 암벽은 부드러운 흰 사암으로 이루어졌으며 오랜 세월 물에 침식된 흔적이 남아 있었다. 절벽들의 윗부분은 흰 부석과 비에 깎이지 않는 단단한 돌이 교차로 얇은 지층을 이루고 있는 모습이 마치 처마의 돌림띠처럼 보였다. 그 너머에는 비옥한 짙은 색 토양이 강 쪽으로 경사를 이루며 1.5킬로미터가량 펼쳐졌고, 150미터 정도 높이의 산들이 불쑥 솟아 있었다.

절벽의 표면에는 빗물이 흘러내려 생긴 다양한 줄무늬가 나타나 있어서 인간이 이 거대한 조각상을 만든 뒤 상형문자를 새겨놓았다는 상상마저 들었다. 또한 돌림띠 부분에 우연히 생긴 균열은 아래쪽 부드러운 부분으로 이어지는 빗물이 흐르는 통로가 되는데, 이 때문에 사암이 부서져 생긴 틈은 계단이나 긴 회랑처럼 보였다. 우리는 환한 달빛을 맞으며 절벽을 지났다. 이때의 광경은 오래도록 남아 결코 잊히지 않을 것이다.

절벽들은 마치 마법에 걸린 구조물인 듯 보였고, 바위 구멍에 둥지를 지은 제비 떼가 지저귀는 소리는 이러한 상상에 더 큰 불을 지폈다. 큰 암벽 사이사이에는 높이가 6미터에서 30미터에 이르며 두께는 30센티미터에서 4~5미터에 달하는 작은 암벽들도 우뚝 솟아 있었다. 이 작은 암벽들은 양질토, 모래, 석영이 섞인 큰 검은 암석으로 형성되었고, 크기는 제각각이었지만 완벽히 대칭을 이루고 있었다.

정사각형이 대부분이었으나 종종 직사각형도 있었고, 신께서 쌓은 듯 완벽히 규칙적으로 놓인 모양이었다. 위의 돌이 아래에 있는 두 돌과 만나는 부분을 덮어 지지한 모양이 마치 벽돌로 담을 쌓은 것 같았다. 이 암벽들은 네 개씩 종대로 서 있기도 했고, 강을 떠나 산에서 길을 잃은 듯 보이기도 했으며, 환상에서 나옴 직한 식물들이 자라는 넓은 정원을 둘러싼 듯 수직으로 교차하기도 했다. 담이 얇은 곳은 돌의 크기가 작았고, 두꺼운 곳은 그 반대였다.

이 지역 경치는 미주리 강을 탐험하면서 본 경치 중 가장 아름답다고 할 수는 없지만, 가장 경이로웠다 할 수 있다. 이 새롭고 기묘한 경치에서 느낀 감동은 영원히 가슴속에 아로새겨질 것이다.

갈림길 일대에 진입하고 얼마 지나지 않아 우리는 북쪽 연안에 있는 큰 섬을 지났다. 수목이 빽빽한 남쪽 저지대에서 2킬로미터 남짓 떨어진 곳이었다. 그 뒤로 작은 섬들이 몇 개 나왔는데 우리는 주변을 지나며 잠깐씩 들렀다. 그다음에는 북쪽에 새까만 검은 절벽과 특색 없는 작은 섬 두 개를 지나 몇 킬로미터 더 올라가니 상당히 가파른 곳의 뾰족한 부분 가까이에서 꽤 큰 섬이 나왔고, 그 뒤로도 작은 섬 두 개를 지났다. 모든 섬에는 나무가 무성했다. 우리가 큰 강의 어귀에서 미스쿼시를 만난 때는 5월 13일 밤이었다. 그곳은 이민자들 사이에서는 옐로스톤이라고 불리지만, 원주민들은 아마티자라고 부르는 강이었다. 우리는 미루나무가 무성한 아름다운 남쪽 연안에 야영지를 마련했다.

5월 14일. 오늘은 아침 일찍 일어나 활기차게 하루를 시작했다. 우리가 도착한 곳은 중요한 갈림길 중 하나로 더 전진하기에 앞서 두 지류 중 어느 쪽을 택할지 사전 조사가 필수적이다. 로키산맥이 보이는 곳까지 가능한 한 멀리 거슬러 올라가는 게 모두의 바람이었다. 어쩌면 원주민들이 태평양까지 흘러간다고 알려준 아레간 강 수원지까지 가볼 수도 있을 것이다.

나는 흥미진진한 모험의 세계에 뛰어드는 꿈을 이루고 싶었지만 지금처럼 횡단하려는 지역에 대한 정보가 부족한 상태에서 섣불리 덤벼든다면 수많은 난관에 부딪히게 될 게 자명했다. 더군다나 이 지역을 차지하고 있는 원주민들은 북아메리카 원주민 중 가장 잔인하다고 알려졌다. 또한 잘못된 지류를 올라가는 등 수많은 문제가 일어나 일행의 사기가 꺾일까 두렵기도 했다.

우리는 이러한 생각에 매달려 걱정만 하고 있지 않고, 즉시 주변 지역 탐사에 나섰다. 일행 중 일부는 각 지류의 수량을 측정하도록 했고, 나와 손턴, 존 그릴리는 갈림길 유역 고지대에 올라가 주변 지형을 파악했다. 사방이 트인 광대한 평야가 펼쳐진 거대하고 장엄한 지역이었다. 신록이 아름답게 물결치고 셀 수 없이 많은 물소와 늑대 무리가 살았으며 간간이 엘크와 영양도 보였다. 남쪽은 남동쪽에서 북서쪽으로 뻗은 눈 덮인 산맥에 막힌 모습이었다. 그 뒤로 다시 북서쪽으로 더 높은 산맥이 뻗어 있었다. 내려다본 경치는 황홀한 광경이었다. 저 멀리 하류는 뱀처럼 굽이쳤지만 상류로 올라올수록 점점 가늘어져 은실처럼 보이더니 하늘 그림자 같은 안갯속으로 사라졌다. 지금껏 둘러본 결로는 어느 방향으로 가야 할지 알 수 없었다. 우리는 조금 기운이 빠져 산에서 내려왔다.

강 지류의 수량을 탐사한 결과는 다소 만족스러웠다. 북쪽 지류는 깊고, 남쪽 지류는 넓으며 수량의 차이는 거의 없다. 또한 북쪽 지류는 미주리 강의 물빛과 같았지만 남쪽 지류는 강 바닥에 산악 지대에서는 흔치 않은 둥근 자갈이 깔렸다. 결국 우리는 불과 며칠 만에 수심이 급격히 얕아져 큰 배를 버리게 되더라도 북쪽 지류를 따라 이동하기로 했다. 사흘간 야영하며 동물 가죽을 수집했고, 갈림길 2킬로미터 아래에 있는 작은 섬에 만들어놓은 은닉처에 수중의 물건들과 함께 넣어두었다. 또한 많은 동물, 특히 사슴을 잡아 뒷다릿살을 절이거나 다져 비상식으로 만들었다. 근처에는 선인장 열매가 풍부했고, 저지대와 계곡 쪽에는 초크베리가 지천이었다. 구스베리뿐 아니라 익지 않은 노란색, 붉은색 까치밥나무 열매도 많았다. 들장미는 이제 막 활짝 꽃봉오리를 틔우기 시작했다. 우리는 아침 일찍 새로운 마음으로 야영지를 떠났다.

5월 18일. 유쾌한 하루였다. 사이사이 모래톱이나 튀어나온 바위가 발길을 늦춰도 우리는 기운차게 전진했다. 한 명도 빠짐없이 계속 나아가기로 마음먹었고, 관심사는 오로지 로키산맥이었다. 털가죽을 내려놓으니 배가 상당히 가벼워져서 물살이 빠른 곳에서도 큰 어려움을 겪지 않았다. 강에는 섬이 많았고 우리는 거의 모든 섬을 들렀다. 밤 무렵, 검은 진흙 절벽 근처에 있는 버려진 원주민 부락에 도착했다. 방울뱀이 몹시 많았으며 새벽녘에 폭우가 쏟아졌다.

5월 19일. 강의 상태가 완전히 달라진 바람에 그리 멀리까지 가지는 못했다. 모래톱이나 돌이 튀어나와 막힌 곳이 너무 많아 큰 배가 나아가기 어려웠다. 결국 두 사람을 보내 앞쪽을 살펴보고 오도록 했다. 앞으로 가면 수로가 더 깊고 넓어진다는 이야기에 우리는 다시 한 번 전진할 용기를 얻었다. 16킬로미터쯤 이동한 뒤, 작은 섬에서 야영했다. 저 멀리 남쪽으로 홀로 우뚝 솟은 원뿔 모양의 눈 덮인 산이 보였다.

5월 20일. 이제 상태가 좋은 수로에 진입하여, 어떤 장애물로 만나지 않고 25킬로미터 정도 전진할 수 있었다. 도중에 식물이라고는 찾아볼 수 없는 특이한 진흙 지대도 지났다. 밤에는 큰 섬에서 야영했다. 섬에는 키 큰 나무가 무성했고 대부분 우리가 처음 본 종류였다. 통나무배를 수리하느라 이곳에서 닷새 동안 머물렀다.

여기에 머무르는 동안 사고가 일어났다. 이 근처의 강둑은 가파른 데다 특이한 푸른빛 진흙으로 이루어져 비가 오고 나면 상당히 미끄러웠다. 강에서 90미터 정도 떨어진 강둑은 이 진흙이 쌓여 이루어진 가파른 단구 지형으로, 좁고 깊은 계곡에 여러 방향으로 걸쳐졌는데 오랜 세월 물의 침식 작용을 받아 인공 수로처럼 보였다. 강으로 이어지는 계곡 어귀는 달빛 아래 반대편 연안에서 바라보면 마치 거대한 기둥이 서 있는 것 같았고, 단구 꼭대기에서 내려다본 강은 형언할 수 없는 혼란스럽고 음산한 분위기를 풍겼다. 어디에서도 초목은 보이지 않았다.

어느 날 아침, 나는 존 그릴리와 예언자, 통역자 칠과 함께 아침 식사 후 주위를 둘러보기 위해 남쪽 연안 단구 꼭대기에 올라갔다. 조심히 움직이느라 무진 애를 쓰며 고생한 끝에 우리는 야영지 반대편 정상에 오르는 데 성공했다. 이쪽 평야는 앞서 지나온 미루나무, 장미 덤불, 붉은 버드나무, 잎이 넓은 버드나무가 무성하던 땅과는 전혀 달랐다. 땅이 고르지 못하고 간간이 저지대에서나 보이는 늪이 있었으며, 흙은 양질토와 약간의 모래로 이루어져 있었다. 만일 이 흙 한 줌을 물에 넣으면 설탕처럼 거품을 일으키며 녹아버릴 것 같았다. 암염이 덮인 지점을 발견하여 소금을 긁어와 사용했다.

평지로 내려와 쉬고 있을 때였다. 갑자기 뒤쪽 짙은 덤불숲에서 크게 으르렁거리는 소리가 들려왔고, 우리는 아무것도 할수 없었다. 걷는 데 방해되지 않도록 라이플총은 두고 피스톨총과 칼만 챙겨왔기 때문이었다. 우리는 두려움에 떨며 즉시 전력으로 질주하기 시작했다. 탐험 중 처음 마주친 거대한 불곰 두 마리 앞에서 우리는 아무 말도 하지 못하고 입을 벌린 채황급히 도망칠 수밖에 없었다.

이 동물은 원주민들에게도 공포의 대상이다. 엄청난 힘과 길들지 않는 흉포함, 질긴 생명력을 가진 무서운 존재다. 두 개의 큰 근육이 이마뼈를 감싸고 있기 때문에 머리를 관통하지 않는 이상 총알 한 방으로 죽일 수도 없다. 어떤 불곰은 가슴에 심각한 상처를 입고 폐에 총알이 여섯 방 이상 박힌 상태로도 며칠을 버텼다고 한다. 우리는 지금껏 진흙이나 모래밭에서 놈들의 흔적을 발견하기는 했어도 마주친 적은 없었다. 그런데 놈들이 너비가 20센티미터는 되어 보이는 앞발을 쳐들고 우리 코앞에 나타났다.

이제 어떻게 해야 할지 눈앞이 캄캄해졌다. 우리가 가진 무기를 들고 맞서 싸우는 건 미친 짓이었다. 평원 쪽으로 달려 도 망치는 것도 어리석은 짓이었다. 곰들이 우리에게 달려들 수 있을 뿐 아니라 산 아래에 찔레 같은 가시덤불이 무성해 지나 갈 수 없기 때문이다. 덤불숲과 산 사이 강을 따라 달려 도망친 다면, 바닥이 울퉁불퉁해서 우리는 빨리 달리지 못하지만 발바 닥이 크고 평평한 곰은 쉽게 달릴 수 있어 이내 잡히고 말 것이 다. 모두의 머릿속에 여러 생각이 스쳤다. 그리고 그 즉시 일제 히 절벽으로 달려갔다. 그곳에 도사리고 있을 위험 따위는 생 각할 겨를도 없었다.

처음 내리막은 10여 미터였고 그다지 경사가 심하지 않았 다. 양질토 위가 얇은 진흙층이어서 첫 번째 단구까지는 쉽게 내려올 수 있었다. 곰들은 머리끝까지 화가 나서 우리를 뒤쫓 았다. 이곳에 도착했지만 지체할 틈이 없었다. 이제 막다른 길 에서 분노한 짐승과 마주하는 것 외에 다른 도리가 없었다. 우 리 앞에는 경사가 수직에 가까운 20여 미터 높이의 절벽뿐이 었다. 더군다나 푸른 진흙으로 이루어진 이 절벽은 최근에 내 린 비 때문에 유리처럼 미끄러운 상태였다. 쥘은 극심한 공포 로 이성을 잃고 절벽으로 달려가 빠른 속도로 미끄러져 내려갔 고, 가속도가 붙어 세 번째 단구까지 굴러떨어졌다. 우리는 쥘 이 시야에서 사라지자 죽었다고 여겼다. 의심할 여지 없이 절 벽 위에서 계속 미끄러지다 결국 45미터 아래에 있는 강으로 떨어졌으리라 생각했다.

쥘이 아니었더라면 우리도 궁지에 몰려 그 길을 택했을 가능 성이 있다. 하지만 쥘이 맞이한 운명을 보고 나니 그럴 의지가 사라졌다. 그사이 괴물들이 가까이 다가왔다. 생애 처음으로 힘센, 아니 흉포한 야수와 이렇게 가까이 있게 되자 온 신경의 긴장감이 풀리고 말았다. 나는 몇 분간 기절한 듯 멍한 상태였다가, 앞서 오던 곰에게 잡힌 존의 큰 비명에 정신을 차리고 일어나 야생의 야만적인 싸움을 몸소 겪게 되었다.

우리가 선 좁은 벼랑으로 다가오던 곰은 존 그릴리를 덮쳐 쓰러뜨린 후 존의 가슴팍을 물었다. 하지만 날씨가 추워 코트를 입은 덕분에 곰의 이빨은 코트 가슴 판에 박혔을 뿐이었다. 다른 한 놈은 구르다시피 절벽을 내려오는 통에 우리가 있는 쪽 절벽에 몸이 반쯤 걸쳐졌다. 그 녀석은 오른쪽 발이 움직이는 동안 왼쪽 발이 지탱하는 이상한 방식으로 옆으로 비틀대며 걸었다. 그러더니 그 자리에 있던 웜리의 발뒤꿈치를 물었다. 그 찰나의 시간 동안 나는 인생 최악의 공포를 느꼈다. 곰에게서 벗어나려는 격렬한 사투 끝에 웜리는 발을 되찾을 수 있었다. 나는 이 모습을 보고 끔찍해서 몸서리를 쳤다.

나는 앞서 말했듯 공포로 얼어붙어 조금도 도움을 보태지 못한 채 웜리가 신던 신발이 갈기갈기 찢기고, 단구로 곤두박질 친 곰이 기어오르려 거대한 발톱으로 벽을 긁는 광경을 바라보고 서 있었다. 그때, 도움을 청하는 존의 비명이 들려왔다. 예언자와 나는 즉시 존을 돕기 위해 달려갔다. 우리 둘 다 곰의 머리에 피스톨 총을 쏘았다. 하지만 내가 쏜 총알은 곰의 머리 어딘가를 스쳐 날아가 버렸다. 나는 그놈의 귀 쪽으로 총을 겨누었으니 말이다. 어쨌든 우리는 이놈을 다치게 하지도 못한 채 성질만 돋운 셈이었다. 다행히도 그 곰은 우리에게 달려드느라 존을 내팽개치게 되었다.

우리가 의지할 만한 건 칼밖에 없었다. 아래의 단구조차 다른 곰이 버티고 있어 피해 내려갈 수 없었다. 우리는 절벽을 등지고 일대 결전을 준비했다. 그때 갑자기 총소리가 들리더니 거대한 짐승이 우리 발밑에 쓰러져 뜨겁고 냄새가 고약한 숨을 몰아쉬었다. 존이 도와주리라고는 꿈에도 생각하지 못했다. 우리의 구원자는 곰과 일생일대의 사투를 치른 뒤 신중하게 괴물의 눈을 조준했고, 총알은 머리에 명중했다. 아래를 내려다보니 떨어진 곰이 우리 쪽으로 기어오르려 부질없는 노력을 기울이고 있었다. 계속해서 부드러운 진흙에 발이 미끄러져 밑으로 떨어지기를 반복하는 중이었다. 우리는 총을 몇 방 쏘았지만 맞히지는 못했고 결국 그곳에서 까마귀 밥이 되도록 내버려 두기로 했다. 놈이 과연 그곳을 벗어날 수 있을진 모르겠다.

우리는 산등성이 800여 미터 정도를 기다시피 해서 내려와 평원으로 이어지는 통행 가능한 길을 찾아 한밤중이 되어서야 야영지에 도착했다. 놀랍게도 쥘은 멀쩡하게 살아 있었다. 온몸이 멍투성이긴 했지만 말이다. 그런 상태였으므로 자신의 사고나 우리의 소재에 대해 납득할 수 있는 설명은 하지 못했다. 쥘은 세 번째 단구 계곡으로 굴러떨어졌고 강줄기를 따라 내려온 것이다.[4]

---

4) 1840년 포가 편집자로 근무하던 〈버턴스 젠틀맨즈 매거진〉에 연재되었던 작품으로 그해 6월 연재가 중단되었으며, 포의 죽음으로 내용은 여기서 끝나고 영원히 미완성으로 남았다. ─옮긴이

왜 지금 포인가?

에드거 앨런 포 소설 전집 발간의 중요성

김성곤(서울대 명예교수 영문학)

1

최근 에드거 앨런 포Edgar Allan Poe가 재평가되며 부상하고 있다. 그 이유는 우선 포가 오늘날 전 세계적으로 각광받고 있는 추리소설의 창시자이자, 요즘 인기가 치솟고 있는 장르 소설인 공포 소설, 환상소설 그리고 심리소설의 원조이기 때문일 것이다. 포 이전에는 고딕소설이 존재하며 환상적이고 음산한 분위기를 풍겼지만, 포는 아예 그런 분위기를 특징으로 하는 다양하고 새로운 소설 장르를 만들어낸 천재적인 재능을 지닌 작가였다. 그러면서도 포는 미국 문단에서 수준 높은 순수문학을 주도한 작가이기도 했다. 우리의 오해와는 달리, 판타지 소설의 종주국인 영국에서도 판타지를 쓴 작가들은 대중작가가 아니라, 모두 옥스퍼드대학교과 케임브리지대학교의 교수들이었다.

그런 면에서 포는 후대 작가들에게 지대한 영향을 끼쳤다. 예컨대 포를 계승한 영국 추리소설 작가 코난 도일이 창조한 탐정 셜록 홈즈와 조수 왓슨도 사실은 포가 창조한 뒤팽 탐정과 그의 조수를 모방한 것이다. 또《악의 꽃》으로 유명한 프랑스 시인 보들레르도 인간 내면의 어두운 면을 탐구한 포의 문학 세계를 극찬했으며, 포의 작품을 직접 프랑스어로 번역하기도 했다. 심리학자 프로이트 역시 포가 즐겨 다룬 주제인 '분열된 자아Divided Self'나 '생매장Premature Burial'의 영향을 받았다고 알려졌다. 최근에 와서는 호러 픽션의 대가 스티븐 킹이 포를 정신적 스승으로 인정했고,《단테 클럽》의 작가 매튜 펄은 포의 죽음에 얽힌 미스터리를 추적한 소설《포의 그림자》를 써서 화제가 되기도 했다. 또 얀 마텔의《파이 이야기》에서 주인공과 함께 조난당한 호랑이 이름인 리처드 파커도 포의 장편소설 〈아서 고든 핌 이야기〉에서 가져온 것이다. 포의 소설에서 리처드 파커는 배가 좌초한 후, 제비를 잘못 뽑아서 동료 선원들에게 잡아먹힌 불운한 선원의 이름이다.

최근 포가 각광받는 또 하나의 이유는 비록 그가 19세기 작가였지만, 20세기 및 21세기 시각인 현대문학 이론으로도 아주 잘 해석되는 현대적 감각의 작품을 쓴, 시대를 앞서 간 작가였기 때문이다. 예컨대 최초의 밀실 살인 사건을 다룬 포의 〈모르그가의 살인〉은 이 세상에 단 하나의 절대적 진리란 없다는 최근의 포스트모던 인식이 깃들어 있는 작품이다. 파리 모르그가에서 일어난 끔찍한 밀실 살인 사건에서 여섯 명의 증인은 각기 다른 주장을 한다. 사건은 미궁에 빠진다. 그러나 뒤팽 탐정은 그 여섯 개의 서로 다른 버전의 진술 또는 진실 중에서 하나의 절대적 진리를 선택하는 대신, 그것들을 모두 포용하고 통합해 범인을 찾아낸다. 이 작품은 또 문학작품에는 하나의 절대적 해석만 있는 것이 아니라, 독자들의 반응에 따라 각기 다른 해석이 있을 수 있다는 최근의 독자반응-비평Reader-Response Criticism 이론과도 부합한다.

진리는 멀리 있지 않고 바로 우리 옆에 있는데, 다만 우리가 그것을 보지 못한다는 주제를 다룬 〈도둑맞은 편지〉도 빼앗긴 텍스트를 독자에게 되찾아주어야 한다고 주장하는 현대문학 이론과 상통한다. 의사소통의 수단인 편지, 'Letter'는 '글자,' '문자'를 의미하지만, 복수로 'Letters'가 되면 '문학,' '교양,' '학문'이라는 뜻이 된다. 그래서 도둑맞은 편지는 곧 도둑맞은 문학과 교양과 학문이라고 할 수 있다. 현대문학 이론은 문학작품의 진정한 주인은 그것을 쓴 저자나 임의로 해석하는 평론가가 아니라, 다양한 반응을 보이는 독자며, 따라서 저자나 평론가의 전유물이었던 텍스트를 독자에게 돌려주라고 주장하는데, 그런 의미에서 이 작품은 대단히 현대적 감각으로 쓰인 작품이다.

〈도둑맞은 편지〉는 또 포가 즐겨 다룬, 그리고 현대문학 이론에서도 중요한 주제인 '분열된 자아'와 '선악의 모호한 경계'에 대한 문제도 다루고 있다. 이 작품에서 선의 상징인 뒤팽 탐정과 악의 화신인 D장관은 동일인 또는 형제라고 할 수 있을 만큼 비슷하다. 뒤팽 탐정이 도둑맞은 편지를 찾아내는 방법도 자신이 D장관이라면 어떻게 했을까, 하는 두 사람의 동일시를 통해서다. 현대문학 이론은 모든 것에는 분열된 자아처럼 선악의 양면이 있으며, 그 경계가 모호하다고 말한다. 그런 인식의 변화는 댄 브라운의 《다빈치 코드》나 《천사와 악마》 같은 현대 소설, 또는 〈반 헬싱〉이나 〈터미네이터 2〉 같은 최근 영화에도 잘 나타나는데, 포는 19세기에 이미 그러한 사실을 깨닫고 있었던 것처럼 보인다.

현대문학과 심리학에서 중요시하는 '분열된 자아'와 '생매장'의 모티프는 〈아몬틸라도 술통〉이나 〈어셔가의 몰락〉, 또는 〈윌리엄 윌슨〉이나 〈검은 고양이〉에서도 잘 나타나고 있다. 예컨대 〈아몬틸라도 술통〉에서 화자인 몬트레조르와 그가 복수하는 악한 포르투나토는 사실 동일인이라는 암시가 제시되어 있으며, 몬트레조르가 지하로 데려가 생매장한 자신의 어두운 자아는 반세기가 지난 지금도 마음속에서 화자를 괴롭히고 있다. 〈어셔가의 몰락〉에서도 로더릭 어셔와 그가 지하실에 생매장한 누이 매들린이 너무나 닮았고, 또 많은 것을 공유(가문의 유전적 질환까지)한다는 점에서 남매가 사실은 로더릭 어셔의 분열된 자아일 수도 있다는 암시가 주어진다. 〈윌리엄 윌슨〉에서도 포는 자신과 모든 것이 똑같은 또 다른 자기에 의해 파멸하는 화자를 제시함으로써 '분열된 자아'라는 주제를 다루고 있다. 〈검은 고양이〉에서도 포는 우리가 의식의 깊숙한 지하실에 생매장한 어두운 자아(검은 고양이)가 결국 우리를 파멸시킬 수 있다는 사실을 상기시켜주고 있다.

2

  인간과 미국의 밝은 면을 보려고 했던 에머슨이나 트웨인과는 달리, 포는 인간의 의식과 아메리카의 어두운 심연을 탐색했던 특이한 작가였다. 그래서 그의 작품에서 '술 취함 Intoxication'의 모티프는 중요하다. 예컨대 〈아몬틸라도 술통〉에서도 포르투나토는 술에 취해 있고 술 때문에 파멸하며, 〈검은 고양이〉에서도 주인공은 술에 취해서 아내를 죽이고 고양이를 학대하다가 파멸을 맞는다. 술 취함은 화자와 독자를 어두운 무의식의 세계로 데리고 간다.

  장편소설 〈아서 고든 핌 이야기〉에서도 포는 미국의 인종 문제를 다루면서, 인간 의식의 어두운 심연에 숨어 있는 타 인종에 대한 은밀한 두려움을 상징적으로 보여주고 있다. 이 소설에서 주인공 핌이 겪게 되는 남극으로의 여행과 남극에 도착하기 직전에 발견한 모든 것이 검은색으로 되어 있는 섬, 마지막 남극의 소용돌이 속에서 솟아오르는 백색 수의를 입은 수수께끼 같은 거대한 형체는 흑백 갈등 속에서 살고 있는 미국인의 무의식 속에 숨어 있는 원초적 두려움을 잘 표출해주고 있다.

  포는 눈에 보이는 의식과 이성의 세계보다는 보이지 않는 무의식과 광기(술 취함)의 세계에 더 관심이 있었으며, 평생 그 어두운 심연을 탐색했던 작가였다. 그러면서도 그는 두 세계가 명확한 경계로 나누어지는 것이 아니라, 사실은 구분이 모호하며 얇은 종이 한 장 차이일 뿐이라는 사실도 잘 알고 있었다. 그런 의미에서 포는 프로이트의 무의식 이론, 융의 그림자 이론에도 지대한 영향을 끼친 선각자적 작가였다.

포는 또 현실과 환상의 경계를 해체함으로써 판타지 소설의 원조가 되었다. 인류의 상당수를 죽게 만들었던 무서운 전염병 페스트에 대한 두려움을 담은 〈적사병 가면〉에서 포는 아무런 대화도 없고 스토리도 없는, 그러나 색조와 분위기만으로 이루어진 독특한 형태의 '환상소설'을 창시해냈다. 자신을 따라다니다가 결국은 자신을 파멸시키는 또 다른 자아를 그린 〈윌리엄 윌슨〉 역시 뛰어난 심리소설이자, 환상을 다룬 일종의 판타지 소설이라고 할 수 있다.

그런 의미에서 이번에 국내에서 최초로 포의 소설 전집이 출간되는 것은 경하할 만한 일이다. 이 소설 전집은 국내에 소개되지 않은 포의 소설 작품들을 포함하여 그동안 단편적으로만 번역되고 출간되던 포의 전 작품을 일목요연하게 장르별로 모아놓았으며, 유려한 번역을 통해 독자들로 하여금 포의 독특한 문학 세계를 탐색하게 해준다는 점에서 중요한 의의가 있다. 포의 작품들은 순수문학과 장르 문학의 경계란 사실 그리 명확하지 않으며, 장르 소설도 순수문학처럼 얼마든지 중후한 문학적 주제를 다룰 수 있다는 사실을 가르쳐준다. 이번에 발간되는 포 소설 전집을 통해, 한국의 독자들이 포의 매력을 발견하고 포가 제공해주는 어둠의 심연에서 깨달음의 빛을 발견하게 되기를 바란다.